古典文學研究輯刊

二十編

曾永義 主編

第 4 冊

王世貞文學思想與明中後期吳中文壇關係研究

王馨鑫 著

國家圖書館出版品預行編目資料

王世貞文學思想與明中後期吳中文壇關係研究／王馨鑫 著 ——
初版 —— 新北市：花木蘭文化事業有限公司，2019〔民 108〕
目 4+220 面；19×26 公分
（古典文學研究輯刊 二十編；第 4 冊）
ISBN 978-986-485-878-1（精裝）
1.（明）王世貞 2. 學術思想 3. 明代文學
820.8   108011725

ISBN-978-986-485-878-1

古典文學研究輯刊
二十編 第 四 冊   ISBN：978-986-485-878-1

王世貞文學思想與明中後期吳中文壇關係研究

作　　　者	王馨鑫
主　　　編	曾永義
總 編 輯	杜潔祥
副總編輯	楊嘉樂
編　　　輯	許郁翎、王筑、張雅淋　美術編輯　陳逸婷
出　　　版	花木蘭文化事業有限公司
發 行 人	高小娟
聯絡地址	235 新北市中和區中安街七二號十三樓
	電話：02-2923-1455／傳真：02-2923-1452
網　　　址	http://www.huamulan.tw 信箱 hml810518@gmail.com
印　　　刷	普羅文化出版廣告事業
初　　　版	2019 年 9 月
全書字數	182956 字
定　　　價	二十編 19 冊（精裝）新台幣 40,000 元

王世貞文學思想與明中後期吳中文壇關係研究

王馨鑫 著

作者簡介

王馨鑫，北京市人，一九八六年生。畢業於首都師範大學文學院中國古代文學專業，二〇一五年獲文學博士學位。現任唐山學院文法系講師。已發表《「楚狂接輿歌」與莊子的處世哲學》、《論晚明布衣詩人程嘉燧的人格心態與詩學思想》、《論王鵬運〈庚子秋詞・漁歌子〉的「詞史」品格》等期刊論文，目前主要致力於明清文學、文學思想史等方面的研究。

提　　要

　　本文以王世貞文學思想與明中後期吳中文壇之間的關係爲研究對象，通過對王世貞各階段文學主張的考察，指出吳中文化傳統對其思想觀念的形成與變化具有十分重要的意義。在此基礎上，將王世貞作爲嘉靖、萬曆年間吳中文壇與主流文壇的一個溝通點，考察其與吳地文人交往過程中彼此觀念的相互影響，以探究明代後期主流文壇與地域文壇之間的互動關係及互動模式。

　　文章主體由五章組成：第一章探討王世貞早年文學思想與吳中文化氛圍之間的關係；第二、三章是本文的重點，考察作爲「吳人」的王世貞在「後七子」復古活動中的作用，以及作爲復古領袖的王世貞在吳中文壇上產生的影響；第四章主要研究嘉靖後期歸吳之後，吳中文學傳統對王世貞思想觀念的作用。第五章則是在地域文學視野下、對王世貞晚年心態變化及文學觀念等問題作出的討論。

　　無論早年的文學興趣、中年的文學主張還是晚年的觀念變化，王世貞一生的文學活動，實際上與吳中文壇息息相關。由這一角度切入，對很多問題都能夠得出新的認識。地域視角對文學史研究的意義，也正在於此。

目次

緒　論

一、論題的提出

　　在明代中後期的文壇上，王世貞無疑是地位最重要的文人之一。作爲當時的文壇盟主，他的文學主張不僅引領了主流文壇的風氣，同時也風靡了全國上下的幾乎各個地域。近年來，對王世貞文學思想的整體研究已取得了長足的進展。不過，在這個大的框架之下，還存在著一些尚待補充的地方。如近年來對王氏晚年心態思想轉變問題的研究，就表明了其文學觀念是一個複雜且不斷變化的體系，並非簡單的理論概括能夠涵蓋。王世貞的思想是否一定遵循「復古—性靈」這樣的「進步」發展規律？復古是否是其文學觀念的起點？「性靈」思維又是如何進入其視野的？這些問題在以往的研究史中還十分模糊。針對這些問題，筆者認爲，地域因素的引入或可爲打破傳統的線性思考方式起到一定的作用。

　　而在王世貞一生活動的主要地域中，吳中無疑是與其關係最爲密切的。它既是王氏的出生地，又是他中年以後進行文學活動的主要地區。弄清王世貞與吳中文壇之間的互動關係，一方面可以使對王氏思想內涵本身的認識更爲立體，另一方面也是進行地域與主流文學關係研究的良好契機。近年來，對王世貞與吳中文壇間的相互影響，學界已經有所關注，但專題論述尚未出現，僅有的一些零散敘述則很難對這一問題形成充分的解釋與探討。因而筆者以此爲題，試圖通過梳理王世貞不同時期與吳中各區域文壇的交往與互動，勾畫出明中後期吳中文學思想發展的概貌及王世貞在其中所發揮的作用。

二、研究方法與概念界定

　　本文在文學思想史研究的基礎上，引入地域視角，試圖通過時空維度的結合，對王世貞的文學活動與文學主張重新予以定位。具體而言，即是以王世貞早、中、晚年的人生經歷爲主線，將文學批評話語與詩歌創作傾向結合起來，分析其文學思想形成過程中，地域因素發揮的實際作用。在此基礎上，對明中後期主流思潮與吳中文壇之間的互動關係與互動模式進行探討。

　　在正式論述之前，有必要對本文中所使用的一些概念進行內涵和外延上的說明。首先是本論題所研究的時段，也即本文題目中所使用的「明中後期」一詞，指的是自嘉靖中期至萬曆前期的一段時間，或者也可以說，是以王世貞的生卒年爲標準設定的一個大概時段。其實這一時期在文史研究中也可稱爲「明中葉後期」，但因王世貞對明代文壇的影響實際一直延續到晚明，所以本文斟酌之下還是決定使用「明中後期」這一概念。

　　其次，關於本文所研究的地域、也即「吳中」的界定。歷史上「吳中」這一概念的指涉變化頗大，就明代而言，也有不少更改。關於這一點，羅宗強先生《弘治、嘉靖年間吳中士風的一個側面》、黃卓越《明中後期文學思想研究》第三章以及李祥耀《明中晚期吳中文學之衍義》「引論」中均已有過十分明晰的論考〔註1〕，本文在此不再贅述。出於研究對象的考慮，本文所選擇的「吳中」概念指其狹義，也即通常意義上所說的「六縣一州」——吳縣、長洲、吳江、崑山、嘉定、常熟及太倉州。

　　除「吳中」之外，本文還使用了「吳門」這一概念，它原本出自美術史中的「吳門畫派」研究。黃卓越在《明中後期文學思想研究》一書中，將「吳門」概念界定爲「蘇州城區」，即以在蘇州城內置縣的吳縣、長洲爲中心，也包括了城外方圓幾十里範圍內的一些周邊地區〔註2〕。本論題沿用了這一界定。

　　本文中使用的其他概念，如有必要，筆者會在注釋中對其內涵、外延加以界定。

〔註1〕參羅宗強先生《弘治、嘉靖年間吳中士風的一個側面》，《中國文化研究》，2002年第4期，第17頁；黃卓越《明中後期文學思想研究》，北京大學出版社2005年版，第86～89頁；《明中晚期吳中文學之衍義》，江西師範大學碩士學位論文，2004年5月。

〔註2〕黃卓越：《明中後期文學思想研究》，北京大學出版社2005年版，第86～87頁。

第一章 吳中傳統與王世貞早年文學思想

第一節 明中葉吳中的經濟環境與人文傳統

一、明中葉吳中的經濟環境與文化場域的形成

　　吳中，古亦稱「句吳」，其名稱的來源最早可追溯至公元前 12 世紀的商朝末年。因讓位而避走江南的泰伯、仲雍兄弟在此地建立了句吳國，其政權中心位於今江蘇無錫縣的梅里。經過約二十代君主的更迭，逐漸強盛的吳國將都城移至今天的蘇州。之後的一百餘年，吳國陷入連續不斷的戰爭，並最終於公元前 473 年被越國所滅。政權雖然消亡，但其都城作爲經濟、文化中心的地位卻保留了下來。戰國時代結束之後，秦在此地設置會稽郡；東漢四年，中央政府析會稽之北諸縣置吳郡，會稽郡治移至山陰（今浙江紹興）；隋滅陳，廢會稽郡，吳郡改稱吳州。之後「吳郡」、「吳州」之稱屢相更迭、相互通用。所謂「吳中」，指的就是漢代「吳郡」或隋代「吳州」所轄範圍的核心區域。

　　在明代，對這一區域的官方稱謂是「蘇州府」，它下轄吳縣、長洲、吳江、崑山、常熟、嘉定六縣和太倉一州（後又加上崇明，變爲七縣一州）。不過在當時的私人寫作中，這一官方稱謂出現的次數卻很少，文人們往往更傾向於用「吳郡」、「吳中」等詞語進行指稱與說明。這反映了他們心中對自我古老地域身份的自豪，同時也透露出一種隱約的文化自覺。

在大多數人的印象中，明代中後期的吳中是一個名副其實的富庶之區。這首先源於它肥沃的土壤與發達的農業經濟。在糧食產量平均僅每畝數斗的當時，蘇州一帶的畝產竟能達到三石，其他作物如棉花等的產量亦為全國領先。王世貞《贈侍御洛陽董公還朝序》云：

> 三吳之地延袤不能當天下五十之一，而其獄訟、期會、簿吏獨十之二，戶口十之三，至賦稅乃幾十之七。三吳之錢穀日夜委輸於大司農水衡，猶之尾閭之受百川，納而不復吐也。〔註1〕

十分之七，這是指蘇松常鎮杭嘉湖七府占全國稅賦總額的比例。具體到蘇州一府，雖「地故不能當天下五十之一，而歲賦十之二」〔註2〕。吳中賦稅的重要性為當時士人所普遍認可。統計數據表明：明代中期，全國的稅糧總額為兩千六百五十六萬石，其中蘇州府為二百五十萬石、松江府九十六萬石、常州府七十六萬石、嘉興府六十一萬石、湖州府四十七萬石；五府總計五百三十一萬石，幾乎占到了全國的五分之一，而蘇州一府所占的比例則為將近十分之一〔註3〕。吳中為當時「天下財賦之區」的看法可說確為實錄。

其次，吳中地區的繁盛亦依靠其優越的地理位置。蘇州府位於太湖之東、長江南岸，是南北交通線上最重要的水路樞紐之一，當時號為「天下通衢」，「郵使絡驛道路，兩臺之檄旁午」〔註4〕，擁有獨一無二的交通優勢。正德《姑蘇志》云：「凡設險守國，必有城池，若夫支川曲渠，吐納交貫，舟楫旁通，井邑羅絡，則未有如吳城者。」〔註5〕當時有名的坊市月城「（在）閶門內，……兩京各省商賈所集之處，又有南北濠、上下塘，為市尤繁盛」〔註6〕。可見密集的河道網絡在提供便利交通的同時，也促進了坊市貿易的發展。

富庶的土地、便利的交通，導致了吳中商品經濟的興起。樊樹志《明清

〔註1〕王世貞：《贈侍御洛陽董公還朝序》，《弇州四部稿》卷五十八，景印文淵閣四庫全書，第1280冊。臺灣商務印書館2008年版（版本後同，不再出註）。

〔註2〕參王世貞：《太倉州重濬諸河碑》，《弇州四部稿》卷九十七，景印文淵閣四庫全書，第1280冊。

〔註3〕參《明一統志》，景印文淵閣四庫全書，第473冊。

〔註4〕王世貞：《贈州倅蕭侯邊太湖令序》，《弇州四部稿》卷五十九，景印文淵閣四庫全書，第1280冊。

〔註5〕正德《姑蘇志》卷十六「城池」，《天一閣藏明代方志選刊·續編》，上海書店1990年版。

〔註6〕正德《姑蘇志》卷十八「鄉都」，《天一閣藏明代方志選刊·續編》，上海書店1990年版。

長江三角洲的市鎮網絡》一文指出，蘇州府在宋代僅有十一個市鎮，至明代則增至九十一個，其中有絲業市鎮、綢業市鎮、棉業市鎮、布業市鎮等，市鎮將「地域市場與全國市場」聯繫起來，「富商巨賈操重資而來市者，白銀動以數萬計，多或數十萬兩，少亦以萬計」〔註7〕，貿易的興盛刺激了商品經濟的繁榮，至嘉靖年間，一些市鎮的規模甚至已達到能與郡治、縣治相匹敵的地步了。以市鎮為圓心，形成了一個又一個各自獨立又相互交叉的商業網絡。商賈們攜帶重金往來其間，帶來了與以往傳統農業生活截然不同的擁擠與喧闐，同時也造成了生活與思維方式的改變。相對於傳統的府城、縣城，在市鎮中生活的人們往往更加開放、活潑，注重物質的享受與自身的悅適。經商不再是無奈之下的選擇，而是身挾鉅資、豪富奢侈的象徵、人人歆羨的對象。即使是士人，在這種日益彌漫的商業經濟氛圍中，也開闢出了不少新的謀生方式，如鬻字賣畫、刊刻流行書籍等等。科舉不再是獲得優裕生活的唯一途徑，原本單一的文學創作目的也發生了轉變。崑曲的興盛，話本的流行，文人不但以此自娛，更將大量精力投入其中，博取聲名或是藉以獲利。整個吳中開始展現出與全國其他地方迥然不同的社會風貌。

生活方式、思維觀念的轉變帶來了新的文化傳播方式的形成。穿梭於市鎮網絡中的商人們不僅加速了各地信息的傳播，更以投資、消費的方式對文化擴散形成了推動作用。在這方面最明顯的例子即是弘、正年間吳中書畫作品的升值與偽作的出現。據說圍繞當時著名書畫家如唐寅、祝允明、文徵明等人所居之處的街巷中，幾乎日日充斥著遠道而來的商人、行客，他們希望求得這些名家的作品以達到抬高自身、炫耀貴富的目的。這也造成了偽作的出現，而畫家本身往往並不以為忤。據傳文徵明看到有貧民售其偽作時，甚至會直接題上自己的名字助其賣出高價。可見其時藝術空氣的高度商品化。

文藝商品的聚集造成了文化影響力的積聚，考察明中期吳中地區的藝術史，可以看到當時著名的書畫家大都居住在郡城或市鎮裏，只有在需要清靜的創作環境時，才會移居到附近的山林當中。這使得當時文學活動如唱和、雅集之類亦大多發生在城市中。居住在稍遠地方的文人，其聲名和藝術活動便打了不少折扣。而在更遠的地區，除非擁有獨一無二的風景名勝，否則很難尋找到文人們的足跡，更不必說文化影響力了。這種由內而外的傳播方式，

〔註7〕樊樹志：《明清長江三角洲的市鎮網絡》，《復旦學報（社會科學版）》，1987年第二期，93～94頁。

意味著吳中可以被視爲一個以市鎮爲中心、不斷向外擴散的場域。愈靠近中心，所受到的文化影響越大，反之則愈來愈小。明中葉以來吳中的文化傳統，便是在這種漣漪式的場域中逐漸形成的。

二、吳中地區的文化傳統

吳中文化傳統的形成是一個相當漫長的過程，早在魏晉時代，當時的吳中名士——陸機、陸雲兄弟的身上即已顯現出這片水土所賦予的溫雅清和，而他們後來的入洛也提供了一個分析吳地與中原傳統融合的典型案例。《文心雕龍・才略》評價陸機之詩文，云其「才欲窺深，辭務索廣，故思能入巧而文不制繁」；評陸雲，則曰：「士龍朗練，以識檢亂，故能布采鮮淨，敏於短篇。」〔註8〕陸機言詩文創作，亦主張「詩緣情而綺靡」〔註9〕。陸氏兄弟的才華之高與辭章之美是天下所公認的。自他們開始，華美、藻飾的風格逐漸成爲吳中詩文的主流，令生前身後無數北方詩人自歎弗如。

但北方士人們欣賞陸氏兄弟的文采風流，卻並不代表就會對他們完全接受。「二陸入洛」的最終結果令人歎息：陸機爲司馬穎所殺，陸雲亦被牽連而死。事實上在洛陽居留時期，陸氏兄弟就因曾是敵國之人而屢屢受到北方士人的蔑視與排擠，他們的被殺在某種程度上代表了南方世家大族政治命運的終結。

二陸身後，南方世族幾被摧毀殆盡，直至東晉南渡之後，因政權重心的南移，方才重新繁盛起來。王、謝家族權傾天下，吳地文化得到了前所未有的發展，東南一郡，遂成天下人文之藪。但這種狀況也只維持到南朝。隋政權一統南北之後，北方的長安、洛陽再次成爲政治中心，並在唐代達到了極盛，而吳地的權力態勢則不可避免地衰落了下去。所幸其文化並沒有隨之消亡，反而在較爲安定的環境中得到了穩固和發展的機會，正如《中吳紀聞》所云：

> 姑蘇自劉、白、韋爲太守時，風物雄麗，爲東南之冠。乾符間，雖大盜蠭起，而武肅錢王以破黃巢、誅董昌，盡有浙東西。……蓋自長慶以來，更七代三百年，吳人老死不見兵革。〔註10〕

〔註8〕〔梁〕劉勰著、郭晉稀注譯：《文心雕龍》，嶽麓書社2004年版，第437頁。

〔註9〕陸機：《文賦》，郭紹虞主編《中國歷代文論選》（一卷本），上海古籍出版社2001年版，第67頁。

〔註10〕〔宋〕龔明之：《中吳紀聞》卷六，「蘇民三百年不識兵」條，國家圖書館藏汲古閣刻本。

　　這段話透露了兩個比較重要的信息：其一，吳中文化自形成伊始，便有向白居易、韋應物等人思想靠攏的傾向，這不僅是因爲他們曾在此地當過太守，而是由於他們的思想觀念本身就是吳中文化傳統不可割裂的一環；其二，自唐末以來，因較少受到戰爭影響，吳中的經濟得到了迅速的發展，民漸以富，其導致的直接結果就是明中期以來吳地奢侈之風的盛行：

　　　　西（指吳縣）過於華，東（指長洲）近於質，宮室之美，衣飾之麗，飲食之腆，器用之珍，西常浮於東；娼優僭后妃之緣，閭巷擬侯王之制，東每減於西之半也。奇技淫巧、刺組縚筒，曾不列於東肆；擊鮮剖新，凡由東產者，西將餕而東始薦也。

　　　　靚粧炫服，墮馬盤鴉，操籌倚市……俗曰機房婦女，好爲豔粧，雖縟欠雅矣。

　　　　民多作僞以射利，如灌魚肉者以水、實雞鴨者以沙，由關石和鈞之，失其平也。禮則冠久廢而不行，婚喪過侈，至有傾產嫁女、貸金葬親者。〔註11〕

　　這種浮誇奢靡的風氣，同樣影響到了當時的士人，生活於正德、嘉靖年間的黃省曾認爲，這種影響主要表現在以下幾個方面——其一，遊宴之濫，黃氏《吳風錄》云：

　　　　自吳王闔廬造九曲路以遊姑胥之臺，臺上立春宵宮，爲長夜之飲，作天池，泛青龍舟，舟中盛致妓樂，日與西施爲嬉；白居易治吳，與容滿、蟬態輩十妓遊宿湖島。至今吳中士夫畫船遊泛，攜妓登山。而虎丘則以太守胡纘宗創造，臺閣數重，增益勝眺，自是四時遊客無寥寂之日。寺如喧市，妓女如雲。而它所則春初西山踏青，夏則泛觀荷蕩，秋則桂嶺九月登高，鼓吹沸川以往。

其二，佞佛求道：

　　　　自漢蔡經居胥門，而王方平、麻姑會於其室，魏伯陽作丹飛昇，楊義、陸修靜輩入勾曲山學道，至今吳下好談神仙之術。……自梁武帝好佛，大興塔寺，竺道生虎丘聚石爲徒，講《涅槃經》，石皆首肯。支遁入道支硎山。……至今虎丘、開元，每有方僧習禪設會講二三月，郡中士女渾聚至支硎觀音殿，供香不絕。

〔註11〕隆慶《長洲縣志》卷三「風俗」，《天一閣藏明代方志選刊·續編》，上海書店1990年版。

其三，好清談、不務實：

> 自王謝、支遁喜爲清談，至今士夫相聚，觴酒爲閒語終日，然多浮虛豔辭，不敦實幹務。

其四，好湖石花草、書畫古物：

> 自朱勔創以花石媚進建節鉞，……役夫賜郎官、金帶，……至今吳中富豪競以湖石築峰奇峰陰洞，至諸貴佔據名島以鑿，鑿而嵌空妙絕，珍花異木，錯映闌圃。雖閭閻下戶，亦飾小小盆島爲玩。……而朱勔子孫居虎丘之麓，尚以種藝壘山爲業，遊於王侯之門，俗呼爲花園子。其貧者歲時擔花鬻於吳城，而桑麻之事衰矣。

> 自顧阿瑛好蓄玩器書畫，亦南渡遺風也。至今吳俗權豪家好聚三代銅器、唐宋玉、窯器、書畫，至有發掘古墓而求者，……數倍於《宣和博古圖》所載。〔註12〕

從以上引文中可以明顯地看到黃省曾對其時民風士習的不滿。他將遊宴之濫歸於吳王闔廬、太守白居易，神仙之慕歸於赤松子、梁武帝，清談風氣上溯到王導、謝安，湖石古器之好追至南宋朱勔、明初顧瑛，對這些他認爲渝薄的士人風氣逐一進行了批駁。與他相似，當時不少吳中士人也認爲自己的家鄉風俗漓薄、令人哀歎。但與之相對的是，當提到吳地的文化傳承時，他們卻會一反這種態度、大爲驕傲地談起自己鄉里的「人文之盛」來：

> 昔人謂閎眇之製，必湛思以宣；綺靡之辭，由緣情而得。茲茵鼎之貴不能奪尊罏之思，熊軾之華無以挽扁舟之興，不既深於詩乎？子游學擅精華，士衡才稱俊秀，皆吳產也。〔註13〕

> 自昔文蔚吳中，才臻江左，言倔業於孔氏，獨得精華；厥後嚴朱並緯漢典、顧陸競掞晉庭、方朔寓爲書師、伯喈隱茲談藝，彬彬盛矣。其爲俗也，民有輕心，士多師古；伎尚奇巧，物必精良。故覽左生之賦而驗山川之巨麗，誦平原之詩而測土風之清嘉，考持正之序而觀氣狀之英淑。至乃翕輕清以爲性，結泠汰以爲質，煦鮮榮以爲辭，美稱竹箭，粲等春葩。且至德造自泰伯，峻節亮於延陵。故士之生也，

〔註12〕以上四段皆引自黃省曾《吳風錄》，《吳中小志叢刊》，廣陵書社2004年版，第175～177頁。

〔註13〕皇甫汸：《沈太僕環谿集序》，《皇甫司勳集》卷三十七，景印文淵閣四庫全書，第1275冊

往往玩睨爵服、跌宕琴史，雖轇轕未遇而撰綴不輟。申孤憤於一朝，

流芳聲於千載，此王孫之詡我公子者也。〔註14〕

　　明朝初年，吳中出現了高啓、楊基、張羽與徐賁四位文士，後世稱其爲「吳中四傑」。四人之中，高啓世居長洲，楊基原籍四川嘉州，因其祖父任職江左，故徙家吳興；張羽、徐賁原被張士誠招爲僚屬，張氏兵敗後，亦避居吳興。吳興即今浙江湖州，雖然並不屬於明代蘇州府，但從地域上來說，它與蘇州郡城之間僅隔一太湖，地緣文化十分相近，且四人的詩歌倡和也主要發生在蘇州，因而後人便用「吳中」作爲了他們活動地域的指稱；而「四傑」的說法，則是因爲他們與初唐四傑相似的坎坷經歷：楊基明初仕爲滎陽知縣，累遷至山西按察使，後被讒奪官，死於服役工所；張羽洪武初年曾入京，未得太祖意而放歸，後再徵爲太常司丞，洪武十八年坐事流放嶺南，半途召還，自知不免，投龍江而死；徐賁洪武七年被徵入朝，十一年以犒軍失時下獄，十三年被處死；而高啓，是四人中最有才華的，卻也是結局最爲悲慘的，他入朝之後百般小心，乞恩放還，卻僅僅因爲一篇上樑文而被連坐腰斬，年僅三十九歲。

　　「吳中四傑」的經歷與結局，很容易令人聯想起當年入洛的陸氏兄弟，似乎吳中的文化特質天生就與王朝的正統意識形態格格不入。而吳中士人身上那種放曠、不羈的氣質，也是居於上位的統治者很難接受、容忍的。但無論如何摧殘，這種自由清放的因子在吳中文化的血液中始終存在，並在明中期達到了一個高潮：

　　　　吳中自祝允明、唐寅輩才情輕豔，傾動流輩，放誕不羈，每出

　　名教外。今按諸書所載，寅慕華虹山學士家婢，詭身爲僕，得娶之，

　　後事露，學士反具資奩，締爲姻好。文徵明書畫冠一時，周、徽諸

　　王爭以重寶爲贈。寧王宸濠慕寅及徵明，厚幣延致，徵明不赴，寅

　　佯狂脫歸。又桑悅爲訓導，學使者召之，吏屢促，悅怒曰：「天下乃

　　有無耳者！」期以三日，始見，僅長揖而已……〔註15〕

　　相較於其前輩，生活於弘治、正德年間的唐寅、文徵明、桑悅、祝允明

〔註14〕皇甫汸：《祝氏集略序》，《皇甫司勳集》卷三十八，景印文淵閣四庫全書，第1275 冊。

〔註15〕〔清〕趙翼：《廿二史劄記》卷三十四「明中葉才士傲誕之習」條，中國書店1987 年版，第 494 頁。

等人的性格已經不能用放曠、而應該用狂放形容了。後世對這種輕狂不羈的作風褒貶不一，但吳中本地士人對此則大多抱著欣賞崇慕的心態。如文嘉所作的《先君行略》謂文徵明「當遷官，或言宜先謁見當道，公竟不往，官亦不遷，惟賜銀幣而已，公亦無所懟也」〔註16〕；王穉登《吳郡丹青志》載唐寅之友張靈「靈性落魄，簡絕禮文，得錢沽酒，不問生業，嘐嘐然有古狂士之風」〔註17〕。放曠自由的風氣在吳中一直存在，且由於商業經濟的發展和政治管束的缺席而逐漸滲入其文化血液中，至嘉靖、萬曆朝，這種風氣愈演愈烈，甚至逐漸失去了其原有的文化意義。

　　吳中士人放曠不羈背後隱藏的是以自我為中心、自娛、自適的心態。很難說這種心態究竟是如何形成的，也許是因為地域環境的薰陶，也許是因為文化氣質的傳承，但它確實存在於明初以來大部分吳中文人的身上。因而在文學、藝術風格的選擇上，他們表現出來的態度是相當自由且自我的。黃卓越認為，明中期吳中文人「無論是對書畫，詩歌，還是藏鑒等的偏愛，都反映出了吳中風向中的一個頗為集中的興趣點，這就是對感受主義的嗜好與對審美人生的欲求」，「至明中葉時，審美主義在吳中已由一種疏朗的空氣而轉變為爛漫之勢，並分流入生活與藝術的不同種類中，與全國其他區域相比，吳中的這一特徵尤顯突出，並一直往後延續」〔註18〕。相較「感受主義」與「審美主義」，筆者更傾向於用「消費性」和「場域性」解讀這種現象。市鎮式經濟的發展改變了人們的思維和觀念，原有的歷時性、積澱式的文化逐漸轉變為了重當下享受的、消耗式的生存方式。

三、吳中文化傳統的多面性

　　也正是由於這種風氣的存在，相較其他地域，吳中士人與性靈思想之間有著更為緊密的聯繫，這主要體現在他們對蘇軾的崇慕與學習中。早在成化、弘治年間，吳中便已有不少文士對蘇軾頗為推崇，吳寬就是其中的典型代表。吳氏字原博，長洲人，成化八年進士，以殿試第一授翰林修撰，歷官成、弘二朝，仕至禮部尚書。因地位尊隆、交遊廣闊，吳寬在吳中一帶影響極大。他也是明中葉以來最早提倡古文辭的士人之一，《四庫全書提要》云：「寬學

〔註16〕 文嘉：《先君行略》，載文徵明《甫田集》卷三十六「附錄」，景印文淵閣四庫全書，第 1273 冊。

〔註17〕 王穉登：《吳郡丹青志》，《吳中小志叢刊》，廣陵書社 2004 年版，第 63 頁。

〔註18〕 黃卓越：《明中後期文學思想研究》，北京大學出版社 2005 年版，第 106 頁。

有根柢，爲當時館閣鉅手，平生最好蘇學，字法亦酷肖東坡」〔註19〕。吳寬
主張學習唐宋散文的風格筆法，以破除時文熟爛膚淺、穿鑿附會的流弊。在
《家藏集》中，屢屢可見他對唐宋文章、尤其是蘇軾的推崇，如《東坡樂水
圖》詩：

> 右手按膝左手戟，長帽不著豪氣溢。此公豈是尋常人？眉山秀
> 出文章伯。擘開青峽噴玉泉，石螭百折猶轟然。山中自當一部樂，
> 何用嘈嘈鳴管絃？惠州飯飽渾無事，羅浮之西山崛起。白水留題屬
> 此公，萬里來遊天所使。黃衣儵然戴小冠，水樂同爲杜牧看。圖中
> 不是程正輔，方外當爲鄧守安。〔註20〕

而同時稍後的王鏊、李應禎及吳寬的弟子文徵明等亦繼承了他的這種愛
好。王鏊《東坡笠屐圖贊》言：

> 長公天仙，謫墮人界，人界不容，公氣逾邁。斥之杭州，吾因
> 以遊。投之赤壁，吾因以適。瓊崖儋耳，鯨波汗漫，乘桴之遊，平
> 生奇觀。金蓮玉帶，曰維東坡。戴笠著屐，亦維東坡。出入諸黎，
> 負瓢行歌，十蹎百卞，其如予何？！其如予何？！〔註21〕

吳中士人推崇蘇軾，不僅是由於其詩文書法，更在於其曠達狂放的氣質。
明中期以來吳地市鎮經濟發展迅速，社會思潮發生變化，享樂主義、自適自
娛的風氣開始在士人中流行；但政治狀況的逐步惡化、傳統價值觀遭遇的挫
折坎坷，卻又往往令他們心中潛藏著極大的抑鬱感與精神壓力。而蘇軾在偃
蹇際遇中流露出來的曠達情懷，恰恰符合了這些處於社會變革中的士人們的
心理需要，「其如予何？！其如予何？！」的傲然駁問，正體現了二者精神氣
質上的共鳴。

自由抒發、重視性靈的傳統在吳中地區一直存在，聯繫到其地活躍開放
的藝術氣氛，這也十分自然。但令人頗感詫異的是，復古思維在這片土地上
卻也擁有相當大的號召力。譬如吳寬、王鏊「以古文入時文」的提倡，祝允
明、桑悅、文徵明對「古文辭」的重視，徐禎卿、黃省曾對北方文學復古運
動的參與等等，都已被論者反覆提及，成爲目前學界的共識。但事實上這只

〔註19〕四庫館臣：《家藏集》提要，景印文淵閣四庫全書，第 1255 冊。
〔註20〕吳寬：《東坡樂水圖》，《家藏集》卷二十，景印文淵閣四庫全書，第 1255 冊。
〔註21〕王鏊：《東坡笠屐圖贊》，《震澤集》卷三十二，景印文淵閣四庫全書，第 1256
　　　冊。

是吳中「好古」傳統的外在體現，筆者認為，真正構成其古學脈絡基礎的，是其地的博古觀念與藏書風氣。

四庫館臣在《珊瑚木難》的提要中言及吳中的博古風氣，引《江南通志》之語，將其追溯至元末明初，其時「中吳南園何氏、笠澤虞氏、廬山陳氏，書籍金石之富，甲於海內」；又言「繼其後者，存理其尤也」〔註22〕，指出這一風氣在明中期愈加興盛，朱存理便是其中的代表人物。朱氏乃長洲人，一生歷經正統至正德六朝，早年即不樂仕進，家挾高貲，悉以購古書名畫，積藏甚富。據文徵明《朱性甫先生墓誌銘》，僅其所纂鑒賞隨筆類著作，便有《名物寓言》、《鐵網珊瑚》、《野航漫錄》、《鶴岑隨筆》等上百卷，多記古法書畫作之類〔註23〕。朱氏這種博雅好古的性格，在吳中很多士人身上都有所體現，並隱隱形成了一種家族式或曰地區性的傳統：如張鳳翼、獻翼兄弟之父雖是商人，卻也同樣「蓄古金石刻、彝鼎罍洗、書畫翫具甚夥，客至輒留之，輒觴詠，出傳翫之，竟日不告飱也」〔註24〕。

博古觀念的形成，意味著士人對古代知識興趣的進一步提高。與之相對應的，是吳中一帶極為興盛的藏書風氣。吳人大多喜好收藏古人著作，尤其是稀見的珍本異籍，王鏊《申鑒注序》談及黃省曾的藏書癖好，云：

> 吾蘇黃勉之好蓄異書，又為之訓釋，搜討磔裂，出入經史、《春秋》內外傳、《老》、《莊》、《淮南》、《素問》、天官地志，博洽精密。
> 〔註25〕

藏書風氣的盛行，使很多吳中士人自小便能接觸到各類古代著作，吳寬《家藏集·舊文稿序》即言：

> 時幸先君好購書，始得《文選》，讀之，知古人乃自有文；及讀《史記》、《漢書》與唐宋諸家集，益知古文乃自有人，意頗屬之。適與諸生一再試郡中，偶皆前列，輒自滿曰：「吾足以取科第矣。」益屬意古作。〔註26〕

〔註22〕四庫館臣：《珊瑚木難》提要，景印文淵閣四庫全書，第 815 冊。

〔註23〕參文徵明：《朱性甫先生墓誌銘》，《甫田集》卷二十九，景印文淵閣四庫全書，第 1273 冊。

〔註24〕王世貞：《張隱君小傳》，《弇州四部稿》卷八十四，景印文淵閣四庫全書，第 1280 冊。

〔註25〕王鏊：《申鑒注序》，《震澤集》卷十四，景印文淵閣四庫全書，第 1256 冊。

〔註26〕吳寬：《舊文稿序》，《家藏集》卷四十一，景印文淵閣四庫全書，第 1255 冊。

　　自幼的浸染與薰陶使吳中文人對古代典籍著作有著相當深刻且自成統緒的瞭解，這種整體知識構成中的崇古氣息與復古思想，是其他任何一個地域都無法相比的。

　　但需要指出的是，這種群體性的崇古意識與前後七子的復古運動不同，相對於後者的觀點集中、旗幟鮮明，前者無論在組織上還是主張上都要鬆散得多；在對「古文辭」的概念內涵進行限定時，他們的態度也更為寬泛包容。這種做法使文士們擁有了更大的創作自由度，但卻也注定了他們在影響上無法產生石破天驚的效用。這也是為何吳中地區的「古文辭」運動與前七子在京城掀起的復古活動之間有如此鮮明差異的原因。但崇好古學的因子在吳地文化傳統中確實存在且影響範圍頗廣，這是不可否認的。

　　既熱愛性靈，又崇尚復古，這兩種傾向同時存在於吳地的文學氛圍中，似乎有些不可思議。但事實上這正是吳中文化多樣性的一種體現。不同於其他地域的樸茂淳質，吳中這片積澱濃厚、思想活躍的土地似乎永遠蘊含著層出不窮的新奇主張與新鮮活力。除復古、性靈外，諸如實學、西學等觀念因子在其社會生活中實際也有所體現〔註27〕。而吳地士人自由任誕的天性，則使得這種種因素能夠和諧共存甚至彼此交融。這種多樣性與包容度，也正是明中葉之後吳中既能出現王世貞這樣一位復古領袖，又能成為性靈派思想源頭，最終佔領主流文壇風氣長達幾十年的根本原因。

　　不過應該指出的是，文化環境只是士人文學觀念形成的外因，要想真正瞭解一位作家的創作主張及其根源，還需從其成長過程入手進行分析。

第二節　王氏家族的事功傳統與王世貞性格心態的形成

　　關於瑯琊王氏家族的興起，王世貞將之追溯至東晉名臣王導，並在各種私人或公開化寫作中對他和其他先賢屢屢提及，這表明了他對於先輩功業傳統的一種追慕與體認：

　　　　臣家自瑯琊之度江左，世世當肺腑寄，稍替於宋，而先司諫起

　　　　孤生，受思陵遇，雖用積直忤相檜，偃蹇晚節，然猶出典方州，秩

〔註27〕參王培華《歸有光與明中期吳中經世之學》，《蘇州大學學報（哲學社會科學版）》2001 年第 1 期，第 93～96 頁。

中大夫，以大耋終。有子二人，同舉進士，歷監郡錄，中二告身，即司諫與其次子所被者也。自司諫五易世而爲夢聲，沿牒理崑山學事，遂家崑山。其後人能不廢其業，然內薄元德，不仕。而至於永樂中，稍稍有聞者。蓋成弘之間而青紫相禪矣。〔註28〕

　　吾王之先出晉丞相始興文獻公，五季時徙嚴州之分水，有司諫公縉者，顯重於宋，爲名臣，以上壽終。〔註29〕

　　其先世爲即丘子諱覽，即丘孫始興文獻公諱導，遷江東。至宋，左司諫諱縉者仕高宗朝，稱名臣，以不能事秦檜中廢，居分水，爲分水人。〔註30〕

至宋元間，王氏家族有名夢聲者，號古川先生，因任崑山學正而徙居其地，後其族逐漸分爲東西二支，西族居崑山，東族居太倉：

　　……古川公來爲崑山州學正蒙，家焉。古川公有三子，中一子天，其長者留崑山，爲警齋子之始祖，少者徙東鄉，遂割隸太倉，爲余之始祖。〔註31〕

　　……數傳而至古川先生，諱夢升（聲），薄元德不仕，僅從行省辟，爲崑山州學正，踰三十年。老不能歸，遂爲崑山州人。後割崑山之東垂爲太倉州，故王之裔或稱崑山，或稱太倉，其居亦相錯如繡。古川先生有三子，其中子天絕，而長者則吾少葵君，始曰西族；少者則余，始曰東族。〔註32〕

東、西二族相比，王世貞所屬的東族要更加顯貴一些。首先，在仕宦狀況上，東族中元美之伯祖父王僑爲工部郎中，祖父王倬官至南京兵部右侍郎，爲弘治、正德間名臣，父親王忬仕終薊遼總督、右都御史兼兵部左侍郎；元美少年中第，官終南京刑部尚書，位列八座，其弟王世懋則爲太常少卿。三

〔註28〕王世貞：《綸音世賞錄後序》，《弇州四部稿》卷七十一，景印文淵閣四庫全書，第1280冊。

〔註29〕王世貞：《太中大夫河東都轉運鹽使司運使少葵公暨元配歸安人合葬誌銘》，《弇州續稿》卷一百十五，景印文淵閣四庫全書，第1283冊。

〔註30〕王世貞：《先考思質府君行狀》，《弇州四部稿》卷九十八，景印文淵閣四庫全書，第1280冊。

〔註31〕王世貞：《故光州知州進四品階警齋子暨元配吳孺人合葬誌銘》，《弇州續稿》卷九十，景印文淵閣四庫全書，第1283冊。

〔註32〕王世貞：《太中大夫河東都轉運鹽使司運使少葵公暨元配歸安人合葬誌銘》，《弇州續稿》卷一百十五，景印文淵閣四庫全書，第1283冊。

代共五位進士，且其中二人官至正二品。西族中亦有三位進士王任用、王三錫、王三接，三人爲堂兄弟。王任用，字汝欽，長於世貞二十五歲，與世貞爲同年進士，官終禮部主事〔註33〕；王三錫，字汝懷，號警齋，嘉靖己丑進士，爲光州守，因以亢直忤上官，罷歸，居鄉四十餘年〔註34〕；王三接，字汝康，號少葵，爲三錫親弟，以進士爲長垣令，累遷河東都轉運鹽使，因受言官劾而罷歸〔註35〕。三人雖亦仕宦，但官職均不高，或爲郎署，或爲外官，與東族相較顯然遜色不少。

其次，在財產數量上，東西王氏起先均不甚富有，至多只能稱爲中豪，但東族世代爲官，所積俸祿不少，且王憕（世貞之伯父）善於治家，故資財漸饒，可稱豪富；而西族資產一直較爲固定，其族中王三錫善經濟，以貸息累金鉅萬，但後因其子被誣陷入獄，家產蕩盡。故東族的經濟狀況相對西族而言，亦較爲饒裕。

東西王氏所居雖甚近，但平日交往卻並不密切，至少在王世貞的文集中，很少見到關於西族人的記述。但二者畢竟同出一脈，因此在分析王世貞思想觀念的過程中，西族的情況亦有一定的參考意義。不過要考察元美的家庭環境，探究的重點還需放到東族上。

一、王倬、王忬

自徙居太倉之後，東王氏的族人大多爲平民，直至元美的祖父王倬，才算真正步入仕途，可知王氏家族在明代的仕宦歷史並不長，但與之相對的是，爲官從政、建功立業以垂不朽的傳統事功觀念在他們心中卻頗爲堅固。王世貞《王氏金虎集序》云：

> 王氏世以政術顯，余齔時，業好聞人名卿大夫之業云。弱冠舉進士京師，且十載，所目觀乃大謬不然者。夫武吏以力進，而文吏縣經治，此非其人，獨身於世致赫赫也，殆亦數會爾。退而自唯踈節骨體，不能爲骳骳脂輭、舍其故以媚一切之功名；家故江南人，筋力柔脆，不耐刀槊、佐馬上之治；而又不欲掇伊洛之遺，詳緩其步、速化苟就而已。而是時有濮陽李先芳者，雅善余，然又善濟南

〔註33〕參王世貞《明故承德郎禮部儀制司主事分源王君配錢安人墓誌銘》，《弇州四部稿》卷九十三，景印文淵閣四庫全書，第1280冊。

〔註34〕參《警齋子葬誌銘》。

〔註35〕參《少葵公葬誌銘》。

李攀龍也。因見攀龍於余，余二人者相得甚驩。間來約曰：夫文章
者，天地之精而不朽之盛舉也，今世所慕說貴人沾沾自喜，誇詡其
粗而齕吾精，以爲無益世治亂，即季札所陳興衰大端，又曷故焉？
夫君子得志則精渙而爲功，不得志則精斂而爲言，此屈信之大變、
通於微權者也。〔註36〕

　　初入朝時，元美抱有很大的政治熱情，希望能夠成就一番「名卿大夫之
業」。但一段時間之後，他發現這種政治上的抱負實際很難實現，方才將這種
「不朽」的願望轉而寄託於「立言」之上。不過從文中可以看出，雖然「立
言」亦屬於古人所云「三不朽」之一，但對從「齔時」起就已經隱約地樹立
起建功立業志向的王世貞來說，多少還是有些無奈的。

　　任何一種觀念都不會無緣無故地出現在一個人的思想當中，王世貞之所
以自小便有這種事功的理想，很大程度上是由於受到了其家庭——或者更準
確地說，是其祖父、父親——的影響：

　　王倬，字用簡，號質庵，少年時師從吳瑞習《易》，成化十四年中進士，
授山陰知縣，累遷右副都御史、南京兵部右侍郎，年七十二致仕。在王倬
身上，有一些特質是值得特別關注的。其一，爲官剛正。顧鼎臣《明故通
議大夫南京兵部右侍郎質庵王公墓誌銘》載其在山西道監察御史任上「先
後劾免不職大臣二十餘人，輿論稱快。巨璫楊某怙使命驕橫，至棰擊進士，
公抗疏劾罷之」；正德年間，劉瑾擅權，王倬堅持不向其低頭，「生死貴賤，
命也，使我盡喪其平生，貴不如賤、生不如死爾」〔註37〕，可見其平生持
守。

　　其二，王倬所交遊亦多爲剛直清正之士人。元美記述祖父任官南京時事，
云：

居則聞家長老言：大父之佐南司馬也，而是時故孫清簡公掌留
銓，間休沐，輒一過從茗飲。而業俱已七十餘。留都諸公卿遇大政，
當下議，默默推二大老，其所持衡甚皙。然無歲不力請歸。而天子
所以留之亦甚篤。迨其老，馳驛存問，有不能得之於六卿者而得之

〔註36〕 王世貞：《王氏金虎集序》，《弇州四部稿》卷七十一，景印文淵閣四庫全書，
　　　　 第 1280 冊。
〔註37〕 顧鼎臣：《明故通議大夫南京兵部右侍郎質庵王公墓誌銘》，《顧文康公文草》
　　　　 卷七，四庫全書存目叢書，集部第 55 冊，齊魯書社 1995 年版（版本下同，
　　　　 不再出註）。

大父。至續祿給扶，有不能得之於宰輔者而得之清簡公。〔註38〕

公（喬宇）之為大司馬，不佞大王父實佐之。而孫清簡公任太宰，相過從驩甚。公有鄉人林宗之鑒，先君子甫髫而侍公，進之膝曰：「兒異日庶幾余哉？」則謂大王父曰：「翁似不及也。」先君子居恒與不佞及公，未嘗不津津言之也。〔註39〕

孫清簡公即孫需，字孚吉，正德間任南京吏部尚書，曾論劾僧繼曉及忭中官劉郎等，為當時著名直臣；「喬莊簡公」即喬宇，字希大，嘉靖初吏部尚書，因直諫君過而被罷歸，《明史》載其「門無私謁」，「遇事不可，無不力爭，而爭『大禮』尤切」，「楊一清卒，宇渡江弔之」等等。從這些記載當中，可以看出孫、喬二人之正直。而王倬與他們交遊、受到他們的賞識，其品格亦可知之。

此外，從王倬為子女選擇的姻親上，也可看出他的性情好尚。元美代其父所寫《明故葉母王宜人墓誌銘》云：

宜人（即倬之女、忬之姊）十七歸衡州君。衡州君者，故文莊公盛孫也。崑著姓亡過王、葉兩家，而先司馬（指王倬）宦達，慕稱文莊公，以故字宜人其孫。而（葉氏）家特貧甚，僅具薦紳大夫之態與名……〔註40〕

因慕葉盛之節義，即使其家已非常貧窮，王倬也毅然決定與之聯姻。這表明他在選擇姻親時，首先考慮的就是其家族是否具有清正端方的傳統，他為其他兩個女兒所選擇的盛氏、史氏兩家也具有這種特質。

其三，重視經術科第。王倬年輕時於五經之中主修《周易》，學成之後，「下帷諸生恒數十百人」〔註41〕；至其子王忬，「戊戌會試，其文奇甚，不第歸，而名益著，弟子從受經者眾」〔註42〕。與之相應的是，他們對詩歌藝文

的興趣都不太濃厚。王倬「仕憂而學暇，則與諸生講論經義」，王忬「爲歌詩雅有聲，然意殊不自喜」。可見他們所重視的主要是經術，並且在很大程度上是將其作爲取科第的手段而加以研習的，王世貞所說「余不佞家亦世世受《易》，前後踰二十人，然僅以取科第，而亡能名一家言」〔註43〕正可證明這一點。

對科第的重視始終貫穿於王倬入仕之後的王氏家族傳統中。王世貞在《藝苑卮言》中回憶自己十五歲時從老師駱居敬學作詩，駱氏「大奇之」，曰「子異日必以文鳴世」，而世貞卻「是時畏家嚴，未敢染指」〔註44〕，只好將主要精力放在程文經義上；元美鄉試中舉之後，壓力轉移到了王世懋身上，《亡弟中順大夫太常寺少卿敬美行狀》云：

> 八歲而不轂舉於鄉，弟五鼓披衣起坐，大司馬公怪而問之，曰：
> 「吾有憂耳。」「何憂？」曰：「憂他日之後吾兄舉也。」大司馬公
> 大悅，每爲人說之。〔註45〕

可見世貞、世懋兄弟少年時對科舉經義的重視，固然與其父王忬的嚴格要求有很大關係，但更爲主要的原因，則是一種內在的焦慮。悠久的家族歷史、彪炳史冊的先祖、以及作爲「弘、正間名臣」的祖父和「嘉靖間名臣」的父親，這種無形的壓力，若無一功名加身，是很難承擔得起來的。但壓力同時也是動力，當被家族的光輝歷史所激勵、對古名卿大夫產生由衷崇慕的時候，功業成就便不再是單純的負擔，而轉爲了一種自發的追求。自王倬開始，王家逐漸形成的事功傳統不僅反映在上面所說的對科舉功名的重視之中，更體現在以清廉正直、保國護民爲本的爲官原則上。相比於祖父王倬，父親王忬給予元美的影響，則更多地表現在這一方面——

王忬，字民應，號思質，爲王倬之少子。年十五時父親去世，他依兄長王愔而居。王愔爲人豪爽友悌，但「豪於聲色，居恒張宴襖奏伎」，而王忬「如弗聞也者，每讀書至夜分，伊吾聲後管絃弗罷矣」〔註46〕。嘉靖二十年，王

〔註43〕 王世貞：《周易辯疑序》，《弇州續稿》卷四十，景印文淵閣四庫全書，第1282冊。

〔註44〕 王世貞：《藝苑卮言》卷七，陸潔棟、周明初批註《歷代詩話叢書》本，鳳凰出版社2009年版，第117頁。

〔註45〕 王世貞：《亡弟中順大夫太常寺少卿敬美行狀》，《弇州續稿》卷一百四十，景印文淵閣四庫全書，第1284冊。

〔註46〕 王世貞：《先考思質府君行狀》，《弇州四部稿》卷九十八，景印文淵閣四庫全書，第1280冊。

忤中進士，任職京師。其時元美已成州學生，往來於京城和家鄉之間；嘉靖二十四年，王忤遷爲都察院御史，上疏言三事，因其言辭犀利、不避權貴，「疏上，中外驩之」，「時中貴人宋興者行萬金近倖及相嵩，領東廠緹騎，多從爪牙吏，虎而翼，齗齗人，府君列其狀論劾之」，終王忤一生，其任官皆如此。嘉靖二十六年，王世貞進士中第，隨侍父親京師。王忤的清廉正直、一心爲國，在一言一行及對兒子的教導中，鮮明地體現出來：

> 時世貞已舉進士，府君貽書，諄諄謂士重始進，即名位當自致，毋濡跡權路。

> 庚戌，代還，復按順天。八月，敵數萬騎犯古北口。時三輔自己巳土木難後可百年不被兵，謂敵無何當自退。府君時以萬壽節留京師，獨憂之，謂世貞曰：「古北單薄，與敵共一牆耳。吾所恃者京兵、薊兵俱柔脆，不習戰，敵朝闌入而夕馳於都門之外，誰能禦之？通州吾咽喉也，六師之儲聚焉，吾當爲上守通州。」乃具其事以聞……而即日按部之通州。

> 會兵部員外郎楊君繼盛以論劾相嵩父子，爲所陷，抵罪。府君聞之，恨彈指出血。不肖世貞又不幸嘗從楊君遊，頗爲之經紀其喪。而鄉人客相嵩所者文致其狀，嵩父子怒切齒……〔註47〕

但也正是因爲這種正直，王忤、王世貞父子屢次與嚴嵩父子發生齟齬，深爲其所忌恨。嘉靖三十八年，時任薊遼總督的王忤因灤河戰事失利，被嚴氏黨羽陷害入獄，並於次年十月被處死。這件事對王世貞的打擊是致命性的，直接導致了他後來思想觀念的巨大轉變。後來王世貞因任官至浙江、來到其地的名宦祠祭拜父親（王忤曾以提督軍務巡撫浙江）時，睹物思人，不禁潸然泣下、鄭重起誓：

> 惟貞小子，寔愧纓弁。自今而往，敢矢厥願：進不斬榮，退不謀便，言不獵名，事不避難。庶幾九原，藉手以見。嗚呼！哀哉！〔註48〕

「進不斬榮，退不謀便，言不獵名，事不避難」，元美站在父親靈前，懷著巨大的悲痛發下的這一誓願，當是王忤生前告誡他爲人處世準則的核心。

〔註47〕王世貞：《先考思質府君行狀》，《弇州四部稿》卷九十八，景印文淵閣四庫全書，第 1280 冊。

〔註48〕王世貞：《名宦祠奠先公文》，《弇州四部稿》卷一百四，景印文淵閣四庫全書，第 1280 冊。

王忬清正剛直的品格，於此顯露無遺，而主動請命北上掌兵事的行爲，也體現出了他對於事功成就的追求。

一個家族的人文傳統究竟能在多大程度上影響士人思想觀念的形成？這實際上很難用量化的標準來說明。但從當時文化世家的發展與傳承之中，還是可以看出一些東西來的。比如王世貞在爲彭年所作的墓誌銘中曾寫道：

> 彭先生少穎卓，嗜讀書，讀多六經、諸子史、兩漢古金石言，而不喜齷齪習舉子業。新會公（即彭年之父）亦故任之，曰：「毋苦兒，即用是貴，作乃翁趣矣。」〔註49〕

彭年乃嘉靖、隆慶間吳中著名的隱士之一，尤擅書法，元美弇山園中有不少題額都是請他所作。嚴格來說彭氏家族並不算是文化世族，但其父彭昉曾舉進士、爲新會令，故而也可說是詩禮之家。同樣作爲父親，在管教兒子方面，彭昉對彭年的要求十分寬鬆，對他略有些「不務正業」的閱讀行爲不加約束；而王忬卻會限制世貞所讀的書籍，令其將主要精力放在「舉子業」上。這二人的觀念趣尚顯然在其家庭中間形成了一定的導向作用：彭年繼承自父親的散淡性格使他很難成爲元美那樣的官員，而元美與王忬一脈相承的事功意識也注定他不會成爲彭年那樣的隱士。從這個意義上說，家族傳統對於士人人生走向的作用甚至是根本性的。

除了家庭風習，在文化統緒上，家族傳統對士人的影響也十分重要。王世貞在《江西布政都事守默華翁墓誌銘》中述及無錫華氏家族時曾記載，華氏一族甚好詩文，先祖「棲碧公有文曰《黃楊集》，貞固公集曰《愚得》」，其後人華堯欽「皆梓之家塾」，「以故（華）善繼爲制科業且成，而復與（華）善述力爲古文辭」〔註50〕。華善繼、善述兄弟乃無錫人，擅古詩文，於隆慶、萬曆間頗有聲，因地里相近而與王世貞遊處甚歡。無錫華氏乃其時之「天下名族」，但其支脈並不都擅長文學，王世貞此處所用的「以故」一詞，表明了他認爲華氏兄弟之所以能爲古文辭，與他們見到其家塾所刻的先祖文集有很大的關係。明中期以後，不少世家名族都會刊刻先輩中著名士人的別集，以標榜榮耀或廣布聲名，其家族中的少年子弟更是從小閱讀。在這種潛

〔註49〕 王世貞：《明故徵士彭先生及配朱碩人合葬墓誌銘》，《弇州四部稿》卷九十一，景印文淵閣四庫全書，第1280冊。

〔註50〕 王世貞：《江西布政都事守默華翁墓誌銘》，《弇州續稿》卷九十九，景印文淵閣四庫全書，第1283冊。

移默化的浸染下，前輩士人的思想觀念、詩文主張很自然地為後人所繼承，其家族的文化統緒便也如此一代代流傳下去。其實所謂「家塾」在明中後期文化發展中有十分重要的意義，作為家庭教育的主要方式，它在士人價值觀念體系形成的初始階段所起到的作用相當大，文學理念的繼承只是其中的一個方面。

從以上論述可知，家族傳統對士人的作用雖不是決定性的，但它在士人性格及詩文傾向形成過程中所產生的潛移默化的影響卻相當重要。因此，雖不能說王世貞希望「立言不朽」的思想完全來自於其家族的事功傳統，但這一傳統在其人生觀的形成中起到了相當大的作用，則是可以肯定的。

二、王愔、王憬

但正如士人在成長過程中會受到家庭環境的影響，作為個體的家族也無法避免其所處地域風習所帶來的一些改變。在王氏家族中，明中期以來吳中社會風氣的變遷主要體現在兩個人身上，即元美的伯父王愔與從伯父王憬。王世貞《瑯琊先德贊》云：

> （王愔）性謹愿，無他好，獨好授新聲童子，使具粉黛、為優戲，晝夜翫之無厭。又好構華屋，壘山鑿池，多蒔花木，以至挫產弗顧也。不食酒，然飲客恒至移旦夕……
>
> （王憬）好酒色六博，不修威儀，而孝友忠信、内行淳備。〔註51〕

王愔是王倬的長子，因父親長年在外任官，他很早就開始處理家庭的財用收支，並且「多假貸陂田、值巧穫，能以時消息之，節縮為盈，旁斂益拓」〔註52〕。商業活動使王愔獲得了大量的財富，而他的種種愛好也更偏於奢侈及享受。這是為年少時的王世貞所熟知的。王氏《先伯父靜庵公山園記》云：「余自為諸生，則已侍靜庵公杖屨遊山中。」此處之「山中」即王愔之園林，園中「客毋問晝夜，商移徵易，絲倦肉代，改席謀懽，醉醒互端，是無但東南，稱能為園主人者亦遜，莫與靜庵公抗」〔註53〕。王世貞後來建離薋園、

〔註51〕王世貞：《瑯琊先德贊》，《弇州續稿》卷一百五十一，景印文淵閣四庫全書，第 1284 冊。

〔註52〕王世貞：《明故承事郎山東承宣布政使司都事靜庵王公墓誌銘》，《弇州續稿》卷一百一，景印文淵閣四庫全書，第 1283 冊。

〔註53〕王世貞《先伯父靜庵公山園記》，《弇州四部稿》卷七十四，景印文淵閣四庫全書，第 1280 冊。

弇山園，與王愔的喜好與實踐就有一定關係。在思想方面，王愔亦對元美有相當深刻的影響：

> 嘗以夏日風芙蓉池，絃管間，笑謂世貞曰：「和柏梁者方襲綺玉而揮汗具草，得如老夫否耶？」又曰：「人生寄耳，何乃谿刻自苦爲？」〔註54〕

在王愔看來，自適與享受乃是人生的第一要務，這種人生觀、價值觀，與王忬簡直是背道而馳。但在王世貞的詩文、尤其是其後期的作品中，卻經常可以發現這種觀念的影子。

崇好奢靡的王愔並不是王氏家族中的個例，他的堂兄王憬也頗好酒色。相較王愔，王憬的觀念思想顯得更爲複雜。他曾官黃陂令，黃陂「政事清簡」，但他仍在三載之後「歎曰：『使我束帶而見督郵，孰與衣輕裘、躡不借，使蒼頭攜一鴟夷從而臥馬鞍山足也。』請於吏部，得致仕歸」〔註55〕。王憬的這種選擇，頗令人聯想起後來袁宏道的行爲。這也表明重自適、重性靈的觀念其實一直存在於吳中，尤其在市鎮經濟興起之後。

相對於王倬和王忬，王愔、王憬實際上代表了王氏家族中的另一種「傳統」或者說「風氣」。市鎮經濟的影響從他們身上體現出來，進而形成一種觀念衝擊著包括王世貞在內的下一代家族成員。不過這種風氣從來不是這個家庭思想的主流，無論社會地位還是社會影響，都決定了事功觀念才是王世貞少年時期觀念的主導。

第三節　多方涉獵，傾心復古：王世貞早年文學觀念的形成及其入京後的交遊取捨

自由開放的文化風氣、世代簪纓的家庭背景，與當時其他地域的大多數士人相比，王世貞少年時的讀書環境都可謂極爲優越，這也爲他早年多樣化文學興趣的形成提供了條件。僅據《弇州四部稿》及《續稿》中的有關記載來看，元美中第之前至少已涉獵過《史記》、《漢書》、《世說新語》、李、杜詩集、三蘇文集及王陽明全集等書籍，其博雜程度絲毫不亞於吳中名士；且相

〔註54〕 王世貞：《明故承事郎山東承宣布政使司都事靜庵王公墓誌銘》，《弇州續稿》卷一百一，景印文淵閣四庫全書，第 1283 冊。

〔註55〕 王世貞：《瑯琊先德贊》，《弇州續稿》卷一百五十一，景印文淵閣四庫全書，第 1284 冊。

對於較爲枯燥的儒家經典，《世說》、雜傳等對當時的王世貞的吸引力顯然更大。如此多方涉獵、廣取博收，與吳中的「博雅」傳統自然是分不開的。

但是，在這種多樣化的閱讀興趣中，王世貞最終選擇的文學道路卻並不是他曾衷心喜愛的三蘇、王陽明而是復古。這一點甚至直接影響了他入京後對文學盟友的挑選。究其原因，以事功爲重的家族傳統與元美自身的性格特點起到了決定性的作用。

一、多方涉獵：王世貞早年多樣化的文學興趣

1、「崇蘇慕王」

王世貞《弇州讀書後》卷四《書王文成集後》云：

> 余十四歲從大人所得王文成公集，讀之，而晝夜不釋卷，至忘寢食，其愛之出於三蘇之上。〔註56〕

從這句話可以得知，王世貞在十四歲之前就讀到過三蘇（即蘇洵、蘇軾、蘇轍）的文集，且十分喜愛。這條材料在酈波《論王世貞詩文主張的形成與後七子的結盟》、魏宏遠《王世貞晚年文學思想轉變「三說」平議》兩篇文章中亦曾被引用過，二文一致認爲它可以證明元美早年確實有崇好蘇文的意識，酈文更指出「習唐、習宋之爭卻正是復古派文人畫地爲牢的界限所在，王世貞的少年愛好多少可以反映出他在成長階段自發的文學傾向」〔註57〕。但王世貞當時只是一個十幾歲的少年，這種崇蘇的意識，他是從哪裏得來的？這一點，上述文章未加以關注，而筆者認爲，此點恰恰是在「王世貞早年即崇蘇」這一論斷下最應探究的問題之一，因爲它不僅關係著對元美自身文學思想發展過程的理解，同時也會影響到對明中後期吳中文壇的認識，值得進行更爲深入的考察。

首先需要探討的是，王世貞是從哪裏得到的三蘇文集？筆者認爲，他獲得此類文集的途徑，應當和引文中所述「從大人所」得來的王陽明集一樣，來源於其父王忬的收藏。王世貞在《先考思質府君行狀》中言及父親的讀書癖好，云：

〔註56〕王世貞：《書王文成集後一》，《讀書後》卷四，景印文淵閣四庫全書，第1285冊。

〔註57〕酈波：《論王世貞詩文主張的形成與後七子的結盟》，《徐州師範大學學報（哲學社會科學版）》2001年第3期，第114頁。

> 其於材好諸葛武侯、范文正及近時王文成諸公。於詩好建安、
> 李、杜，文好司馬子長、賈長沙、蘇子瞻，封事好陸宣公，而尤篤
> 精於經術。閱書一過目即成誦，於百家言無所不窺曉。〔註58〕

王忬本身就十分喜好王陽明、蘇軾的文章，家中自然藏有他們的著作。不過，一般認為明代文學崇蘇慕白之風是在公安派登上主流詩壇之後才興起的，在前七子掀起的復古思潮尚未消歇之際，與「文必西京、詩必盛唐」觀念相左的宋代文人作品，為何王忬會如此喜愛，他又是從哪裏接觸到其文集的呢？

應該說，這又是傳統文學史敘述方式所造成的錯覺之一。事實上，詩歌暫且不論，蘇軾（或三蘇並舉）的文集自明前中期開始，便一直頗受士人歡迎。據《全明分省分縣刻書考》及曾棗莊先生的考證，僅成化至嘉靖年間所刊刻的三蘇文集，便有《三蘇先生文集》、《蘇文忠公寓惠集》、《新刊許海嶽先生精選三蘇文粹》、《寓惠錄》等諸多版本，如：

①《三蘇先生文集》七十卷，有成化十年福建刊本、成化二十年安徽刊本等；

②《蘇文忠公寓惠集》，有正德七年、嘉靖五年刊本等；

③《新刊許海嶽先生精選三蘇文粹》，嘉靖四年刊本；

④《寓惠錄》四卷，有嘉靖五年刊本、嘉靖二十三年常熟刊本等。〔註59〕

由上可見蘇軾文章在當時的流傳度還是比較廣的，造成這種狀況的原因，主要是科舉的需要。明代雖以程朱理學為科試內容，但在文體形式上則以策、論為主，這就要求士子們的文章具有水流雲起、縱橫捭闔的氣勢。這一點上，蘇軾的文章無疑是最為出色的典範。他的論說文在宋代就被奉為科舉程文的範本，當時甚至有「蘇文熟，吃羊肉；蘇文生，吃菜羹」的歌謠，到了明朝就更是如此。所以王忬家中藏有三蘇文集實屬正常。

除父親的影響外，王世貞少年時期對蘇軾的崇慕還可能與當時的太倉守馮汝弼有關。馮氏字惟良，號祐山，平湖人，嘉靖十一年進士，嘉靖二十二年任太倉州守，未滿一年即遷去。雖然時間較短，但王世貞從馮氏處所獲得的教益卻相當大。元美《馮祐山先生集序》云：

〔註58〕 王世貞：《先考思質府君行狀》，《弇州四部稿》卷九十八，景印文淵閣四庫全書，第1280冊。

〔註59〕 參杜信孚、杜同書：《全明分省分縣刻書考》，線裝書局2001年版。

余十八爲州諸生，事故府主馮公，與公之子今參政敏功生同
歲。公每試諸生經義，時時甲乙，因相得甚懽。〔註60〕

又《山東左參政贈中大夫太僕寺卿馮公傳》：

（馮敏功）十八從其父太倉，與諸生儔異若凌尚書雲翼、徐太
僕爌、憲副敦、張憲副大韶相切劘爲制科業，而不佞貞忝公同齒，
參其末。〔註61〕

馮敏功乃馮汝弼之子，馮氏讓其與太倉諸生一起研習經義，並且時時對
他們加以指導，可見他對於士子教導培養的重視。在這種交流之中，他的文
學觀念自然也會有所流露、並對這些年輕的士子們形成影響，那麼馮氏的詩
文傾向是怎樣的呢？王世貞指出：

公之所撰著文若詩於格固亡論，余得竊窺一二：若觸邪之簡峭直
深毅，何異劉子政、蔡中郎？酬事諸箋皆幾中綮，庶幾陸敬輿、蘇眉
山；敘記志傳蘊藉疏暢，得之盧陵爲多，詩古近體溫厚爾雅，颯颯錢
左司、劉隨州遺響。要而歸之尼父之一言，曰：辭達而已矣。〔註62〕

馮汝弼的詩文創作以「辭達」爲宗，不汲汲於格調，追求流暢簡直的風
貌，對歐陽修、蘇軾的文章十分欣賞。馮氏的這種觀念相當近於唐宋派的主
張，說明他可能曾受到過「嘉靖八才子」等的影響。據《全明分省分縣刻書
考》，馮氏所輯的《三蘇文纂》在嘉靖二十一年刊行〔註63〕，次年他便來到太
倉任守令之職。王世貞受其影響的可能性之大不言而喻。

從父親王忬和府主馮汝弼處，少年時期的王世貞對蘇軾的文章有了初步
的印象。雖然蘇集的刊刻在當時多是出於科舉目的，但其橫肆飄逸、隨意而
行的特點，給他留下了相當深刻的印象，後來他曾說道：

善乎蘇子瞻先生之自名其文，如萬斛之泉，取之不竭，唯行乎
其所當行、止乎其所不得不止。斯言也，莊生、司馬子長故饒之，
於詩則李白氏庶幾焉。蘇先生蓋佹得之而猶未盡者也。……吾自操

〔註60〕王世貞：《馮祐山先生集序》，《弇州續稿》卷四十五，景印文淵閣四庫全書，
　　　　第 1282 冊。

〔註61〕王世貞：《山東左參政贈中大夫太僕寺卿馮公傳》，《弇州續稿》卷七十九，景
　　　　印文淵閣四庫全書，第 1283 冊。

〔註62〕王世貞：《馮祐山先生集序》，《弇州續稿》卷四十五，景印文淵閣四庫全書，
　　　　第 1282 冊。

〔註63〕參杜信孚、杜同書：《全明分省分縣刻書考》三·浙江省卷，線裝書局 2001
　　　　年版。

舾時，業已持衡是說。〔註64〕

可見他受到蘇軾詩文思想影響的時間，遠比後來研究者想像得要早得多。

王世貞對王陽明的態度轉變，比對蘇軾更加複雜，因爲這與他對理學家擯棄詩文審美特質的反感有關。《四部稿》中凡涉及心學之處，往往採取一種敬而遠之的態度，但實際上他對陽明學說及其流傳情況並不是一無所知。如他在與趙用賢的一封信中談及江西王學時言道：

> 瞿生宗門之學甚精，第恐更爲宗門所牽，將草鞋空踏破耳。渠必欲往江西，大抵江西三處擅場，羅稍大，胡似高，李似實。然不過宗門餘派耳。今以儒道蓋之，未免遮掩補湊，不爲朗著。故於此子行不勸亦不阻，俟勘破後返照此心，恢恢故自有餘地也。〔註65〕

王世貞認爲江西王門後學中有三人造詣較高：羅洪先、胡直、李材，「羅稍大，胡似高，李似實」。這三句評語看似簡要，其實正切中三人學說體系之脈，若是平時對心學毫無瞭解的話，是不可能作出這樣的評斷的。又如：

> 《大學述》一書及答問數篇，僕不知古今本何如，第覺公提掇喚醒精神，躍然得千古不傳之秘。王文成是單刀直入作用，爲其徒說得虛幻沒巴鼻。公與之雖不無小牴牾，而實相發，即紫陽先生亦不能不以元功見讓也。〔註66〕

這是指陽明與《大學》古本的問題。元美雖言自己「不知古今本何如」，但他所說「第覺公提掇喚醒精神，躍然得千古不傳之秘」及「王文成是單刀直入作用」，卻恰恰是陽明希望後學從他對「古本」的解讀中發現的東西。王世貞《答曾長洲》曾云：「朱之格物，王之致良知，故自匪同。若致得盡、格得盡，終自成一局面，不狼狽也。」〔註67〕對王學瞭解之透徹可見一斑。《弇州續稿》中甚至還有一封他寫給王畿的答信，云：

> 自辛未夏獲一奉顏色，於今七改歲朔矣。每見張守君道翁飲食步履耳目之用不少衰，方在仰羡，以爲錢塘一衣帶水，懶廢自阻，

〔註64〕王世貞：《陶懋中〈鏡心堂草〉序》，《弇州續稿》卷四十五，景印文淵閣四庫全書，第 1282 冊。

〔註65〕王世貞：《與趙汝師》，《弇州續稿》卷一百九十四，景印文淵閣四庫全書，第 1284 冊。

〔註66〕王世貞：《答許孟仲京兆》，《弇州續稿》卷一百九十六，景印文淵閣四庫全書，第 1284 冊。

〔註67〕王世貞：《答曾長洲》，《弇州續稿》卷二百四，景印文淵閣四庫全書，第 1284 冊。

無由侍几杖而聆德音。忽拜大誨及新刻數種,捧誦之餘,不勝感服。

此道理在孔門若五百白牛乳,陽明先生於內點出醍醐,然服之既久,

仍以爲酪,自翁再一點破,使人咽喉間作甘露快。世人不問羅什之

啖針而概疑其有室,無怪宣律師未曉三車菩薩地位也。……〔註68〕

辛未乃隆慶五年,其時世貞正因丁母憂而居里,觀信中之語,他與王畿曾有過一面之緣。七年過去,王畿主動寄書及「新刻數種」與之,似有希望元美修習心學之意。但元美的態度卻十分淡然,既不曾赴「一衣帶水」的錢塘聆聽其學,在回信中也只是表達了一下對陽明及龍溪的敬服。此時的他或許在心中還存有對性理之學的一些抵觸,但少年時對《王文成公集》曾抱有的熱情卻也到底不是毫無痕跡,從他對心學內涵的瞭解,便可明白這一點。

2、推尊《史》、《漢》

若王世貞一直秉持自己少年時的這種傾向,現在所見到的《四部稿》甚至明代整個文學史,就不會是這個樣子了。無法確定的是,如果元美所推崇的始終是心學和蘇軾,性靈文學的思潮會不會提早到來;但可以肯定的是,如果沒有後來作爲後七子之一的王世貞,復古的文學思潮不會在吳中產生如此之大的影響。那麼,爲什麼那個曾經爲陽明集和三蘇文廢寢忘食、如癡如醉的少年,會毅然決然地拋棄了這種愛好、轉而一頭扎進了古詩文裏呢?

由上文所引《書王文成公文集後》中的語句可知,王世貞至少在十四歲時還未對古學發生興趣。筆者認爲,他在文學取向上的這種轉折,發生在十五歲這一年。而引導他走進這一領域的,則是此年王忬爲他請來的老師駱居敬。

駱居敬,字行簡,山陰人,嘉靖二十年以謁選得廣州推官,後歸鄉里居終老。世貞後來在《奉壽廣州司理容山駱翁尊師九十序》中回憶起少年時這位老師對自己的教導,曾云:

> 世貞十五而先司馬公延山陰駱翁主賓塾,俾受博士家言,翁不
> 甚帖帖於訓故,而操心匠解理,刃恢乎有餘地焉。賞激詠言之下,
> 有不假丹鉛而爲鼓舞者,即世貞亦不自知其所以進。而翁猶少之,
> 時時取左氏、司馬、昌黎、河東遺書,以開博其識趣。〔註69〕

〔註68〕 王世貞:《答王龍溪》,《弇州續稿》卷二百三,景印文淵閣四庫全書,第1284冊。

〔註69〕 王世貞:《奉壽廣州司理容山駱翁尊師九十序》,《弇州續稿》卷三十四,景印文淵閣四庫全書,第1282冊。

　　駱氏雖不是吳人，但他的性格趣尚卻頗似其地文士：「不甚帖帖於訓故，而操心匠解理」、「賞激詠言」、「不假丹鉛而為鼓舞」，這種活躍跳脫、不喜經學的態度與唐祝文徐等吳中才子何其相似。事實上，山陰一帶的觀念主張也確實有很大一部分來源於吳地。山陰為浙江紹興府所轄，陸地距離上與蘇州府雖不近，但水路交通卻十分方便。由於吳中「文盛天下」，自明中期以來便有不少山陰士人赴其地訪師求學，他們學成後回到家鄉，自然會將吳地的觀念風氣一同帶回。長此以往，本屬浙東的嘉興、山陰等地，便也沾染上了一些吳中的風習。故而駱氏身上亦體現出吳地文化的一些特質，如博學好古等，他還將這種傾向傳授給了王世貞——「時時取左氏、司馬、昌黎、河東遺書，以開博其識趣」。相對枯燥的經義舉業，《左傳》、《史記》以及韓愈、柳宗元等的文章無疑要有趣得多，對於年少的元美，其吸引力可想而知。而駱居敬的教導指點，則使他在拓寬視野的同時，又多了一份對於古學的理解與賞鑒。

　　駱居敬不但帶著元美閱讀古史、古文，偶而還會教他作詩：

　　　　而又一日，翁為人賦《寶刀篇》，得漢字韻，顧謂世貞試押一語，世貞應聲云：「少年醉舞洛陽街，將軍血戰黃沙漠。」翁起而揖，且歎曰：「子必以大雅名世哉！吾且拜下風。」而是時世貞亦不知翁所以許。〔註70〕

　　在《藝苑卮言》中，元美再次提到了這一事件，並指出自己對古詩文的興趣正是通過駱氏的引導而產生的：

　　　　余十五時，受《易》山陰駱行簡先生。一日有鬻刀者，先生戲分韻教余詩，余得漢字，輒成句云：「少年醉舞洛陽街，將軍血戰黃沙漠。」先生大奇之，曰：「子異日必以文鳴世。」是時畏家嚴，未敢染指，然時時取司馬、班史，李、杜詩竊讀之，毋論盡解意，欣然自愉快也。十八舉鄉試，乃間於篇什中得一二語合者。〔註71〕

　　雖然尚未中第，害怕父親認為自己不務正業，不敢隨意閱覽，但元美依然「時時取司馬、班史，李、杜詩竊讀之，毋論盡解意，欣然自愉快也」，可知此時他對古學已發生了很大的興趣。在後來寫給于鳥先的一封信中，元美亦

〔註70〕王世貞：《奉壽廣州司理容山駱翁尊師九十序》，《弇州續稿》卷三十四，景印文淵閣四庫全書，第 1282 冊。

〔註71〕王世貞：《藝苑卮言》卷七，陸潔棟、周明初批註《歷代詩話叢書》本，鳳凰出版社 2009 年版，第 117 頁。

曾寫道：「記僕年十五時，目不知詩，……蓋又三年，而始曉開古詩書帙。」
〔註72〕因含有自謙成分，故此言與上引材料在時間點上有所差異，但王世貞
至晚在十五歲前後已對古詩文產生興趣，則是可以確定的。

　　除駱氏之外，王世貞少年時期所從的老師還有好幾位。十歲時，王忬
已延請同里陸邦教爲其授《易》，後來他又曾先後師從同爲太倉州人的姜
周、周道光等。陸、姜、周三人在經義程文方面均給予了王世貞很充分的
教導，但他們並沒有像駱居敬一樣引導他接觸古學。明中期之後，塾師的
職責逐漸開始分化，有些只講授經義程文，是爲「經師」；而另一些則是因
家中長輩推崇其學行、特意請來教導子弟的，元美《壽觀察寧齋季尊師七
十序》云：

　　　　世貞年十六而受《易》觀察使寧齋公，公是時甫三十有四，遊
　　　　太學，負重聲，而其爲人恂恂長者，即之，和風拂而甘雨沐也。至
　　　　取予好惡，則又嶷然山立矣。先司馬心器之，間謂世貞曰：「夫此公
　　　　者，寧獨而經師哉？」〔註73〕

　　可見在授經之外，這些被請至家塾的士人還有一定的價值觀引導意義。
在王世貞少年時期的塾師中，除上面提到的駱居敬，還有一位值得注意，即
王材。王材字子難，號稚川，江西撫州人，嘉靖二十年進士，官至南京太常
寺卿。《弇州續稿·壽大司成稚川王先生七十序》云：

　　　　世貞束髮而爲進士業，而稚川先生實造之，自是得通門人籍。
　　　　數以燕見，談說道術經濟，次乃泛濫子史百家，以逮雕蟲之技，毋
　　　　所不辨曉。〔註74〕

　　除通曉經史、泛濫百家外，王材還是一位相當講求經世致用的士人：

　　　　當是時，館閣之士爭以詩酒飾太平，而公獨不然，務顯析國家
　　　　典故以至邊防財賦諸大計，歷歷如指掌。〔註75〕

　　元美之師事王材，亦在十五歲前後，時王氏並未主館，而是與元美「數

〔註72〕 王世貞：《與于皂先》，《弇州續稿》卷一百八十三，景印文淵閣四庫全書，第
　　　　1284冊。
〔註73〕 王世貞：《壽觀察寧齋季尊師七十序》，《弇州續稿》卷三十二，景印文淵閣四
　　　　庫全書，第1282冊。
〔註74〕 王世貞：《壽大司成稚川王先生七十序》，《弇州續稿》卷三十三，景印文淵閣
　　　　四庫全書，第1282冊。
〔註75〕 王世貞：《念初堂集序》，《弇州續稿》卷四十二，景印文淵閣四庫全書，第1282
　　　　冊。

以燕見」。這種較爲自由的氣氛使師徒二人得以談說更多的話題——道術經濟、子史百家、詩歌文賦。雖然元美文中並未詳述這些談論的具體內容，但這種博學多聞的意識，卻已潛移默化地進入了他的思想之中。

除了這兩位塾師之外，與王世貞家族有關聯的一些吳中地區的姻戚故舊，對元美早年古詩文方面興趣的產生也有一定的啓發意義，如陸吉孺，元美《陸吉孺集序》云：

> 予髫齔業從人授書，則侍陸君云，……君是時縣博士弟子術中稍稍厭之，嘗就試過，探其藏，多先秦古文書也。……〔註76〕

陸吉孺乃成、弘間太倉名臣陸容之曾孫，陸容藏書甚富，其子陸伸及二孫陸之箕、陸之裘亦皆有文名，其中陸之裘即陸吉孺的父親，頗爲好古。豐富的藏書與崇古的傳統，使陸吉孺在經義程文之外亦對「先秦古文書」有所涉獵。陸氏之妻乃元美之母的季妹，郁氏姐妹三人，長嫁王忬，季歸陸吉孺。由於這種姻親關係網的存在，各家族之間彼此聽聞、影響是相當自然且常見的。在相互往來的過程中，各自的文學觀念也會有所交流，上引之句即是一個明顯的例證。

又如華雲。華氏乃嘉靖間無錫人，以進士任職郎署，不滿六年而歸，歸後遊賞湖山、交結名士，名聲甚大。他「好爲古文辭」、「有儁聲」，所交遊者「若文徵仲父子、祝希哲、陳復甫、許元復、陸叔平、彭孔嘉、周公瑕、袁魯望之屬，有屈年而與先交者，有屈先生年而與交者，下上揚扢，無時不過從」〔註77〕。王忬與華雲爲同年，兩家互有往來，《華補庵先生詩集序》云：

> 余之先人大司馬公同先生舉於辛丑，余弱冠時侍先生坐，見目以小友。未幾而竊從郎署後，以使事歸，飲先生綠雲窩，眉宇、襟度、談笑非復人間人也，自是俯締姻好。〔註78〕

可見元美年輕時就曾見過華雲，而如若文徵明、祝允明等人眞的「無時不過從」的話，那麼他與這些吳中名士有所接觸，也不是沒有可能的。家中長輩之間有姻親或同榜、同科等關係，古人謂之「通家」，如陸吉孺、華雲等

〔註76〕 王世貞：《陸吉孺集序》，《弇州四部稿》卷六十四，景印文淵閣四庫全書，第1280冊。

〔註77〕 王世貞：《華補庵先生詩集序》，《弇州續稿》卷五十四，景印文淵閣四庫全書，第1282冊。

〔註78〕 王世貞：《華補庵先生詩集序》，《弇州續稿》卷五十四，景印文淵閣四庫全書，第1282冊。

與王家即如此。王氏本身爲世家大族，王倬、王忬又皆爲進士，其「通家」者中學識淵博的知名之士亦甚多。在這樣的氛圍中生活，王世貞接觸到博雅好古的觀念，是十分自然的。說到底，吳中地區自由開放的學術風氣，是元美少年時期對復古、性靈觀念都具有一定瞭解的根本原因。

二、傾心復古：王世貞文學道路的最終選擇

　　既崇慕蘇軾、王陽明，又傾心古詩文，這兩方面在少年王世貞的思想觀念中並行不悖。然而在後來正式登上文壇時，他所選擇的道路卻是文學復古。一般認爲，這與他對吳中詩風的厭惡有直接關係，的確，元美對於矯揉作態、高自誇飾的當時吳地文壇的流行風氣一向十分不滿。在《李氏山藏集序》中，他就曾頗爲直白地說道：

> 某吳人也，少嘗從吳中人論詩，既而厭之。夫其巧倩妖睞、倚
> 閭而望歡者，自視寧下南威、夷光哉？然亦亡奈乎客之浣其質而睨
> 之也。〔註79〕

　　但是，這是否就是王世貞最終棄蘇、王而擇復古的根本原因呢？事實似乎並非如此。元美對吳中詩文的態度，並不是始終否定的。在其文學活動的前期，尤其是未與李攀龍、宗臣等人結社時，他對吳地的不少先賢名士都曾十分景慕。嘉靖二十九年，王世貞任職刑部，因疾休養京邸，他「伏枕不懌，憶數鄉哲，彬彬多鉅公異人，龍質鳳章，雲蒸霞爛，雖潛見異則、託就大小，然亦盛矣」，遂作《四十詠》表達自己對鄉邦前輩的欣賞，其中如：

> 季迪負神啓，駿發自名郡。縱毫動天籟，調篇韛皇運。邁世無
> 永曆，後身有嘉問。璡琢藉未工，楚珉悲其瑾。（高太史啓）

> 昌穀振奇士，玄覽意何卓！芙蓉秀濁水，蒼隼擊寥廓。調古鮮
> 同驅，名高遠時作。詎爲坎軻恨，短年亦予樂。（徐迪功禎卿）

> 希哲寄聲酒，詼諧放情素。翰墨人盡研，巧者由機悟。遊龍宛
> 霞浦，芙蕖發朝露。世上亦何有？悲此邯鄲步。（祝京兆允明）

> 文翁負耿介，至巧亦天性。暨年卻金賕，中歲辭藩聘。既三鄭
> 氏絕，仍齒伏生境。遙裔播休華，千秋猶輝映。（文待詔徵明）

〔註79〕王世貞：《李氏山藏集序》，《弇州四部稿》卷六十四，景印文淵閣四庫全書，第 1280 冊。

> 浚明經國才，所遜在勇沉。雖復豪文戰，而乃非素心。鳴鳳吐
> 朝陽，漸鴻遯中林。幽懷故有託，寧爲遘荒淫。（陸太常粲）〔註80〕

等等，均體現了他對這些名士的由衷欽佩與讚賞。其中高啓和徐禎卿尚可說與復古有關，祝允明、文徵明、陸粲則是淺暢華美的吳中詩風的典型代表，而元美依然對他們表示了讚揚。從王世貞早年的創作中，也可以看出這一點。《弇州四部稿》卷四十七中有這樣幾首詩，分別名爲《詠戍卒》（二首）、《送蔣子南歸》（二首）及《病起》（二首），其下注云「下六首少時作」。後即嘉靖二十六年元美計偕途中所作之四絕句，可見這六首詩乃是他二十二歲前所創。細讀此六詩，中如：

> 乍逐春風上帝畿，如何短棹又將歸。看君身似瀟湘雁，不厭年
> 年南北飛。（《送蔣子南歸》其一）

> 蕭疎病骨怕逢秋，伏雨斜風到枕頭。一夜芭蕉惱不徹，他自無
> 情我自愁。（《病起》其二）

等作，可以很明顯地看出吳中詩風在其中的影響痕跡。尤其是「一夜芭蕉」二句，如果一個詩人極其厭惡淺暢流麗的吳地風習，很難想像他會寫出這樣的作品。

事實上，從《四部稿》及《續稿》中的表述來看，王世貞最初對吳中風氣的不滿主要是針對於其地的民風世俗、而非詩文傾向。對吳地詩風的批評，大多是在他與李攀龍等人結社後才出現的；而當「後七子」文學活動最爲激進、活躍的時期過後，其「吳中詩文論」也隨之逐漸平和、公允，批評的重心重又回到世風民俗上來。如：

> 處瘠而志困……處沃而志廣，……今夫吳俗，沃而易廣其志者
> 也。……（《王節婦項安人祠記》）

> 吾吳俗剽輕參詐，以繁麗爭雄長。（《送孝豐吳公之蘇倅序》）

> 吾吳之俗，薄者懸弧之宴，子輒避亡，冐脯酒漿，責直以償；
> 易簀而呼去，檢橐裝，送葬之子，哭往醉歸，墓木如拱，博進是資，……
> 即厚者多作佛事，號爲冥施，浮屠黃冠，是依是師，斥其貝璣以馳
> 京師，購衒而旋，冠其豐碑……（《爲孝廉顧道通追壽父母序》）

〔註80〕王世貞：《四十詠》，《弇州四部稿》卷十四，景印文淵閣四庫全書，第 1279
冊。

　　吳中少年習聞其鄉有名者，則日益事相貴，推竊不休，飾嫫母，揚其直而售之。(《俞仲蔚集序》)〔註81〕

　　對吳中因物產饒裕形成的較爲輕靡的民風士習，王世貞一貫十分反感。在這些材料中，他雖始終稱「吾吳」，並未否定自我的吳人身份，但字裏行間卻流露出一股相當濃重的疏離氣息，有意識地將自己與這種文化風氣拉開距離。對世風日益漓薄的感慨，在其他吳中士人的文章中同樣能看到，但像元美這樣的疏離態度與厭惡語氣，卻是很少出現的。

　　王世貞對吳中文化的這種特殊態度，來源於他所受到的家庭教育。前文已經談到，王氏家族相當重視事功，以取得科第進而得以保國護民爲己任，無論王倬還是王忬，都以清正剛直的古士大夫形象爲模楷，並以此教導子弟。在這樣的家庭傳統影響下，王世貞從小便確立了入世、進取的觀念理想，並且和祖父、父親一樣，以古「名卿大夫」作爲自己的人生目標。最明顯的證據，就是他自幼便「好談公卿世家之業」：

　　臣少時好習典故功令諸書，時時從諸曹及故家乘得所錄黃，又與一二夕郎善，凡內外制草、金匱之副，見輒錄之。(《天言彙錄後序》)

　　王氏世以政術顯，余齔時，業好聞人名卿大夫之業云。(《王氏金虎集序》)

　　不佞則舞象時，雅已好談說國家公卿大夫之業。(《弇山堂識小錄》)

　　予少則已慕稱先名公大夫之業。(《皇明名臣琬琰錄小序》)〔註82〕

　　這種好聞「名公大夫之業」的行爲，實際上是一種對他們風度節概的景慕，暗含著像他們一樣建功立業、名垂後世的強烈事功理想。瞭解了這一點，再回過頭來看王世貞對吳中世風士習的厭惡，就會發現其態度正是建立在與這種事功思想的對比上，《送比部陸子韶論決江南獄序》云：

　　江南古泰伯之鄉也，當時短髮畫體、侏儌其音聲，澤蛟鄰而陸豕牧，意不復知有文字交接與今世所稱說者，……此雖稍乏文采，亦何害爲古？而今號能讀書話、言道理、都服而嫻容，豈直薦紳先生能之，至耦耕、息販、弛擔之徒亦靡不彬彬然觀也，然好盡出其

〔註81〕以上分別引自《弇州四部稿》卷七十五、五十八、六十一、六十四。
〔註82〕以上皆引自《弇州四部稿》卷七十一。

智力桀以角虖劉其弱者，狃侮欺詒、攖拟挨抌，蓋靡不至焉，戾積
而身殉之。〔註83〕

若能遵守古道，那麼即使「稍乏文采」，亦「不害爲古」；而群然囂曉、
以技殉道，卻是以傳統儒家治世理念爲宗的年輕王世貞所斷不能接受的。他
在詩文方面求復古的心路歷程，與這種厭棄吳中社會風氣的思路，正是如出
一轍——過於重文輕質，這本身就是對淳厖樸茂的古學、古風的背離，而靡
麗、膚淺、自視過高、互相吹捧的種種習氣更加劇了王世貞對吳中文風的反
感。

因而可以說，王世貞最終選擇了復古的文學道路，其根源在於王氏家族
以事功爲重的思想傳統。作爲一個吳地文人，元美對於自我地域身份的認識，
頗有些微妙之處：一方面，他承認自己在地域上確實屬於吳中，且對這片土
地的彬彬文采感到自豪；但另一方面，由於家族的事功傳統，他對吳文化固
有的奢靡好華、「剽輕侈詐」卻又有著發自內心的反感，連帶著對稍顯靡麗淺
俗、「文過於質」的吳中詩風都相當厭惡。這兩方面的觀念相互交織，形成了
一種略帶矛盾色彩的地域歸屬意識，它們原本勢均力敵，但最後，終究是家
族的教育理念與成就功業的進取意識佔了上風，這也使得王世貞在面對吳中
文學思想的影響時，最終選擇了博雅與復古，而非自適與性靈。嘉靖二十六
年，年方二十二歲的王世貞考中進士。四方才子匯聚京師，在各種文學觀念
的交鋒與撞擊中，他的取向、主張也終於逐漸成形。

三、「白雲樓社」：王世貞早年文學觀念的形成及其入京後的交遊取捨

嘉靖二十六年這一科的進士，可謂人才輩出。他們當中既有後來位居宰
執的張居正、李春芳，也有文名天下的王世貞、汪道昆，還有抗疏死節的楊
繼盛，各地才子集於一堂。按傳統，中第之後，新進士須先往刑部或大理寺
觀政，王世貞也不例外，這一年四月，他被派往大理寺。〔註84〕在這裡，他
遇到了同爲新科進士的李先芳。李氏字伯承，山東濮州人，頗喜詩文，見元
美爲同好，遂經常與之談論切磋。《藝苑卮言》記述此事，云：

〔註83〕 王世貞：《送比部陸子韶論決江南獄序》，《弇州四部稿》卷五十五，景印文淵
　　　　閣四庫全書，第 1280 冊。
〔註84〕 參王世貞《嘉靖丁未夏四月，余以進士隸大理，得左寺……》詩，《弇州四部
　　　　稿》卷十三，景印文淵閣四庫全書，第 1279 冊。

又四年成進士，隸事大理。山東李伯承奕奕有俊聲，雅善余持論，頗相下上。〔註85〕

錢謙益《列朝詩集小傳》「李同知先芳」條云：

始伯承未第時，詩名籍甚齊魯間，先於李于鱗。通籍後，結詩社於長安，元美隸事大理，招延入社，元美實扳附焉。又為介元美於于鱗。嘉靖七子之社，伯承其若敖、蚡冒也。厥後李、王之名已成，羽翼漸廣，而伯承左官落薄，五子、七子之目皆不及伯承。伯承晚年每為憤盈，酒後耳熱，少年用片語挑之，往往努目嚼齒，不歡而罷。〔註86〕

錢謙益對前後七子向有打壓之心，他此處對李先芳、王世貞之間矛盾的渲染，不必盡信。不過他所言元美隸事大理寺時曾加入李先芳之詩社，與上引元美《卮言》語相印證，倒確有其事。又《小傳》「高長史岱」、「劉爾牧」條云：

岱字伯宗，鍾祥人，嘉靖庚戌進士，……伯宗初與李伯承結社長安，進王元美於社中。〔註87〕

爾牧字成卿，東平人，嘉靖甲辰進士。王元美初登第，即與結社。〔註88〕

可知李先芳在京師所結詩社，主要成員還有高、劉二人。李氏等人的詩社活動與一般社團並沒有太大區別，也是詩歌唱和、互相切磋等等，值得注意的是他們的籍貫。李先芳和劉爾牧均為山東人，而高岱雖然是湖北鍾祥人，但未中第時即已與李、劉有交。在這種情況下，作為吳人的王世貞加入他們的詩社，就頗耐人尋味了。因為與此同時，袁祖庚、陳鎏等吳中文人也在京師，並且與元美有所過從，《憲副定山袁公七十壽序》云：

當嘉靖中，公（指袁祖庚）為禮部郎，而余以通家子得侍公邸，公抑行而與之為爾汝交。戊申（嘉靖二十七年）之正月十四日，公誕辰也。暝色斂矣，公折簡召余至邸舍，時陳水部子兼以他事不至，獨余兩人對飲。籩豆落落，數之不能至十。街鼓動，張尚寶有功闖而

〔註85〕王世貞：《藝苑卮言》卷七，陸潔棟、周明初批註《歷代詩話叢書》本，鳳凰出版社2009年版，第117頁。

〔註86〕錢謙益：《列朝詩集小傳》丁集上，上海古籍出版社2008年版，第427頁。

〔註87〕錢謙益：《列朝詩集小傳》丁集上，上海古籍出版社2008年版，第435頁。

〔註88〕錢謙益：《列朝詩集小傳》丁集上，上海古籍出版社2008年版，第435頁。

入，……拉余至有功賜第。華燈滿堂，酒徒接席，不能識其人，調嘲

歌呼，捲白暢飲，夜分不得醉。余三人乘興踏月至張祠部先生所……

自是或過公、或過有功、或過子兼，而三君子者亦時時過余。〔註89〕

袁祖庚，號定山，長洲人，嘉靖二十年進士；陳鎏，字子兼，吳縣人，嘉靖十七年進士。這兩人均為吳中人，且袁氏與王家為舊識，按理說王世貞在詩文取向上當和他們更為接近。但世貞卻並未與他們多作交流，反而選擇了加入李先芳等的詩社。那麼究竟是什麼吸引了他呢？邢侗《濮陽李公行狀》言及李先芳文學主張，云：

大抵先濮之音淫而先生易之以雅，于鱗之言法而先生濟之以

通，隆、萬之趨史而先生主之以騷，于鱗起白雪而先生倡清平。歷

濮互上下，兩君相頡頏、各心競，而取捨未始不同歸也。〔註90〕

而錢謙益《小傳》評高岱詩風，則認為：「伯宗詩體略與伯承相似，而時多矜屬之語，開七子之前茅。」〔註91〕據此可知李、高二人的文學風格皆偏於復古，開後七子之先河。而王世貞加入他們的詩社，原因便在於這種與吳人截然不同的詩文趣尚。李先芳既「雅善其持論」，那麼元美所持為何種風格的論點也就可想而知了。伯承給予元美的影響是相當重要的，在後來所作的《李氏擬古樂府序》中，元美曾言：

世貞獨記舉進士時，從伯承遊，好伯承五七言近體也。久之，

益好伯承五七言古。別去又久之，乃伯承進我以樂府矣……〔註92〕

從五七言律到五七言古再到樂府，在與李先芳切磋交流的過程中，王世貞的復古思想進一步擴展、完善。不過他們相處的時間並不長，嘉靖二十七年三月，李氏出為新喻令，王世貞作序送之，同送之人還有李攀龍、謝榛等〔註93〕。元美與伯承的來往由此告一段落，但屬於他與李攀龍的時代，卻逐漸開始了。

在大理寺觀政數月之後，這一年的冬天，王世貞被除為刑部主事。此前

〔註89〕 王世貞：《憲副定山袁公七十壽序》，《弇州續稿》卷三十六，景印文淵閣四庫
全書，第 1282 冊。

〔註90〕 邢侗：《濮陽李公行狀》，《來禽館集》卷十九，四庫全書存目叢書，集部第 161
冊。

〔註91〕 錢謙益：《列朝詩集小傳》丁集上，上海古籍出版社 2008 年版，第 435 頁。

〔註92〕 王世貞：《李氏擬古樂府序》，《弇州四部稿》卷六十四，景印文淵閣四庫全書，
第 1280 冊。

〔註93〕 參王世貞：《送李伯承之新喻令序》，《弇州四部稿》卷五十五，景印文淵閣四
庫全書，第 1280 冊。

李攀龍已先被授職刑部廣東司主事，同時還有吳維岳、王宗沐、袁福徵等，
亦爲刑部郎官。因政務清簡，刑部士人素好吟詠酬倡、結爲詩社，官署中有
一白雲樓，故稱「白雲樓社」。李攀龍、王世貞未至時，刑部詩社實際上的主
盟者是吳維岳：「峻伯在郎署，與濮州李伯承、天台王新甫（即王宗沐）攻詩，
皆有時名。峻伯尤爲同社推重，謂得吳生片語，如照乘也。」〔註94〕吳維岳，
字峻伯，湖州府孝豐人，對於元美這個才氣橫溢、且同樣來自江左的年輕後
輩，他十分欣賞——「明年爲刑部郎，同舍郎吳峻伯、王新甫、袁履善進余
於社。吳時稱前輩名文章家，然每余一篇出，未嘗不擊節稱善也。」〔註95〕

　　作爲刑部詩社的社主，吳維岳主動對當時名還不甚顯的王世貞遞出橄欖
枝，既邀他入社，又頻頻贈之以詩，其愛重可見一斑。但對李攀龍，他卻似
乎並沒有給予太多的關注。這與于鱗本人的性格有關，王世貞就曾說過：「予
始從事尙書刑部，……是時濟南李于鱗性孤介、少許可，偶余幸而合，相切
磋爲西京、建安、開元語，它同舍郎弗善也。」〔註96〕但更主要的原因則是
二人文學思想上的差異：李攀龍爲山東人，主張復古，反對膚靡；而吳維岳
恰巧是南方人，提倡清麗，不喜拗硬。從一開始，他們的創作主張就不相合，
到後來，這種分歧就愈發明顯，王世貞《吳峻伯先生集序》云：

> 又數年，峻伯始緣駕部郎拜臬佐，視山東學政，而余已忝佐臬，
> 于鱗亦自關中棄官歸，爲其鄉人。而峻伯數使候于鱗，輒謝病不復
> 見。余得交關其間，以謂于鱗。于鱗曰：「夫是膏肓者有一毗陵在，
> 而我之，奈何？爲我謝吳君。何渠能舍所學而從我？」峻伯不盡然，
> 曰：「必是古而非今，誰肯爲今者？且我曹何賴焉？我且衷之故。」
> 峻伯卒，而新都汪伯玉著狀云：「濟南以追古稱作者，先生即逡逡師
> 古，然猶以師心爲能。其持論宗毗陵，其獨造蓋有足多者。」所謂
> 毗陵，則武進唐應德也。蓋實錄云。〔註97〕

　　在師古還是師心這一根本問題上的不同看法，注定李、吳二人不可能眞

〔註94〕錢謙益：《列朝詩集小傳》丁集上「吳僉都維岳」條，上海古籍出版社 2008
　　　　年版，第 434 頁。
〔註95〕王世貞：《藝苑巵言》卷七，陸潔棟、周明初批註《歷代詩話叢書》本，鳳凰
　　　　出版社 2009 年版，第 117 頁。
〔註96〕王世貞：《吳峻伯先生集序》，《弇州續稿》卷五十一，景印文淵閣四庫全書，
　　　　第 1282 冊。
〔註97〕王世貞：《吳峻伯先生集序》，《弇州續稿》卷五十一，景印文淵閣四庫全書，
　　　　第 1282 冊。

正接受對方的觀念思想。也因此，他們在有些事情上暗含著一種較量與角力的意味，比如任職刑部期間對王世貞的拉攏。錢謙益《小傳》云：

> （吳維岳）已而進王元美於社，實弟畜之。及李于鱗出，詩名籠蓋一時，元美舍吳而歸李。峻伯愕眙盛氣，欲奪之，不能勝，乃罷去，不復與七子、五子之列。〔註98〕

這簡直將元美形容成了一個勢利小人。事實上王世貞與吳、李的結交乃在同一時期，即初為刑部主事的嘉靖二十七年前後。那時李攀龍的名聲絕沒有達到可以「籠罩一時」的程度，自然也就不存在元美趨炎附勢的可能。他之所以會「捨吳而歸李」，主要還是因為文學理念的相近。陳繼儒《硃批史記序》曾記述：

> 王元美與李于鱗初為刑曹郎，相約讀書，手抄《史記》二部，每相對飲酒，談笑唏噓，率若與子長周旋。自是文章始有發窸。〔註99〕

元美《答張助甫》亦云：

> 不佞……以遊于鱗故，並盛年壯氣，卻黜人間之好，相與劚琢其辭，以為亡論身後名，即人生舍死亡足娛者。……自六經而下，於文則知有左氏、司馬遷；於騷則知有屈宋；賦則知有司馬相如、揚雄、張衡；於詩古則知有枚乘、蘇、李、曹公父子，旁及陶、謝；樂府則知有漢魏鼓吹、相和及六朝清商、琴舞、雜曲佳者；近體則知有沈、宋、李、杜、王江寧四五家，蓋日夜寘心焉。鉛槧之士側目誰何，獨于鱗不以為怪，時有酬唱，期於神賞已耳。〔註100〕

可見王世貞之所以選擇李攀龍，是由於二人詩文主張上的一致——他們都傾心《左傳》、《史記》的文章、欽慕蘇李古詩、李杜近體，「日夜寘心」，甚至以《史記》下酒，「談笑唏噓，率若與子長周旋」。而其他同僚大多對古文辭不甚感興趣，也便無法與之切磋；就連吳維岳也僅僅是在看到王、李二人「相切磋為西京、建安、開元語」時表達了一下自己的驚奇之感，並沒有捨棄自己原本的詩學主張。在一片與自己追求相左的聲音中，孤單的王世貞忽然發現身邊竟有李攀龍這樣一位志同道合的知音，其感受無異於久旱逢

〔註98〕錢謙益：《列朝詩集小傳》丁集上「吳僉都維岳」條，上海古籍出版社 2008年版，第 434 頁。

〔註99〕陳繼儒：《硃批史記序》，《陳眉公先生全集》卷一，明崇禎刻本。

〔註100〕王世貞：《答張助甫》，《弇州四部稿》卷一百二十一，景印文淵閣四庫全書，第 1281 冊。

雨。再加上于鱗也有同樣的感覺，二人一見如故、相互切磋以至交結同道、共倡復古，便是十分自然的事了。吳維岳對王世貞的籠絡，主要是出於對其才華的欣賞；而李攀龍與他，則是在復古觀點上的心有靈犀。兩相對比，元美會選擇哪一邊，不言而喻。

隨著王、李二人思想在彼此交流中的進一步發展完善、以及他們對同道中人的積極籠絡與吸收，一個新文學社團的雛形開始慢慢形成，它以較前七子更鮮明的復古主張和更嚴格的交遊制度，聲勢浩大地衝入文壇，迅速成為了當時的主流。它的名字，便是後七子。

四、小結

綜上可知，王世貞早年的文學興趣十分廣泛，既曾對蘇軾、王陽明推崇備至，亦對古詩文傾心追慕。這當中，塾師駱居敬的教導、父親王忬的收藏以及與一些本地文士的接觸起到了重要的作用。但這只是王世貞形成這些觀念的直接原因，其根源在於吳中文化傳統本身的多面性：特殊的地理位置與自由的經濟環境使吳中在思想環境上擁有一種兼容並包的開放態度，復古與性靈的因子同時存在於其中。只不過在復古與性靈之中，王世貞選擇的卻是復古，這源於王氏家族以功業進取為目標、清剛正直為持守的事功傳統。這種傳統使元美自少便形成了以「古名卿大夫」為典範的政治理想，其崇雅尚古的態度則最終導致了他在入京為官之後、選擇了與李攀龍等人共同復古，而沒有與同屬「吳人」的吳維岳、陳鎏等終始相隨。

第二章　北南文風與王世貞中期
文學思想的形成與演進

第一節　「後七子」：地域與思想

在過去的很長一段時間裏，「復古」派，包括前、後七子，因其「僵化」、「陳舊」、「倒退」的觀念主張而被文學史帶有歧視性地忽略、貶斥，成了凸顯「性靈派」思想先進性的反面典型。後來隨著研究理念的更新，這種觀點得到一定程度的修正，學界越來越重視復古派在當時所面臨的歷史境遇及其積極意義。關於後七子復古的動因、過程及其心態特點，目前已經有了不少研究成果，本文不擬重複論及。的確，作爲一個有著明確主張的團體，後七子的很多思想觀念都是相通的，這也是我們將其作爲一個流派的原因。但值得一問的是，在這樣一個共同的「復古」旗幟下，有沒有因身份、地域不同造成的分歧、差異？一個共同的「復古」標籤是否能夠抹平這七人各自的獨立特點？

答案當然是否定的。且不說地位懸殊的謝榛與其他六人，即使是觀念主張最爲相近的李攀龍與徐中行，有時都無法避免分歧，更何況七人之間。這些差異會引起彼此之間的齟齬甚至是矛盾，進而影響到整體審美理念的構成。後七子當中，因身份差異造成的矛盾——如謝榛與李攀龍之間的衝突——已經得到了較爲充分的研究，而地域差別造成的分歧，卻還很少被論及。

後七子諸成員間因地域籍貫不同而顯現的差異，最明顯地體現在詩歌的

聲調及用韻方面。明初宋濂《洪武正韻序》云：

> 自梁之沈約拘以四聲八病，始分爲平上去入，號曰《類譜》，
> 大抵多吳音也。……皇上……親閱韻書，見其比類失倫、聲音乖舛，
> 召詞臣諭之，曰：「韻學起於江左，殊失正音，……卿等當廣詢通音
> 韻者，重刊定之。」於是翰林侍講學士臣樂韶鳳、臣宋濂……欽遵
> 明詔，研精覃思，壹以中原雅音爲定。〔註1〕

《洪武正韻》自明初由樂韶鳳、宋濂等編定後，便一直作爲明代文人詩賦用韻的標準用書存在，但因其「壹以中原雅音爲定」，在有些字音上並不合於南人、尤其是吳人的習慣，因而王朝穩定之後，除了使用這一標準韻書作詩之外，江左文士也經常會用更符合自己發音習慣的「吳音」來寫作。嘉靖年間王世貞以詩贈別徐中行，其序云：

> 子與行，余既以長歌餞別矣，臨岐悵然。飛龍之乖隔、羽翼之
> 無從也，因復爲十絕，以吳音度之，棧馬蹢躅，行徒掩涕矣。〔註2〕

因徐中行是浙江長興人，與王氏同屬「吳人」。以「吳音」詩歌贈別，在情誼上更顯親密。雖然這並不意味著王氏便有多麼偏愛「吳音」。事實上，在與家鄉文士的交往中，他還屢屢勸誡他們不要以吳語作詩，如《答張幼于》即云：「七言古絕似高、岑，而間有費力處。押仄韻，少操吳音。……祭文甚藻奇，而押韻亦不免操吳音，此或白璧之小瑕也。」〔註3〕

《洪武正韻序》所謂「韻學起於江左，殊失正音」、「以中原雅音爲定」，其中隱含著吳中地僻音乖，「正音」、「雅音」應屬中原地區的意思。這其中，朱元璋對張士誠及吳中的恨屋及烏固然占主要原因，但從元美之言可知，當時南北方音律也確實存在一些差異。但問題的複雜性在於，無論南北方言如何流變，以沈約「吳音」爲基礎的粘對法則卻始終是士人們吟詩作賦的準繩。欲復古詩風貌，卻不復古詩音韻，這恐怕並非七子所願；然而「吳音」本身所含的柔靡風調卻又與復古理想背道而馳。因而如何使詩歌音調圓美流轉，同時又能夠具有雅正的體貌，這是王世貞、徐中行等南方士人需要著重解決的問題之一。

〔註1〕 宋濂：《洪武正韻序》，《文憲集》卷五，景印文淵閣四庫全書，第 1223 冊。
〔註2〕 王世貞：《再贈子與十絕》，《弇州四部稿》卷四十八，景印文淵閣四庫全書，第 1279 冊。
〔註3〕 王世貞：《答張幼于》，《弇州續稿》卷二百六，景印文淵閣四庫全書，第 1284 冊。

　　除音韻外，在共同的審美理想問題上，七人也經歷了一個磨合的過程。因他們乃是從四面八方匯聚至京城的士人，縱然有共同的復古目標，但復何時之「古」、復怎樣之「古」，卻未必在一開始便相同。元美在《詩評序》中言及梁有譽，認爲其「率易、寡世好，尤工齊梁，近始幡然悔之」〔註4〕；而朱彝尊《靜志居詩話》則認爲宗臣在未參與七子復古時「詩才娟秀，本以太白爲師，跌宕自喜」，入社後則「薜荔芙蓉，蘼蕪楊柳，百篇一律」〔註5〕。梁、宗二人的這種轉變，充分表明在參加後七子復古運動之前，他們心中各有自己的「復古」理想，且彼此之間差異頗大。其實若詳細考察後七子中每個人的詩歌風格，會發現審美理想最相近的是李攀龍和謝榛，其餘五人與之皆有一定出入。這其中的原因正是地域：李、謝二人皆籍屬山東，雄渾悲壯乃其本色；王世貞爲吳郡人，往往對才情之美心向神馳；梁有譽被歸爲「南園後五子」，嶺南詩歌傳統在其早期作品中頗爲顯豁……那麼，王世貞的吳人身份給後七子的復古活動帶來了什麼？他與七子的交往又對他自身產生了什麼影響？這是本節所要探討的主要問題。

　　首先，作爲吳人的王世貞對後七子復古活動產生的影響，筆者認爲可歸結爲兩個方面：其一，才情；其二，博識。

其一，對才情的關注。

　　雖然同是復古運動的領袖，但李攀龍和王世貞的詩歌創作傾向在很多方面並不一致，若將二人的詩歌放在一起比較，可以發現後者在對才情的重視上遠超前者。七子於結社之初頗多詩酒唱和，在這些同題詩作中，這一點尤爲明顯。如王世貞《正月十四日夜同茂秦、于鱗、子與、子相集靈濟宮公實館，分韻得燈、微二字》其一：

　　　　欲暝天全白，將規月漸升。龍銜員嶠燭，星燦紫微燈。綺色深

　　三殿，鐘聲散五陵。醉須攜興住，春事日相仍。〔註6〕

于鱗的同題詩作亦兩首，其一云：

　　　　愛此壺中約，人皆曼倩才。華燈懸日月，仙樹接蓬萊。青鳥銜

〔註4〕　錢謙益：《列朝詩集小傳》丁集上「梁主事有譽」條，上海古籍出版社 2008
　　　年版，第 432 頁。
〔註5〕　朱彝尊：《靜志居詩話》卷十三，人民文學出版社 1990 年版，第 388 頁。
〔註6〕　王世貞：《正月十四日夜同茂秦、于鱗、子與、子相集靈濟宮公實館，分韻得
　　　燈、微二字》，《弇州四部稿》卷二十三，景印文淵閣四庫全書，第 1279 冊。

詩去，金貂換酒回。明宵祠太乙，方士漢宮來。〔註7〕

靈濟宮乃道觀，故二人的詩中均使用了一些與道教有關的詞語典故，但相較李攀龍平淡無味的「華燈懸日月，仙樹接蓬萊」，王世貞的「龍銜員嶠燭，星燦紫微燈」要婉轉、有情致得多；而二詩的頸聯「綺色深三殿，鐘聲散五陵」與「青鳥銜詩去，金貂換酒回」亦然，二句表達的意思雖相同，但相比之下前者更加含蓄深美，不像後者那般直白。又如二人送李先芳任新喻令之作，元美《贈李伯承之新喻令》云：

> 平生寡所識，識君恨不早。到處誦新詩，山東李白好。豈無長安一席地？令汝卻向青門道。道旁車馬何喧闐，我欲試奏鍾期絃。柔絲弱指凍不發，玉軫金徽空自憐。掩淚持將贈君子，相隨錦囊行萬里。吟龍高調結冰霜，別鶴孤懷寄山水。宓子風流竟惘然，遙傳清響下吳天。期君一皷南薰什，莫詠琵琶江上篇。〔註8〕

李攀龍《送新喻李明府伯承》則云：

> 爾昔紅顏客薊門，獻書不報哀王孫。一朝致身青雲裏，座上還開北海樽。余亦題詩郭隗臺，燕山秋色對銜杯。論交共惜黃金盡，此處空悲駿馬來。可憐郢曲今亡久，下里之歌吾何有。文章稍近五千言，雅頌以還十九首。才子新傳白雪篇，江城忽借使君賢。那堪西署為郎者，多病離居臥日邊。〔註9〕

李先芳離京赴新喻令在嘉靖二十七年三月，時元美、于鱗剛剛在其介紹下結識，還未開始共同復古，因而詩作也較多地保持了其最初的寫作風格。從這兩首詩可以看出，二人此時皆有一定的復古傾向，不過元美的詩略顯柔媚，更重視用典的渾融與才思的飛揚，整體流麗圓轉，頗具吳歌風調；而于鱗的作品勝在亢直剛勁、韻律鏗鏘，但用典稍為生硬。二者的風格差異甚是鮮明。

造成這種狀況的原因並不是簡單的遣詞造句上的差異，而是其性格趣

〔註7〕 李攀龍：《十四夜同王、徐、宗、梁四君子集靈濟宮二首》其一，《白雪樓詩集》卷五，續修四庫全書，第 1345 冊，上海古籍出版社 2002 年版（版本下同，不再出註）。

〔註8〕 王世貞：《贈李伯承之新喻令》，《弇州四部稿》卷十六，景印文淵閣四庫全書，第 1279 冊。

〔註9〕 李攀龍：《送新喻李明府伯承》，《白雪樓詩集》卷四，續修四庫全書，第 134冊。

尚、地域因素等所決定的不同審美風格的自然流露。李攀龍爲人頗有豪俠氣概，於詩歌創作上亦傾向直寫直抒，故其作品往往悲慨高壯。而王世貞自幼浸潤於吳中文化環境中，風氣所染，則更傾心才情、格調兼美的作品。《藝苑卮言》卷五云：

> 迨於明興，虞氏多助，大約立赤幟者二家而已：才情之美，無過季迪；聲氣之雄，次及伯溫。〔註10〕

在評論本朝詩人時，王氏起首便提出「才情之美」並將其歸於吳地文人高啓，顯示了他對吳中文學傳統一種隱含的體認。對才情有意無意的關注在他這一時期的創作中體現得相當充分，如《坐有石季倫金谷圖事，因與于鱗共賦新體一章》：

> 石家金谷鬪繁華，春風占盡河陽花。連雲錦帳五十里，壓角流蘇玉辟邪。瑩蹄快犢夜光衒，平頭小奴火浣衫。君王珊瑚敵不得，七尺神柯產日南。回巒別起清涼臺，綺楯交疏面面開。芙蕖千頃映朝日，日炙風掀香氣來。楊柳低纖姹女支，琵琶小按明君辭。九齊芳塵驗履跡，舞罷珍珠第賞遲。急管繁絃響清漢，酒闌金鈿自凌亂。小婢收將處仲衣，胡姬解拾安仁彈。翻風退房泣秋草，綠珠轉眄青春好。回眸一盼光彩生，八百蛾眉盡如掃。長安使者白鼻騧，升堂左顧何矜誇。連枝分折秋霜手，不入侯門映絳紗。何人白首詠同歸，倏忽豪華事已非，唯有殘霞零落處，至今猶是墜樓時。〔註11〕

起首一句「春風占盡河陽花」，以略微誇張的手法，將金谷園佔地之大與景象之美烘托出來，接下來以錦帳、流蘇、辟邪、駿馬、奇珍異寶等對這種繁華盛景進行細節刻繪，並將石崇鬥富之故事隱括在內；下言清涼臺之清貴景象，千頃荷花，碧波風起，急管繁絃響徹其間，綠珠的美麗更將這種極樂的氣氛推向頂點；然而即使繁盛若此，也不過是浮華一片，世事無常，金谷已沒，作者筆鋒一轉，展現在面前的便是殘霞零落、人去樓殘。詩的最後四句以今昔對照之法與前面形成了極大的反差，滄海桑田之感撲面而來，頗得唐人歌行三昧。全篇雖摹古，但氣韻貫通、辭藻精麗，將吳中才子的文采飛

〔註10〕王世貞：《藝苑卮言》卷五，陸潔棟、周明初批註《歷代詩話叢書》本，鳳凰出版社 2009 年版，第 71 頁。

〔註11〕王世貞：《坐有石季倫金谷圖事，因與于鱗共賦新體一章》，《弇州四部稿》卷十七，景印文淵閣四庫全書，第 1279 冊。

揚展現得淋漓盡致。

對才情的關注還表現在細節的眞切入微之中，如《未明赴公署即事》：

侵曉赴公署，聊將餘夢辭。馬蹄破殘月，松影戰微飆。宿霧人語出，孤燈生事知。還祛在喧態，嗒爾寄遐思。〔註12〕

此詩謝去僞飾，眞切素樸，然平實之中，皆寓精警。頷聯之精在字，一「破」一「戰」，使天未破曉時街上清冷孤寂的景象如在目前；頸聯之精在句，因地理環境原因，京薊一帶多霧，夜中漸起，凌晨尤重。當霧氣濃重時，身處其間，一片白茫，往往只能聽到聲音斷續傳來，卻根本無法看到說話之人。這時燈盞發出的亮光便成了唯一的標識物，以辨清自己所處的位置。王世貞的這句詩頗爲細緻入微地刻畫出了將破曉時人在濃霧中的感受，十分眞切。這樣的詩句，比那些從唐詩裏剽竊來的假大空的寫景格套，顯然有韻味得多。

值得注意的是，元美這類才情粲然的詩歌，在回到吳中、遠離七子時表現得更爲明顯。徐朔方即曾指出：「儘管這時他同李攀龍關係密切，並處在他的強烈影響之下，但是當他暫時離開這位詩友而南下時（指嘉靖三十一年元美歸吳），他的詩作就出現了另外的調子。」〔註13〕在某種意義上說，這可以看作是一種文化心態改變的外顯。如《遊吳江橋》：

吳江長橋天下稀，七十二星煙霏霏。橋上酒胡青帘肆，橋邊浣女白苧衣。桃花水漲月初偃，蓮葉雨晴虹欲飛。北客風塵初極目，倚闌秋色澹忘歸。〔註14〕

類似「白苧衣」、「桃花水」、「蓮葉」等的景物，是北方沒有或很少見到的，對「風塵」滿身的北歸行客而言，代表著家鄉與溫情。在熟悉的文化環境中，文學傳統更容易發揮它的力量，柔美清暢、文采風流的詩歌風格也更易爲詩人所選用。不過應該指出的是，這種風調並非直到離開復古運動中心時才出現，只是在他遠離京城後表現得更爲明顯一些罷了。

那麼，王世貞這種對才情有意無意的關注是否影響到了後七子中的其他士人乃至其復古運動整體呢？答案是肯定的。不過由於古人不甚重視對創作

〔註12〕王世貞：《未明赴公署即事》，《弇州四部稿》卷二十五，景印文淵閣四庫全書，第 1279 冊。

〔註13〕徐朔方：《晚明曲家年譜·王世貞年譜》，浙江古籍出版社 1993 年版，第 488 頁。

〔註14〕王世貞：《遊吳江橋》，《弇州四部稿》卷三十三，景印文淵閣四庫全書，第 1279 冊。

過程的言說，故後七子的詩文作品雖很多，但他們由爭議到達成一致的經過卻記述甚少、很難還原，往往只能從他們當時往來的書信或一些軼事中進行管窺蠡測：嘉靖二十八年至三十一年是後七子活動最為活躍的時期，也是王世貞與七子其他成員、尤其是李攀龍來往最為密切的時段。在這一時期與李攀龍的信裏，元美所述說的雖然大多是與二人宦途遭遇及生活狀況相關之事，但偶而也有一些詩文方面的討論，如：

> 哭公實詩，讀之，夜愀然聲者，非其神泣耶？乃此子足死矣。
> 諸懷靡不絕塵，「清秋偃蹇向中原」，悲壯哉！更二語老杜畢世不曾拈出。
> 賜我七言，雄壯沉鬱，四五言無所不妙，然「姓名長借客，蹤跡竟疑人」，即使僕自道，亦遂不能易此一字一味矣。
> 二君長歌雖警句時發，大要多散緩可商耳。
> 子與處得讀新作，可謂無長矣，文須草，非倉卒可就，冗間極成七言長篇，絕亦不便。〔註15〕

以上四段話中，前兩條所云之「悲壯」、「雄壯沉鬱」乃是七子共同的審美取向；但後兩條中元美卻向于鱗表達了反對「散緩」的意見，認為「文須草，非倉卒可就」，強調構思的精細，反映出以才藻矯正粗疏的意識。又《堯山堂外紀》曾記載過這樣一則軼事：

> 李于鱗詩云：「河堤使者大司空，兼領中丞節制同。轉餉千年軍國壯，朝宗萬里帝圖雄。春流無恙桃花水，秋色依然瓠子宮。太史但裁溝洫志，丈人何減漢臣風。」「春流」一聯，王元美亟稱之，以為不可及。……後元美過新河，亦有詩呈朱公，云：「日出煙空匹練飛，大荒中劃萬流依。連山盡壓支祁鎖，逼漢疑穿織女機。九道徵輸寬氣象，六軍容物迥光輝。甘棠欲讓金堤柳，曾護司空卻蓋歸。」論者以「支祁、織女」一聯，又在桃花水、瓠子宮之上。〔註16〕

王世貞於李攀龍眾多詩作中獨賞此聯，說明他的關注點乃在構思的精巧與屬對的工麗。而他自己後來所作的「連山盡壓支祁鎖，逼漢疑穿織女機」一聯被後人認為工巧更在「桃花水」聯之上，其對巧思雋語的喜愛及在私下

〔註15〕以上分別引自王世貞《答李于鱗》其七、十一、一、四，《弇州四部稿》卷一百十七，景印文淵閣四庫全書，第1281冊。

〔註16〕〔明〕蔣一葵：《堯山堂外紀》卷九十九，四庫全書存目叢書，子部第148冊。

孜孜不倦的追琢亦可見一斑。

　　對才情的關注在元美前期的創作中隨處可見，在文學批評上，這一傾向也有所表露。對比謝榛的《四溟詩話》和王世貞的《藝苑卮言》，可以發現二者雖然在觀念主張上大致相同，但在批評方式上卻差異甚大：謝榛偏重「法」，其《四溟詩話》中頗多教人如何作詩之論；而元美卻不然，他似乎很厭煩討論法式步驟這些技術層面上的東西，所採取的乃是一種「意象」式的批評方法，如：

> 高季迪如射雕胡兒，伉健急利，往往命中；又如燕姬靚妝，巧笑便辟。劉伯溫如劉宋好武諸王，事力既稱，服藝華整，見王謝衣冠子弟，不免低眉。袁可潛如師手鳴琴，流利有情，高山尚遠。劉子高如雨中素馨，雖復嫣然，不作寒梅老樹風骨。楊孟載如西湖柳枝，綽約近人，情至之語，風雅掃地。汪朝宗如胡琴羌管，雖非太常樂，琅琅有致。徐幼文、張來儀如鄉士女，有質有情，而乏體度。孫伯融如新就銜馬，步驟未熟，時見輕快……〔註17〕

　　這種將詩文風格化為喻象加以品評的方式，雖是承自敖陶孫等人，卻也鮮明地反映出了他對於才思風調的欣賞喜好。

其二，對博識的提倡。

　　作為吳人的王世貞對後七子復古活動產生的另一個重要影響，筆者認為乃是對於學識的廣取博收。正如後世不少評論家指出的那樣，後七子復古運動一個很大的弊病，便是由於學養不夠而導致的模仿面狹窄、千篇一律。而來自吳中的王世貞在此方面所具備的天生優勢，則很好地救正了這一點。

　　關於明代中後期南北方士人相差甚遠的閱讀廣度和深度，前文已有所述及，此處可通過另一個事例作出進一步的說明，宗臣《讀太史公、杜工部、李空同三書序》云：

> 余采藝林，抽繹千古，蓋史遷其至哉！詩則工部。余束髮而讀二書，今十五年矣。……余讀李獻吉書，蓋次二書焉。……余為吏部郎，蓋與張君助甫同舍云。張君好余絕甚。余故置三書小笥，命侍吏日挾之行。一日張君睨余笥，意其有奇也，迫而察之，果得杜、李二集，即攜去，讀連日夜不休。貽余書曰：足下所讀兩公書無論

───────────

〔註17〕王世貞：《藝苑卮言》卷五，陸潔棟、周明初批註《歷代詩話叢書》本，鳳凰出版社2009年版，第81頁。

數千萬言，乃言爲之筆，筆又精，蓋千載奇觀矣。即兩公復生，寧
不北面爲足下稱謝者？輒命其吏數十人錄成二書，而以原書歸余，
時丙辰冬十一月既望也。己未，余在閩，而余君德甫以梟副至。余
君余故好也，夜召余君酒，酒酣，余君請觀余所讀者，余笑曰：子
長不可得見矣，即李亦難，唯杜乎、唯杜乎？遂出杜集觀余君，余
君且讀且歎，蓋類張君語云。〔註18〕

　　丙辰乃嘉靖三十五年，時距李攀龍、王世貞等共倡復古已有七、八年之
久，可宗臣所細讀之書，仍只有《史記》和杜甫、李夢陽的詩集。而同僚張
九一看到他書箱裏的杜、李集子時，居然十分驚奇，還讓書吏抄錄下來。這
說明不但張氏沒讀過這兩本書，在當時京城的市面上恐怕也沒有出售的。余
曰德亦然，在宗臣處見到了杜甫的詩集，也覺得非常新鮮，歎服不已。張、
余二人都是進士出身爲官者，卻孤陋至此，可見當時北方士人的「古學」貧
瘠到了何等地步。

　　相比之下，南方、尤其是吳地文士的知識儲備則要深厚廣博得多。文徵
明有一篇小跋文，名《題東坡墨蹟》，云：

右蘇文忠公與鄉僧治平二大士帖。趙文敏以爲早年眞蹟，按公
嘉祐元年舉進士，六年辛丑，中舉制科，遂爲鳳翔僉判。越四年，
治平辛巳，召判登聞鼓院，尋丁憂還蜀，至熙寧二年己酉始還朝，
監官誥院。四年辛亥，出判杭州。此書八月十六日發，中有「非久
請郡」之語，當是熙寧中居京師作。蓋公治平中雖嘗居京師，然乙
巳冬還朝，而老泉以明年丙午四月下世，中間即無八月，又其時資
淺，不應爲郡，故定爲熙寧時書，於時公年三十有四矣。公書少學
徐季海，姿媚可喜，晚歲出入顏平原、李北海，故特健勁渾融，與
此如出二人矣⋯⋯〔註19〕

　　僅僅根據書帖上的片言隻語判斷其寫作時間，需要對作者的生平、歷官、
書法風格等都有極深的瞭解，非此則不能辦。文徵明能夠對蘇軾此帖作出如
此細緻的辨析，充分說明他對東坡其人其字已達到了瞭如指掌的地步。又如

〔註18〕宗臣：《讀太史公、杜工部、李空同三書序》，《宗子相集》卷十三，景印文淵
　　　　閣四庫全書，第 1287 冊。
〔註19〕文徵明：《題東坡墨蹟》，《甫田集》卷二十二，景印文淵閣四庫全書，第 1273
　　　　冊。

《跋山谷書陰長生詩》：

> 右山谷書陰眞人詩三章。自題云「書以與王瀘州之季子」，而
> 不著其名；末云「紹聖四年四月丙午禪月樓中書」。按公紹聖元年謫
> 涪州，時王獻可帥瀘，遇之甚厚。獻可字補之，嘗遣其少子至黔省
> 公，公集中有與其少子王秀才書，云「車馬遠來，將父命以厚逐客」
> 者，是已。蓋王嘗遣其季子至黔，此書相見時書，故不及於簡札耳。
> 觀其稱「與」而不云「寄」，可見矣。黃嘗作公年譜，嘗援以爲據，
> 而不得詳，予因略疏之。……〔註20〕

這是對黃庭堅書法的辨析，從中可見文徵明對黃氏同樣十分熟悉。除蘇、黃之外，文氏《甫田集》中還曾提到不少前代文人，如：

> 齋前小山穢翳久矣，家兄召工治之，剪薙一新，殊覺秀爽，晚
> 晴獨坐，誦王臨川「掃石出古色，洗松納空光」之句，因以爲韻，
> 賦小詩十首。
>
> 歲暮雪晴，山齋肆目，偶閱謝皋羽詩「窮冬疑有雨，一雪卻成
> 晴」，喜其精妙，因衍爲韻，賦小詩十章。
>
> 占微誰問東方朔，思發空懷薛道衡。（《人日孔周有斐堂小集》）
>
> 宮樹飛霜謝玉珂，秋懷應屬許渾多。（《寄金陵許彥明，兼簡王
> 欽佩》）
>
> 甲戌歲朝，明日立春，東坡《元日》詩有「土牛明日莫辭春」
> 之句，因以爲韻，賦七詩
>
> 十一月六日初度，與客飲散，獨坐，誦太白《紫極宮》詩有感，
> 次韻
>
> 道出淮泗，舟中閱高常侍集，有《自淇涉黃河十二首》，因次
> 其韻
>
> 昔謝康樂伐山開徑以極遊放，柳子厚發永柳諸山而著爲文章，
> 皆以高才棄斥，用攄其抑鬱不平之氣耳。……二公在當時或有異論，
> 而風流文雅，千載之下，可能少其名乎？（《玉女潭山居記》）
>
> 右宋蘇子美古詩一百五十言，留別原叔八丈，蓋王洙原叔也。
> 詩語峻拔，意氣悲壯，歐陽公謂其廢放後時發憤悶於歌詩，殆此類

〔註20〕 文徵明：《跋山谷書陰長生詩》，《甫田集》卷二十一，景印文淵閣四庫全書，
　　　　 第 1273 冊。

也。字畫出入顏魯公、徐季海之間，而端勁沉著，得於顏公為多，當時評者謂為花發上林、月混淮水，豈其然乎？（《題蘇滄浪詩帖》）

右元季諸人題江貫道畫卷。貫道名參，南宋人，居雪川，畫師董巨。畫法之妙，余雖不能識，而諸賢題詠皆清麗可喜，至於字畫，亦皆精謹不苟，視近時大書狂語、動輒滿卷者有間矣。詩凡二十有五篇，其尤知名者十有八人：青丘子，為高啟季迪，長洲人，國初與修元史，官翰林編修，終戶部侍郎；張適，字子宜，號甘白生，仕終宣課大使；王彝，字常宗，本蜀人，流寓嘉定，與修元史，不仕而歸，後與高啟皆死魏觀之禍；徐賁，字幼文，自毗陵徙居吳之齊門，號北郭生，仕終河南布政……（《跋江貫道畫卷》）〔註21〕

此外還有《蘭房曲戲贈王履吉效李賀》、《九日閒居用淵明韻》、《追和楊鐵崖石湖花遊曲》等。遠至薛道衡，近至高啟、徐賁、楊維楨，文徵明的涉獵範圍，比宗臣、張助甫之流深廣了豈止一星半點。正如上文所言，在博古之風流行的吳中，不少文人富商都喜好收藏古書畫器物，其中又以宋元作品為多。隨著這種收藏風氣的興起，仿制作偽也開始出現，這時候便需要慧眼獨具、學識淵博之士對其進行鑒定，以判斷其真偽，其中知名的鑒賞家往往能夠獲得書畫藏主豐厚的報酬。為提高自身的名望，同時也是為了糊口的需要，吳中文士們不得不努力擴大自己的閱讀範圍，對前代、尤其是宋元書畫家的生平經歷、創作特點等瞭如指掌，如此才能在鑒定字畫時作出精確的判斷，這就間接導致了他們對經學之外的「古學」比其他地區文人多了不啻千百倍的瞭解。以故「博雅」在吳中並非一兩個人的獨有品質，而是整個文人群體的共同特點：

先生（沈周）既長，益務學，自群經而下，若諸史、子集、若釋老、若稗官小說，莫不貫總淹決，其所得悉以資於詩。其詩初學唐人，雅意白傅，既而師眉山為長句，已又為放翁近律，所擬莫不合作。然其緣情隨事、因物賦形、開闔變化、縱橫百出，初不拘拘乎一體之長。（文徵明《沈先生行狀》）

戴先生者，蘇長洲人也，名冠，字章甫。生而穎異，篤學過人，其學自經史外，若諸子百家、山經地志、陰陽曆律、與夫稗官小說，

〔註21〕以上分別引自《甫田集》卷二、三、四、五、六、七、九、十九、二十三、二十二，景印文淵閣四庫全書，第 1273 冊。

莫不貫綜。（文徵明《戴先生傳》）

　　讀書不守章句，而開絕人，少以儁茂選充邑學生……獨與同舍生文徵明友善。徵明雖同爲邑學生，而雅事博綜，不專治經義，喜爲古文辭、習繪事，眾咸非笑之，謂非所宜爲，而春潛不爲異，日相追逐唱酬爲樂。（文徵明《顧春潛先生傳》）

　　居常無他過從，惟聞人有奇書，輒從以求，以必得爲志。或手自繕錄，動盈筐篋。群經諸史下逮稗官小說、山經地志，無所不有，亦無所不窺。（文徵明《朱性甫先生墓誌銘》）

　　王文恪公歸自内閣，遂往遊其門，因得作文之要，益務博綜，群經子史靡不講習，下至稗官小說若唐宋諸名賢文集，亦皆雋永而掇其腴。（《杜允勝墓誌銘》）

　　稍長，績學綴文，遂有名世之志。及選入郡學、爲諸生，益事博綜，兄弟自相師友，揚攉探竟，務求抵極；攄詞發藻，迥出輩流。（《浙江按察司僉事皇甫君墓誌銘》）〔註22〕

　　回到王世貞，雖然他並非生活在人文氣息如此濃厚的蘇州郡城地區，但正如本文第一章所言，同屬吳中的太倉與之聯繫也十分緊密。再加上仕宦家庭的豐富藏書，王世貞在此方面的條件可謂得天獨厚，所以在他的詩歌中，不時能見到各種典故的運用，如《大雨》：

　　曜靈避晴漢，豐隆鞭疾雷。鰲驅海水立，鵬擊天風來。百卉競含態，孤根虞見摧。爲霖空自許，板蕩世堪哀。〔註23〕

　　曜靈，即太陽，語出《楚辭·天問》；豐隆，即雷神，語出《離騷》；鰲驅，出《列子·湯問》，古神話中海上有五仙山，爲六鰲負載，又民間傳說有神鰲驅水事；鵬擊，出《莊子·逍遙遊》；板蕩，出《詩經·大雅》。不過短短的一首五言律詩，居然使用了五個出處不同且不甚常見的典故，這是後七子中其他任何一個人都比不上的，同樣是敘寫大雨，李攀龍的《暴雨》：

　　西來氣甚惡，夏至此何祥？雨伏千厓怒，風廻萬壑長。雷聲盤暗牖，電影纏空梁。少選虹霓出，園林媚夕陽。〔註24〕

〔註22〕以上分別引自《甫田集》卷二十五、二十七、二十七、二十九、三十、三十三，景印文淵閣四庫全書，第1273冊。

〔註23〕王世貞：《大雨》，《弇州四部稿》卷二十五，景印文淵閣四庫全書，第1279冊。

〔註24〕李攀龍：《暴雨》，《白雪樓詩集》卷五，續修四庫全書，第1345冊。

和宗臣的《水頭遇雨》：

滄海何年落南浦，芳草碧盡綠苔古。我攜春色帝城來，共駕長虹擊鼉鼓。青山拂袖玄猿呼，白波搖空怪龍舞。黑雲一片落吾盃，馬上行人怨風雨。〔註25〕

無論用典的密度還是稀見度，二人的作品比起元美詩來，顯然都遜色不少。王世貞在《藝苑卮言》中明確提出：「大抵詩以專詣爲境，以饒美爲材，師匠宜高，捃拾宜博。」〔註26〕後又云：

自古博學之士兼長文筆者，如子產之別臺駘、卜氏之辨三豕、子政之記貳負、終軍之識鼮鼠、方朔之名藻廉、文通之識科斗、茂先、景純種種該洽，固無待言。自此以外，雖鑿壁恒勤，而操觚多繆，以至陸澄書廚、李邕書麓、傅昭學府、房暉經庫，往往來藝苑之譏，乃至使儒林別傳，其故何也？毋乃天授有限，考索偏工，徒務誇多，不能割愛，心以目移，辭爲事使耶？孫搴謂邢劭「我精騎三千，足敵君羸卒數萬」，則又非也。韓信用兵，多多益辦。此是化工造物之妙，與文同用。〔註27〕

雖然反對「辭爲事使」、堆砌故實而不顧詩歌情致，但同時也認爲使事用典當如韓信用兵、多多益辦，最終落腳點還是在一個「博」上。由此出發，他譏評謝榛，認爲他「不學」：

少陵句云：「淮王門有客，終不愧孫登。」頗無關涉，爲韻所強耳。後世不解事人翻以爲法，至於北地所謂「鄭縈騎驢，無功行縣」，「行縣」、「騎驢」既非實事，王績、鄭縈又否通人，生俗無謂，大可戒也。近代謝茂秦大有此病，蓋不學之故。〔註28〕

而在與吳國倫的一封信中，他則重點談及了李攀龍之文的廣取博收：

于鱗集完刻呈覽，足下試繹之。此君雖以文筆尚在人雌黃間，其瀾伏起束，各有深意巨力，未易言也。今世賢士大夫能熟太史公、

〔註25〕宗臣：《水頭遇雨》，《宗子相集》卷五，景印文淵閣四庫全書，第1287冊。

〔註26〕王世貞：《藝苑卮言》卷一，陸潔棟、周明初批註《歷代詩話叢書》本，鳳凰出版社2009年版，第11頁。

〔註27〕王世貞：《藝苑卮言》卷三，陸潔棟、周明初批註《歷代詩話叢書》本，鳳凰出版社2009年版，第50～51頁。

〔註28〕王世貞：《藝苑卮言》卷七，陸潔棟、周明初批註《歷代詩話叢書》本，鳳凰出版社2009年版，第108頁。

班氏，則有之，不能熟《戰國策》、《攷工記》、《韓非》、《呂覽》也，以故與于鱗左。〔註29〕

這一貶一褒，充分表明了王世貞對博識的重視，也充分體現了他希望吳國倫等後七子同人能夠在這一點上進行努力的心態。這種態度對後七子的復古活動所產生的影響，是可以想見的。

綜上所述，王世貞觀念中一些來自吳中文化傳統的因素，如重才情、尚博學，對後七子復古活動產生了一定的糾偏和補充作用；相對地，在與李攀龍、謝榛等北方文人詩酒唱和的過程中，他也受到了這些地區文學思想的影響。關於這種影響，筆者認爲同樣可以用兩個方面加以概括，即結撰方式的轉變與評判標準的轉移。

其一，詩歌結撰方式的轉變：由隨境用字到意象堆疊。

對比王世貞中進士前後的詩歌，可以發現一個十分明顯的差異，即在詩句的構撰上，由原本的隨境用字、清脫流暢，變爲了儘量少用虛字、力圖依靠意象的拼接達到高古雄渾的詩境。《四部稿》卷二十三至二十五收錄了元美中第前至嘉靖三十五年之間的五言律詩作品，從中可以清晰地看出這種變化發生的過程。其中第前之作，如《丁未計偕將出門夕》云：

此夜不忍旦，匆匆垂去家。回看小弱女，猶未解呼爺。凍雪依簷草，輕颷散燭花。莫揮分手淚，吾道自天涯。〔註30〕

丁未乃嘉靖二十六年，是年元美北上京師參加會試，此時他的詩歌還保持著吳中傳統的清暢通脫風貌。這種清脫風格在結撰方式上主要由兩點構成：其一，語序正常；其二，多用虛字。以此詩爲例，其四聯八句皆秉持著主語—謂語—賓語的正常語言順序，並未出現倒裝一類修飾手法，這使讀者在閱讀時不需反覆琢磨涵義，只要順次讀下來便可理解其意。但在王世貞參與復古運動之後，其形式就發生了一些改變，謹舉數句：「郡橫秦望雨，兵入薊門煙」、「恩深百歲少，貧至一身多」、「風塵吹逆旅，天地老垂綸」。〔註31〕

〔註29〕 王世貞：《答吳明卿》其十五，《弇州四部稿》卷一百二十一，景印文淵閣四庫全書，第1281冊。

〔註30〕 王世貞：《丁未計偕將出門夕》，《弇州四部稿》卷二十三，景印文淵閣四庫全書，第1279冊。

〔註31〕 參《弇州四部稿》卷二十三《送張虞部伯啓左遷常州別駕》、《客有秦生者……其友李子爲治後歸之》、卷二十四《崑山別張通參丈人》，景印文淵閣四庫全書，第1279冊。

類似這樣的詩句，在語言順序上都或多或少地使用了一些顛倒、轉換的手法，初讀時很難迅速瞭解其內蘊。這種方式從來源上說可溯至杜甫，在江西詩派處達到頂峰。其目的便是借難以通讀的語句增加詩歌的陌生感，從而在意境上更爲古雅渾然。但與此同時，它也造成了通順度的降低，在喜愛流麗明暢的吳中傳統中，是很少見到的。

　　爲達到流麗明暢的風格，吳中傳統詩歌除一貫保持正常語序外，亦多用虛字以增加詩句的流暢感。如元美此詩「不忍」、「垂」、「猶」、「依」、「散」、「自」等字，即是串聯實字時所使用的虛詞，其中有些動詞如「不忍」、「依」、「散」尙不可缺少，而「垂」、「猶」、「自」等即使刪去，對詩句要表達的含義影響也並不大，它們主要的作用在於透漏情緒、深化意境。不僅是中第之前，王世貞初中進士、未遇于鱗時的很多詩作中亦表現出這種傾向，如：

　　　　十日不啓户，秋容老自催。雨蟲寒上壁，風葉夜侵苔。藥裹收
　　仍展，砧聲去復來。乾坤空濶意，不爲庾生哀。（《暮秋》）

　　　　瑤鏡破踈枝，西風敞夕帷。流光豈不惜，圓景漸成虧。脉脉憑
　　誰語，娟娟靜自窺。故鄉俱一點，含意暫教遲。（《十六夜月不寐》）
　　〔註32〕

　　虛字的運用可以令詩歌更爲宛轉柔美，然而使用過多，有時卻也會造成疲軟膚廓的弊病，這也是北方士人在對吳越詩文進行批評時經常指出的一點。元美作爲吳人，在未參與復古運動之前，也不可避免地有所習染，但在他與李攀龍交往漸密之後，這種結撰方式便開始發生了很大的變化，如：

　　　　不寐宵聲發，孤吟秋色來。關城羽林騎，鐘鼓柏梁臺。世事文
　　章遠，鄉心戰伐催。長安李生在，猶可對銜杯。（《初秋夜坐有感示
　　于鱗》，《弇州四部稿》卷23）

　　　　劍珮千官月，橋陵萬馬風。（《陵祀》，卷23）

　　　　秋天鸚鵡筆，日莫鳳凰臺。（《渡江即事有感》，卷24）

　　　　宦跡容顏在，離懷鬢髮深。（《訪汝厚善果寺》，卷24）

　　　　海色鍾山雨，秋聲笠澤濤。（《送顧舍人使金陵還松江》，卷25）

　　　　黃石一編天子傅，青雲尺檄尚書郎。（《送申職方左遷萊州推
　　官》，卷33）

　　由以上詩句可以看出，虛字的使用頻率被詩人刻意加以控制，力圖減少

〔註32〕王世貞：《弇州四部稿》卷二十三，景印文淵閣四庫全書，第1279冊。

甚至不用，轉而通過意象的堆疊營造詩歌的意境。就五言來說，多是以二字景象與三字物象進行疊砌，如「關城羽林騎，鐘鼓柏梁臺」、「秋天鸚鵡筆，日莫鳳凰臺」，或以「二、二、一」的方式用最後一字將前兩者加以勾連，如「世事文章遠，鄉心戰伐催」、「宦跡容顏在，離懷鬢髮深」；七言則是以三種物象堆疊。這種構撰方式所造成的效果是古意盎然，與「藥裹收仍展，砧聲去復來」等的淺白風格截然不同。

由語序正常、多用虛字到句式變幻、意象堆疊，其中李攀龍的影響是最為主要的因素。考察李氏《白雪樓詩集》，此種構撰方式乃其習慣性用法之一，如：

春塢花冥冥，斜陽倒玉鉼。風塵猶傲史，天地此空亭。共醉薊雲白，相看燕草青。我來吟澤畔，不是獨為醒。(《春日韋氏園亭同元美賦二首》其一)

高枕夏雲出，空亭斜照含。(《夏日同元美、徐子旋、賈守準、劉子成集張氏園亭，得談字》)

天涯唯短髮，海內此扁舟。(《同元美與諸比部早夏城南放舟六首》其一)

寥落文章事，相逢白首新。微吾竟長夜，念爾和陽春。把酒千門雪，論交四海人。即今燕市裏，擊筑好誰親。(《寄元美》)〔註33〕

「微吾竟長夜，念爾和陽春」，在自視甚高的李攀龍眼中，惟王世貞庶幾可算同道。在于鱗如此殷切的期待與招引中，本就嚮往復古的元美自然會主動向其學習，在日常交往、彼此倡和的過程中，潛移默化地吸收著前者的影響。可見對中原詩風的接受與學習，是王世貞詩歌產生以上變化的主要原因。

其二，評判標準的轉移：由自然追雅到嚴守古昔。

王世貞入京接觸到李攀龍、謝榛等北方文人後在文學思想上發生的另一個變化，則是詩文評判標準的轉移。未與李、謝等人遊時，他雖然也崇慕復古，但對古昔詩歌典範的界定較為寬鬆，並非嚴格地「文必秦漢、詩必盛唐」。初中進士時，王世貞曾有《贈寄史生》一詩，云：

近來稱藝苑，江夏爾為雙。湖海風猶勁，齊梁意未降。汝聯明月璧，予汎白雲艭。何日探奇字，花間倒玉釭。〔註34〕

〔註33〕以上均引自李攀龍《白雪樓詩集》卷五，續修四庫全書，第 1345 冊。

〔註34〕王世貞：《贈寄史生》，《弇州四部稿》卷二十四，景印文淵閣四庫全書，第 1279 冊。

　　此詩題下注云：「生與黃子俱爲齊梁體。」若按元美後來的詩學主張，像史生、黃子所作的這種「齊梁體」的詩歌是絕入不了他的眼的。即使是出於禮貌讚揚其作品，也會從另外的方面入手，不會如此寬容大度地稱許其「齊梁」風格。但此時的他尙沒有那麼嚴格的觀念，看到「明月璧」一般的駢字儷句，竟抱有十分欣賞的態度，甚至還「何日探奇字，花間倒玉釭」，期待與二人一同探究駢體詩文中常用的稀見字眼。

　　而隨著他與北方文人交遊的進一步深入，這種較爲寬鬆的復古思想逐漸發生了改變。在古典楷範的選擇上，王世貞越來越重視時代升降的問題。《藝苑巵言》評陶淵明詩，云：

　　　　「問君何爲爾？心遠地自偏。」「此中有眞意，欲辨已忘言。」
　　　　清悠淡永，有自然之味。然坐此不得入漢魏果中，是未莊嚴佛階級
　　　　語。〔註35〕

　　既肯定陶詩淡永自然、確爲上品，卻還是因其「不得入漢魏果中」而惋惜。又：

　　　　李于鱗評詩，少見筆札，獨選唐詩序云：「唐無五言古詩，陳
　　　　子昂以其古詩爲古詩，弗取也。七言古詩，唯杜子美不失初唐氣格，
　　　　而縱橫有之。太白縱橫，往往強弩之末，間雜長語，英雄欺人耳。」
　　　　此段褒貶有至意。〔註36〕

　　對於李攀龍的這一觀點，王世貞顯然是同意的，後面他曾云「太白古樂府，窈冥惝恍，縱橫變幻，極才人之致，然自是太白樂府」，明顯便是由李氏之言引申而來。雖然從《巵言》中的論述來看，元美對齊梁、晚唐詩作並非徹底棄絕、也沒有全部否定，後世言其「文必秦漢、詩必盛唐」並不完全準確；但在整體的評價上，他卻始終認爲，後來的作品即使有所優長，也是比不上漢魏盛唐渾樸高華的氣質的。所以在《巵言》中，他才會說：「李獻吉勸人勿讀唐以後文，吾始甚狹之，今乃信其然耳。」可知王世貞對古典詩歌由自然、優游的嚮往變爲系統、嚴格的摹習，北方文學風氣的影響是最爲主要的原因。

〔註35〕王世貞：《藝苑巵言》卷三，陸潔棟、周明初批註《歷代詩話叢書》本，鳳凰
　　　　出版社 2009 年版，第 44 頁。
〔註36〕王世貞：《藝苑巵言》卷四，陸潔棟、周明初批註《歷代詩話叢書》本，鳳凰
　　　　出版社 2009 年版，第 54 頁。

　　由初中進士到與李攀龍等共倡復古，年輕的王世貞在京城度過了他文學生命中最重要的五年。嘉靖三十一年，他以刑部員外郎奉使按決盧州、揚州、鳳陽、淮安四郡獄，便道歸吳。作為本土士人，他的歸來引起了吳中文人相當大的興趣。但此時的王世貞，已不是完全意義上的吳中文士，而是接受了北方文學思想影響的復古領袖。衣錦榮歸的他，就這樣在一片「苦於酬應」的氣氛裏，開始了倡言復古之後與家鄉文士的第一次近距離接觸。王世貞對吳中文壇的看法如何？他的歸來對其地文風又有著什麼樣的影響？若要探究這些問題，需先對嘉靖元年至三十年之間的吳中文壇有一個大致的瞭解。

第二節　狂誕士風的延續與輕靡詩風的演進：嘉靖前中期的吳中文壇

　　黃卓越在《明中後期文學思想研究》一書中，將明中期的吳中文人群體劃分為三代：

> 第一代可以沈周為核心，將正統前後出生的朱存理、史鑒、朱凱等歸於其列。第二代以成化十五年出生的徐禎卿為基本下限，按出世年歲排列的話，其主要的成員有楊循吉、都穆、祝允明、唐寅、文徵明、蔡羽、錢同愛、徐禎卿、邢參、閻秀卿等。再往下第三代的主要人物有陳淳、湯珍、黃省曾、王守、王寵、陸治等。〔註37〕

　　若按這一標準繼續向下梳理，那麼似乎可以將文彭、文嘉、陸采、陸粲、袁褧、皇甫四兄弟及彭年也劃入第三代的範圍，而將周天球、黃姬水、劉鳳、錢穀、陸師道等作為第四代；再往下，嘉靖元年以後出生的士人，如袁尊尼、張鳳翼兄弟、王穉登等，可算作第五代，那麼自成化、弘治年間以來，吳中文壇上主要活動者的譜系便是：

	士　人	出生時間
第一代	沈周、朱存理、史鑒、朱凱	正統前後出生
第二代	楊循吉、都穆、祝允明、唐寅、文徵明、蔡羽、錢同愛、徐禎卿、湯珍〔註38〕	景泰至成化年間出生

〔註37〕黃卓越：《明中後期文學思想研究》，北京大學出版社2005年版，第85～86頁。
〔註38〕湯珍生於成化二十三年，在資輩上更近於黃省曾、陸治等人，故黃先生將其歸為第三代，本文由於論述需要，故從嚴格的時間意義上出發，將其劃為第二代。

第三代	陳淳、黃省曾、王守、王寵、陸治、文彭、文嘉、陸采、陸粲、袁袠、皇甫汸、彭年	弘治年間出生
第四代	周天球、黃姬水、劉鳳、錢穀、陸師道	正德年間出生
第五代	袁尊尼、張鳳翼、張獻翼、王穉登	嘉靖初出生

　　從此表中可以看出，吳中派自成化年間開始形成，至弘治、正德時，已擁有一個相對固定的交往群體，活動也逐漸達到高潮；到了嘉靖前期，隨著第二代士人的相繼離世或外出爲官，第三、四代士人登上舞臺，但彼時的吳中文人群體，正如作者所言，已經「開始趨於渙解」、「衰落或過渡爲其他的類型」。若以上表爲準，則嘉靖前中期活躍在文壇上的士人主要是第四代和第五代、以及第三代中個別享壽較永者（如皇甫汸、彭年），本節的討論也將圍繞他們而展開。

　　吳中第四、五代士人群體與其前輩的不同點是顯而易見的。表面上看，他們較其前輩溫雅、平和，較少出現所謂「狂者」，但實際這種平和下掩藏的是更加濃厚的焦慮感與自傷。黃姬水《始發吳至都下述懷六首》其三云：

　　二七翔文圃，精意誦典籍。頗禪雕龍業，咀腴吐豐澤。抗心尹、說傅，隆想在竹帛。興言念恫慄，思展安世策。靈修無淑命，悁悁咨懷璧。誰知三十年，培壞咸陽客。纏綿嬰憂患，舉足觸蚿蝪。神辱而志沮，嵇夜莫能釋。……〔註39〕

　　嘉靖三十四年，時年四十六歲的黃姬水以避倭徙家南京，回想自己少年時才華橫溢、意氣風發，一心致君堯舜、濟世安民；三十年過去，卻依然只能以一個布衣的身份培壞都門，飽受冷眼、「神辱志沮」。撫今追昔，他心中的壓抑、不甘、失意、落寞不言而喻。但是這種情緒的爆發在他的詩歌中卻並不多見，大多數時候，黃姬水希望展現在世人面前的都是一個優游容與、雅志齊雲的高士形象：

　　志士貴秉尚，吾師倪缺流。願穿北海榻，恥散洛陽裘。三徑可不出，諸侯何足遊。春風長薇蕨，畢景好歸休。（《秉尚》）

　　身隨五湖遠，心與萬緣空。（《夜坐》）

　　湖海交偏好，煙霞性所同。我無適俗韻，君有古人風。綠酒形骸外，青琴山水中。吳趨千載後，依舊寓梁鴻。（《贈許復賓》）〔註40〕

〔註39〕黃姬水：《始發吳至都下述懷六首》其三，《白下集》卷一，四庫全書存目叢書，集部第186冊。

〔註40〕以上分別引自黃姬水《白下集》卷四、《高素齋集》卷六，四庫全書存目叢書，集部第186冊。

又如張鳳翼，其《漫作》詩云：

> 逢人豈必眼常青，任意乾坤一委形。兩刖燕臺悲獻玉，廿年吳
> 國老明經。空門自合聽花雨，帝座何須有客星。卻笑校書天祿者，
> 獨令虛閑草玄亭。〔註41〕

看似放達不羈、委形人間，但頷、頸二聯卻洩露了他的怨憤與酸辛：北
上會試，無功而返，廿年明經，落得白首鄉園；何不早早禮禪誦佛、冥悟法
言，反正九重之上從來沒有布衣的用武之處。尾聯諷笑那些已取得功名的「校
書天祿」者鎮日庸碌無為，但一句「獨令虛閑草玄亭」隱含著多少心酸與自
嘲。在一次又一次的落第打擊中，最初的壯志雄心變為沉重的壓抑、感傷，
又隨著歲月消磨逐漸失去稜角、歸於自守：

> 公車久困即鹽車，中坂迢遙稅駕初。今日息肩猶恨晚，頻年刖
> 足竟何如。閉門任客來題鳳，罷釣知吾不羨魚。一枕蟬聲睡方足，
> 肯令臺省易幽居。（《息交二首》其二）
>
> 負耒何須望有年，晚來生計硯為田。班超未擲傭書筆，季主寧
> 辭買卜錢。閑掛杖頭供取酒，頻探囊底給烹鮮。功名已薄紛爭息，
> 豈向官家請助邊。（《解嘲》）〔註42〕

怨抑猶在，但放曠之氣已非常淡薄了。當然，這並不是說從唐寅、桑悅、
祝允明等開始的「狂士」傳統就被阻斷了，事實上，在第四、五代的吳中士
人中，還是有不少「狂者」的，如張鳳翼之弟獻翼，錢謙益《小傳》言其：

> 好遊大人、狎聲妓，以通隱自擬，築室石湖塢中，祀何點兄弟
> 以況焉。晚年……與所厚善者張生孝資相與點檢故籍，刺取古人越禮
> 任誕之事，排日分類，倣而行之。或紫衣挾伎，或徒跣行乞，邀遊於
> 通邑大都，兩人自為儔侶，或歌或哭。……孝資生日，乞生祭於幼于，
> 孝資為尸，幼于率子弟衰麻環哭、上食設奠，孝資坐而饗之。翌日行
> 卒哭禮，設妓樂，哭罷痛飲，謂之收淚。自是率以為常。……〔註43〕

張獻翼的詩裏也確實充溢著這種縱逸輕狂的氣息：

> 獨往甘搖落，人間玩世過。故交書後至，春酒雪中多。生計殊

〔註41〕張鳳翼：《漫作》，《處實堂集》卷三，續修四庫全書，第1353冊。
〔註42〕皆引自張鳳翼《處實堂集》卷三，續修四庫全書，第1353冊。
〔註43〕錢謙益《列朝詩集小傳》「張太學獻翼」條，上海古籍出版社2008年版，第
452～453頁。

閒事，浮名且放歌。秋風吹短髮，何必問蹉跎。(《紀興四首》其二)

今年人日在春前，人日東風花滿煙。芳讌欲將春並入，華燈堪與月同懸。浮雲一任時情換，佳氣重看節序邊。<u>自笑野生孤興在，不教雙鬢惜流年</u>。(《人日》)

客問先生遺行，<u>當年冒禮爲讐</u>。奇服從吾所好，買山不用一錢。(《答俗人問》)〔註44〕

在爲弟弟張燕翼所作的《白公石賦》序中，張獻翼言其「雅賞才章，尤愛奇逸，居然有名士風流」，用這句話形容他自己，倒也十分合適。除崇雅尚奇之外，這兄弟三人還都存有一種以文字爲遊戲的心態，張獻翼曾有《數詩》和《卦名詩》，云：

一命薄世榮，寧堪廢經籍。二頃微山田，先人餘敝宅。三十雖無成，時流豈吾匹？四方重懸弧，中年滯南國。五言詠長城，煙霞染奇色。六爻玩賁圍，嘉遯知損益。七貴總希聲，聲名是何物。八月散金颲，玄冥何其迫。九轉不還丹，親壽同過隙。十載抱深衷，清宵動悽惻。(《數詩》)

乾龍方應五，晉馬已過三。鼎膳禮右職，豐廚迎左驂。萃器除干將，益木行梗楠。巽牀起末代，井汲如鬼參。賽拙看冀北，睽索哀江南。咸舌不得吐，屯膏無七堪。升峻在高符，困痞非塵龕。蠱尚乃嘉爵，賁圍爲美談。震風來抗館，旅葵發舊潭。孚爻偁貝錦，漸陸如優曇。(《卦名》)〔註45〕

以數字、卦名入詩，這樣遊戲般的創作，在炫耀才學之外，也頗有玩世之意。可即便是這樣的「狂士」，在獨處時也會流露出一些不爲人知的感傷與失落，如：

六十年踰半，三千髮未侵。一言醒鹿夢，百感悔蓬心。樹靜花猶落，庭閒草自深。興來堪獨往，停策傍雙林。(《南城紀興》其四)

時輩謾相識，世情都已闌。惜花曾謝客，爲酒欲求官。雁過雲將夕，林踈楓半殘。更誰能浪跡，猶作眾人看。(《自況》)〔註46〕

〔註44〕分別引自張獻翼《文起堂集》卷四、五、七，四庫全書存目叢書補編，第99冊。

〔註45〕皆引自張獻翼《文起堂集》卷二，四庫全書存目叢書補編，第99冊。

〔註46〕皆引自張獻翼《文起堂集》卷四，四庫全書存目叢書補編，第99冊。

　　尤其值得注意的是在張鳳翼和此時期其他吳中文士的詩歌中對「白燕」意象的吟詠，謹舉兩例：

　　　　昭陽人去減芳菲，花落蒼筤鎖禁闈。無復霓裳當夜席，獨留月魄闞春輝。水晶簾淨迷冰剪，玳瑁梁空映雪衣。漫詫入懷徵異夢，素封吾已戰來肥。（張鳳翼《白燕》）〔註47〕

　　　　雙剪差池幻質非，光翻縞素見來稀。銜書曾伴瑤臺使，刷羽言從珠樹歸。試舞殿中雲逐影，重經巷口絮沾衣。玉人腸斷春將暮，故蹴梨花片片飛。（袁尊尼《追次袁景文詠白燕》）〔註48〕

　　《白燕》是明初士人袁凱最著名的作品，據傳他正是憑藉這首詩獲得了楊維楨的賞識，全詩為：

　　　　故國飄零事已非，舊時王謝見應稀。月明漢水初無影，雪滿梁園尚未歸。柳絮池塘香入夢，梨花庭院冷侵衣。趙家姊妹多相忌，莫向昭陽殿裏飛。〔註49〕

　　袁景文的《白燕》詩之所以在當時引起了那樣大的反響，其實並不完全是由於它的詩藝有多麼突出，而是因為其中蘊含的迷茫、感傷正是易代之際士人們的共通情緒，以故一時追和者頗多。不過隨著朱明政權的逐步穩定與社會氣氛的漸趨鬆散，這種感傷開始減退，詠白燕的詩作也隨之慢慢減少，其中蘊含的情感也在不斷改變。如唐寅也曾有過一首《白燕》，詩云：

　　　　驚見元禽故態非，霜翎玉骨世應稀。越裳雉尾姬周化，瀚海烏頭漢使歸。誤入梨花惟聽話，輕沾柳絮欲添衣。朱簾不隔揚州路，任爾差池上下飛。〔註50〕

　　雖然整體基調亦非明快，卻並未蘊含太多身世之感，「白燕」最終的結局仍是自由的。而在其身後這一代吳中士人的作品中，情感內蘊則已向明初的傷世、自傷進一步靠攏。這說明他們在對政治、社會的感受上已經開始發生改變。黃卓越先生認為，在明中期吳中第一代士人如沈周等那裡，隱逸作為「吳中所尊尚的一種地方性傳統，……展示的是一種平靜的日常生活，靜觀式的審美，自我決定的意志力與樂天的心態，……是在一種以『太平之世』

〔註47〕張鳳翼：《白燕》，《處實堂集》卷三，續修四庫全書，第 1353 冊。

〔註48〕袁尊尼：《追次袁景文詠白燕》，《袁魯望集》卷四，四庫全書存目叢書，集部第 137 冊。

〔註49〕袁凱：《白燕》，《海叟集》卷三，景印文淵閣四庫全書，第 1233 冊。

〔註50〕唐寅：《白燕》，《唐伯虎全集》，廣益書局刊行，第 35 頁。

爲框架的政治擔保的前提下才能實現的」〔註51〕。而在經歷過正德朝的混亂以及嘉靖前期的「道」、「勢」之爭後，這種政治擔保顯然失去了它原有的穩定性。在第四、五代士人的身上，「太平逸民」的自我界定已很難出現，取而代之的是一種疏離、傷逝、漠然甚至是對抗。「前期的隱士與自己所處的『太平』之世是相協調的，兩者體現爲一種水乳交融的關係，而山人（正德、嘉靖間的，而非後來的）則至少在他們的宣言中透露了對其所處時代的不滿、格格不入等，爲此有更多的焦慮與不平。」〔註52〕

「白燕」在嘉靖前中期士人的意識中，指向的正是這樣一種兼具冷淡、疏離與焦慮、壓抑相交織的不自覺情緒。在張鳳翼的作品中，一開始便是對原作結尾的接續。如果說袁凱詩中的「昭陽殿」意味著文人不應涉足的處處危機的政局，那麼「昭陽人去減芳菲」無疑隱喻了政局的江河日下。果然，隨著「鎖禁闈」意象的出現，詩歌整體沉浸在一種冰冷的氣氛中，白燕迷離空幻的身影散發著求而不得的傷懷。結句卻又忽然消解了對白燕的關注，轉而陷入一種對自我狀況的言說，疏離、漠然的情緒由此而生。相比之下，袁尊尼詩的色調較爲明亮，這與他的顯赫家世與中第爲官應有一定關係。「瑤臺使」、「珠樹」的意象，在立場上似乎仍具有某種盛世的意味，但卻依然未能阻止「玉人腸斷春將暮，故蹴梨花片片飛」的無奈與惘然。

在這種情況下，隱逸的觀念開始回歸，但隱逸的價值已然轉變。黃姬水《貧士傳序》云：

> ……庸彙雖繁，廉資者特受；情瀾雖倒，清介者獨持，則代亦有其人焉，……或逸尚高盤，弗屑塵穢；或懷沖養順，恐係天和；飽仁飫德，則澹視如雲；苦節清修，則嚴揮若浼；保身明哲，以遠害而輕；履命姘乖，以居易而泰。是皆襟件玄造、意軼遐皇、不以欲疢、不以俗磷、不以終渝者也。……使天下皆貧士之心焉，則揖讓成而雍皞登矣，詎可易視之哉？……〔註53〕

這已經完全不是「太平逸民」的心態定位，而是將世俗與高士對立起來，以前者的庸碌逐利反襯後者的高蹈出塵。在熙熙攘攘的塵世中，他們是無功

〔註51〕黃卓越：《明中後期文學思想研究》，北京大學出版社 2005 年版，第 110 頁。

〔註52〕黃卓越：《明中後期文學思想研究》，北京大學出版社 2005 年版，第 113 頁。

〔註53〕黃姬水：《貧士傳序》，《高素齋集》卷十六，四庫全書存目叢書，集部第 186 冊。

名、無財富的「貧者」，屢屢被人輕視；但在更高的價值衡量體系中，他們卻是猶如仙人一般「襟佸玄造、意軼邈皇」的上位者，超然外物、俯視眾生，甚至如果天下皆「貧士」，就能夠「揖讓成而雍皞登」，不費吹灰之力而達堯舜之世。在黃姬水構建的話語體系中，隱士的存在價值得到了高度肯定，他們不再是太平盛世的旁觀者，而是盛世的締造者。但若從另一個角度看，這種過度揄揚的行爲卻也投射出了「貧士」心態中固有的自卑意識與焦慮感，過於愛好從過往的歷史陳跡中尋找理論依據，實際正說明了其對自我生存方式的不自信。當然他們偶而也會發出對時代的頌讚，如彭年《辛酉元旦》：

> 聖主龍飛四十春，萬方歡慶樂昇平。農祥旂旒條風轉，曙色葱
> 瀧瑞靄呈。雉貢遠修知海宴，龜圖時出應河清。支離久荷生成德，
> 願效華封頌祝聲。〔註54〕

辛酉乃嘉靖四十年，讀此詩令人感到當時社會一派祥和太平，但事實是否真正如此？答案顯然是否定的，就連詩人自己都清楚地知道這一點，其《庚戌秋信》云：

> 月滿胡天殺氣凝，建牙吹角漢家營。五陵霜露松楸近，千里風
> 塵輦轂驚。累日未傳青海箭，何人爲掃黑山兵？朱門金穴笙歌沸，
> 野哭那聞動地聲。〔註55〕

嘉靖二十九年庚戌，俺答兵大舉入寇，京師震恐。後來事態雖平息，卻引發了當時及其後幾十年中各階層士人的強烈憂慮，身處吳中的文士也不例外，但彭年在《元旦》詩中描繪的卻是一番盛世景象。由是可知他們的太平歌詠，更多地是一種站在局外立場上的旁觀，是對整個社會的避退，與沈周、唐寅等身處其間的「市隱」模式並不相同。

從「太平逸民」到退避自守，士人對自身價值認定與社會狀況惡化的焦慮不斷增長，但抱負的無法施展又使他們心中充滿了失意與自傷。於是一種新的個性主義和方式開始在其詩歌當中擴散開來，在《可一居士自贊》中，張獻翼這樣描述自己：

> 軒軒霞舉，匪爾之形；超超越俗，匪爾之能。愧凡姿非野鶴，

〔註54〕彭年：《辛酉元旦》，《隆池山樵詩集》卷下，四庫全書存目叢書，集部第146冊。

〔註55〕彭年：《庚戌秋信八首》其四，《隆池山樵詩集》卷下，四庫全書存目叢書，集部第146冊。

見者疑爲先靈。謂忠言不可以諭俗也，或齱語以自污；謂浮沉不可以抗志也，或玩世以自穢。處清濁之間，爲顯默之行，⋯⋯斯人也，其恥爲諸生者耶？〔註56〕

王穉登《廣長庵主生壙志》亦云：

余既棄諸生乎，而猶長裾刺促於郡邑中，或勸以野服。于（余）比見山人高士，夫所謂山人高士者，不雲臥，則雲遊⋯⋯則可耳；不者而未能遠形公府、屏跡軒弁，假東方生玩世之說，指市朝爲大隱，吾誰欺七天乎？有若余之不肖，上不能爲寒蟬之潔，下不屑爲壞虫之汙，蓋行己在清濁之間而已。〔註57〕

「處清濁之間」，浮沉俗世，既非完全超然世外，又不屑和光同塵。這是吳中自明中期以來一脈相承的觀念，卻又被這一代的士人闡發出了新的意義。於是在他們的詩歌中，既有狂放縱誕的「自笑」：

僕本嶔崎可笑人，薄遊人間三十春，賞窮江山與花柳，未知陸土憂沉淪。黑貂裘，白接䍦，一縣盡笑吾所爲。曾參孔子今已矣，賢名聖行徒自欺。衡門衣，緌胡髻，可是俗中人？半成方外士。⋯⋯笑殺楊子雲，天祿徒繽紛，眼前客嘲不能解，何用後世知其文？讀書未能半袁豹，且散千金買一笑。誰言我貴在知稀，自云大笑方爲道。⋯⋯若遣俗人稱快士，寧與智者呼狂生。⋯⋯恥向窗前老一經，聊於座上搖雙嶽。〔註58〕

也有無奈、苦澀的自嘲：

蕭然一蒯緱，結束上揚州。日短促羸馬，霜寒欺敝裘。傭書充果腹，賣賦作纏頭。躑躅西風裡，羞稱跨鶴遊。〔註59〕

對自身存在模式的探尋與思索，是吳中文士們浮沉於「清濁之間」時最爲關注的東西。從某種意義上說，這也是輕靡流麗詩風一直佔據吳中文壇主流的重要原因。當士人處在自我價值認定的焦慮中時，典重而堅定的目標意

〔註56〕張獻翼：《可一居士自贊》，《文起堂集》卷八，四庫全書存目叢書補編，第99冊。

〔註57〕王穉登：《廣長庵主生壙志》，《王百穀集十九種》，四庫禁燬書叢刊，集部第175冊，第267～269頁。

〔註58〕張獻翼：《自笑行》，《文起堂集》卷三，四庫全書存目叢書補編，第99冊。

〔註59〕王穉登：《廣陵道中》，《王百穀集十九種‧延令纂》，四庫禁燬書叢刊，集部第175冊，第208頁。

識便很難在他們的作品中出現。將目光集中於眼前的急管繁絃、狂歡盛景、不嘗試探尋背後的深刻意義的當下式享樂主義，是輕靡、流麗風格產生的溫床。明中期以後吳中詩風的演進主要體現在以下幾方面：

首先是形式上，藻麗程度進一步加深。在第一、二代士人的詩歌中，藻飾作爲一種自然而然的詞語藝術，只在適當的時候加以運用，如唐寅《七夕歌》：

> 人間一葉梧桐飄，蓐收行秋回斗杓。神官召集役靈鵲，直渡銀河橫作橋。河東美人天帝子，機杼年年勞玉指。織成雲霧紫綃衣，辛苦無歡容不理。帝憐獨居無與娛，河西嫁與牽牛夫。自從嫁後廢織紝，綠鬢雲鬟朝暮梳。貪歡不歸天帝怒，責歸卻踏來時路。但令一歲一相見，七月七日橋邊渡。別多會少知奈何？卻憶從前歡愛多。匆匆萬事說不盡，玉龍已駕隨羲和。河橋靈官催曉發，令嚴不肯輕離別。便將淚作雨滂沱，淚痕有盡愁無歇。吾言織女君莫歎，天地無窮會相見。猶勝姮娥不嫁人，夜夜孤眠廣寒殿。〔註60〕

情色意識在其間若隱若現，但對語詞的雕飾實際上並不多。而第三、四代士人的作品，如皇甫汸《七夕歎》：

> 朱明早謝清商變，衡紀年華遄如箭。新月初懸天上鈎，寒濤欲湧江間練。玉井輕銷桐葉聲，金塘細委蓮花片。嗚嗚不斷綠陰蟬，去去誰留紫泥燕。沙塞音書催擣衣，綵樓風物羞穿線。鏡中潘鬢飛素絲，篋內班腸裂紈扇。撫幌空房妾更悲，驅鞍遠道君應戀。試看星牛夜度緣，可怪人情重相見？〔註61〕

辭采華美，音節諧暢，較前詩在雕繪上顯然更勝一籌。再以著名的「姑蘇雜詠」爲例，對於同一題材，不同年輩詩人的內涵把握與風格取向也差異較大，第二代的作者如唐寅：

> 門稱閶闔與天通，臺號姑蘇舊帝宮。銀燭金釵樓上下，燕檣蜀挖水西東。萬方珍貨街充集，四牡皇華日會同。獨悵要離一抔土，年年青草沒城墉。

> 長洲茂苑占通津，風土清嘉百姓馴。小巷十家三酒店，豪門五

〔註60〕唐寅：《七夕歌》，《唐伯虎全集》，廣益書局刊行，第13頁。

〔註61〕皇甫汸：《七夕歎》，《皇甫司勳集》卷十二，景印文淵閣四庫全書，第1275冊。

日一嘗新。市河到處堪搖櫓，街巷通宵不絕人。四百萬糧充歲辦，供輸何處似吳民？

江南人盡似神仙，四季看花過一年。趕早市都清早起，遊山船直到山邊。貧逢節令皆沽酒，富買時鮮不論錢。吏部門前石碑上，蘇州兩字指摩穿。

繁華自古說金閶，略說繁華話便長。百雉高城分亞字，千年名劍殉吳王。龍蟠左右山無盡，蛇委西東水更長。北去虎邱南馬澗，笙歌日日載舟航。〔註62〕

在對吳中繁華景象近於白描的敘寫中，蘊含著無限的自豪感。而第四、五代的士人如黃姬水、張鳳翼：

古寺荒涼澗壑深，櫪駒籠鶴此開林。支公還剗經千載，石上寒泉流至今。

吳王埋劍已千秋，尚有精光夜壑浮。一自白公開逕後，畫船簫鼓四時遊。

吳王避暑此中過，別殿離宮被澗阿。鳳輦龍舟歌舞地，惟餘煙草帶寒波。

翠輦歡遊碧水濆，百花香氣靄氤氳。於今寂寞餘空渚，應逐西施化彩雲。

（以上四首選自黃姬水《高素齋集》《姑蘇雜詠》支硎山、虎丘、消夏灣、百花洲）〔註63〕

靈巖山月一輪斜，曾伴蛾眉進紫霞。碧海青天幾圓缺，只今猶照故宮花。

蛾眉忽散綺羅叢，幽徑花深歌舞空。惟有年年吳地月，往來還照館娃宮。

山中別有少年場，急管嬌歌月一方。試問載來紅粉妓，幾人舉酒酹貞娘？

（以上三首選自張鳳翼《處實堂集》《賦得靈巖月》、《館娃宮》、《貞娘墓》）〔註64〕

〔註62〕唐寅：《姑蘇雜詠四首》，《唐伯虎全集》，廣益書局刊行，第38頁。
〔註63〕黃姬水：《高素齋集》卷十三，四庫全書存目叢書，集部第186冊。
〔註64〕張鳳翼：《處實堂集》卷四、續集卷三，續修四庫全書，第1353冊。

同樣是對於姑蘇一帶風物的吟詠，黃姬水、張鳳翼抒發的卻是懷古幽情，且爲了更好地突出今昔對比的效果，詩句中對詞語的修飾亦較多。可以說，追求辭采豔麗的傾向在吳中是愈演愈烈的。

其次是情思上，由縱誕逐漸趨向雅致。試比較以下幾首以詠雪爲主題的詩作：

> 窗樸春蛾雪打團，杯浮綠蟻酒衝寒。挑來野菜和根煮，尋著江梅帶蘚搬。暗笑無情牙齒冷，熟看人事眼睛酸。筋骸雖健頭顱老，脫屣塵埃已不難。（唐寅《和雪中書懷》）〔註65〕

> 短榻無聊擁敗絺，開門深雪壓簷低。蒼松白石寒相照，曲巷斜橋去欲迷。舞態不禁風脈脈，覊懷都似鳥凄凄。小山詩思清如許，不見高人出剡溪。（文徵明《對雪》）〔註66〕

> 城陰羃歷曉寒凝，庭雪霏微舞玉霙。旋撲風簾飛絮弱，遠飄煙渚落梅輕。人從殘臘欣占歲，鳥入新春早變聲。自汲雲華烹日注，倚欄吟望有餘情。（彭年《六日喜雪》）〔註67〕

> 日暮留賓興轉賒，俄看門外雪交加。娟娟承幌清還媚，片片迎風直復斜。不夜城中兩重月，宜春枝上一齊花。當筵攬取瓊瑤色，併入詞人曲裏誇。（黃姬水《正月十五夜玄芝館同姜山人諸君對雪》）〔註68〕

由唐寅對世事紛雜的感歎到文徵明的「覊懷」、再到彭年、黃姬水的雪中詩興，詩歌的情思經歷了一個逐漸雅化的過程。伴隨著這種雅化，在吳中第四、五代士人的作品中，爲袁宏道推崇的衝口而出、「直寫性靈」的詩歌已經不多了。這也可以解釋爲何袁氏總愛提及唐寅等人，對後來的吳地作者卻甚少推轂。

需要指出的是文徵明在吳中詩風傳統的延續中具有十分特殊的意義。他的作品一方面體現出第二、三代士人共有的清麗流暢風格，但另一方面卻更爲雅致、優柔。王世貞早期評價文氏詩歌曾云：「文徵仲如仕女淡妝，維摩坐語；又如小閣疏窗，位置都雅，而眼境易窮。」〔註69〕在對比他與彭年的作

〔註65〕 唐寅：《唐伯虎全集》，廣益書局刊行，第 26 頁。
〔註66〕 文徵明：《甫田集》卷四，景印文淵閣四庫全書，第 1273 冊。
〔註67〕 彭年：《隆池山樵詩集》卷下，四庫全書存目叢書，集部第 146 冊。
〔註68〕 黃姬水：《高素齋集》卷十，四庫全書存目叢書，集部第 186 冊。
〔註69〕 王世貞：《藝苑巵言》卷五，陸潔棟、周明初批註《歷代詩話叢書》本，鳳凰出版社 2009 年版，第 82 頁。

品時又云：「文先生以韻勝，孔嘉以邊幅勝。」〔註70〕所謂「淡妝」、「都雅」、「以韻勝」，其實指的都是文徵明詩作秀雅有餘、境界不足的特點。這種問題從文氏《甫田集》中也可以看出確實存在，如：

　　　　高榆風定翠相圍，天氣悠揚思轉微。畫閣凝香新試扇，春肌生汗欲更衣。乍聞幽鳥渾無見，時墮游絲忽漫飛。惆悵東闌尋曉夢，落花芳草已都非。（《暮春》）

　　　　殘更斷續天蒼蒼，開門汲井夜欲央。雞聲人語杳無際，落月曙色相為光。臨風短髮不受握，泫露碧葉微生涼。屋頭日出萬事集，惜取靜境聊徜徉。（《早起》）

　　　　斷枝黏碧蘚，殘蕊疊冰紈。未乏溪山韻，尤宜几格看。移燈傳壁影，垂箔護春寒。應斷西湖夢，東風在席端。（《賦餅梅》）

　　　　清真寒谷秀，幽獨野人心。結意清霞佩，傳情綠綺琴。德馨堪自近，道味許誰深？一笑歌瓀樹，春風雪滿襟。（《賦盆蘭》）〔註71〕

詩歌的趣味與關注重心都放在類似「試扇」、「幽鳥」、「游絲」、「曉夢」、「泫露」、「碧葉」上面，表達的自然也是「天氣悠揚思轉微」、「惜取靜境聊徜徉」的情緒。像唐寅詩中那般濃烈的情色意識與俗語化特徵，在文氏處是極為少見的。也正因此，在文徵明的作品中和《賦餅梅》、《賦盆蘭》等相似的詠物詩（且他選取的往往是至清至雅之物）往往是寫得最為出色的，不過這也對其創作造成了相當大的限制。一心求「雅」的結果正如王世貞所云「如小閣疏窗」、「眼境易窮」，習其詩很容易在氣格上不自覺減弱，高情壯志湮沒無蹤。

情思的雅化是否必然造成體格的膚弱，還是一個尚需討論的問題，但它確實會使詩歌產生一種輕忽不實的感覺，試對比唐寅與文徵明二人的「落花詩」：

　　　　今朝春比昨朝春，北阮翻成南阮貧。借問牧童應沒酒，試嘗梅子又生仁。六如偈送錢塘妾，八斗才逢洛水神。多少好花空落盡，不曾遇著賞花人。

〔註70〕王世貞：《彭孔嘉詩集序》，載彭年《隆池山樵詩集》卷首，四庫全書存目叢書，集部第 146 冊。

〔註71〕以上分別引自文徵明《甫田集》卷一、三、八，景印文淵閣四庫全書，第 1273 冊。

忍把殘紅掃作堆，紛紛雨裏毀垣頹。蛤蜊上市驚新味，鵁鶋催人再洗杯。豈唱驪歌送春去，悔教羯鼓徹明催。爛開賺我平添老，知到年來可爛開？

（以上引自唐寅《和沈石田落花詩》）〔註72〕

點徑沾籬已燦然，飛簾撲面更翩聯。紅吹晴雪風千片，錦蹙春雲浪一川。老惜鬢飄禪榻畔，醉看燕蹴舞筵前。無情剛恨通宵雨，斷送芳華又一年。

零落佳人意暗傷，爲誰憔悴減容光？將飛更舞迎風面，已褪猶嫣洗雨粧。芳草一年空路陌，綠陰明日自池塘。名園酒散春何處？惟有歸來屐齒香。

（以上引自文徵明《和答石田先生落花十首》）〔註73〕

相比唐寅的縱誕率意，文氏詩無疑更爲清雅，其中所引典故如「鬢飄禪榻畔」（用杜牧詩）、「燕蹴舞筵」（用杜詩）、「屐齒香」（用宋徽宗事）等更增添了詩歌的意蘊。但也恰恰是它們使得詩作顯得頗爲無味，因其過於普遍的運用易給人以熟爛籠統之感。換言之，文徵明對詩歌題材、風格的「雅化」，在某種程度上是對吳中詩歌鮮活通脫特質的一種剝離。以文氏對吳中第四、五代士人的巨大影響力，他的這種傾向會對吳地整體產生怎樣的引導作用不言而喻。王世貞在《潘潤夫家存稿序》中曾云：「吾吳中……一徐庾出而語語月露，一元白貴而人人長慶。」〔註74〕徐庾藻麗華靡，元白輕俗膚弱，統而言之，在元美看來，「輕靡」是吳中此時詩風最突出的特點。雖是承自前人，卻不知遏止、愈演愈烈。

不過需要指出的是，雖然吳中文士在詩歌構撰上漸趨輕靡，但理論方面對「眞」的重視卻保存了下來。這也是此時期吳地詩學思想第三個值得注意的特點。張鳳翼在《書唐伯虎詩後語》中云：

此唐伯虎先生作也。近時立門戶者本無眞識，好訾毀往哲以自賢，其視此作將不啻敝箒。予獨愛其眞率曠達，可爲南華衙官、東籬別駕，特爲書一過，并識所感云。〔註75〕

〔註72〕唐寅：《唐伯虎全集》，廣益書局刊行，第21頁。
〔註73〕文徵明：《甫田集》卷二，景印文淵閣四庫全書，第1273冊。
〔註74〕王世貞：《潘潤夫家存稿序》，《弇州四部稿》卷六十八，景印文淵閣四庫全書，第1280冊。
〔註75〕張鳳翼：《書唐伯虎詩後語》，《處實堂集》續集卷二，續修四庫全書，第1353冊。

雖然張鳳翼自己的作品與唐寅詩歌的風格不太相似，但這並不妨礙他對唐氏詩作的喜愛。他指出唐氏詩的過人處正在於其「眞率曠達」，與莊子、陶潛精神相通，清楚地表明了自己對「眞」的價值的重視。又黃姬水《金昌集序》評價王穉登的詩作：

> 聲不可假，故言不可飾，唯其人焉耳。百穀才性警敏，志行修潔，閉影一廬，讀書談道，高情勝氣，風塵物表，……故發而爲詩，則掣霞爲思、綴穀爲辭，窮情極態，盡滌氛埃，……非若人，安能爲若言哉？〔註76〕

言爲心聲，自然之聲難以作假，詩歌之言亦不應加以僞飾。對眞情實感的關注，是黃省曾、黃姬水父子一貫的主張。而且在他們看來，這種「眞」與對詩歌的辭藻雕繪並不矛盾，相反正是由於「才性警敏」、「高情勝氣」，才能夠「掣霞爲思、綴穀爲辭」，藻麗與眞率並存，這也是明中期以來吳中詩學頗爲奇異的一點。

藻麗、雅致與對「眞率」的重視，構成了嘉靖前中期吳中詩風的主要特點。但王世貞裹挾著復古大旗的回歸，打破了這種相對穩定的狀態，在交往與互動當中，吳中詩風逐漸開始發生轉變。換言之，明中後期吳中文壇發生轉變的契機，正是王世貞的回歸。

第三節　「同化」與歸附：嘉靖中後期王世貞與吳中文人的交往及吳中文風的轉變

> 吳人顧季狂，頗豪於詩，不得志吳，出遊人間，每謂余不滿吳子輩，至有筆之書者，間一有之，而未盡然也。記中年掛冠時，命遊屐，與諸子周旋。章道華用短，不入卑調；劉子成用長，不作凡語；周公瑕挫名割愛，潛心吾黨；黃淳父麗句精言，時時驚坐；王百穀苟能去巧去多，便足名世；魏季朗滔滔洪藻；張幼于朗朗警思；伯起正自斐然；魯望必爲娓娓。對陸叔平、俞仲蔚，便似見古人。又雲間莫雲卿、練川殷無美，詞翰清麗，時時命駕吾廬。步武之外，有曹甥子念者，近體歌行酷似其舅；王君載者，能爲騷賦古文，饒

〔註76〕黃姬水：《金昌集序》，《高素齋集》卷十五，四庫全書存目叢書，集部第186冊。

酒德。亦何嘗落寞也。吾在晉陽有感云：「借問吳閭詩酒席，十年雞
口有誰爭？」殆是實錄。〔註77〕

　　這是王世貞在《藝苑卮言》中回憶當年與吳中文士交往的一段話，讀之
可知當時吳人對元美及其代表的主流詩風所持的態度不盡相同，並不像之前
人們所想像的那樣，是一邊倒的拜服。在他們中間，既有主動歸附、接受同
化者；也有在接受一部分主流文壇影響的同時，依然我行我素地保持著原本
的詩文面貌者；當然還有些人則是在文學方面並沒有太過執著的主張，與王
元美的交遊乃是出於其他的原因，因而在詩文創作上也就擁有更多的游移與
不確定性。這種跡象在嘉靖三十一年王世貞入仕後初次回到吳中時，便已有
所顯現，而在嘉靖四十年王氏因父難歸里之後，隨著彼此交往的進一步深入，
一些細微的問題浮出水面，主流文壇與地方文壇的互動關係也更加清晰地展
現出來。

　　由於王世貞的參與，至隆慶年間，吳中文壇的整體狀況，與嘉靖時已大不
相同；與之相應的，是王世貞文學思想的顯著變化。嘉靖後期他所經歷的一系
列人生變故，兼之吳中文化傳統的二次薰陶，使其生命價值觀發生了近乎顛覆
性的轉變，文學觀念亦然。許多之前參與後七子復古活動時被遮蔽的詩文思想
顯現出來，一些舊有的主張則不再被提及。新的文學觀念體系在隆慶年間逐漸
形成，並伴隨著他轉宦各地，不斷吸收、揚棄，成為文壇的主流思想。

　　本節將通過對嘉靖後期王世貞文學活動的考察，探討復古觀念籠罩下他
對吳地文風的看法以及他與吳中文人的交往，由此看出吳中文壇在主流風氣
來襲時是如何反應並與之互動的。

一、第一時期（嘉靖三十一年至三十二年）

　　嘉靖三十一年，王世貞奉使按決廬州、揚州、鳳陽、淮安四郡獄，便道
歸里；次年春，因海寇猝發，不得已奉母匆忙至郡城避兵。在此期間，他曾
與其地士人如文徵明、陳鎏、黃姬水、彭年等有過短暫往來。〔註78〕不過因
為數月後的秋天元美即北上還朝，故彼此間互動並不深入。這可以看作是王
世貞與吳中文士交往的開始期。

〔註77〕王世貞：《藝苑卮言》卷七，陸潔棟、周明初批註《歷代詩話叢書》本，鳳凰
　　　　出版社 2009 年版，第 118～119 頁。
〔註78〕參鄭利華：《王世貞年譜》，復旦大學出版社 1993 年版，第 70、78 頁。

　　嘉靖三十一年初歸吳時，王世貞曾在寄給李攀龍的信中闡述過自己眼中的吳中文學：

　　　　足下所識彈晉江、毗陵二公及其徒，師稱而人播，此蓋逐影響、
　　尋名跡，非能心觀其是也。破之者亦非必輸攻而墨守，乃甚易易耳。
　　吳下諸生則人人好襃揚其前輩，燦髮所見此等，便足衣食志滿矣，
　　亡與語漢以上者。其人與晉江、毗陵固殊趣，然均之能大罵獻吉，
　　云：獻吉何能為？太史公、少陵氏為渠剽掠盡，一盜俠耳。僕恚甚，
　　乃又笑之，不與辨。〔註79〕

　　在未接受吳中文化二次浸染之前，王世貞對其地文風的整體狀況是十分不滿的，這主要由於兩個方面：其一，「吳下諸生」墨守傳統，喜好稱揚前輩詩人，卻「亡與語漢以上者」；其二，他們譏詆、貶抑前七子尤其是李夢陽的作品，認為其只不過是剽掠《史記》、杜詩詞句而成章。換言之，也即對前七子的復古成就持輕視、否定態度。這當然會引起傾心李、何且其時已成為復古派領袖之一的王世貞的憤怒。在他看來，這些吳中文人坐井觀天、自甘淺陋，絲毫不知古詩文驚才絕豔之處，雖然與王愼中、唐順之等的主張不同，卻一樣令人厭惡。在同時期與陸粲的一封信中，他亦云：

　　　　遠辱寄高文，讀之至再三，不作一今人語，又不襲一古人語，
　　抑何奇也。某所知者，海內王參政、唐太史二君子號稱巨擘，覺揮
　　霍有餘，裁割不足。執事之文如水中之月、空中之相，不落蹊徑，
　　不窘邊幅。僕間與吳峻伯論之，謂正統在執事也。吾蘇作者後先固
　　不乏，何至掇六朝諸公之敗縷、結鶉聯絡而成章？僕私心怪之，以
　　為如闔門市綺帛，得三尺頭面耳，不直一鐶也。〔註80〕

　　王世貞指出，在文章創作方面，其時吳中文壇的普遍風氣是「掇六朝敗縷、聯絡成章」，也即崇尚華辭麗藻，但內容空洞、毫無意義，比之唐順之、王愼中等人的「揮霍有餘，裁割不足」更落下乘。字裏行間對吳地文風的不滿極其鮮明。

　　不僅是文章，他對吳中詩歌的態度也是如此。上文提到，王世貞在《藝苑卮言》中曾模仿敖陶孫，對不少明代詩人的作品風格作出了意象式的品評，

〔註79〕王世貞：《李于鱗》其二，《弇州四部稿》卷一百十七，景印文淵閣四庫全書，
　　　　第1281冊。
〔註80〕王世貞：《與陸浚明先生書》，《弇州四部稿》卷一百二十五，景印文淵閣四庫
　　　　全書，第1281冊。

其間也涉及到不少吳中作者。對他們，他的評價大多不高，其中直接指斥者
如：

> 沈啓南如老農老圃，無非實際，但多俚辭。（沈周）
>
> 桑民懌如洛陽博徒，家無擔石，一擲百萬。（桑悅）
>
> 祝希哲如盲賈人張肆，頗有珍玩，位置總雜不堪。（祝允明）

褒貶皆存者如：

> 文徵仲如仕女淡妝，維摩坐語，又如小閣疏窗，位置都雅，而
> 眼境易窮。（文徵明）
>
> 唐伯虎如乞兒唱蓮花樂，其少時亦復玉樓金埒。（唐寅）
>
> 湯子重如鄉三老入城，威儀舉舉，終少華冶態。（湯珍）
>
> 彭孔嘉如光祿宴使臣，餖飣詳整，而中多宿物。（彭年）
>
> 王履吉如鄉少年久遊都會，風流詳雅，而不盡脫本來面目；又
> 似揚州大宴，雖鮭珍水陸，而時有宿味。（王寵）
>
> 黃勉之如假山池，雖爾華整，大費人力。（黃省曾）
>
> 黃淳父如北里名姬作酒糾，才色既自可觀，時出俊語，爲客所
> 賞。（黃姬水）〔註81〕

沈周之俚、桑悅之泄、祝允明之雜，都與後七子氣高體正的追求相悖，
故元美對其持明顯的貶抑態度。至於文徵明、唐寅等人，他認爲其作品雖有
一定可取之處，但不足卻更多：如對文徵明，王世貞雖欣賞其「位置都雅」，
卻批評其「眼境易窮」；對唐伯虎，愛其少時高華，對後來的淺俗之作則痛加
貶斥。還有寓貶於褒者，如評黃姬水「如北里名姬作酒糾」、「時出俊語」，看
似誇獎，實則是將黃氏比爲了只能供人評頭論足的風塵女子；又如王寵，王
世貞評其詩，表面上稱其「風流詳雅」、「鮭珍水陸」，實際的重點卻是「不盡
脫本來面目」、「時有宿味」，言下之意，王寵的詩歌沒能完全擺脫「吳中面目」，
因而與「大費人力」的黃省曾和「中多宿物」的彭年一樣，都未能臻於上乘。
這些評語，比之元美對前後七子的論說，相差何啻千萬：

> 李獻吉如金鳷擘天，神龍戲海，又如韓信用兵，眾寡如意，排
> 蕩莫測。

〔註81〕以上皆引自王世貞：《藝苑卮言》卷五，陸潔棟、周明初批註《歷代詩話叢書》
本，鳳凰出版社2009年版，第81～85頁。

何仲默如朝霞點水，芙蕖試風，又如西施毛嬙，毋論才藝，卻
扇一顧，粉黛無色。

邊庭實如洛陽名園，處處綺卉，不必盡稱姚魏（姚黃魏紫，皆
牡丹中名品）；又如五陵裘馬、千金少年。

李于鱗如峨眉積雪，閬風蒸霞，高華氣色，罕見其比；又如大
商舶，明珠異寶，貴堪敵國。下者亦是木難火齊。

宗子相如渥洼神駒，日可千里，未免囓決之累；又如華山道士，
語語煙霞，非人間事。

梁公實如綠野山池，繁雅勻適，又如漢司隸衣冠，令人驚美，
但非全盛儀物。〔註82〕

同以女子作比，何景明就是「西施、毛嬙」，黃姬水則是「北里名姬」；
都以園林為例，梁有譽就是「繁雅勻適」的「綠野山池」，黃省曾則是「大費
人力」的「假山池」。其間褒貶，一目了然。

不過，嘉靖三十一、三十二年在吳中居留的短暫經歷，卻使王世貞對吳
中士人的這種看法發生了一些轉變：他先是在太倉結識了俞允文這位迥別時
俗的文人，寓居郡城時又與黃姬水、彭年、張鳳翼、袁尊尼等交往，這使他
對吳中文壇狀況的瞭解不再流於表面，並開始希望以復古思想改變其地文士
的觀念。

王世貞與俞允文的交往始於嘉靖三十二年，《弇州續稿·俞仲蔚先生集序》
云：「余以嘉靖癸丑有維揚讞，而投俞先生詩，與定交。」〔註83〕俞允文，字
仲蔚，崑山人，正德八年生，「稍長即遊心文藝，然雅不好舉子業，唯喜讀古
文辭及臨摹法書。作為歌詩極力模擬古人，動以魏晉為法，大曆以下弗論也」。
雖然一個是簪纓世家的年輕官員、一個是家中清貧的布衣文人，但詩學主張
的契合與居里的相近卻使王世貞、俞允文在結識之後很快就開始了密切的交
往。據《四部稿》，嘉靖三十三年至萬曆三年間，二人來往的書牘有十三封之
多，可見其親密程度。在這些信中，王世貞主要表達了兩種意思，其一，對
吳中流行風氣的厭惡，如：

〔註82〕王世貞：《藝苑卮言》卷五，陸潔棟、周明初批註《歷代詩話叢書》本，鳳凰
　　　　出版社 2009 年版，第 82～84 頁。
〔註83〕王世貞：《俞仲蔚先生集序》，《弇州續稿》卷四十四，景印文淵閣四庫全書，
　　　　第 1282 冊。

閶門中諸小兒塗抹倚門，便自相國色，卒然問足下，無知者，
如僕固益不見齒。……千秋事業，豈易令齷齪書生賞哉？孔嘉（彭
年字）亟為吾稱某子甲，吾數從人間見其詩，未也。此子風神小可
耳，便令侍足下十年，不作雪山苦行，終落聞見宗耳。〔註84〕

由後言「世貞多盡當得三輔讞獄使者，十月可了」，可知此信乃作於嘉靖
三十四年年底。元美用「諸小兒」、「齷齪書生」、「塗抹倚門」、「自相國色」
等詞語，充分表現出了自己對其時吳中文壇風氣的不滿；而對彭年推薦的某
詩人，他也同樣認為僅是「風神小可」，若不苦心學古，「終落聞見宗耳」。與
吳中文學主流風氣的格格不入，使得王世貞對異於時流、傾向復古的俞允文
極為歡賞，因而在與俞氏的書信中，希望他能夠堅持這一表現的勉勵與指點
便成了另一個言說的重點，例如：

題扇一章，怳若偶坐，清飀自流。……愚不佞妄謂名世語不在
廣，如五七言古，正始之音，出微入妙，近體小有散緩，恐一二微
纇，不無連城之累耳。赤牘委致，義慶若在，當令絕倒。序記如馬
遠山水圖類，雖極人工，終乖天則。敢取十八，付之梓人，敬俟來
命。〔註85〕

元美對俞氏的五七言古詩大加讚賞，譽為「正始之音」；對其律詩、序記
類文章則提出了一些建議，認為前者「小有散緩」、後者不夠自然，還需加以
努力。在轉年寄去的另一封信中，他評價仲蔚歌行，認為：

足下歌行宛轉流麗，故非凡語，特痕跡淘洗未盡，去《選》尚
隔一塵耳。僕居恒謂子與如醍醐，和軟豐腴，靡所不入，今見足下
解帶留連東吳菰蘆中，便自有千古風流，令人妒聞此舉。〔註86〕

在稱許的同時委婉地提出了自己的看法，希望俞氏以《文選》作品為典
範，洗去未盡之「痕跡」、達到古詩的境界。觀此二信所言「正始之音」、「去
《選》尚隔一塵」云云，可知王世貞在與俞允文交流詩文理念時，所持的始
終是後七子的復古主張；對其作品的意見建議，也是站在這一立場上提出的。

〔註84〕王世貞：《俞仲蔚》其四，《弇州四部稿》卷一百二十七，景印文淵閣四庫全
書，第 1281 冊。

〔註85〕王世貞：《俞仲蔚》其五，《弇州四部稿》卷一百二十七，景印文淵閣四庫全
書，第 1281 冊。

〔註86〕王世貞：《俞仲蔚》其七，《弇州四部稿》卷一百二十七，景印文淵閣四庫全
書，第 1281 冊。

事實上，早在嘉靖三十二年將北上還京時，王世貞便作有一首《贈俞山人允文》，在其小序中，他明確提出了自己的觀點：

> ……吳中一二君子豈負階位足重，童習嫗解，便翕然見稱，今遂成習耳，不復可拔矣。何圖眼底李生之外，更覩足下，班荊晤言，自足千古。居謂李生：苟於斯域無窺，雖令貴洛陽之紙，靡救湮沒。誠悟一二，覆瓿之餘，必有起而誦者。名山大川，藏亦何晦？顯亦焉怍？足下勗之。……〔註87〕

表面上是贈予俞允文，實則相當於一封寫給整個吳中文壇的公開信。元美想要藉此告知吳中文人：如果賦詩作文不知學習古人，那麼即使洛陽紙貴、名傳海內也毫無意義；相反，若能於古道有所參悟，則無論當時傳與不傳，後世都必有能識其價值者。可見他此時對復古的熱忱與試圖改變吳中風氣的意向。而避兵郡城時與黃姬水、彭年、張獻翼等的交往，更是堅定了他的這一想法：

《弇州四部稿》中載有嘉靖三十二年王世貞返京後寫給黃姬水和張獻翼的兩封書信，其中云：

> 吳城邸中獲奉珍吐，江夏之秀，端自不乏，行卷觸目琳琅，獨足下連城耳。(《與黃淳甫》)

> 向者僕避兵吳中，雅已傳足下少而多長者之遊，竊相聞足下，未遂見也。然行卷內則再覩鳳毛矣。……足下詩故饒才情，輕俊流易，覽之韡如也。渥洼之蹄，寧但千里而已哉？竟足下就騁於茂苑武丘之墟，乃多矣，無所事僕矣。(《與張幼于》)〔註88〕

此二信中所言之「行卷」，指是年元美避兵吳中時所收到的當地文人投來的名刺及詩文作品。行卷之風自唐代盛行，布衣文士為躋身仕途，常會向在上位者呈奉詩歌。王世貞作為京城文壇狎主齊盟的領袖之一，頗好風雅；又兼身為吳人，與吳中士人存有天然的親近感，自然成為未脫布衣的山人、名士們希望結交的對象。從信中所言「端自不乏」、「觸目琳琅」等語，可知當時向其投謁的文士甚多。

〔註87〕王世貞：《贈俞山人允文》，《弇州四部稿》卷十三，景印文淵閣四庫全書，第1279冊。
〔註88〕分別引自王世貞《弇州四部稿》卷一百二十七、一百二十八，景印文淵閣四庫全書，第1281冊。

對於這些人，王世貞並沒有全都進行回覆。從《弇州四部稿》中保存的詩歌及書信來看，他的回覆對象主要有黃姬水、彭年、袁尊尼、張鳳翼、張獻翼、俞允文、陸師道、陸粲等。這些人對其所持復古主張的不同態度，決定了王氏與之交往的策略與深度。如對陸師道，在與俞允文的一封信中，王世貞曾說：

> 前入吳，見陸子傳先生，僕欽其歸甚高，又丈人行也，頗與僕論詩，僕舉足下似之，渠云：甚古雅，少瀏耳。僕謂「瀏」政是吳子病，故不應識足下耳。〔註89〕

「陸子傳先生」即陸師道，長洲人，嘉靖戊戌進士，授工部主事，改禮部儀制，以母病告歸侍養，師從文徵明。陸、王二人相見，言及近來吳中能詩之人，王世貞舉俞允文爲代表，認爲他在吳人中當屬前茅；但陸師道卻覺得俞詩雖「古雅」，但「少瀏」，也即不夠通俗流暢。然這一個「瀏」字，卻正是元美厭惡吳中詩歌的原因之一，他以爲太過淺俗通暢，恰是吳人作詩氣格不高的病症所在。陸師道對俞允文詩歌的評價，決定了王世貞對他的交往態度。這次論詩的過程，使元美明白了陸氏並非自己的同道中人。果然，在此之後，王氏與陸氏的書信往來甚少，談及詩文者更是幾乎沒有了。

對觀念相悖的陸師道，王世貞選擇了迴避，而對有意歸附的文士，他則採取了欣賞、鼓勵的態度。如對彭年、黃姬水，在從吳中回到京城後寫給二人的書牘中，王世貞云：

> 匆匆避兵吳城，未展契分，不謂蕪詞得挑足下，申贈繾綣，遂逾鳳交，雖形接未數，而神晤獨深。拜北行一章，行李增色。……吳子輩佻銳誇揚，易相蠅集，……足下與仲蔚獨持氣格，不落彼度內，良用珍賞。如黃生奕奕風調，過乃翁多矣。別作渠遂與足下並稱，寧不拍手醉桃花塢哉？（《與彭孔嘉》）

> 僕每怪諸君子好相標稱，輒從某家索畫，分韻限題，組織牽就，不緣性眞，都略風格。孔嘉跳梁，亦所不免。足下後來領袖，其毋作此伎倆也。（《與黃淳甫》）〔註90〕

〔註89〕 王世貞：《俞仲蔚》其二，《弇州四部稿》卷一百二十七，景印文淵閣四庫全書，第1281冊。

〔註90〕 皆引自王世貞《弇州四部稿》卷一百二十七，景印文淵閣四庫全書，第1281冊。

　　彭年、黃姬水在王世貞避兵吳城時都曾有意結交，以詩投贈，元美認爲二人可爲同道，遂加以勉勵。在信中，元美極力將彭年和黃姬水與「吳子輩」區別開來，誇讚彭氏「獨持氣格」，又痛詆吳中風氣，希望黃氏不要「不緣性眞，都略風格」。所謂「氣格」、「風格」，都是復古派最重視的東西。信的字裏行間充滿了對他們拋棄吳中習氣、投入復古振敝行列的期待。他此期還寫有《贈彭年、黃姬水》和《答黃山人》兩首詩，同樣表達了類似的思想：

　　　　日余讐夷嶠，委跡竄吳中，雖無蘭椒臭，託佩君子躬。彭生淡
　　秋實，黃友擷春榮，參差申微尚，婉孌未逮終。……眾耳迫相求，
　　顯者代稱工。慨此蓬蒿士，永謝輪鞅蹤。……矢言要齊軌，庶其慰
　　憂悰。

　　　　少日曾聞叔度賢，過逢窮巷更蕭然。揮毫秀自雲霞發，短褐名
　　從海嶽懸。此道直論千載後，微才肯任眾人前？酣歌意氣頻開眼，
　　冠蓋長安太可憐。〔註91〕

　　「矢言要齊軌」、「此道直論千載後」等句，相當明顯地表露出王世貞勉勵二人參與復古之意。除這種語言上的直接邀請之外，在這一時期與吳中文士酬答倡和的詩歌中，王世貞也始終秉持典雅高古的風貌，力圖顯示出與吳中流習的不同。由於他自身才情俊逸、融合今古的手法十分巧妙，使詩作能夠在模擬的同時不露蹊徑。如上引《贈彭年、黃姬水》一詩，便有十分濃厚的漢魏古詩韻味，「蘭椒」、「微尚」、「婉孌」、「永謝輪鞅蹤」等詞句的運用，使整首詩顯現出一種古雅含蓄的風調。這樣的作品，相比於吳中相似內容詩歌靡麗淺俗的風格，確實是極爲不同。這種趣味上的高自標置，比單純直白的邀請入盟要有用得多。

　　對積極參與復古的俞允文大加揄揚、觀念相左的陸師道不復交結、透露出些許歸附之意的彭年、黃姬水努力拉攏，嘉靖三十二年歸吳後的王世貞對吳中文壇可謂是態度鮮明、立場堅定：站在後七子復古主張的基礎上，收納同道、排除異己。但由於停留時間過短，他這次與吳中文士的交往，並未產生太大的影響。王世貞及其復古思想眞正對吳中文壇產生實質性的作用，是在嘉靖四十年他因父難棄官歸吳之後。

〔註91〕分別引自王世貞《弇州四部稿》卷十三、三十三，景印文淵閣四庫全書，第
　　　　1279冊。

二、第二時期（嘉靖三十九年至四十五年）

嘉靖三十八年，王忬因邊事失利獲罪致死，這一事件對王世貞造成了極大的心理創傷。經過兩年多的丁憂與痛定思痛，嘉靖四十二年，心情稍復的王世貞開始漸漸恢復交遊。至嘉靖四十四、四十五年，與吳中文士的互訪、燕飲活動已成爲他生活中的主要內容。王世貞與吳中文壇的互動，也在這四、五年中達到了一個高峰。而早在嘉靖三十二年王世貞初回吳中之時便已流露過歸附之意的吳中文士們，由於彼此交往的進一步深入，也逐漸沾染上了更多的復古風習。

嘉靖四十二年，王世貞「離薋園」築成，眾多吳中名士如皇甫汸、俞允文、彭年、張獻翼、王穉登等皆有題詠，元美在當時的影響力可見一斑。這些詩作大多以稱頌離薋園園池之美爲主，但其中也隱晦地表達了對元美的勸慰，如：

> ……弱齡砥崿行，束髮就嘉招。紉佩躋蘭省，祛服立熙朝。君子節彌亮，小人道自消。搴芳命良友，抒藻振長謠。（皇甫汸《題王元美離薋園》）〔註92〕

> 雨露宕霄渥，冰霜暮景殘。後凋松柏在，競秀棣華看。適志人間世，抽身宦海瀾。……薋菉易滋蔓，荷鋤宜力刊。（彭年《離薋園》）〔註93〕

> 城隅卜築興偏賒，別有園林駐歲華。才在且傾陶令酒，人歸聊種邵平瓜。池塘非夢仍餘草，棣蕚先春不待花。解道猗蘭成楚調，芳洲遲莫未堪嗟。（張獻翼《王青州離薋園》）〔註94〕

通過這種來往，王世貞很快地融入到了吳中的詩酒生活中。從嘉靖四十三年開始，他便頻繁地在郡城與太倉間往來：是年早春，元美兄弟偕彭年、章美中、劉鳳、魏學禮、張鳳翼、獻翼等一同過訪袁尊尼，以雪爲題，分韻賦詩；又與諸名士在張氏兄弟家中園亭燕集，亦有唱和；之後出遊洞庭西山，偕同者有周天球、袁尊尼、張鳳翼、尤求、曹昌先等；秋，又與周天球、袁尊尼遊支硎、天池、天平山、石湖、治平寺等地；冬，在虎丘寺同徐中行、

〔註92〕 皇甫汸：《題王元美離薋園》，《皇甫司勳集》卷八，景印文淵閣四庫全書，第1275 冊。

〔註93〕 彭年：《離薋園》，《隆池山樵詩集》卷上，四庫全書存目叢書，集部第 146 冊。

〔註94〕 張獻翼：《王青州離薋園》，《紈綺集》，四庫全書存目叢書，集部第 137 冊。

彭年、黃姬水、周天球、梁辰魚等一起送袁尊尼、張鳳翼北上參加會試，分韻賦別〔註95〕……這還只是其別集中有跡可尋的一部分，沒有被記載下來的事實上當有更多。

雖然經歷了父親被殺的沉重打擊，但此時的王世貞在詩歌創作上仍堅持著他的復古主張。如《仲春望後二日，與彭孔嘉、章道華、劉子威、魏季朗、張伯起、張幼于、舍弟敬美過袁魯望，遇雪，探韻得先字》一詩云：

> 袁安館臥連三日，雷雨初晴雪可憐。欲出龍蛇驚暫後，未舒桃
> 李眩爭先。十年空擅遊梁席，此夕俱傳倡郢篇。極目西山吾並老，
> 擬將春事傍誰妍？〔註96〕

「十年空擅遊梁席」折射出元美對之前與後七子在北方共倡復古的時光的懷念。在這一時期他的詩文作品中，屢屢可見他對自己「復古派成員」身份的定位與強調，如：

> 七子翩翩共鄴遊，座中君豈減應劉。浮名顧影驕堪失，拙宦藏
> 身老漸收。望裏使星移益部，書來春雪滿揚州。故人淪落無須念，
> 未死能寬薛荔愁。(《肖甫（張佳胤）自江北移滇臬，走使以詩見問，
> 賦此奉答》)

> 朝來四十俄加一，懶散歸人傍俗過。地僻中原春雪少，時清吾
> 黨歲星多。年光似覺偏湖海，物色那能到薜蘿。回首舊遊饒感慨，
> 五侯驕馬自鳴珂。(《元日試筆》)

> 高枕滄江歲屢移，渚宮旄節未應遲。虛勞白雁三湘轉，依舊青
> 山九處疑。老去交遊隨態失，怪來辭賦畏窮知。吳門豈少耕桑侶，
> 爲憶燕臺握手時。(《助甫（張九一）宦楚，久不得書，賦此爲寄》)
> 〔註97〕

無論是對「七子翩翩共鄴遊」的追戀，還是對「時清吾黨歲星多」的感慨，抑或「吳門豈少耕桑侶，爲憶燕臺握手時」的直接表達，都表明了王世貞的復古領袖身份並未變化。而他試圖用復古思想改變吳中文壇的願望也依然存在。嘉靖四十五年，張獻翼輯刻自己作品爲《紈綺集》，以示元美，元美

〔註95〕參鄭利華：《王世貞年譜》，復旦大學出版社1993年版，第147～150頁。

〔註96〕王世貞：《弇州四部稿》卷三十七，景印文淵閣四庫全書，第1279冊。

〔註97〕分別引自王世貞《弇州四部稿》卷三十八、三十七，景印文淵閣四庫全書，第1279冊。

作《張幼于見示新集，因寄》，詩云：

> 才子紛然滿後塵，吳門紙價爲誰新？即看明月雙投句，也自陽
> 春寡和人。剖後荊山元有淚，授時湘浦不無神。莫嫌雲樹滄江晚，
> 濁酒青燈好細論。〔註98〕

在詩中，元美贊許了張獻翼不與吳中時流和光同塵，專心追求「陽春白雪」、大雅之音的努力，並勉勵他繼續探研詩藝，字裏行間充滿了對其參與到復古活動中來的期盼。這鮮明地體現出了王世貞此時對吳中文壇的看法及試圖影響、改變這種狀況的意向。

在他的努力下，吳中傳統的詩歌風調雖依然存在，但其地文壇的主流實際已被王世貞所主導。復古作爲一種創作傾向，開始越來越多地出現在吳地文人們的作品中。如黃姬水，嘉靖後期其詩作對古雅風格的追求明顯重於中期，以其《湘江行》爲例：

> 衡嶽遙當翼軫峙，祝融高插青冥裏，桂海雲生巫峽峰，岷峨雪
> 作洞庭水。灘江北下是清湘，東注鵬溟萬里長。竹枝不減舜妃恨，蘭
> 葉猶含楚客芳。朔城風土由來厚，羨君門業高華後，意氣常懷舉鵠心，
> 文章獨擅雕龍手……愁心攬取蘇臺月，影入湘江日夜流。〔註99〕

可以看出作者乃是有意營造出一種高古壯闊的風貌，而他之前的類似題材詩作如：

> 岷江東流一萬里，汪洋匯作宮亭水。吞雲納日巨浸間，白頭浪
> 湧波如山。匡廬峻削逼參井，峰峰倒映芙蓉影。空濛遙帶九江城，
> 銜煙寒雁起秋聲……〔註100〕

並非不壯闊，但在古雅方面則顯然不甚注意，格氣較弱。又如律體的寫作：

> 可歎經時別，聞君方養痾。文園臥司馬，丈室掩維摩。散秩開
> 秋草，懷人耿夕河。還將加餐飯，裁綺托江波。(《王元美臥疾小祇
> 園，詩以訊之》)

> 嶺南才子邁華風，早歲聲名動域中。無用官嫌廣文冷，合知詩

〔註98〕王世貞：《弇州四部稿》卷三十八，景印文淵閣四庫全書，第 1279 冊。

〔註99〕黃姬水：《湘江行，爲蔣都閫送郡大父王公應召北上》，《高素齋集》卷三，四庫全書存目叢書，集部第 186 冊。

〔註100〕黃姬水：《分得宮亭湖送朱客部之任九江》，《白下集》卷二，四庫全書存目叢書，集部第 186 冊。

有拾遺工。雙魚兩地元非隔，老驥雄心亦自同。今夜思君淮海月，
清光解到五湖東。(《嶺南歐郡博遠寄書䁘，答贈》)

　　芒塗今始一開林，上客高軒喜過尋。群鳥不飛池上酌，片雲忽
墮竹間琴。會稽合竄鴻君跡，湘水元含賈誼心。剪燭渾忘語申旦，
西窗寒漏夜沉沉。(《張吏部助甫集玄芝館，同周公瑕、錢叔寶得林
字》) 〔註101〕

雖然擬古痕跡也並不明顯，但若與《白下集》中的早年詩作相比較，便
可發現其風格還是有較大變化的。

又如袁尊尼。袁氏字魯望，吳縣人，其父袁袠與兄弟五人因俱有文名，
並稱「袁氏六駿」。嘉靖四十三年，袁尊尼四十歲，尚未中進士，是當時與王
世貞來往較密的吳中文士圈中的重要成員之一。《四庫全書‧袁魯望集》提要
云：「是集純爲七子之體，故王世貞序極稱之。」袁尊尼追隨元美復古有其家
學基礎：其父袁袠便十分推崇李夢陽，曾專門寄書獻吉，與之論詩。陸師道
爲其《袁永之集》作序時，云：

　　詠四言則法三百篇而下視韋、張，作古、《選》則尊蘇、李而
恥言潘、陸，緞近體則宗盛唐而罕尚錢、劉。〔註102〕

從今存《袁永之集》中的作品來看，受到前七子影響之後的袁袠可以說
幾乎完全拋棄了原本流麗俊秀的「吳體」風貌，創作一以漢魏盛唐爲準，甚
至連宗尚六朝的顧璘的觀點都無法接受，《復大中丞顧公論詩書》云：

　　五七言古體亦將捨漢、魏而法晉、宋以下，近體亦將捨初唐、
盛唐而法大曆以後，此甚不可也。

　　五七言古體必擬漢，而又當取材於魏，……潘陸陶謝，去漢遠
矣。五七言近體唐初沿陳隋之習，雖音響鏗鏘、藻思麗逸，而風骨
未備；李杜王孟高岑崔儲數子繼作，陶熔變化，集厥大成；下此錢
劉元白，稍涉淺易，而才力頓弱，故作者罕尚焉。〔註103〕

可見其復古觀念之嚴。在這樣的家庭環境中成長，袁尊尼後來接受並追隨

〔註101〕分別引自黃姬水《高素齋集》卷六、十、十一，四庫全書存目叢書，集部第
　　　　186冊。
〔註102〕陸師道：《袁永之集序》，載《衡藩重刻骬臺先生集》卷首，四庫全書存目叢
　　　　書，集部第86冊。
〔註103〕袁袠：《復大中丞顧公論詩書》，《骬臺先生集》卷十九，四庫全書存目叢書，
　　　　集部第86冊。

王世貞的崇古理念，也是十分自然的。陳文燭《袁魯望集序》評其詩，云：「質有西京而工六朝之宏藻，骨原建安而兼三唐之正聲，辭秀調雅，意新理愜，在泉爲珠，著壁成繪，翩翩一家言矣。」〔註104〕今觀其集中諸作，雖並沒有達到這樣高的水平，但遣詞造篇中體現出來的復古傾向還是十分明顯的，如：

> 寗生非適遇，商歌勞夜吟。長卿非廁薦，凌雲安得伸？遭會信有時，遭迴徒苦辛。時來奮輕翼，直上天衢津。朝奏夕引見，激昂開心神。運命苟未達，投埋末路塵。珍賤有殊勢，重輕唯一身。所以解嘲子，獨守太玄文。

> 朱華謝南土，遊子客冀方。豈不念遄歸？簡書勞未遑。悠悠若懸旌，倏忽意靡常。魏牟阻江海，蘇子怨河梁。失路良可悲，曠望迷周行。春陽念將歇，滯淫非我鄉。願假鶩斯翼，超飛歷故疆。〔註105〕

從整體風格到辭句運用，都有很明顯的模仿痕跡，只是偶而會出現漢魏骨氣與晉宋辭采相混合的狀況，故顯得有些駁雜不純。又如：

> 粉堞逶迤轉曲阿，千年孤冢尚嵯峨。霸圖麋鹿悲先歇，俠骨蒿萊耿不磨。茂苑東開春色滿，青山西繞夕陽多。遡風一酹舒遐矚，共此芳時且嘯歌。〔註106〕

起句隱括杜甫《秋興八首》「山樓粉堞隱悲笳」、「昆吾御宿自逶迤」等句，又以「千年孤冢」起興，襯以蒼涼之感；後面頷、頸、直至尾聯亦接續此種格調，意圖營造出七子派所推崇的雄渾古雅的氣象。雖然它與王世貞的詩作相比，無論在筆法還是境界上，應該說還都差了不少。所以王世貞在《袁魯望集序》中一方面肯定他「文以紀事，則貴詳；文以引志，則貴達；必不斥意以束法，必不抑才以避格」的復古主張，另一方面卻又指出其「文遠尊昌黎而近實規宋金華氏，詩貴錢劉而不欲捨吾吳弘正之步」的作品風格〔註107〕。陳文燭《序》也曾記述，事實上袁尊尼還有一卷「外集」詩，「皆嘲咲花鳥，意甚自得，秘不示人」，但《魯望集》卻未收入「外集」之一語。將別集與外

〔註104〕陳文燭：《袁魯望集序》，載袁尊尼《袁魯望集》卷首，四庫全書存目叢書，集部第137冊。

〔註105〕袁尊尼：《長安感遇五首》其一、其四，《袁魯望集》卷一，四庫全書存目叢書，集部第137冊。

〔註106〕袁尊尼：《同元美、敬美、公瑕登閶門城，飲要離墓上，得歌字》，《袁魯望集》卷四，四庫全書存目叢書，集部第137冊。

〔註107〕王世貞：《袁魯望集序》，載袁尊尼《袁魯望集》卷首，四庫全書存目叢書，集部第137冊。

集分開，前者傳世、後者自娛，說明袁氏在文學理論上確實崇尚復古，但在創作中卻不盡然。而且「外集」的寫作顯然對其「正體」也產生了一定的影響，以至於讓元美感到他的詩歌「不欲捨吾吳弘正之步」。

除創作外，王世貞的歸吳也對其地的文學批評發展產生了一定影響。元美《徐魯庵先生湖上集序》云：

> 公生而亡他嗜，顧獨嗜書，於書嗜六經子史，而尤邃於《易》
> 及三禮。諸聖賢精神心術之微，公皆爲能探隱破的，而後筆之於書。
> 書成而近邑之衿裾少年或不能盡好之，然必不以其一日之好而易吾
> 守。〔註108〕

徐魯庵，即徐師曾，蘇州府吳江縣人。他與王世貞交往雖不多〔註109〕，但其著作《文體明辨》中卻體現了很多復古派的文學觀念。王運熙、顧易生《中國文學批評通史·明代卷》認爲「徐師曾與後七子同時，自必深受此影響」，其「論詩大抵本於七子派，宗唐而薄宋」〔註110〕，應該說是十分準確的。

至隆慶、萬曆間，復古文學主張在吳中文壇上的影響力，已達到了一個前所未有的高度。當是時，吳縣、長洲有黃姬水、彭年、張獻翼；崑山有俞允文、王逢年；吳江有徐師曾、王叔承；無錫有華善繼、華善述兄弟；常熟有孫七政、趙用賢……王思任在爲嚴果《天隱子遺稿》作序時說：「弇州盯衡海內，才子俱上贄貢，所不能致者，（僅）會稽徐文長、臨川湯若士，其鄉則嚴毅之。」〔註111〕足見王世貞文學思想在當時的普及程度。

若單純從此方面觀察，可以說復古理念已在吳地取得了絕對的控制權；但若進行更深層的探究，就會發現這僅可看作是一種表面現象。地域文化的差異、文學家族的存在以及士人身份地位的不同，使得復古思想在滲入吳中文壇的過程中，是遇到了一定的阻力和矛盾的。然而也正是這些觀念的碰撞與衝突，才使二者間的交流互動達到了更深刻的層次。因而下一章，筆者將通過三個專題的探討，試圖對這一問題進行闡釋。

〔註108〕王世貞：《徐魯庵先生湖上集序》，《弇州續稿》卷四十四，景印文淵閣四庫全書，第1282冊。
〔註109〕徐師曾去世後，王世懋爲作墓表，王世貞亦寫有祭文，可知王氏兄弟與之有交，但並不深入。
〔註110〕王運熙、顧易生：《中國文學批評通史·明代卷》，上海古籍出版社1996年版，第287～288頁。
〔註111〕王思任：《天隱子遺稿序》，參《四庫全書總目提要·天隱子遺稿》。

第三章　弇州影響下的吳中文壇

第一節　區域互動與文壇走向

本文「緒論」中已述及，明中後期的「吳中」——也即蘇州府——共轄有「六縣一州」，即吳縣、長洲、吳江、崑山、嘉定、常熟及太倉州。這六縣一州雖同屬蘇州府，但在經濟氛圍與文化環境上卻存在很大不同。吳縣、長洲位於郡城之內，經濟繁榮而思想開放；而太倉、崑山、常熟等則相對較為淳樸而保守。在對廣義概念上的「吳中文壇」進行論述的時候，不應忽略這種次級區域間的差異。因其文化環境與彼此關聯程度的不同，同樣會對士人的觀念形成與思想走向造成影響。本節即以王世貞出生地域——太倉為中心，通過其與郡城、崑山、常熟之間的對比，探究復古思想在吳中各次級區域間究竟是如何發生作用的。

一、外圍與中心：太倉與蘇州郡城（吳縣、長洲）

相對位於蘇州郡城之內的吳縣、長洲而言，太倉州作為蘇州府的外圍屬縣，繁華程度自然有所不及。這可以用當時坊巷的數量作一說明：據正德《姑蘇志》，郡城（也即吳、長二縣）中共有坊八十二個、巷二百餘條，可見其中民居的密集程度；相比之下，太倉州治中僅有坊四十六個、巷十餘條，明顯比較稀疏〔註1〕。當然，並不能完全以民居的數量判定一地的經濟狀況，還需

〔註1〕參正德《姑蘇志》卷十七「坊巷」，《天一閣藏明代方志選刊·續編》，上海書店 1990 年版。

考慮其他的因素，例如貿易興盛程度。在這一點上，太倉要勝過郡城，前者擁有十市，而郡城二縣則僅有六個〔註2〕。這與太倉州自元代以來形成的優越的海上貿易中心地位有關，此點下節還將論及，此處不贅。綜而言之，在整體經濟水平上，太倉與郡城相差其實不算太多，同樣可稱富庶；但在人口密度、活躍程度上，則顯然遠不及後者。

人口的稠密使專門提供享樂的服務性產業如酒肆、書館、青樓等大量出現，同時也催生了藝術品流通鏈條的進一步繁榮：蘇州詩畫作品及手工藝品（當時稱「蘇樣」、「蘇造」）的名聞遐邇，使路經此地的仕宦者與各地商賈均願意購入以顯示身份或賺取差價。這些藝術品數量的不足導致偽作、贗品開始大量出現，而它們反過來又促進了真品的升值與搶購。這兩點使得太倉、郡城在文化氛圍上也有一定差異：

首先，在對個人悅適與生活享受的關注方面，郡城明顯要重於外圍屬縣。《姑蘇志》記郡城風俗，云：「虎丘人善於盆中植奇花異卉、盤松古梅，置之几案間，清雅可愛，謂之盆景。春日賣百花，更晨代變，五色鮮穠，照映市中。……五月五日賣花勝，三伏賣冰，七夕賣巧果，皆按節而出，喧於城中，每漏下十餘刻，猶有市。大抵吳人好費樂便，多無宿儲，悉資於市也。」〔註3〕僅由此一端，便可知當時郡城中人對便利、享受乃至視覺愉悅的追求，這也是吳中商賈、手工業者遠多於其他地區的主要原因。

由於城市文化環境中享樂風氣的盛行以及謀生手段的進一步多元化，文人們的心態也隨之發生了一定的變化。與外圍州縣相比，郡城文人在科第的追求上要稍弱一些。自弘、正年間起，便有不少士人在屢試不第之後決然棄去，如：

> 張淮字豫源，吳縣人，少業舉子，一試不利，輒棄去學詩。（《姑蘇志》）〔註4〕

> （顧）仁效年少耳，則棄去舉子業，獨好吟詠，性偏解音律，兼工繪事，每風晨月夕，閉閣垂簾，賓客不到，坐對陽山，拄頰搜

〔註2〕 參正德《姑蘇志》卷十八「鄉都（附市鎮村）」，《天一閣藏明代方志選刊‧續編》，上海書店1990年版。

〔註3〕 正德《姑蘇志》卷十三「風俗」，《天一閣藏明代方志選刊‧續編》，上海書店1990年版。

〔註4〕 正德《姑蘇志》卷五十四，《天一閣藏明代方志選刊‧續編》，上海書店1990年版。

句，日不厭。（王鏊《陽山草堂記》）〔註5〕

　　（錢孔周）早歲思以功名自奮，稍斂鋒鍔，以就文場矩矱，亦
惟涉獵訓故、涵泳道腴而已，於世所謂括帖關鍵皆不之省，……自
弘治辛酉至正德丙子，凡六試應天，試輒不售，而年日益老，遂自
免歸。（文徵明《錢孔周墓誌銘》）〔註6〕

　　諸如張淮、顧仁效、錢孔周等人，在吳中並非個案。祝允明《答張天賦
秀才書》曾云：「今爲士，高則詭談性理、妄標道學，以爲拔類；卑則絕意古
學、執誇舉業，謂之本等。就使自成語錄、富及百卷，精能程文、試奪千魁，
竟亦何用？嗚呼！以是謂學，誠所不解。」〔註7〕在吳中文士的心目中，對個
人學識材力的評斷自有一套體系，而不完全以外界的道學、舉業爲標準進行
衡量。這種觀念的流行，也使得棄絕科舉對當地文士而言並沒有太大的宗族、
社會壓力，到後來甚至成爲了一種孤高絕俗的名士風度的象徵。

　　而太倉的文化氣氛顯然與之差異甚大。在這片相對傳統的地域環境中，
取得科第、光耀門楣幾乎是士人惟一的道路。自幼生長於以事功爲重的家庭
中，王世貞在這一點上受到的影響尤爲濃重。與李攀龍等結社後，他屢屢將
自己與後七子同人們的詩文復古活動稱爲「千秋事業」，表明在他心中，自己
的詩文創作乃是致身不朽的途徑，而非吳中文人的塗抹小技。在父親被殺、
扶櫬歸吳之前，王世貞文學思想中來自吳中文學傳統的自娛、自適價值取向
被他有意識地遮蔽了，文學價值觀上的不同使他極其看不起吳地氣格不高、
淺白通暢的詩風。但這種所謂的「氣格不高」，其實正是吳中自適、自娛的文
化氣氛所導致的結果。

　　那麼郡城作家與外圍屬縣文士在文學取向上有哪些差異？王世貞回歸吳
中之後又對這種狀況產生了哪些影響？筆者認爲，這需要結合當時郡城文壇
上活躍分子的思想形成過程與所處狀態加以具體分析。

　　先以黃姬水爲例。黃姬水及其父親、伯父都是蘇州郡城中十分著名的文
人，其父黃省曾是正德、嘉靖間吳中最早向李夢陽表示服膺的布衣之一，錢
謙益《小傳》「黃舉人省曾」條云：

〔註5〕 王鏊：《陽山草堂記》，《震澤集》卷十七，景印文淵閣四庫全書，第1256冊。
〔註6〕 文徵明：《錢孔周墓誌銘》，《甫田集》卷三十三，景印文淵閣四庫全書，第127
　　　冊。
〔註7〕 祝允明：《答張天賦秀才書》，《懷星堂集》卷十二，景印文淵閣四庫全書，第
　　　1260冊。

……李獻吉以詩雄於河洛，（省曾）則又北面稱弟子，再拜奉書而受學焉。獻吉就醫京口，勉之鼓枻往候，拜受其全集以歸。吳中前輩，沿習元末、國初風尚，枕藉詩書，以噉名干謁為恥。獻吉唱為古學，吳人厭其剽襲，頗相訾警。勉之傾心北學，遊光揚聲，袖中每攜諸公書尺，出以誇示坐客。作臨終自傳，歷數其生平貴遊，識者哂之。〔註8〕

嘉靖七年，黃省曾曾主動致信李夢陽，其中云：「念自總髮以來，好窺覽古墳，竊希心於述作之途，……不復古文，安復古道哉？……（先生）主張風雅，深詣堂室，凡正德以後天下操觚之士，咸聞風翕然而新變，實乃先生倡興之力，回瀾障傾，何其雄也！」〔註9〕充分表達了他對前七子復古活動的崇慕之情。省曾之兄魯曾，亦對之有所傾心，錢氏《小傳》云其「詞必己出，不欲寄人籬下，亦往往希風李、何」〔註10〕。在這樣的家庭環境中成長，黃姬水的文學思想自然而然也染上了復古思想的痕跡，在嘉靖前期淺暢詩風盛行的吳縣、長洲，他的詩歌創作表現出罕有的古雅意趣，如《始發吳至都下述懷六首》其一：

落宿沒遙堞，崇雲結扶旰。揮手即修路，羸馬從此驅。故鄉豈不戀，遠身誠令圖。親朋相追送，勸吾盡一壺。出門睨叢薄，白骨彌黃壚。狐狸馳陰阪，空屋號饑鳥。朱曜失精光，迅風卷皋蕪。關河邈形影，含悽玄鬢枯。況乃攜妻子，道阻不可徂。〔註11〕

詩歌遣詞構句，頗得建安風旨，尤其「出門睨叢薄」一聯，學王粲《七哀詩》，卻不露痕跡。與李、何等不同，黃姬水的模仿更注重精神內蘊上的體悟，詞雖高古但思並不為其所限，因而體現出一種相對自由的風采。《將辭白下作》云：

忽驚木葉下秋霜，倦客應歌我馬黃。白下江山佳麗地，江東豪俊少年場。青琴不厭嵇康懶，綠酒偏容阮籍狂。頭白飄零好歸去，五湖蝦菜是吾鄉。〔註12〕

〔註8〕 錢謙益：《列朝詩集小傳》丙集，上海古籍出版社 2008 年版，第 320～321 頁。

〔註9〕 黃省曾：《寄北郡憲副李公夢陽書》，《五嶽山人集》卷三十，四庫全書存目叢書，集部第 94 冊。

〔註10〕 錢謙益：《列朝詩集小傳》丁集上，上海古籍出版社 2008 年版，第 417 頁。

〔註11〕 黃姬水：《始發吳至都下述懷六首》其一，《白下集》卷一，四庫全書存目叢書，集部第 186 冊。

〔註12〕 黃姬水：《將辭白下作》，《白下集》卷五，四庫全書存目叢書，集部第 186 冊。

整體的詩歌風格是吳中傳統的流暢清脫，但在其間卻又夾雜著「我馬黃」、「佳麗地」、嵇康撫琴、阮籍醉酒等詞句典故，顯示出較爲自覺的崇古意向。雖然僅僅用這些加以點綴，很難眞正達到古詩的境界，不過摹古的趨向還是能夠從中看出來的。黃姬水《答沈開子書》云：

> 竊嘗恨我明立國，於時輔臣如宋學士諸公皆沿習宋儒程朱之學，盡廢詞賦，專以經義取士。由是濫觴，百年間文體委靡卑弱甚矣。至弘、德間，學士大夫稍稍掘起，將駕周秦、軼漢魏，然而稱宗匠以主盟文柄者，幾何人哉？不意乃今復見執事也。執事雄健之筆殆天授，它日以文章名世，斷可識矣。〔註13〕

則在理論上明確表達了自己的學古主張。不過值得注意的是，雖然反對沿習宋元、提倡師法漢魏，但對復古派過於苛刻的時代界限及單一的格調論，黃姬水是持保留意見的，其《刻唐詩二十六家序》云：

> 夫詩者，聲也，元聲在天地間一氣，而其變無窮者也。取諸洩志而眞已矣，代曷論也！今之談詩者，其誰不曰：「風騷而下，其漢與魏乎？漢魏而下，其唐之盛乎？」指五尺童子而問之，亦知談如是也。……今古時遷，質文俗革，聖人制禮樂而不制於禮樂。故苟根於志，不必復古；苟出於眞，何嫌於今？奚必易衣裳而綣領、反雕峻於采茅者哉？〔註14〕

《唐二十六家詩》乃姬水叔父黃貫曾於嘉靖三十三年刊刻之唐詩選本〔註15〕，此序當亦作於此時。從中可知黃姬水雖主張學古，但他認爲詩歌之核心乃在一「眞」字，只要是出於眞情實感，何必一味以時代爲限？「故苟根於志，不必復古；苟出於眞，何嫌於今」，師法古人是爲了使詩歌更好地表達自我的志意，而不是設出種種規範來限制自己的發揮。由此他指出：

> 故激烈雄邊者，詩也；溫柔暢婉者，亦詩也，惟其眞焉而已。……有唐三百餘禩，不知作者凡幾，而流傳於世者僅百人耳，……則雖卑弱如晚唐，不可以訓□，亦可以湮也。

在師法對象的問題上，黃姬水與王世貞之間，實際上存在著較爲明顯的

〔註13〕黃姬水：《答沈開子書》，《白下集》卷十，四庫全書存目叢書，集部第186冊。

〔註14〕黃姬水：《刻唐詩二十六家序》，《高素齋集》卷十五，四庫全書存目叢書，集部第186冊。

〔註15〕參杜信孚、杜同書：《全明分省分縣刻書考》二·江蘇省卷，線裝書局2001年版。

差異。除認爲晚唐詩不可隨意棄絕外，對華美靡豔的六朝詩歌，黃氏也十分喜愛，其《刻六朝詩彙序》云：

> 如謝康樂之高才盛辭，一振頹俗；陶靖節之沖襟古調，永爲雅宗。……范彥龍之宛轉映媚、沈休文之清怨悽斷，陰子堅之梅花照日，薛道衡之空梁燕泥，……人人握騁駿之能，家家擅雕龍之技，塗山之璧萬重，赤城之霞千丈，爭姸競嫚，莫可殫述。〔註16〕

謝靈運、陶淵明勉強還可入元美等復古派文人之眼，而沈約、陰鏗、薛道衡等則顯然不在他們的接受範圍內了。鄭利華《黃省曾、黃姬水父子與七子派詩論比較》一文中認爲：七子派「在確立古體詩的效法對象時，大多將視線集中於漢魏古詩」，而黃氏父子「對古詩取法對象的選擇，則顯得相對寬泛，除爲七子派所推崇的漢魏之作外，尤其對六朝詩歌表現出較爲濃厚的興趣，並有意將其作爲學古研習的重點對象」〔註17〕，就明確地指出了王世貞與黃姬水之間的這種差異。

事實上，這種師法對象上的不同，正是文化環境差異的一種體現：同爲吳人，在挑選摹古對象時，王世貞崇尙高古雄邁的漢魏氣骨，而黃姬水卻更傾心「溫柔暢婉」的六朝、晚唐風調，並爲之竭力辯護。可見即便皆屬吳中，所處文化環境的不同還是會導致士人文學選擇的相異。除上文所言崇華尙侈、注重享受的世風對文風的影響外，居於郡城者在地域位置上較外圍屬縣有更多的優越感，因而對本地風格特質他們往往也具有更爲明顯的維護意識。緣情、綺靡作爲吳中文學傳統最核心的兩個特徵，是他們不願棄絕的。王世貞挾復古思潮返回太倉並與郡城文人們頻繁交往，從宏觀層面上，可以看作是主流風氣與地域文壇之間的一次互動；在微觀層面上，則是外圍屬縣與中心地區之間的互動，或者說，是外圍文化風氣對中心的一次逆襲。

除黃姬水之外，嘉靖後期與王世貞交往最密切的吳縣、長洲文人，就要數張鳳翼、張獻翼兄弟了，元美集中有不少與之唱和的詩作，如：

> 白龍宛轉逢泥淖，漁人色喜路人笑。空銜一寸明月珠，眼底無恩可相報。張生贈余瑤華篇，狂歌隕淚秋風前。何時共鼓滄波去，海擊三山吞紫煙。（《短歌答張幼于茂才》）

〔註16〕黃姬水：《刻六朝詩彙序》，《黃淳父先生全集》卷十七，國家圖書館藏明刻本。

〔註17〕鄭利華：《黃省曾、黃姬水父子與七子派詩論比較——吳中文士於明中葉復古思潮融合與變異的一個側面》，《中國文學研究》第九輯，第107頁。

見君叔夜眼已青，及見元方心轉傾。孤帆掛雨動秋興，爲君且賦秣陵行。秣陵浮雲壯北闕，叢桂含香待誰發？醉艇時凌朱雀煙，吟鞭緩踏長干月。江頭小女字阿敷，十年工瑟還工竽，一朝身在黃金屋，始信紅顏與眾殊。（《贈張伯起應試南都》）

楚鳥垂天翼，荊璞連城珍，三刖終見賞，一鳴始驚人。釃君大白爲君醉，黃金漸輕士漸貴。丹楊解喚孝廉船，御史難勝文學議。江東才彥何紛紛，自言健筆俱凌雲，由來士簡能工速，莫作詞場第二勳。（《送張幼于應試南都》）〔註18〕

早在嘉靖三十二年王世貞第一次歸吳時，張獻翼就有過投謁之舉，但二人眞正的交往開始於元美父難歸鄉之後。《四部稿・與張幼于》云：

昨迫家大人命南還告先壠，因治畎畝之羨爲桂玉計，過吳門，得與足下相聞也。亡何而有燕中之耗，且扶服北上矣。業已置犬馬之食於夜臺傍，不謂尚在人世，復與足下相聞也。自中禍來，即無論名姓見厭人齒煩間，亦自厭之矣。而獨足下惓惓然慰問，而且遺之歌詩也。蹙然而來也，其爲空谷之足音耶？……僕不爲詩久矣，……爲足下不自持，聊寄一章，如念之，當秘之也。

足下才甚高、語甚秀、調甚雅，僕復有獻者，深沉之思而已。
又七言起韻多傍出，傍出宋人伎倆，唐無是也。〔註19〕

從信中語句可知，嘉靖三十九年王世貞因父難歸里之後，張獻翼曾寫信慰問並寄以詩歌；元美感動之下亦作詩以答。今《四部稿》中存《復張幼于》一首，詩云：

荊璞雖自良，在閟誰見賞？鳴球懸東序，匪搏焉爲響？託契並沖融，揚輝何高朗，之子鄧林彥，髫年吐神爽。鸞姿謝雕飾，蠖伏韜宏養。雖爾時所趣，居然汰群獎。九域衡捭闔，千齡恣偓佝，乃以拙薄姿，當君中心往。御李匪自華，比楊仍差長，樹敵牙頰間，抗交雲霞上。攜手汎具區，所覩但決溽。日月馳雙馭，乾坤發遙想。勗哉愛蘭芬，毋使淪霜莽。〔註20〕

〔註18〕以上皆引自王世貞《弇州四部稿》卷十九，景印文淵閣四庫全書，第1279冊。

〔註19〕王世貞：《張幼于》其二，《弇州四部稿》卷一百二十八，景印文淵閣四庫全書，第1281冊。

〔註20〕王世貞：《復張幼于》，《弇州四部稿》卷十三，景印文淵閣四庫全書，第1279冊。

應即作於此時。從詩中能看出張獻翼其時對元美頗爲服膺且積極追隨——「乃以拙薄姿，當君中心往」。而元美對他的態度，亦是積極的回應與勉勵：詩中言「雖爾時所趣，居然汰群獎」，意謂張獻翼之詩雖然還避免不了地帶有一些吳中習氣，但質樸清新、謝去雕飾，不像其他詩歌那樣一味追求辭藻華美，已經很不容易了。所以元美勉勵他繼續保持，不要淪入時調——「勖哉愛蘭芬，毋使淪霜莽」。這與世貞信中所表達的意思是一致的：一方面讚賞幼于詩「才甚高、語甚秀、調甚雅」，認爲其超出時流；另一方面則是規勸與勉勵，隱晦地指出其作品「輕俊流易」，應當改變此風，於「深沉之思」上用力。綜而言之，是希望「故饒才情」的張獻翼能夠合南北之長，與他一同走上復古的道路。

在傚仿七子、模擬古人方面，張獻翼確實是當時郡城文人中較爲積極的一位。張氏《紈綺集》中有《二君詠》一首，即是特爲稱揚王、李復古活動而作，詩云：

> 侍臣高價總班揚，二俊才兼七子長。……關心西省成千載，回首南枝是兩鄉。歷下爲誰瞻泰嶽，吳中元自說干將。山河不隔雲霞契，詞賦同爲日月光。倘念平生飛動意，笑論張緒似春楊。〔註21〕

可見他對李攀龍、王世貞的服膺。嘉靖四十五年，王世貞出遊陽羨，歸後輯其間所作詩文爲《陽羨諸遊稿》，爲其題辭的也是張獻翼，其文云：

> 王青州伯仲效陶公之去職，慕阮氏之放情，從白雲舊矣。興來賈勇，輒連鑣並駕，遨遊此山。……歸時，長公示余所遊三洞記狀，諸名勝若印圈模刻，時論自爲柳柳州，然不作唐人伎倆；至古風長句，雄飛駿發，山靈爲主而身爲賓，與地籟倡和，最爲快矣。〔註22〕

文中認爲王世貞文章「不作唐人伎倆」，詩歌「雄飛駿發」，可知張氏此時的詩文評判標準已惟七子是瞻。

不過，張獻翼最終卻並沒有完全成爲後七子在吳中的忠實同盟。雖然他對復古十分熱衷，但在其別集中，占更大比例的卻仍是以吳中傳統風貌爲主的作品，如：

〔註21〕 張獻翼：《二君詠，謂李憲副于鱗、王憲副元美》，《紈綺集》，四庫全書存目叢書，集部第 137 冊。

〔註22〕 張獻翼：《陽羨諸遊稿題辭》，載王世貞《陽羨諸遊稿》卷首，南京圖書館藏刻本。

高宴臨曲池，東風爲誰起。野岸繞春流，新枝照綠水。微波方
泛豔，秀萼超眾美。氣暄自韶華，何必桃與李。嘉樹影清潯，雜英
漾中沚。浴鳥將摘芳，遊魚思拾蕊。牽荇蔽汀洲，折蓮奪幽渚。……
（《賦得岸花臨水發用水字》）

……遊情饒思何紛紛，江南桂楫入氤氳。三茅峰高五千仞，美
人去禮雲中君。玉佩蘭湯練時日，凍雨飄風動香陌。粉黛聊隨土木
容，鉛華半染煙霞色。掌上羅裳當羽衣，曲裡琵琶代緄瑟。維揚江
水如沅湘，欲采芳洲杜若香。相逢不作吹簫侶，此去應知別思長。（《春
遊曲送王娘禮茅君》）

席傍芙蓉沼，相看醉未歸。秋先籬下菊，香續省中薇。葉落風
光晚，花開宴賞催。歌梁塵不斷，隨候惜芳菲。（《王中翰招看芙蓉，
與徐徵君、皇司勳、劉侍御同集》）〔註23〕

藻思麗句、通脫婉媚。之所以會出現這種狀況，其主要原因很明顯，是
郡城富貴奢華的文化氣氛。張獻翼《張叔貽傳》嘗云：

……雅尚風流，不拘儒者之節，……值母氏生晨或嘉時令序，
大會賓客，奏優施之妙技，揚子夜之新聲，胡粉飾貌，搔頭弄姿，
與親暱酣飲極歡以爲常。……居宇器服多存華飾，有雕鏤玩好之具，
尊罍鼎彝，能別款識，一意所營，千緡不惜，……詩類中唐，棋居
第三品，盛得江左之風，動合晉人之調。……〔註24〕

張叔貽即張燕翼，鳳翼、獻翼之弟，從此傳中可知填詞度曲、排演新劇、
飲宴聚會是其主要生活內容，好奢華、好古器物爲其興趣所在。這些頗具「江
左之風」、「晉人之調」的行爲是當時吳中士紳階層的流行風尚，清麗柔美、精
於描繪的六朝、中唐詩風恰與之相應，自然也會受到這些文士的追捧。張氏兄
弟出身商賈之家，他們的父親是當時有名的商人，家資鉅萬，積累極厚，爲三
兄弟這種揮金如土的生活方式打下了基礎；爲子弟教育計，張父還曾聘請黃姬
水等主家塾，使他們更快地融入到了郡城的文化圈子中。在這種文化環境中，
張氏兄弟自少便養成了博雅好古卻又崇奢向華的文學傾向，外來的復古觀念，
是很難撼動他們的思想的。因而張獻翼雖然對王世貞及其聲勢浩大的復古運動
十分欽服，也努力改變自己的創作風格、向對方學習，但他的生長根基在蘇州，

〔註23〕分別引自張獻翼《文起堂集》卷二、三、四，四庫存目叢書補編，第99冊。
〔註24〕張獻翼：《張叔貽傳》，《文起堂集》卷八，四庫存目叢書補編，第99冊。

生活環境也一直在蘇州，郡城獨特文化氣質對士人的吸引力，是外圍地區如太倉所無法比擬的。可以說，在蘇州郡城這片吳中文化的核心地區，是很難出現完全拋棄原有趣尚、一意追隨復古派的人的。黃省曾對李夢陽，黃姬水、張獻翼對王世貞既服膺又背離的態度，都可以說明這一點。

　　針對社會風氣會否影響人們的文化心理及其文學選擇，卡爾·曼海姆在《思維的結構》一書中曾有過這樣的論述：「人們並沒有把在一個統一的時代中出現的各種各樣的文化領域（諸如藝術領域、文學領域等等）當作互相孤立的存在物來思考，而是把它們當作某種統一的『生活感受』的各種釋放過程、當作某種『世界觀』的各種表現過程來思考。」「諸如『風格』或者『精神傾向』這樣一些術語，都不可避免地隱含著一些經驗結構，而這樣的經驗結構則是必須歸因於集體的經驗流，而絕不能歸因於個體的經驗流的。」〔註25〕換言之，社會風氣與文學風氣都是人們生活感受的一種體現，它們在某種意義上是同構的：崇奢尚華、自愉自適既是當時蘇州郡城中的社會風氣，也是其中的文學風氣。士人對文學風格、創作傾向的選擇，都不可避免地帶有這種「集體的經驗流」，因而自然會體現出一種相對統一的、與其他地區不同的藝術風貌。王世貞帶來的復古觀念可以影響它、改變它，卻不可能完全地顛覆它。

二、區域文化屬性與士人觀念形成：太倉與崑山

　　崑山與太倉同為蘇州府下轄屬縣，但它們各自的經濟狀況、風氣特點並不一致，這也導致了其各自文化屬性的差異。萬曆《崑山縣志》記其地風俗，云：「士耽文學，民勤稼穡，禮節之行，俱從簡易；比年以來，習尚稍異，黜素崇華，好訟佞佛。」〔註26〕相較太倉「稅家漕戶各以豪侈相高，習染成俗，朱長文所謂營棟宇、豐庖廚、嫁娶喪葬奢厚逾度」〔註27〕的狀況，顯然要更為淳樸一些。

　　這種情況與二者不同的地理環境有關：太倉臨海，自元代便已成為重要的中轉樞紐，而崑山雖也河網密佈，但畢竟東隔太倉、北接常熟，無法直接與海道連通。所以在市鎮經濟的發展上，後者較前者也稍遜一籌：據萬曆志，

〔註25〕卡爾·曼海姆：《思維的結構》，中國人民大學出版社 2013 年版，第 120 頁。

〔註26〕周世昌：《崑山縣志》卷一「風俗」條，明萬曆四年刊本。

〔註27〕參嘉靖《太倉州志》卷二「風俗」條，《天一閣藏明代方志選刊·續編》，上海書店 1990 年版。

崑山當時比較繁榮的市鎮主要有兩個，半山橋市「在縣治西北，百物咸聚，交易者日昃始散」、陸家浜市「在縣東南……創於宣德初年，客商貨物咸自他郡而來，頗稱繁庶」〔註28〕；而太倉由於海運發展，「九夷百番，進貢方物，道途相屬，方舟大船，次第來舶」〔註29〕，擁有更多的貿易中心，其中劉家港「江濤洶湧，萬艘雲集，魚鹽之利、閩越之貨，為一郡之饒」〔註30〕，璜涇鎮「商賈駢集，貨財輻輳，若土地所產與夫他方水陸之物，靡不悉具」〔註31〕，還有當時著名的棉花市場鶴王市「支幹諸河俱通利，大舸小艑往來不絕，以故數十里之貨群萃於市中」、「每歲木棉有秋，市廛闐溢，遠商挾重資自楊林湖涇達，而市之沃饒甲於境內矣」〔註32〕。

　　不同的地理環境與地域風氣使崑山與太倉兩地的文化屬性也有所差異。雖然同屬於吳中文化圈，但前者較保守而後者更開放。據《崑山縣志》「人物」卷中所載，其地士人多循道尊經、重視世務，如：

　　　　（王）庭自負剛直，動循古道，學貴踐履，不事辭章。

　　　　馮銳字仲舉，穎敏過人，為詩文務以理勝。

　　　　陸容字文量，氣宇英特，志存經濟。

　　　　（毛）澄方正端毅，有濟務才。

　　　　周在字成德，沉靜端謹，……平生道義存心，恥於言利。

　　　　朱希周字懋忠，……抱樸而歸，結廬陽抱山先墓之側，日惟山水文籍自娛，……居鄉治家尤極敦厚。

　　　　顧鼎臣字九和，……充經筵官，……解說心箴，……因命從容講解《洪範》終篇。……又諭撰述《中庸》首章講義。……鼎臣姿貌奇偉，風神峻拔，自幼即有大志，每以東南財賦重地，積蠹甚多，究極利弊，條陳四事，三舉奏焉。……子履方，德性謙厚，度量汪洋，邑中不知有相府云。〔註33〕

　　毛澄、周在、朱希周、顧鼎臣等皆明德、靖間名臣，其風儀行止為天下

〔註28〕周世昌：《崑山縣志》卷一「市鎮」條，明萬曆四年刊本。

〔註29〕張采：《太倉州志》序，〔清〕繆朝荃輯《匯刻太倉舊志五種》卷首。

〔註30〕顧士璉：《新劉河志》，上海圖書館藏鈔本。

〔註31〕桑悅：《太倉州志》卷十，〔清〕繆朝荃輯《匯刻太倉舊志五種》第八冊。

〔註32〕參〔清〕林晃纂，周偁等補輯：《增修鶴市志略》，《中國地方志集成》，江蘇古籍出版社1992年版。

〔註33〕參周世昌：《崑山縣志》卷六「人物（仕宦）」，明萬曆四年刊本。

崇慕，對其鄉邦而言更是如此，且他們的子孫如周在之子周復俊等亦能世其家聲。直臣名宦的影響力及其家族的思想傳承，使尊經崇實的傳統在崑山逐漸形成並確立下來。

相比之下，太倉的人文風氣要更爲張揚一些。嘉靖《太倉州志》載：

> 馬慶字善徵，弘治癸丑進士，……會事勢牽絆，志不得行，歸治園圃，結社劇飲，自託於沉湎。

> （姜龍）家居二十年，結社於鄉，從容詩酒，不事生產，雖屢坐乏，晏如也。博覽書史及星曆醫卜、天文地理、下至稗官小說，莫不通曉。

> （蔡子舉）……遇鄉人尤篤，每良辰美景，則張羅綺、陳音樂，宴賞洽旬。求得先壟，營宮室、置田宅，將迎養（父）芝。〔註34〕

太倉士人較崑山更注重個人感受與當下享受，罷職歸鄉的宦者往往會在城郊或山林中選址建造園池，邀友詩酒唱和以愉適身心。這也是爲何太倉的園林池館要多於崑山的原因。與之相應，在士人的文化氣質上，前者也較後者更爲活潑，類似馬慶這樣「結社劇飲」之人，在崑山是很難出現的。端方嚴謹與活潑開放，這兩種不同的士人性格，實際是崑山、太倉各自人文風氣的體現。

這兩種存在細微差異的文化環境，卻同樣在嘉靖、萬曆年間各自培育出了一位極爲重要的文學家，即太倉的王世貞與崑山的歸有光。二人生活於同一時期，居里相近、彼此相識，文學觀念卻截然不同。他們之間的矛盾齟齬、思想互動，至今爲人所津津樂道。〔註35〕但將二者置於地域文化傳統背景下進行考察的，據筆者所見尚不多。然而這實乃理解二人思想體系及矛盾原因的重要途徑之一：

作爲土生土長的崑山士人，經學是歸有光文化血脈中固有的思想因子。唐時升《歸公墓誌銘》言其「弱冠通六經、三史、大家之文及濂洛關閩之說」〔註36〕，錢謙益《新刻震川先生文集序》亦云「先生鑽研六經，含茹洛、閩

〔註34〕 參嘉靖《太倉州志》卷七，《天一閣藏明代方志選刊·續編》，上海書店 1990年版。

〔註35〕 如李雅蘭《歸有光與王世貞關係考述》、魏宏遠《王世貞晚年文學思想轉變「三說」平議》等均涉及到了此問題。

〔註36〕 唐時升：《太僕寺寺丞歸公墓誌銘》（代王錫爵作），《三易集》卷十七，四庫禁燬書叢刊，集部第 178 冊。

之學，而追溯其元本。……曾盡讀五千四十八卷之經藏，精求第一義諦」。〔註
37〕明代以經義取士，文人大都專研一經以入仕，像歸有光這樣遍讀六經古史
乃至宋代理學著作的十分少見。歸氏家族並非經學世家，震川之曾祖由舉人
任知縣，祖父、父親爲縣學生，仕途皆不顯。他之所以自幼即對儒家經學有
如此濃厚的興趣，顯然與地域風氣有關。此處有一位人物不得不提，即魏校。
魏氏亦崑山人，以進士歷官南京刑部主事、廣東提學副使、河南督學、國子
祭酒等，疏忤上意，遂致仕歸。魏校於經學造詣頗深，《崑山縣志》言其「以
倡明道學爲己任。天下賢士大夫翕然宗之，質疑辯難者雲集於門下。其學始
焉求之天文地紀之大、人倫物理之微，後乃反說於約，會而通之，而尤以涵
養仁心爲本。中年以後，德學純如也，海內稱爲莊渠先生」〔註 38〕。魏校對
歸有光的影響十分深遠，歸有光的第一任妻子魏氏乃是其堂侄女，震川自言
「余少爲先生家婿，獲聞緒言，顧迷謬無所得，而先生晚年屬望之意特惓惓
焉」〔註 39〕。可以說，歸有光的整個觀念體系，都是在這種濃厚的儒學氣氛
中建立起來的。他的文學思想也同樣與之密不可分。譬如他在《項思堯文集
序》中提出的「文章，天地之元氣」概念，很明顯便是來自《孟子》的「浩
然之氣」；又論詩首言「詩之道」，指出「孔子論樂，必放鄭、衛之聲」，反對
雕章琢句，將詩歌功能限定於供樂官采風觀政，並在此基礎上推導出不必唯
古是從的結論（《沈次谷先生詩序》）……等等。這些理念表述體現了他在文
化氣質上與崑山這一地域的同一性，顯示出二者之間的血脈聯繫。

　　而王世貞則不同。本文第一章已有所述及，由於其生長地域太倉的開放
性環境，王氏家族中既有王倬、王忬等以功業爲重的傳統士人，也有像王愔
一樣、以個人悅適爲生活主要目標者。開放的經濟環境造就了活躍的思想氣
氛，太倉沒有崑山那樣厚重的經學積澱，也就沒有諸多的理念桎梏與負擔。
它的文化傳統中，包容了相對較多的各種觀念因子，由王忬「於材好諸葛武
侯、范文正及近時王文成諸公」的廣泛涉獵便可看出這一點。所以王世貞自
幼便對枯燥的經學不感興趣，卻對「司馬、班史、李、杜詩」非常喜愛；《四
部稿》卷七十一收錄了元美爲自己纂輯作品所寫的序文，共十六篇，由它們

〔註37〕錢謙益：《新刻震川先生文集序》，《牧齋有學集》卷十六，上海古籍出版社 1996
　　　　年版，第 729～730 頁。

〔註38〕周世昌：《崑山縣志》卷六，明萬曆四年刊本。

〔註39〕歸有光：《周孺亨墓誌銘》，《震川集》卷十九，景印文淵閣四庫全書，第 1289
　　　　冊。

可以看出這些作品至少有一半屬於雜著的範圍，如《弇山堂識小錄》、《明野史彙小序》、《皇明名臣琬琰錄小序》、《世說新語補小序》、《劍俠傳小序》、《少陽叢談序》、《古今法書苑序》、《古今名畫苑序》等。尤其是記述劍客傳說的《劍俠傳》與談「國故、史砭、外國、玄怪」的《少陽叢談》，甚至都已有些離經叛道的意味。這類纂述，歸有光是絕對不會作的，而元美不但作了，還樂在其中，《劍俠傳小序》云：「余家所蓄雜說劍客事甚夥，間有慨於衷，薈撮成卷，時一一展之，以攄愉其鬱。」〔註40〕足見其地文化風氣的活躍開放。

有關王世貞與歸有光這兩位文學大家的關係問題，學界已有了較多研究。對此問題的探討，一般都以錢謙益《列朝詩集小傳》中的那段話為緣起：

> 當是時，王弇州踵二李之後，主盟文壇，聲華炟赫，奔走四海。熙甫一老舉子，獨抱遺經於荒江虛市之間，樹牙頰相捔拄不少下。嘗為人文序，詆排俗學，以為苟得一二妄庸人為之鉅子。弇州聞之，曰：「妄誠有之，庸則未敢聞命。」熙甫曰：「唯妄故庸，未有妄而不庸者也。」弇州晚歲贊熙甫畫像曰：「千載有公，繼韓歐陽，余豈異趨，久而自傷。」識者謂先生之文至是始論定，而弇州之遲暮自悔為不可及也。〔註41〕

這段話中實際包含了兩個事件，其一，王世貞與歸有光互相不滿；其二，弇州晚年自悔，對歸氏評價轉變。這兩件事都確實存在，但牧齋的敘述卻使它們帶有了一定的傾向性與感情因素。前者見於元美《書歸熙甫文集後》：

> 熙甫集中有一篇（即歸有光《項思堯文集序》）盛推宋人，而目我輩為蜉蝣之撼不容口，當是於陸生所見報書，故無言不酬。吾又何憾哉！吾又何憾哉！〔註42〕

此處所言震川於陸生處所見報書，是指元美給同鄉兼中表兄弟陸明謨的回信，中云：

> 向者偶以著述相勉陸師，粗及歸生，……足下不察，以為僕見歸文不多，輒便詆詆，使僕銜後生輕薄之愧。吳中閭閻詩書，人人

〔註40〕王世貞：《劍俠傳小序》，《弇州四部稿》卷七十一，景印文淵閣四庫全書，第1280冊。

〔註41〕錢謙益：《列朝詩集小傳》丁集中「震川先生歸有光」條，上海古籍出版社2008年版，第559〜560頁。

〔註42〕王世貞：《書歸熙甫文集後》，《讀書後》卷四，景印文淵閣四庫全書，第1285冊。

大將，豈令阿蒙得置一喙？然於私心少所降服。……歸生筆力小竟
勝之，而規格旁離，操縱唯意，單辭甚工，邊幅不足，每得其文，
讀之未竟輒解，隨解輒竭，若欲含至法於辭中，吐餘勁於言外，雖
復累車，殆難其選。僕不恨足下稱歸文，恨足下不見李于鱗文耳。……
〔註43〕

若歸有光真的曾在陸氏處見到此信，看到其中「規格旁離，操縱唯意，
單辭甚工，邊幅不足」之語，心中不滿是自然的，所以其《項思堯文集序》
中云：

蓋今世之所謂文者難言矣，未始為古人之學，而苟得一二妄庸
人為之鉅子，爭附和之，以詆排前人……文章至於宋元諸名家，其
力足以追數千載之上而與之頡頏，而世直以蚍蜉撼之，可悲也。無
乃一二妄庸人為之鉅子以倡道之歟？〔註44〕

此處歸有光鮮明地指出當世為文者正是由於「未始為古人之學」，才會目
空一切、妄自尊大。嚴格地說，這一點在年輕時的王世貞身上確實有所體現。
中年以後的他曾不止一次追悔少年時輕視經義訓詁、沒有打下基礎。王士騏
後來就曾說過父親「嘗自言：吾擁書萬卷，而未嘗從六經入。每欲塞衣而窺
廊廡之末，則世人齷齪皋比、招搖門戶而聚生徒者。吾方恥之。吾雖未聞道，
然誦法一念，迄死不敢忘」〔註45〕；《七錄齋集》也提到元美「晚年猶悔不從
經學入，謂少時為詞章所累」〔註46〕。此處指明了弇州早年排斥經學的兩個
原因，一是厭惡當時虛浮狂妄的講學風氣，二是「為詞章所累」。事實上由上
文的論述可以看出，後者應是更主要一些的因素。所以魏宏遠認為「歸有光
在重『六經』與『道』方面與韓及曾一脈相承，與歸、韓歐重『經世之文』
相比，王世貞作為七子派代表，其前期文學思想是以『文』為本，重『詩賦』」
〔註47〕，所以二人間才會產生矛盾齟齬，是非常準確的結論。歸有光的散文

〔註43〕王世貞：《答陸汝陳》，《弇州四部稿》卷一百二十八，景印文淵閣四庫全書，
　　　　第1281冊。

〔註44〕歸有光：《項思堯文集序》，《震川集》卷二，景印文淵閣四庫全書，第1289
　　　　冊。

〔註45〕王士騏：《明故資政大夫南京刑部尚書贈太子少保先府君鳳洲王公行狀》，《弇
　　　　州山人續稿》，上海圖書館藏鈔本。

〔註46〕周鍾：《七錄齋集序》，載《七錄齋集》卷首，續修四庫全書，第1387冊。

〔註47〕魏宏遠：《王世貞晚年文學思想研究》，復旦大學2008年博士學位論文，第136
　　　　頁。

觀建立在經學基礎之上，以「道」爲本，而王世貞的創作思想卻以作品的文學性爲中心，以「美」爲尙。他們之間的分歧，實際是地域文化屬性不同造成的差異。

王、歸之爭如此，弇州「晚年之悔」亦然。由於地域文化因素的影響，王世貞與歸有光一主「道」、一主「文」，這種歧異體現在了其觀念體系的終端、也即文學主張上面。而當其中一方因某種契機心態思想發生轉變時，其主張自然也會隨之改變。對王世貞，這個契機便是吳中多種信仰雜糅背景下的宗教影響。因崇慕曇陽子之教，晚年的王世貞逐漸拋卻外物、一心求道，這使得他自覺去除了以往對詩文作品華美文學性的追求，頗以恬澹爲宗。而曇陽教義儒、釋、道合一的特質也使他對儒學有了更深的理解。故而元美晚年對歸有光的重新評價與佩服，雖然亦有文學觀更爲包容、平和的因素存在，但更爲主要的，筆者認爲還是文、道關係觀點上他與後者的逐漸貼近。有關王世貞「晚年自悔」的問題，筆者在後文還將重點論述，此處暫略。

黃宗羲在《錢屺軒先生七十壽序》中曾說：「錢虞山一生訾毀太倉、誦法崑山，身後論定，余直謂其滿得太倉之分量而止，以虞山學力識見，所就非其所欲，無他，不得其所至者耳。」〔註48〕雖然他此處的「太倉」、「崑山」只是對王世貞、歸有光的代稱，但卻也在無意中道出了這兩位文學家觀念迥異的根源——地域文化屬性。當然，不能說這一點就是其全部原因所在，筆者希望指出的只是，地域因素對士人心態及文學思想的影響是不應被忽視的。

除了弇州、震川之外，黃宗羲的話語中還點出了明中後期文壇上一位舉足輕重的人物，即虞山錢謙益。虞山指代的則是錢氏的家鄉、同爲吳中屬縣之一的常熟。與太倉、崑山一樣，在後來的吳中文壇上，它也發揮了相當深遠的作用。

三、區域關聯程度與士人思想走向：太倉與常熟

常熟位於蘇州府北部，其縣治與郡城、崑山、太倉之間的距離都較遠，可以說是一塊相對獨立的區域。通過對其地文士的考察，可知嘉、隆年間這一區域受到了以太倉王世貞爲主的復古思想浸染；但在實際創作中，他們卻更傾向於以吳門（即吳縣、長洲）爲代表的吳中傳統風調。這說明，區域之

〔註48〕黃宗羲：《錢屺軒先生七十壽序》，《黃梨洲文集》壽序類，中華書局 1959 年版，第 490～491 頁。

間除地理距離外的血緣、姻屬等關聯的緊密程度，在某種意義上對士人文學思想的走向也具有相當重要的引導作用。

王世貞作為文壇盟主，在當時的影響力不言而喻，其時常熟的幾個主要家族——孫氏、錢氏、趙氏、瞿氏都或多或少地受到了後七子復古思想的浸染。以孫氏家族為例，常熟孫氏雖自弘、正年間就已少有科第加身，但在文學方面卻可算作當地領袖。孫艾，字世節，號西川，景泰三年生，嘉靖初卒，有《西川翁詩集》一卷。錢謙益《列朝詩集小傳》言其「父為考功郎，家貲鉅萬。世節任俠，父喪，致十郡客來弔，盡傾其家。學詩於沈啟南，與周以言、皇甫兄弟最善」〔註49〕。由孫艾之生平，可看出孫氏家族一貫的好客好文風氣，而豐厚的家貲也為他們這種性格提供了條件。艾之子耒聲名不著，但其孫孫七政卻是明後期常熟文壇上頗為人所稱的才士之一。孫七政字齊之，自號滄浪生，嘉靖七年生，萬曆二十八年卒，有《松韻堂集》傳世。錢氏《小傳》云：

> （七政）能詩好客，世其家風。十試鎖院不第，家有園池，日
> 與四方詞客賦詩宴賞，客醉而遺溺，庣其水出諸城外，復引湟水滌
> 之，累費數百金。〔註50〕

《皇明常熟文獻志》亦云其：

> ……迨長，益好交賢豪間，自是經術騷賦家皆知有孫齊之矣。
> 後遊太學，才名益籍甚。任俠結客，尊酒論文，坐中常滿。……子
> 史自老莊班馬而下俱頫首精研，詩於諸體無所不工，五七言律尤其
> 至者。〔註51〕

孫氏家風與孫七政的個性從中可見一斑。孫七政的詩文思想受復古風潮影響十分深刻，隆慶、萬曆年間，他與王世貞有一定的來往。由《松韻堂集》中《陽月三日送元美次早入玄關修秘》、《自武林歸至婁東謁王元美暨汪伯玉三昆仲，作送別詩》、《秋日送大司寇王元美之留都不及，敬和諸君子關門之作》等詩〔註52〕，可知孫七政曾多次主動拜訪弇州；而元美《弇州續稿》中

〔註49〕錢謙益：《列朝詩集小傳》丁集上「孫處士艾」條，上海古籍出版社 2008 年版，第 421 頁。

〔註50〕錢謙益：《列朝詩集小傳》丁集上「孫太學七政」條，上海古籍出版社 2008 年版，第 421 頁。

〔註51〕管一德：《皇明常熟文獻志》卷十一「林士」條，萬曆三十三年刊本。

〔註52〕參孫七政：《松韻堂集》卷五、六、八，四庫全書存目叢書，集部第 142 冊。

也曾提及孫氏，如對趙用賢言其「兩兒崢嶸，足慰貧病」〔註 53〕云云，證明兩家對彼此的瞭解還是較深入的。

孫七政對王世貞的文學主張及其創作成就十分欽敬，在《談藝略》中，他說：「文章自有李于鱗、王長公，遂令乾坤中別具一眼界，真曠代絕才，有扛鼎筆力。」〔註54〕其《社中新評》論詩社諸同人作品，則云：

> 莫廷韓為人正如淮南小山作《招隱》，悲懷遠意，不出騷家宗旨，而以氣韻峻絕，獨稱高作，宜其為風流宗。

> 朱邦憲為人卓犖有氣，是一男子，能使王元美目為孺子林宗，此非偶爾。

> 周若年為人默而有深沉之思，與之居，若李青蓮對敬亭山，相看兩不厭者；詩藝精工，是神龍間品格。〔註55〕

對「氣韻」、「品格」的關注，顯示了孫七政文學批評方面的格調論痕跡，這與王世貞的復古主張是一脈相承的。

除孫七政外，還有不少常熟文人對王世貞也頗為推崇，如萬曆間名臣趙用賢。萬曆初年，他因與吳中行、鄒元標等人反對張居正奪情遭受廷杖，後削籍歸鄉，這之後他與王世貞之間來往頗多，其中不乏詩文酬贈。元美作《末五子篇》，將其置於首位，曰：

> 天地有完氣，汝師（用賢字）乃鍾之。……順風禮空同，再拜稱天師。偃仰思立言，餘工猶下帷。百子雜毫端，弭節為我馳。竊窺中興象，在（再）起八代衰。〔註56〕

由「順風禮空同」、「竊窺中興象」等語句，可知趙用賢在文學思想上對前後七子的學習。趙氏在常熟乃著姓，姻戚友朋眾多，他的行為加速了王世貞文學思想在當地的流佈。隆、萬年間，王世貞在吳中地區的聲名極盛，即使是後來極力詆排王、李的錢謙益，也承認自己「年十六七時，已好陵獵為古文。空同、弇山二集，瀾翻背誦，暗中摸索，能了知某行某紙。搖筆自喜，

〔註53〕王世貞：《與趙汝師》其十四，《弇州續稿》卷一百九十四，景印文淵閣四庫全書，第 1284 冊。

〔註54〕孫七政：《談藝略》，《松韻堂集》卷十二，四庫全書存目叢書，集部第 142 冊。

〔註55〕孫七政：《社中新評》，《松韻堂集》卷十二，四庫全書存目叢書，集部第 142 冊。

〔註56〕王世貞：《末五子篇·趙太史用賢》，《弇州續稿》卷三，景印文淵閣四庫全書，第 1282 冊。

欲與驅駕，以為莫己若也」〔註57〕。弇州在當時的影響不但廣泛，而且深遠，直至萬曆後期常熟士人管一德作的《常熟文獻志》中，還時時可見對其詩聞軼事的津津樂道，如：

> 王弇州先生有《皇明盛奇二事述》，此遍宇內言也。宇宙甚大，何所不有，而又多採金匱石室之藏，故犂然成書、爛然奪目。常熟僅一縣耳，有盛有奇，什不得一，然……置之集中，亦使人色飛而頤解，……

> 五川藏古賢名跡甚多，……所藏蕭翼賺蘭亭圖後入王弇州，弇州甚寶愛之。

> 陳提舉太湖文周，祭酒琴溪公之子也，有湖莊山園，王元美題詩其上，云：前窗湖水後窗山，桃李棠梨樹樹殷。薄行只應紅粉是，別將春色傍人間。……〔註58〕

無論對其著作的模仿還是對其軼事的談論，都顯示了王世貞對當時文人的深遠影響。

但對其文學主張的崇尚並不等於對其作品風格的追摹，雖然弇州在吳中文壇上聲望極著，常熟亦不例外，然而其地士人的詩文創作傾向卻沒有太大改變。仍以孫七政為例，雖然四庫館臣在《松韻堂集》的提要中認為他「與王世貞諸人遊，故為詩亦類七子之體」，但事實上其詩歌的主導風格仍是華麗淺暢的，與于鱗、元美等人的雄渾高壯有相當大的區別，如：

> 涼風吹別浦，微月映疎林。綿眇銀河曲，旋驚絳氣侵。鵲橋引靈彎，鳳幄解仙琛。已惜彌年會，還傷促夜心。雲和有逸響，扶桑無停陰。詎知臨流恨，要比別前深。（《七夕詠牛女》）

> 碧煙生初霽，夜月照圓林。征雁催離思，寒葩開素襟。何為坐消歇，江上歲華侵。悲哉秋風候，蕭條宋玉吟。（《秋夜詠懷》）

> 滄州一片月，迢遞照秋山。渡口水雲起，波光連遠天。早辭涼風去，晚候嚴霜還。寄言金閨婦，好抱錦衾眠。（《秋夜辭家往金陵》）

> 征南舊節駐錢塘，雲會雕龍興獨長。秋水乘槎天覺近，夜珠盈

〔註57〕錢謙益：《答山陰徐伯調書》，《牧齋有學集》卷三十九，上海古籍出版社1996年版，第1347頁。

〔註58〕分別引自管一德《皇明常熟文獻志》卷十《盛奇志小序》、卷十八《詩話逸編》「楊五川儀」、「陳提舉文周」條，萬曆三十三年刊本。

座月爭光。洲前島嶼憐青黛，露下芙蓉聞暗香。最是謝公多遠意，
爲君清嘯據胡床。（《中秋夕戚大將軍胡督府招諸詞客同汪司馬燕集
西湖舟中得七陽》）〔註59〕

　　這種保持自我風格、不盲目模擬弇州的做法是明智的，孫七政在《談藝
略》中指出，雖然李攀龍、王世貞之文極具筆力氣魄，「然舉世效顰學步者不
勝其醜，獨敬美公親爲其弟若友，乃能獨抒眞意、卓然成家」。他看到了一味
倣仿李、王創作的後果，明白不能完全失去自己的特色，所以才會在向元美
學習的同時有意識地保留原有的婉麗流暢。不過孫七政的詩文作品之所以體
現出這種風貌，主要原因尚不在此。錢謙益《小傳》中的記述，揭示出了其
背後的根源：

　　　　（周詩）字以言，崑山人，……與皇甫子浚（名沖）兄弟善，
遂主甫氏。以言之父諱右，與虞山孫艾爲死友，且死，囑以言曰：「常
熟可久居，居必依孫氏。」以言……老且病，辭甫氏曰：「先人之所
屬也。」艾之子耒具舟逆之，遂死孫氏。……迄今百有餘年，孫氏
之子孫守其盟不替，歲時祭焉。（丁集上「周山人詩」條）

　　　　齊之之論詩曰：「吳中自迪功以後，皇甫兄弟競爽，而司直公
（皇甫涍，沖之弟）尤卓絕。世皆以《禪棲》匹《東覽》，不知《東
覽》高處，不但格力，正以其神情曠絕，會心霞表，當與古人相垺，
此正司勳（皇甫汸，沖、涍之弟）所深讓。讀司直詩，不知司直之
難，試以今人極得意詩誦過，更讀子安詩，卻令人爽然自失，然後
知司直之高，正如月出蓬萊閬島中，豈人世風光所擬？」……齊之
之論司直，蓋其先世風氣薰習，得之於見聞者，精且確也。余錄孫
氏詩，附於甫氏之後，俾世之嗤點前賢者知所省焉。（丁集上「孫太
學七政」條，孫氏之論亦見於其《松韻堂集·談藝略》））

　　由錢謙益的記載可知，長洲皇甫氏與常熟孫氏因皆與山人周詩爲好友，
遂互通往來、交誼日深。孫七政自幼薰習、聞見其詩文，自然在創作傾向上
與之相近。牧齋在此還特意將孫氏作品放在皇甫兄弟之後，希望覽者知道這
才是他心目中的「吳中正統」。皇甫氏、孫氏能否代表吳中詩風的「正統」暫
且不論，不過這倒確實說明二者的文學觀念是一脈相承的。觀孫七政《松韻

〔註59〕以上分別引自孫七政《松韻堂集》卷一、二、二、六，四庫全書存目叢書，
　　　　集部第 142 冊。

堂集》，也可知他與長洲皇甫家族的來往的確相當頻繁，兩家文士屢屢聚會遊宴、詩酒唱和；生活氛圍的延續性使其很難在文學傾向上完全轉向復古。對孫氏來說，復古終究是一個十分陌生的概念，但他與郡城文壇的關聯卻是切實存在的，這對其思想走向具有相當重要的引導意義。對比他對王世貞、皇甫兄弟的評價，雖然同樣持肯定態度，但與前者之間始終存有生疏感，欽慕卻不盲目模擬；而對後者則明顯熟悉得多，不僅能精確指出皇甫涍詩歌的優長所在，還對涍、汸兄弟二人的創作加以細緻的比對分析，如果沒有密切的交往、長期的浸染，這是難以做到的。因而可以說，孫七政之所以在崇尚復古的同時依然保持著傳統的吳中詩歌風習，與他和郡城地區密切的人際關聯是分不開的。

以上三部分分析了太倉與蘇州郡城、崑山、常熟之間的文學互動情況，由外圍與中心的對比，可知即使同屬某一地域，各次級區域間的文化屬性也會有所差異，它在一定程度上引導了士人的文學傾向，在士人文學觀念的形成過程中發揮重要的作用；而各區域間關聯程度的不同，也會對士人的思想走向有所影響。

不過，如果地域風氣是決定士人思想走向的關鍵要素之一，那麼這種風氣又是如何形成的呢？地理、經濟、交通這些外在條件可以影響某一地區社會風俗的形成，卻不會直接對文學風格的構建發生作用。從社會風俗到文學風格，中間需要「人」作爲媒介方能達成，而積澱深厚、傳承有序的「家族」，無疑是其中最重要的一層。

第二節　地域、家族、傳統——王世貞與「皇甫四傑」

> 子安少折於李何，子循長壓於王李，文章之道，不惟以時代上
> 下，抑亦以聲勢盛衰，良可慨也。
>
> ——錢謙益《列朝詩集小傳》

在對明中後期的吳中進行研究的過程中，可以看到其地存在著一些文化家族，如長洲文氏、吳縣袁氏、無錫華氏等等。與其他地區不同，這些家族往往更偏重於文藝的傳承而非功名的沿襲，故相比其他士人，這些文化家族成員對本土固有的風格傳統通常也更爲看重與自豪。王世貞初回吳中時，對其地偏於柔靡的文風十分不滿，希望以復古思想對其加以改變，並收到了一

定效果。但與此同時，也有一些士人始終保持著原有的詩文風尚，這在當地的名門世族身上體現得尤其鮮明。本節即以長洲皇甫家族為例，試圖通過對元美與皇甫兄弟間交往狀況的考察，探討明中後期地域文學傳統與主流觀念之間的互動情況。

一、皇甫家族：地域與傳統

長洲皇甫家族是明中後期蘇州郡城中一個相當重要的文化世家，尤以嘉、隆年間出現的「皇甫四傑」最為著名。所謂「皇甫四傑」，指的是皇甫沖、皇甫涍、皇甫汸、皇甫濂四兄弟，由於並擅藝文而得此雅稱。四人之祖皇甫信以太學生終，好文學、擅書法；父皇甫錄，弘治九年進士，曾任順慶知府等，後罷歸鄉里，著述頗富。皇甫氏四兄弟中，涍、汸二人取科第較早，祿位也尚可（前者仕終刑部浙江司僉事，後者官至南吏部司勳郎，但後皆論黜）；長兄沖乃嘉靖七年舉人，十試不第，遂不仕以終；季弟濂為嘉靖二十三年進士，曾任工部都水司主事等，後遭貶歸。雖然從傳統晉身道路上來看，四人都不甚順利，但由於他們在文學上俱有所成，故被吳地文人所推崇，與黃魯曾兄弟、張鳳翼兄弟並稱為「黃家二龍，王氏雙璧，皇甫四傑，鳳毛鸞翼」。基於皇甫沖困於場屋、皇甫濂晚年入道，於詩文關注較少，下文將主要以涍、汸兄弟二人為核心，探討皇甫家族的文學觀念及其變遷過程。

錢謙益《列朝詩集小傳》「皇甫僉事涍」條云：

> 余觀國初以來，中吳文學，歷有源流。自黃勉之兄弟心折於北地、降志以從之，而吳中始有北學。（皇）甫氏，黃氏中表兄弟也。子安（即皇甫涍）雖天才駿發，而耳目濡染，不免浸淫時學，子循（即皇甫汸）之序所謂「篤好少陵」者，非好少陵也，好北地師承之少陵也；已遊於蔡、王，而軌躅始分；既遊於唐、陳，而質的始定，於是一意唐風，而盡棄黃氏之舊學也。〔註60〕

錢謙益描述皇甫涍的文學思想發展軌跡，認為其早年因受到「心折北地」的黃省曾兄弟的影響而「篤好少陵」；入朝為官，與蔡汝楠、王維楨交遊唱和之後，這種傾向發生轉變，他開始自覺與前七子劃清界限、由崇尚雄渾悲壯轉而推許六朝的流麗婉致；但這還只是「軌躅始分」，真正的「質的始定」是

〔註60〕錢謙益：《列朝詩集小傳》丁集上「皇甫僉事涍」條，上海古籍出版社 2008 年版，第 412～413 頁。

在他與唐順之、陳束等人來往之後。與他們的交往使皇甫涍感受到了唐詩在杜甫式雄渾高壯之外的另一種美——風神俊秀、興象玲瓏，於是「一意唐風，盡棄黃氏舊學」。由前七子到六朝派再到唐宋派，錢謙益以皇甫涍所受到的各種影響作爲界限將其詩學思想分爲了三個階段。皇甫汸《司直兄少玄集敘》亦云：

> 方其家食含章，與徐生、二黃定交筆札之間，篤嗜工部；既而何、李篇出，病其蹊徑，專意建安，嘗曰：詩可無用少陵也。至解巾登仕，與蔡、王二行人廣搜六代之詩，披味耽玩，稍回舊好，雅許昌穀，乃曰：詩可無用近體也。又與王文部、李司封、唐、陳二編修劇談開元天寶之盛而心醉焉，乃曰：詩雖選體，亦無使盡闕唐風也。〔註61〕

可見其思想的確經歷了「受『二黃』影響、推崇杜甫→與蔡、王交往、轉向六朝→遇唐、陳之後、『一意唐風』」這三個階段。

與兄長相似，皇甫汸在文學思想方面也同樣經歷了一個變化的過程。錢氏《小傳》言汸之觀念，認爲其核心正在一個「變」字：

> 子循少與伯仲氏及中表二黃稱詩，掉鞅詞苑五十餘年。其在燕中，則有高叔嗣、王愼中、唐順之、陳束；在留署，則有蔡汝楠、許穀、王廷幹、施峻、侯一元、中山徐京；再赴闕下，則有謝榛、李攀龍、王世貞；而謫楚則交王廷陳，遷滇則交楊愼，咸相與上下其議論，疏通其聲律。其自敘以爲本之二京、參之列國，江左、關洛、燕齊楚蜀之音，無所不備，變亦盡矣，心良苦矣。〔註62〕

皇甫汸少時「與中表二黃稱詩」，中第後在京城與唐宋派交遊，至南京又接觸到六朝初唐派的主張，這是其詩學發展的三個主要階段；之後他又宦遊各地，廣取雜收，雖未達到「無所不備」的地步，但創作確實具有一定的多元性。

在錢謙益看來，涍、汸兄弟的文學歷程是基本相同的，均是隨主流之轉移而轉變：

〔註61〕皇甫汸：《司直兄少玄集敘》，《皇甫司勳集》卷四十，景印文淵閣四庫全書，第 1275 冊。

〔註62〕錢謙益：《列朝詩集小傳》丁集上「皇甫僉事汸」條，上海古籍出版社 2008 年版，第 414 頁。

司直（皇甫涍）、司勳（皇甫汸）甫氏競爽，學問源流，約略
相似：始而宗師少陵，懲拆洗之弊，則思追溯魏晉；既而含咀六朝，
苦雕繪之窮，則又旁搜李唐。當弘、正之後，暢迪功之流風，矯北
地之結習，二甫之於吾吳，可謂傑然者矣。〔註63〕

「始而宗師少陵」，「既而含咀六朝」，「又旁搜李唐」，從外在風格取向
的發展軌跡上看，應該說錢氏的描述是準確的，皇甫兄弟的文學觀念確實受
到了主流風氣很大的影響。但是，若對他們的整體創作狀況加以考察，就會
發現在其觀念體系中，占主導作用的往往並非主流觀念，而是地域風氣與家
族傳統：

首先，從創作主張上看，皇甫兄弟都十分關注文辭的華美。皇甫汸《文
選雙字類要後序》云：

玄風寖揚，麗藻逾蔓。家稱成誦，人尚含章。莫不踵其事而增
華，緣諸情而綺靡。……或謂雕琢瓊瑤，遺恨抱璞；刻削杞梓，取
譏不材。嗟乎！寸珪尺璧，咸足云寶，製錦裂繢，奚病為華？此固
玩物者之致曲，而非忘筌者之通津也。……〔註64〕

對「麗藻逾蔓」、「雕琢瓊瑤」的做法，皇甫汸不但不反感，反而還為其
辯護。有人認為詩文乃是璞玉渾金，不加雕鏤方顯其美，過分的修飾刻削反
而會顯示出作者本身的「不材」；而皇甫汸反駁道，縟麗的文辭就如美玉華綢，
即使只有尺寸大小，也是珍貴的寶物，光華璀璨乃其自然，再絢麗又有何可
指摘？他認為，正是因為有雕飾、麗藻的存在，才使得文章「庶幾錯綜斯文，
不徒鼓吹小說而已」。可見在他看來，「華」乃是「文」之所以成「文」的最
重要因素之一。在皇甫兄弟的詩文作品中，屢屢可見對這種「婉麗」、「藻贍」
風格的喜愛：

酒酣興發，援筆成篇，懼夫纂組之不工，而貽笑於疾行也。(《皇
甫少玄集·悼懷賦序》)

博之以詞賦，沃之以師友，騁頡頏之奇，振繳繹之韻，儲精入
玄微，吐華耀雲漢，漢不足隆而魏無與匹。(《少玄集·基稿序》)

〔註63〕錢謙益：《列朝詩集小傳》丁集上「皇甫僉事汸」條，上海古籍出版社 2008
年版，第 414 頁。
〔註64〕皇甫汸：《文選雙字類要後序》，《皇甫司勳集》卷三十五，景印文淵閣四庫全
書，第 1275 冊。

其爲集也，賦麗以則，<u>詩浚而婉</u>，短律淒清，長篇瓌壯。(《皇甫司勳集・少華山人詩選序》)

<u>語婉麗而致遠</u>。(《司勳集・白洛原遺稿序》)

其爲篇也，幽玄以通思，舂容以御氣，婉麗以陳詞，和易以達理，憤懣以抒情，綿暢以該事，雋永以歸趣。(《司勳集・司直兄少玄集敘》)

賦綺靡而有則，<u>詩藻贍而寄深</u>。(《司勳集・祝氏集略序》)

至其爲詩，亦必緣情止義，<u>由漢魏六朝以迄三唐，靡不融貫</u>，亦以自名其家者。惟求合乎麗則，不詭於風人，而非在一字之巧、一句之工也。雖退處巖穴，而<u>言多華郁暢朗</u>。(《司勳集・遵巖先生文集後序》)

是集也，樂府古詩<u>潘、陸齊軌</u>，下擬陰、何，五七言律<u>沈杜比肩</u>，參之盧駱。(《司勳集・夢澤集序》)〔註65〕

可見皇甫家族成員非常重視語辭的纂組抽繹，他們欣賞婉麗清浚的詩歌風格，在取法對象上，雖認爲「由漢魏六朝以迄三唐」應當「靡不融貫」，但從「潘陸齊軌」、「沈杜比肩」之語可以看出其重點仍在六朝唐初。《皇甫少玄集》、《皇甫司勳集》中的詩歌大多十分藻麗，而文章更是幾乎全以駢體寫成，近乎刻意地炫耀自己的華美文藻，這在當時那樣一個前後七子代興、以古體散逸相高的時代裏，是極爲特殊的。

皇甫兄弟這種崇華尙藻的文學傾向，與吳地的社會風氣密不可分。上節曾述及，偏好奢華、注重享受的世風在吳中、尤其是郡城地區極爲興盛。皇甫氏出身長洲，世居郡城之中；兄弟四人，三人中第，在朝爲官，端可謂既富且貴。即便在客商聚集的蘇州，也是相當煊赫的家族之一。對新奇精緻事物的追求，從來都是他們的興趣所在。王世貞在《壽王母皇甫太孺人六十序》一文中，曾經提及當時甫氏家族的生活狀況，云：

當孺人生郡都，會諸父登甲第者四人，諸姑姊豔而爭爲容，以脂澤倩冶相高，奇服麗笄相侈勝，而孺人獨恂恂其間，質素自檢。〔註66〕

〔註65〕以上分別引自《皇甫少玄集》卷一、二十三，景印文淵閣四庫全書，第1276冊。《皇甫司勳集》卷三十六、三十七、四十、三十八、三十八、三十六，景印文淵閣四庫全書，第1275冊。

〔註66〕王世貞：《壽王母皇甫太孺人六十序》，《弇州續稿》卷三十二，景印文淵閣四庫全書，第1282冊。

此處之「孺人」即題目中所稱之「皇甫太孺人」，乃皇甫涍之女，後嫁王姓士子爲妻。她於閨閣中能夠「恂恂其間，質素自檢」，但當時其家的普遍風氣卻是「以脂澤倩冶相高」、「奇服麗笄相侈」。連處於深閨裏的婦女都如此，何況身在繁華市中的甫氏兄弟。其生活之奢華，可見一斑。

其次，在文學功能觀上，皇甫兄弟與吳中傳統觀念一致，都十分重視詩歌抒寫性情的功能，強調性情之「眞」。皇甫汸《禪棲集序》云：

> 嘗謂虞卿著論，誕自窮愁；屈子賦騷，由於放逐。故文王拘而演周易，宣父厄而作春秋，考諸聖哲，蓋同斯旨，詳之馬走，豈或云誣？矧詩本緣情，情悒鬱則其辭婉以柔；歌以言志，志憤懣則其音慷以激。是故嵇生揆景，猶愬繁絃；雍周撫膺，遂流哀響。詩可以興、可以怨，不在茲乎？〔註67〕

「情悒鬱則其辭婉以柔」、「志憤懣則其音慷以激」，在「興觀群怨」的詩義四端中，皇甫汸重點強調了「興」與「怨」的作用；在他看來，詩歌的主要功能便是抒發情感、紓解怨憤。在《錢侍御集序》中，他誇讚錢氏之詩「語取暢心，不由雕刻，占惟信口，奚假深湛？……無意求工，自然追雅」〔註68〕，著重強調了詩文創作應當隨心而發、表露眞情，甚至不惜捨棄自己對華美辭藻一貫的喜愛態度。

皇甫兄弟這種對性情之眞的重視除吳中地域風氣的影響外，與其家族傳統也有一定關係，這主要體現在黃省曾兄弟對兩家風氣的導向作用上。黃魯曾、省曾兄弟與皇甫氏爲中表親，兩家往來甚密，皇甫涍初時之「篤好少陵」便是受到了他們的影響。對二者的文學理論與創作進行考索，可以發現在詩歌功能觀上，皇甫氏與黃氏的思想是基本一致的，黃氏兄弟十分重視眞情眞性在詩文中的體現，如：

> 詩者，神解也，天動也，性玄也。本於情流，弗由人造。……古人搆唱，直寫閼衷，如春蕙秋蓉，生色堪把，意態各暢，無事雕模。……〔註69〕

〔註67〕 皇甫汸：《禪棲集序》，《皇甫司勳集》卷四十一，景印文淵閣四庫全書，第1275冊。

〔註68〕 皇甫汸：《錢侍御集序》，《皇甫司勳集》卷三十七，景印文淵閣四庫全書，第1275冊。

〔註69〕 黃省曾：《詩言龍鳳集序》，《五嶽山人集》卷四，四庫全書存目叢書，集部第94冊。

（文）所以發闡性靈，敘詔倫則，形寫人紀，彰洩天化。物感
而言生，聲諧而節會，乃玄黃之英華而神理之自然也。〔註70〕

皇甫兄弟的觀點與他們如出一轍，皇甫涍《因是子樂府序》云：

詩之弊，蓋自晚唐以迄於今歷七百餘祀，而能興者何其鮮哉！
仰惟先朝慕古之士往往與俗異好，開元之風其庶幾焉。……正德以
來，作者益眾，而古詩出焉。然則文章盛衰，果不由於人也。……
夫詩不出於古，蓋亦弊而已矣。是故學之者速化於諷詠，使古人之
作若自己出，情辭自達，達則惡可已也？……或者指摘毛髮以為作
者羞，考其所為，則鈎剔幽曲、悍險自足，反之情則匪和，協之音
則舛矣，將焉用之？〔註71〕

皇甫涍對文學復古持肯定態度，認為通過「復古之全盛」可「成國家之
弘化」，所以他說「詩之弊蓋自晚唐以迄於今」、「詩不出於古，蓋亦弊而已」。
但對正德以來作者的擬古行為，他卻持反對態度。因其「間有合於古者」乃
是「驟竊以綴」所致，並沒有「情辭自達」；故而作品「反之情則匪和，協之
音則舛」，無法表現自己的所思所感與真實性情。這樣的詩，是沒有意義的。
由這段話可知皇甫氏認為詩歌的作用乃在表達自我，無論「宗師少陵」、「含
咀六朝」還是「旁搜李唐」，其最終指向的目標都是更好地抒發情性。若因學
古而丟失了這一點，那便是得不償失了。對「情辭自達」的重視，體現了吳
中文士在詩歌功能觀上的普遍態度。

二、觀念交鋒：王世貞與皇甫氏

對華美文辭的喜愛、對抒情特性的重視構成了嘉靖前中期長洲皇甫家族
的基本文學理念。相對王世貞，他們的思想無疑帶有更為明顯的地域特徵。
也正因此，在一些具體的文學問題上，他們有時會產生截然不同的觀點與看
法。皇甫汸《盛明百家詩集（序）》云：「我明之詩，余所著《新語》與昌穀
《談藝》、元美《卮言》，略示掎摭，互相詆訶，大都體格法乎漢魏、聲調準
乎三唐，所未盡合者，寄興之間，性靈異秉，才情頓乖。耳觀者由似而求其

〔註70〕黃省曾：《空同先生文集序》，《五嶽山人集》卷二十六，四庫全書存目叢書，
集部第94冊。

〔註71〕皇甫涍：《因是子樂府序》，《皇甫少玄集》卷二十三，景印文淵閣四庫全書，
第1276冊。

異，即盛而慮其衰，則思過半矣。」〔註72〕即已承認了這種分歧的存在。但他們間的歧異是否如其所言，僅僅是「寄興之間」、「性靈異秉」所導致的呢？這需要通過具體案例對其進行分析與考察。

1、「偏工」與「具體」——關於《徐迪功外集》

嘉靖二十一年，皇甫涍輯徐禎卿入仕前的詩歌爲《徐迪功外集》，並加以刊刻，皇甫汸爲之作序，云：

> 徐氏《迪功集》六卷，爲君手自定正，空同李子刻於豫章。或曰：李子稍芟損之。其說出於少谷鄭子。自今觀之，徐集獨綜菁英，莫可瑕纇，非其佳穢自得、去取過嚴乎？家兄山居，搜逸稿於元子伯虯，乃歎曰：丹以素掩華，蘭以薰奪氣，顧變態不窮，豈形質寔絕者哉？遂選而刻之，題曰《外集》，勒爲二卷。〔註73〕（《徐迪功外集後序》）

但同樣作爲吳人，王世貞對皇甫氏的這種做法卻並不認同，《藝苑巵言》云：

> 昌穀自選《迪功集》，咸自精美，無復可憾。近皇甫氏爲刻《外集》，袁氏爲刻《五集》。《五集》即少年時所稱「文章江左家家玉，煙月揚州樹樹花」者是已，餘多稚俗之語，不堪覆瓿。世人猥以重名，遂概收梓，不知舞陽、絳、灌既貴後，爲人稱其屠狗吹簫，以爲佳事，寧不沚顙？〔註74〕

作爲鄉邦前輩，徐禎卿在吳中地區享有極高的聲望。嘉靖年間，除皇甫氏所刻《外集》之外，吳縣著名的文化世家吳門袁氏（即袁尊尼家族）也曾刻其詩文單行本五種，稱《迪功別集》。而王世貞對其所持的態度同樣是反對的：

> 履善（袁福徵字）別致迪功五集，云出足下家梓人。僕向讀其詩，謂如六翮搏風，三危吸露，快爽種種，不可名狀。此集殊多下乘惡趣，大抵六朝，時沿晚唐。以此標飾迪功，如出狐白之裘而益

〔註72〕皇甫汸：《盛明百家詩集（序）》，《皇甫司勳集》卷三十五，景印文淵閣四庫全書，第 1275 冊。

〔註73〕皇甫汸：《徐迪功外集後序》，《皇甫司勳集》卷三十六，景印文淵閣四庫全書，第 1275 冊。

〔註74〕王世貞：《藝苑巵言》卷六，陸潔棟、周明初批註《歷代詩話叢書》本，鳳凰出版社 2009 年版，第 98 頁。

羊鞟也。昔人得魏收文，輒投水，曰：吾爲魏公藏拙。此非眞愛魏
公人也，（然）以爲不愛魏公，不可。足下果徐氏忠臣，宜急謝剞劂，
留迪功前集，名世之語豈在多哉？〔註75〕

　　此乃王世貞寫給袁尊尼的一封信中所言，據此可知嘉靖三十二年王世貞
由吳中返回京城後，曾因袁福徵之贈而得見此書。《迪功別集》五種乃其家於
嘉靖二十九年所刻，袁福徵將之贈給元美，本有傳揚先賢之意，沒想到元美
看完之後的結論卻是「殊多下乘惡趣」，還極力勸說袁尊尼停止刊刻。在信中，
他將自己以前所讀李夢陽刊本《迪功集》中的詩與此集相對比，認爲前者「如
六翮搏風，三危吸露」，高古雅逸；而後者卻是「大抵六朝，時沿晚唐」，簡
直就是對徐禎卿形象的極大玷辱。可見文學觀念的不同是他不認可《迪功別
集》的主要原因。

　　從作品風貌上看，皇甫氏所刻《外集》與《迪功別集》有所差異，因前
者乃徐氏自選《迪功集》時所刪去的部分，而後者則是其中第之前的創作。
但皇甫涍《徐迪功外集序》云：

僕……岩棲暇日徵訪遺文，得徐君詩百餘篇於其家，予刪其
半，刻之，爲《迪功外集》。徐君有集六卷，刻於豫章，北郡李子序
之，所云「守而未化、蹊徑存焉」者也。集君手自選定，予所得百
餘篇者，皆其棄餘，然尚多可采，今詘於藝者弗逮也。又所次存綴，
厥微詭於流轍，庶翼而傳云。〔註76〕

　　此段話中最後一句頗耐人尋味——「又所次存綴，厥微詭於流轍，庶翼
而傳云」。何爲「流轍」？按皇甫氏的文意，此「流轍」當指嘉靖年間尙十分
流行的前七子復古剿擬的風氣。皇甫涍此言意即徐氏這些被刪去的作品，實
際上並未能完全合於李夢陽等人之「轍」。作爲明中期以來最早與主流文壇主
動發生緊密聯繫的吳中文人，徐禎卿無論對皇甫氏兄弟還是王世貞來說，都
具有極其重要且特殊的意義。在與北方文學思想的交流中，徐氏的詩歌實踐
爲他們提供了一個頗具典型性的研究範本，只不過他們希望從這個範本中提
取出來的意義，卻存在根本性的不同。這一點從他們對李夢陽評徐禎卿評語

〔註75〕 王世貞：《與袁魯望》其一，《弇州四部稿》卷一百二十二，景印文淵閣四庫
　　　　全書，第 1281 冊。
〔註76〕 皇甫涍：《徐迪功外集序》，《皇甫少玄集》卷二十三，景印文淵閣四庫全書，
　　　　第 1276 冊。

所持的態度上，體現得尤爲鮮明。李夢陽在正德九年刊刻《迪功集》時，曾對徐禎卿的詩文作過如下評斷：

> 客曰：「群體迪功奚以之也？」予曰：「《談藝錄》備矣，夫追古者未有不先其體者也。然守而未化，故蹊徑存焉。」〔註77〕

「守而未化，蹊徑存焉」，李夢陽對徐禎卿這一略帶貶責意味的評論，曾激起不少吳中文士的不滿。皇甫汸《徐迪功外集後序》云：

> 嘗考論弘、德之間，李、何諸子追述大雅，取裁風人，一時藝林作者響臻，同好景附，咸足馳騁海內，而徐君亦獨步江左矣。然而意見枘鑿，造詣堂室，恥凌好勝，詆訶生焉。……李子「未化」之談，家兄「知難」之歎，可合而觀矣。今或未辯音節，罕閑興寄，剽綴靡辭，詭於風雅，俗方貴耳，群起吠聲，辟爝火之焰，其能爭光於日月乎？

所謂「李子『未化』之談」，指的自然是李夢陽之語；而「家兄『知難』之歎」，則見於上所引皇甫涍《徐迪功外集序》：

> 惟君華郁其思，天然特稟，尤長賦頌之文。其所用心，蓋自漢魏以迄開元天寶之盛，無弗窺也。夫詩之爲藝，獨異眾體。作者韻度鮮朗，情言超瑩，而原其趣、參之以神，要其構、極之以變。考則古昔，往往冥契。嘗謂徐君之於詩，可以繼軌二晉、標冠一代，斯不誣矣。夫并包眾美，言務合矩，檢而不隘，放而不踰，斯述藻之善經也，奚取於守化而暇詆其未至哉？！
>
> ……（君）釋褐交李子，最昵，……李子當弘治、正德間，刻意探古，聲赫然。君與辨析追琢，日苦吟若狂，毋吝榮訾，卒所成就，多得之李子，而其知君顧未盡，況非李子哉？古曰：知難久矣。夫諒哉！悲矣！

皇甫涍在這篇序文裏，可以說幾乎把徐禎卿的創作成就推到了一個前所未有的高度：「繼軌二晉，標冠一代」。對其詩歌的評價，也是極盡溢美之辭：「并包眾美，言務合矩，檢而不隘，放而不踰」。子安滿心滿眼都是對徐氏的崇慕，對於李夢陽的評價，自然極爲不滿：「斯述藻之善經也，奚取於守化而暇詆其未至哉？！」接下來，他又說道李夢陽與徐氏相交最深，連他都知之

〔註77〕 李夢陽：《徐迪功集序》，《空同集》卷五十二，景印文淵閣四庫全書，第1262冊。

未盡，何況他人，因而發出了「知難久矣」的感歎。

若仔細閱讀上下文，可知李夢陽「守而未化，蹊徑存焉」之語，實際是站在復古派重「體」的立場上所發的議論，那麼徐禎卿「守」的是什麼、「未化」的又是什麼，就值得好好辨析一番。錢謙益《列朝詩集小傳》「徐博士禎卿」條云：

> 昌穀少與唐寅、祝允明、文璧齊名，號吳中四才子。……其持論於唐名家獨喜劉賓客、白太傅，沉酣六朝，散華流豔，「文章煙月」之句，至今令人口吻猶香。登第之後，與北地李獻吉遊，悔其少作，改而趨漢魏盛唐，吳中名士頗有邯鄲學步之誚。然而標格清妍，摛詞婉約，絕不染中原傖父槎牙戛兀之習，江左風流，故自在也。獻吉譏其「守而未化，蹊徑存焉」，斯亦善譽昌穀者與？ [註78]

錢氏此語頗有戲謔之意，在他看來，李夢陽譏評徐禎卿的話，其實正可說明徐氏詩歌成就高出前七子。從這個角度上說，這句話不但不是貶低，相反倒是誇讚了。錢氏認為，徐禎卿雖未能完全拋棄吳中流風、化入中原詩境，但卻恰恰使其避免了前七子「槎牙戛兀」的「傖父」習氣，清妍婉約、自成一體。回過頭來再來看皇甫涍對李氏評語的反駁，就可以發現他的思路與錢謙益基本一致，只不過他的出發點是徐禎卿的「并包眾美」，即認為徐氏是在保持吳地特色的基礎上吸納了北方文學的優長，他之「蹊徑猶存」，並非「守而未化」，而是因為他本來就不想完全「化」入北地之流。

在這個問題上，作為弟弟的皇甫汸與兄長皇甫涍保持了高度的一致。雖然他說「李子『未化』之談，家兄『知難』之歎，可合而觀」，指出立場不同、「意見枘鑿」，因而觀點也各有不同，看似十分公允；但緊接著卻筆鋒一轉，言：「今或未辯音節，罕閑興寄，剽綴靡辭，詭於風雅。俗方貴耳，群起吠聲，辟爝火之焰，其能爭光於日月乎？」「音節」和「興寄」都是江左文風較為注重的因素，北方則往往忽視。二者相較，皇甫汸對於前者的祖護可見一斑。

但在這個問題上，王世貞的觀點卻與皇甫兄弟截然不同。《弇州四部稿・青蘿館詩集序》云：

> 獻吉之序昌穀曰：大而未化。而操觚之士詎今為昌穀扼腕者，胡以未化耶？愚則謂昌穀之所不足者，大也，非化也。昌穀其夷惠

〔註78〕錢謙益：《列朝詩集小傳》丙集「徐博士禎卿」條，上海古籍出版社 2008 年版，第 301 頁。

乎偏至而之化者也。〔註79〕

在與吳國倫的一封信中，他又說：

> 李獻吉序徐迪功集，云：大而未化。吳子輩謂獻吉忌昌穀，此
> 非也。昌穀偏工，雖在至境，要不得言具體，何論化乎？吾猶以獻
> 吉爲浮，未見其忌也。〔註80〕

兩相對照，可知元美認爲徐禎卿的不足之處在於取徑稍狹、偏於一端（「偏工」），故雖詩境超絕（「至境」），卻未能各體兼備（「具體」），「大」尚未做到，又何論「化」。以前後七子爲代表的復古派最爲重「體」，尤其是王世貞，以兼擅眾體、集于大成爲詩學目標，自然會對徐氏有此評價。

皇甫兄弟與王世貞都在徐禎卿身上看到了兼備眾體這一點的重要性，但二者對此的評價卻截然相反。前者認爲昌谷正因「未化」，方能「并包眾美」，傾心讚賞；而後者則以爲徐氏「偏工」、未能兼擅眾體，故而不滿。出現這種分歧的原因，歸根結底還是由於二者所處的文學立場不同：皇甫慕清妍之美、厭槎牙之習；而元美重體格之備、風貌之全。徐氏詩歌會在他們眼中呈現出截然不同的狀貌特點，實屬必然。

對於自己與吳中文士在評價徐禎卿時出現的這種差異，王世貞也曾注意過，在《藝苑卮言》中，他說道：

> 今中原豪傑，師尊獻吉；後俊開敏，服膺何生；三吳輕雋，復
> 爲昌穀左袒。摘瑕攻纇，以模剽病李。不知李才大，固芭何孕徐，
> 不掩瑜也。李所不足者，刪之則精；二子所不足者，加我數年，亦
> 未至矣。〔註81〕

言語中十分明確地表達了對李夢陽的回護之意，而所謂「復爲昌穀左袒」的「三吳輕雋」，自然暗指皇甫兄弟之流。王世貞認爲他們因徐氏乃鄉賢、又兼喜好輕俊流易的詩風，故而一味「崇徐貶李」。從上所引皇甫涍、汸之言來看，應該說這一傾向確實存在。與他們相比，在地域意識上，王世貞顯然要淺淡得多。

〔註79〕王世貞：《青蘿館詩集序》，《弇州四部稿》卷六十八，景印文淵閣四庫全書，第 1280 冊。
〔註80〕王世貞：《與吳明卿》其九，《弇州四部稿》卷一百二十一，景印文淵閣四庫全書，第 1281 冊。
〔註81〕王世貞：《藝苑卮言》卷六，陸潔棟、周明初批註《歷代詩話叢書》本，鳳凰出版社 2009 年版，第 94 頁。

2、「言由孤憤」與「性雅情風」──關於《五嶽黃山人集》

與之相似，由文學立場不同導致的觀念分歧，也出現在他們對黃省曾別集的評價中。皇甫汸《五嶽黃山人集序》云：「山人……才猷經世，數値違時，故鳴不以平，言由孤憤。」〔註82〕然而同樣的著作，在王世貞看來卻是這樣的：

> 大者經，小者傳，心者謨，跡者史，和而頌，怨而騷，性而雅，
> 情而風，其言即人人殊，要之未有不通於德與功者也。……而要之俱
> 非能盡先生者。余所謂盡，蓋先生之言，標德而蘊功之言也。〔註83〕

皇甫汸口中「鳴不以平，言由孤憤」的黃氏詩歌，到了王世貞眼裏，卻變成了「標德而蘊功之言」，甚至還認爲詩文作品雖言人人殊，但「要之未有不通於德與功者也」。至於黃省曾晚年溺於佛道之事，他也絕口不提，因爲這些「方外之遊」皆是與其「性而雅、情而風」思想相衝突的。

在處世觀念上，王世貞相較固守吳中本土的士人，「持正」的思想要更爲濃厚一些。其中家庭環境的影響自然是一部分原因，這使他頗爲注重詩文中體現出來的人格因素〔註84〕；另一方面，對復古活動的積極參與使他一心想要創作出雄渾古雅的詩歌，這種外部風格的要求也在一定程度上限定了內容上的樸茂淳正。即便是晚年崇奉道教、歸慕曇陽，其思想中的「守正」成分也並未完全消解；而皇甫涍、皇甫汸等人則不同，相對王世貞思想中濃厚的守正傾向，他們在信仰上更自由、更多元，同時也更偏雜、更散漫。吳中原本就有一定的淫祀氣氛，皇甫汸在《遊仙詩引》中，曾描述每年四月十四仙誕節時吳地的盛況，云：

> 是日也，乃有玄都朗建，丹府弘開，金鑰啓望仙之宮，華燈焰
> 禮神之館。九靈教闡，則葆樂齊鳴；雙童唱導，則芝香並引。吉士
> 靚女，肅肅戾止，黔首稚齒，各各齋心。祫服照耀於池中，列騎繽
> 紛於洞外。步虛肯來，謂是吹笙之侶；乘風不返，詎非駕鶴之群？
> 遴髯客而將從，遇巨人而思即。〔註85〕

〔註82〕皇甫汸：《五嶽黃山人集序》，《皇甫司勳集》卷三十六，景印文淵閣四庫全書，第 1275 冊。

〔註83〕王世貞：《五嶽黃山人集序》，《弇州四部稿》卷六十六，景印文淵閣四庫全書，第 1280 冊。

〔註84〕例如他在文章中屢屢言及宋之問、柳宗元的作品，認爲其詩文雖精麗，然因心胸狹小、怨誹滿腹，而不得登大雅之堂。

〔註85〕皇甫汸：《遊仙詩引》，《皇甫司勳集》卷四十二，景印文淵閣四庫全書，第 1275 冊。

　　淫祀風氣的流行，使正統意識形態在郡城地區始終較爲淡薄。很多當地文士在傳統的儒家追求之外，都擁有一些個人化的信仰，其中佛、道占大多數。這種風氣頗爲王世貞所不齒，但在皇甫兄弟，這不僅是他們成長的環境，更是他們樂於同俗的土壤。皇甫氏兄弟四人，長兄沖好言兵事，亦好道教；仲氏涍年少時曾慕陽明、習心學，後因病弱而沉浸道家；季弟濂沉靜寡欲，篤好佛老；而皇甫汸「晨誦披雙玄，夕覽流三乘」〔註86〕，頗有些三教合一的意味。他們是這種文化習俗的產物，對這種習俗自然也有著天生的好感。

　　因而在創作觀上，他們往往也更加重視情緒的暢快抒發與情感的自由表現。皇甫汸《春日談園讌賞牡丹詩序》云：

　　　　方其樽俎錯陳、賓從駢集，酣歌累月，宴樂彌旬，草色交於茵帟，鶯聲間於絲管，一何歡也；迨其朝露忽先、夜川長往，總帳既塵，履綦罷御，新畦霢靡不復芳，舊燕徊翔莫能去，又何悲也。……自達人觀之，浮世等於逆旅，馳光同於過隙。少壯不樂，歲月幾何？乃知縱酒非荒、秉燭有以也。〔註87〕

　　鮮明地表露出及時行樂、自由抒寫的主張。其《三州集序》言自己宦遊生涯中詩歌作品的創作風格，亦曰：

　　　　黃（州）蓋楚疆，屈賈放逐之區也，諒而見疑、忠而被謗，憂心辟摽，故多怨誹之辭；澶（州）蓋魏境，蒙莊寄傲之地也，虛憍疾視、猶有關心，故多忿激之辭；括蒼越稱嘉麗，康樂娛遊之所經也，時余安常委順，若將終身焉，既和且平，故多暢達之辭。〔註88〕

　　無論「怨誹」、「忿激」還是「暢達」，其背後的主導觀念都是一致的，即自由抒發、詩以達情的思想。而王世貞雖也強調性情的眞實表現，但卻因提倡復古，往往在詩歌表達的情感內容上偏於雅正，並不如皇甫氏這般疏放。

　　由是可知皇甫家族與王世貞、徐禎卿等人在文學觀念上的分歧，並非如皇甫汸所說，是「寄興之間」、「性靈異秉」、單純的風格愛好上的差異，而是

〔註86〕皇甫汸：《余棲病經年，刀圭未效，季弟示我以沙門之偈，伯兄廣我以大道之篇，伏枕奉酬，並用逐瘧云爾》，《皇甫司勳集》卷六，景印文淵閣四庫全書，第 1275 冊。

〔註87〕皇甫汸：《春日談園讌賞牡丹詩序》，《皇甫司勳集》卷四十二，景印文淵閣四庫全書，第 1275 冊。

〔註88〕皇甫汸：《三州集序》，《皇甫司勳集》卷四十一，景印文淵閣四庫全書，第 1275 冊。

因彼此文學立場、文化習慣不同導致的。皇甫家族生於斯、長於斯，對吳中文學傳統有著天生的體認與歸屬感；而王世貞、徐禎卿由於接受了北方復古思想的影響，更傾向於站在主流文壇的視角看待問題。尤其作爲當時復古領袖的王世貞就更是如此。換言之，地域立場與主流觀念，導致他們在很多問題上很難不產生分歧與矛盾，甚至上升到彼此攻擊的地步：嘉靖四十五年前後，王世貞曾寄書與張獻翼，其中提及皇甫汸，元美言道：

> 所示皇甫司勳云云，彼偷兒者，亦非劉義觀耶？阮將軍何宜有此，不得不付釋門怨親障也。〔註89〕

而皇甫汸在給黃魯曾作的墓誌銘中，則說：

> 至云文喜左氏、莊、騷、太史，得其曠婉，詩喜曹謝岑李王孟，得其健逸，皆實錄也。余復何贊焉？而妄人詆其不嫻於藝，何哉？
> 〔註90〕

據傳因王世貞此前對黃魯曾曾有過較低的評價，皇甫汸才特意在墓誌銘中對其進行反駁。雖未點名道姓，但所指已頗爲明顯了。吳中士人向來不滿王世貞極力推崇後七子、卻對自己同鄉各種挑剔輕視的行爲，前所引顧聖少「每謂余不滿吳子輩，至有筆之書者」的話就可證明。不過從王世貞與皇甫家族之間的分歧、矛盾可知，這種挑剔與輕視主要來自於文學立場的不同，而不是元美自恃身爲盟主、輕慢鄉人。

三、復古思潮衝擊下的吳中文學傳統

從皇甫氏兄弟的思想主張及他們與王世貞在以上問題中的分歧，可以看出吳中文壇較強的獨立性與自守特質。相對於北方士人，吳地文士大多傾向於通過對本土傳統的體認與繼承凸顯自我獨有的詩歌特性，他們往往更關注「偏工」而非「具體」、更偏愛暢快淋漓的個性表達而非和平雅正的錦上添花。而家族文人由於與地域緊密的血脈聯繫，在這一點上表現得尤爲明顯。皇甫家族在吳中根深葉茂、姻屬廣布，兄弟四人又皆取科第、素有文名，觀念獨立性與文壇影響力都相當強大。與他們之間的觀念交鋒，體現了王世貞試圖扭轉吳中文學風氣的努力。而他所使用的武器，正是受到北方思想影響後形

〔註89〕王世貞：《與張幼于》其三，《弇州四部稿》卷一百二十八，景印文淵閣四庫全書，第 1281 冊。
〔註90〕皇甫汸：《黃先生墓誌銘》，《皇甫司勳集》卷五十四，景印文淵閣四庫全書，第 1275 冊。

成的復古主張：

在《吳中往喆像贊》中，王世貞曾這樣評價皇甫汸：

> 先生性和易，不設城府，爲詩文沾沾自喜，好聲色，工狎遊，
> 而不能通知戶外事，以故數困。然信心而行，以文自娛，於諸兄弟
> 中獨壽老，年八十，乃卒。其詩五言律最工，七言次之，有錢劉風
> 調；文慕稱六朝，然時時失步。〔註91〕

皇甫氏兄弟四人，因長兄沖、季弟濂晚歲耽於佛道而仲兄渼早卒，故與
王世貞有交者惟皇甫汸。對這位性格和易、又喜好交遊的友人，元美雖偶而
不滿其持論，但總體上還是比較尊敬的。《四部稿》及《續稿》中有數首與之
和答的詩歌，他還曾爲皇甫汸的《三州集》、《慶曆集》作序。但總體來說，
王世貞對甫氏詩文的評價並不高，在皇甫汸去世後作的這篇像贊，就體現了
他心中的真實想法：詩「有錢劉風調」，文「慕稱六朝，然時時失步」。「錢劉
風調」是典型的吳中詩歌風格之一，但在崇尚古雅高壯的元美看來，一貫難
臻上乘；至於文尚六朝這一點，更是他所向來不喜的。《藝苑卮言》云：

> 吾於文雖不好六朝人語，雖然，六朝人亦那可言。皇甫子循謂：
> 「藻豔之中，有抑揚頓挫，語雖合璧，意若貫珠，非書窮五車、筆
> 含萬花，未足云也。」此固爲六朝人張價。〔註92〕

雖然承認六朝文亦有特出之處，但還是看不慣它們過於藻麗的風格、覺
得皇甫汸的讚語揄揚太過，遑論學六朝還「時時失步」的甫氏作品。《皇甫司
勳集》中所收錄的文章，幾乎全以駢體寫成，大段大段的排比對仗、琳琅滿
目的華辭麗藻，這對一向以秦漢古體爲文章創作軌範的王世貞來說，其衝擊
力可想而知。作品風格如此南轅北轍，也難怪他對皇甫汸的詩歌文賦沒什麼
好感了。

不過，雖然心中有這樣那樣的不滿，但在爲對方的文集作序時，這些都
是不能表露出來的。嘉、隆年間，王世貞序皇甫汸之《三州集》，云：

> 在昔唐宋時，朝士大夫稱得辠去者，往往屈爲荒遠郡佐、員外
> 署置，……雖其詩之工，然不過以之發其羈孤無聊、磊落不平之思

〔註91〕王世貞：《吳中往喆像贊》，《弇州續稿》卷一百四十九，景印文淵閣四庫全書，
　　　　第 1284 冊。
〔註92〕王世貞：《藝苑卮言》卷三，陸潔棟、周明初批註《歷代詩話叢書》本，鳳凰
　　　　出版社 2009 年版，第 50 頁。

而已。其山川之奇麗，則辱之而爲險惡；風日之駘蕩，則辱之而爲
憪悽，……其探幽造微、窮變盡態，固不可以余說而廢其工，然要
之有出於欸老嗟窮、憂讒畏譏之外者乎？……（而先生則不然），其
詩之工不待言，然要之志有所微動，則必引分以通其狹；氣有所微
阻，則必廣譬以宏其尚。……蓋先生之詩之工，取工於窮者也，非
用其工於窮者也。〔註93〕

　　對王世貞而言，既爲甫氏作序，便應指出其詩文的價值；但他又不願違
心地誇讚這種與復古派詩歌理想相悖的風格趣尚。於是他只好儘量避免對作
品的正面評論，轉而從作者入手，表達自己的文學主張。《皇甫百泉三州集序》
中的這段話，便是從「詩窮而後工」這一命題入手，言皇甫汸雖屢遭貶謫，
但卻無怨誹之語，其詩「取工於窮」而非「用工於窮」，正合乎古風人之旨。
而序文中本應著力介紹的作者的創作思想與成就，元美卻只用了一句話便匆
匆帶過，即「先生庀材於江左，得格於大曆」。至於其格調具體得自哪一家、
成就又如何，就需要作者自己去判斷了。同樣，在萬曆年間所作的《皇甫百
泉慶曆詩集序》中，王世貞也採取了這種避重就輕的寫作方法：

　　（先生）所爲體五七言古近不一，而皆不墮於開元、大曆之後
塵。……余嘗謂古之刻精於言者……往往不盡其本壽，……以先生
視之，獨不然。當先生之伯仲季氏四起而以文章名東南，其前逝者
且三十年，近亦十餘年，而先生獨歸然若魯靈光，則其精神固專萃
未涯也。〔註94〕

　　「慶曆」取自隆慶、萬曆兩朝年號，其時皇甫汸已六十餘歲，在古人中
不可謂不老壽。故王世貞選擇從這一點切入，讚揚甫氏才思宏富，賦詩作文
不僅不會使心神勞損，反而身體強健、精神矍鑠。對其作品，則同樣一筆帶
過：「所爲體五七言古近不一，而皆不墮於開元、大曆之後塵。」並不直接言
明其風格到底如何，而只說其「不墮於開元大曆之後」，巧妙地保持了自己以
盛唐爲宗的復古主張。

　　王世貞在爲皇甫汸作序時這種隱晦的意見表達，是從古至今文人們常用

〔註93〕王世貞：《皇甫百泉三州集序》，《弇州四部稿》卷六十五，景印文淵閣四庫全
　　　　書，第 1280 冊。
〔註94〕王世貞：《皇甫百泉慶曆詩集序》，《弇州續稿》卷四十二，景印文淵閣四庫全
　　　　書，第 1282 冊。

的曲筆手法之一,在序、記、碑、傳等文體中往往可見。但與墓誌銘等不同
的是,爲人作序,序文中表述的觀點、態度,集之原作者是能夠看到的。因
而這種半迴避式的寫法,多少也就帶上了一些規勸的意味。身爲復古派領袖、
文崇秦漢、詩尙盛唐的王世貞顯然希望皇甫汸能夠放棄固有的思想,眞正做
到「得格於大曆」、「不墮開元、大曆之後塵」,但後者卻並未如他所期望的那
樣改弦更張。皇甫汸不但詩學錢劉、文宗六朝,還時時「爲六朝人張價」,表
現出了與他截然不同的觀念主張。應該說,在試圖籠絡甫氏加入復古陣營這
一點上,王世貞是失敗了的。

但這並不意味著復古思想沒能佔領吳中文壇。事實上,雖然皇甫氏和其
他一些文學家族(如長洲文氏、吳縣袁氏等)還在努力保持著吳地固有的文
學傳統,但挾後七子浩大聲勢回歸的王世貞依然展現出了強大的影響力,本
土文士諸如張獻翼、黃姬水等的歸附,使復古思潮的流行甚至一度壓過了地
域傳統,錢謙益所云「子安少折於李、何,子循長壓於王、李,文章之道,
不惟以時代上下,抑亦以聲勢盛衰」正可證明這一點。不過此處的「聲勢盛
衰」,筆者認爲更應理解成與地域觀念相碰撞時、主流文學思潮的勝利,而非
錢謙益有意無意暗示的王世貞、李攀龍的以聲望打壓他人。

第三節 「文壇盟主」與「風雅領袖」──王世貞與 王穉登

以上兩節對吳中各次級區域及本土家族與王世貞所持復古主張之間的互
動進行了探討,而除此之外,在地域文學的研究中,筆者認爲還有一點值得
注意,即文士在地域文壇上的身份問題。換言之,一位文士在某地文化圈子
中是以何種面目存在的,會在很大程度上對其文學主張發生影響。本節即以
王世貞與王穉登爲例,對此進行探析。

一、名士生活與世俗經驗──王穉登心態思想論析

錢謙益《列朝詩集小傳》「王校書穉登」條云:

> 穉登字伯穀,先世江陰人,移居吳門。十歲爲詩,長而駿發,
> 雕香刻翠,名滿吳會間。嘉靖甲子(四十三年),北遊太學,汝南公
> (袁煒)方執政,閣試「瓶中紫牡丹」詩,伯穀有「色借相君袍上

紫，香分太極殿中煙」之句，汝南賞歎擊節，……引入爲記室，校書秘閣，將令以布衣領史事，不果而罷（穉登因父喪歸里丁憂）。汝南卒，無子，伯穀渡江往哭其墓。……伯穀爲人通明開美，妙於書及篆隸，好交遊，善結納，談論娓娓，移日分夜，聽者靡靡忘倦。吳門自文待詔歿後，風雅之道，未有所歸，伯穀振華啓秀，噓枯吹生，擅詞翰之席者三十餘年。……〔註95〕

　　錢謙益的描述爲我們呈現了一位文采風流的名士，卻掩去了王穉登生命中的另外一面，王穉登《答朱十六》云：「僕十二而遊青樓，三十二遂斷絕，中間二十載，雖未嘗不與此曹燕昵，釵珥縱橫，履舄錯雜，連袂接枕，迷花醉月，而此心匪石，更不可轉。」〔註96〕《廣長庵主生壙志》亦云：「平生好奇畫，喜談劍術，負氣不下，懷千古之慨，釋紛死黨，屢陷虎口不爲悔。少尤好肉，孿童季女不去左右……」〔註97〕一邊是「通明開美」的風雅領袖，一邊是「迷花醉月」的狹邪遊少，相互矛盾的兩種人格心態在王穉登身上同時存在。羅宗強先生《嘉靖末至萬曆前期文學思想的轉變》一文中指出，由於政局、思潮、社會生活情趣的變化，王百穀、屠隆、潘之恒、莫是龍等人的生活顯得更爲世俗、放縱，「放蕩不檢，遊、酒、禪、妓成了他們日常生活所追求的情趣。」〔註98〕是非常精闢的。

　　生活方式的轉變引起了文學風格的變化。在王穉登的詩文創作中，同樣具有「名士風流」與世俗放縱並存的特徵。《王百穀集十九種》中載有《梅花什》、《明月篇》二集，前者之序云：

　　　　梅生江南最繁，其在太湖之湄、玄墓之麓，連岡彌谷，益又繁矣。去歲冬溫，梅花早繁，今年正月三日，余與王子即其繁處觀之。……凡花有馨，梅擅其清，凡花有色，梅顯其白。吾將挹其清、攬其白，納之肺肝，貯之胸臆，發乎同心之言，播爲維芬之什，……〔註99〕

〔註95〕錢謙益：《列朝詩集小傳》丁集中「王校書穉登」，上海古籍出版社2008年版，第481～482頁。

〔註96〕王穉登：《答朱十六》，《謀野集》卷三，《王百穀集十九種》，四庫禁燬書叢刊，集部第175冊。

〔註97〕王穉登：《廣長庵主生壙志》，《王百穀集十九種》，四庫禁燬書叢刊，集部第175冊。

〔註98〕羅宗強先生：《嘉靖末至萬曆前期文學思想的轉變》，《2011年明代文學年會論文集》，第288～289頁。

〔註99〕陸承憲：《梅花什序》，載王穉登《梅花什》卷首，《王百穀集十九種》，四庫禁燬書叢刊，集部第175冊。

　　此序文為河南陸承憲所作，是年正月他邀王穉登一同至太湖賞梅，二人皆有詩作。陸氏作「元倡」十七首，百穀和「同詠」三十首。這三十首詩的品格正如陸氏序中所言「挹其清、攬其白」、「發乎同心之言，播為維芬之什」，冷香寒色、清雅絕倫，如：

　　　　石瀨入江航，孤梅秀野塘。花遲能避雨，樹短不過牆。半染翠
　　微色，全添春水香。何如玄墓麓，千樹拂湖光。(《何山下始見梅花》)

　　　　春鷗近客自多情，野老何須問姓名。斜雨斜風五更急，亂山亂
　　水一舟橫。沽來竹葉尊無綠，載得梅花人共清。卻笑杜陵囊似水，
　　無勞逆旅夢魂驚。(《山橋夜泊》)

　　　　梅引何郎興，山餘支遁名。寒泉似隴水，僧笛學羌聲。一雨花
　　林寂，無人山殿清。年年二三月，繁麗不堪行。(《支硎寺看梅聽僧
　　家吹笛》) 〔註100〕

　　作為名士，他們追求的正是「一雨花林寂，無人山殿清」的幽冷境界，而不願在二三月「繁麗不堪行」時隨俗從眾。這種孤高雅致的情趣同樣表現在《明月篇》中。《明月篇》是王穉登遊馬馱沙時詠月詩文的彙編，後又增補了一些與朱在明、葉茂長等的倡和詩，合刻成帙，其中亦多清雅之作，如：

　　　　明河淡無色，片月掛青天。擬扇初辭匣，為弓未滿弦。鵲飛臨
　　水樹，龍繞渡江船。顧影深閨婦，清輝秖自憐。(《初十夜朱十六溪
　　上對月》)

　　　　銀濤片片雪重重，秋靄絪縕傍短笻。數點寒山一輪月，青銅鏡
　　裏綠芙蓉。(《十六夜孤山看月歌十首》其一)

　　　　江流清淺半含沙，雨洗青天爛熳霞。試望嬋娟何處是，水晶宮
　　殿隔桃花。(同上其四) 〔註101〕

　　但這種孤冷絕俗的名士風度在王穉登的詩中並不占主流，更多的時候，他的作品是充溢著世俗享樂意味的，如《無題五首》：

　　　　十七梳頭綠鬢斜，生來宋玉是鄰家。短牆不礙黃鸝過，疎箔難
　　將粉蝶遮。杜牧重來看結子，劉郎前度見栽花。何人得似江州客，
　　白髮青衫聽琵琶。

　　　　遊子天涯久不歸，歸來江山故人稀。元稹下第鶯聲去，韓翃題

〔註100〕王穉登：《梅花什》，《王百穀集十九種》，四庫禁燬書叢刊，集部第175冊。
〔註101〕王穉登：《明月篇》，《王百穀集十九種》，四庫禁燬書叢刊，集部第175冊。

書柳葉飛。曲罷空令思白雪，賦成應是惜青衣。十年走馬看花地，
只似高唐夢已非。

夫容江上露淒淒，楊柳樓前月影低。燕入朱門藏不見，馬過花
巷憶還嘶。藕絲無力終愁斷，萍葉隨流不肯齊。信有銀河千萬里，
人間隔斷路東西。

玉釵中斷兩鴛鴦，繡枕平分半海棠。戲擲櫻桃奩尚在，學吹楊
柳笛還藏。紅顏夢裏將爲石，青鬢愁中易作霜。錦字消磨鴻雁絕，
門前咫尺是衡陽。

虛閣寒燈病易成，青銅一片照愁生。柳枝燕子誰爲主，人面桃
花空復情。蝴蝶長懸孤枕夢，鳳皇不上斷絃鳴。紅顏千古多淪落，
誰似文君嫁馬卿。〔註102〕

類似這樣的作品，頗有李商隱《無題》、《錦瑟》遺意，但整體風格較爲
淺俗，情色意識也稍顯濃重。《王百穀集》中還有一些贈妓詩，在這方面表現
得更爲露骨，如：

青山渾欲暮，朱戶自留春。已釋金吾禁，何辭玉漏頻。笛中梅
怨曲，燈下李佳人。誤說行雲事，襄王夢未眞。（《十四夜燈燕贈李
娥》）

燈前織錦雨吹窗，忽憶行人未渡江。織出鴛鴦才一半，待郎歸
日始成雙。（《織錦辭寄侍兒》）〔註103〕

張揚自我個性、重視物質享受，受這種思想的影響，王穉登等人在文學
觀念上均顯露出反復古的傾向。隨性而發、明白曉暢，是他們創作主張的核
心。王穉登於嘉靖末年所作的《與唐司馬書》中即云：

不肖無似，十歲爲詩，十五攻文，才卑調下，不能與古人齊驅。
然模寫景物，闡揚性靈，雕香刻翠，於今代作者往往爲侶。〔註104〕

「闡揚性靈，雕香刻翠」，誠如羅先生所言：「王百穀、馮夢禎、屠隆、
潘之恒、莫是龍等人，都與後七子王世貞輩有交往，也都承認王世貞、李攀

〔註102〕王穉登：《無題》五首，《晉陵集》卷下，《王百穀集十九種》，四庫禁燬書叢
　　　　刊，集部第175冊。

〔註103〕分別引自王穉登《燕市集》卷下、《客越志》卷下，《王百穀集十九種》，四庫
　　　　禁燬書叢刊，集部第175冊。

〔註104〕王穉登：《與唐司馬書》，《晉陵集》卷下，《王百穀集十九種》，四庫禁燬書叢
　　　　刊，集部第175冊。

龍、汪道昆在文壇上的領袖地位。但是，他們的審美情趣，他們的文學思想傾向，卻與王世貞輩不同。」

二、王世貞與王穉登：交往與態度

王世貞與王百穀的交往最早可追溯至嘉靖四十二年，是年元美離薋園建成，廣邀吳中文士題詩作記，百穀亦在其中。然而此時二人尚未見過面，僅是文字之交。《弇州四部稿》中載有三封寫給王穉登的書信，其一云：

> 近從伯龍所目足下諸篇，意竊豔慕之。……僕自束髮知弄觚翰，已厭射時調，二三友朋，左提右挈，並驅中原。旋邁家難，踤伏草土，……何圖淳父之外，復有足下，才出一語，便足連城。……乃聞垂有京輦之遊，雄飛雌伏，接翼無期。勿恡浚恒，敢布私臆：大抵北士沉雄，興寄多乏；南客穠宛，氣骨少柔。損益之間，是在足下。僕且老矣，側聆大呂、懸之清廟而已。〔註105〕

據此信可知元美最初讀到王穉登的詩歌是在梁辰魚處（「近從伯龍所目足下諸篇」），並十分欣賞（「何圖淳父之外，復有足下」）。在這封信中，他勉勵百穀拋棄「時調」、將北方的沉雄氣骨與江南的穠宛情思結合起來，也即希望他能夠走上南北融合的復古道路。但王穉登對復古似乎並沒有太大的興趣，從二人後來的信件中可以看出，他雖然對王世貞十分恭敬，卻很少主動談及與文學有關的話題，而他的創作風格也未發生多少改變。

嘉靖四十五年五月，王穉登赴越為曾經對他有知遇之恩的袁煒治喪，六月歸吳。歸後他輯旅途中所作詩文為《客越志》，王世貞為作序，其中評價百穀之詩文云：

> 百穀所為志，絕類應劭紀泰山封禪事，而時飾以晉人雅語。其所談說土風民俗，怳若漁人從桃源出；所接薦紳先生酬應，又若與延陵季子、夷門侯生遊。至於山水之韶秀令潤，曲為傳寫，則又丹青其言，栩栩然有生態。詩毋論所從法，大要取獨詣婉盡、人巧陋絕。其於山川土風，又若金石其色而傳之響。……〔註106〕

所謂「詩毋論所從法，大要取獨詣婉盡、人巧陋絕」，言下之意也即是說

〔註105〕王世貞：《答王百穀書》，《弇州四部稿》卷一百二十七，景印文淵閣四庫全書，第1281冊。

〔註106〕王世貞：《客越志序》，《弇州四部稿》卷六十五，《皇甫司勳集》卷四十一，景印文淵閣四庫全書，第1280冊。

王穉登並不重視法度、格調一類的東西，他更關注情思的充分表達（獨詣婉盡）與景物的生動摹寫（人巧階絕）。可見王世貞此時已明確地認識到王穉登文學觀念與自己的差異，並且放棄了拉攏其加入復古陣營的想法。

王世貞與王穉登文學思想上的短暫溝通，便以這種彼此尊重卻不相關涉的結果告終了。雖然他們還保持著在其他方面的來往，然而表面的融洽和樂之下，依舊隱藏著很多齟齬矛盾與不協調的感受。在寫給俞允文的一封信中，王世貞提到過這樣一件事：

> 昨復見王百穀嘖嘖歎賞舒生《進士箴》，決以爲唐文皇眞蹟。僕謂文皇集無《進士箴》，其用筆誠精熟，然多肉而少骨，後人熟《蘭亭》、《聖教》者亦辨之，不必高品。且文皇自爲箴賜進士，而以貞觀收藏小印鈐縫，甚無謂也。余言出，二子意惘然不樂，然聲價亦頓減矣。〔註107〕

文中提到的「《進士箴》」是一件書法作品，王穉登與其擁有者舒氏判定它應是唐太宗眞蹟，但王世貞見到之後，卻持不同意見，認爲並非文皇作品。此言一出，在場的百穀、舒生二人便「意惘然不樂」。明成化、弘治以後，收藏、鑒賞的風氣在吳中地區甚爲流行。一件藝術品或許原本價值並不高，但經著名鑒賞家品評認定之後，往往身價倍增。此處的《進士箴》若眞是文皇所作，價格必然飛漲，百穀二人或有藉此獲益的想法。但元美的一句話卻將其直接戳破，使其「聲價頓減」。這不僅是利益上的貶損，更是對王穉登評鑒眼光的一種否定。在與吳中文士交往時，儘管王世貞屢屢將自己稱爲一介隱居鄉野的「罪人」，但事實上雙方身份地位差距帶來的壓抑感始終存在。例如對這一事件的敘述，便鮮明地透露出他骨子裏對這些布衣詩人的不屑感與輕視態度。

而王穉登作爲當時名士，雖與不少官宦仕者都保持著往來聯繫，但誠如毛文煒在《青雀集序》中所言：「其把臂而接歡殷勤者，固天子之三公九卿及貴近之士大夫耳，徒與百穀相勞問，曾無一人考諸故實而推轂引重，竟使之寄情青雀而宣鬱滯於洪河大江之濱，悲夫！悲夫！」〔註108〕官宦們可以欣賞百穀、可以與之遊宴談諧，卻不會眞正將其放在與自己平等的位置上薦舉推

〔註107〕王世貞：《與俞仲蔚》其十，《弇州四部稿》卷一百二十七，景印文淵閣四庫全書，第 1281 冊。

〔註108〕毛文煒：《青雀集序》，載王穉登《青雀集》卷首，《王百穀集十九種》，四庫禁燬書叢刊，集部第 175 冊。

穀。王穉登心中對此當然更爲清楚，但他有自己的氣節，他會苦悶、會感傷，卻不會拋棄尊嚴四處求乞干謁。對王世貞亦如此，他不會因其仕宦身份或文壇盟主的地位就變得積極主動，而是始終保持著一種相對獨立的姿態，可以歸附，卻不會依附。

這也就使王世貞與王百穀的關係自始至終都處在一種比較疏離的狀況中。在隆、萬年間寄與元美的一封信中，王穉登曾提到這樣一件事：

> 淮南逢周君，得承王先生休□，鄉人客都下還者攜僕兩人，謂僕持之急，又或從貴人坐上詆爲吳中盜魁。此僅足資軒渠，而周君意極快快，可謂不知僕者。灌將軍使氣凌人，欲罵則罵，何至作含沙射工哉？平生良惡背憎，何故躬自蹈之？僕縱化爲異類，亦須爲猿鶴，弗爲蟲沙也。〔註109〕

連偶而的流言都需極力辯白至此，可見兩人間關係的疏遠。

三、文化身份與文學思想

但不論王世貞與王百穀間的關係如何，他們在吳中文壇上同樣具有極爲重要的意義卻是不爭的事實。那麼，一個是「文壇盟主」，一個是「風雅領袖」，爲何觀念、思想截然不同的兩人，卻均能在吳中文壇上佔有重要地位？王世貞提倡的復古主張對王穉登而言，又到底意味著什麼呢？

王穉登原本是常州府晉陵人，他最初的文學活動也主要是在這裡展開的，晉陵文士如吳履謙、陳崇慶等與他皆有交遊。嘉靖四十年，二十六歲的王穉登爲先母求誌銘，至晉陵訪薛應旂、唐鶴徵等名士，之後回到吳中，通過山人童珮之介得以拜訪長洲顧元慶〔註110〕。顧氏字大有，爲當時吳中名家，其大石山房刊刻書籍甚多，王穉登記載此行的詩文集《雨航紀》即在這一年由他刊刻出版。在顧元慶處，王穉登還結識了黃姬水之內弟顧學尼，後來百穀《金昌集》刻行，其序即黃姬水所作。正是通過與顧元慶和黃姬水的交往，嘉靖末年王穉登才得以正式進入吳中文人圈的核心。在顧、黃二人的紹介下，他結識了文嘉、梁辰魚、張獻翼等人，並逐漸參與到他們的各種活動中去；而嘉靖四十三年在京城時所受到的袁煒的賞識與重用則使他聲名更盛。至隆

〔註109〕王穉登：《與王元美書》，《青雀集》卷下，《王百穀集十九種》，四庫禁燬書叢刊，集部第175冊。

〔註110〕參王穉登：《雨航紀》「紀事第一」，《王百穀集十九種》，四庫禁燬書叢刊，集部第175冊。

慶、萬曆間，王稺登的名字在吳中已達到了幾乎無人不知的程度。

　　王百穀這種通過交遊、揄揚逐步進入地域文壇核心的方式，使他整體的思想觀念都與本土文化傳統息息相關，並且擁有相當穩定的接受群體。他深刻地知道自己所屬文化的特性，並且自覺地對它加以守護和保持。而王世貞則不同，官宦世家出身、且有功名在身的他本就無需借助交遊打開自己的知名度，所持的復古文學主張更令他不願將自己與黃姬水、張獻翼等吳中本土文士放在同等地位。他所做的，實際上是以一種外來的思想觀念強橫地插入本地文壇，試圖以此取代其地原有的詩文風氣。他在書信中對黃姬水、彭年、張獻翼、王稺登等人拋棄輕靡、共同復古的規勸與拉攏都鮮明地體現出了這一點。對地域文壇來說，這種外來思想理念的衝擊力是相當大的，尤其復古還是當時的主流思潮、帶來它的人又是當時的詩壇領袖。所以裹挾後七子之勢回歸的王世貞很容易就在吳中詩壇上獲得了舉足輕重的地位。但這種方式的缺點在於，它缺少堅實的群眾基礎。就連核心團體的成員們都需要逐漸消化影響，更遑論其他外圍士人。因而元美帶回的復古主張雖然的確聲勢浩大，但它在吳中的傳播卻是有一定限制性的，它主要在上層文化精英們之間流行；而王百穀的觀念主張由於其根植本土的特性，卻能夠輕易地覆蓋從上到下的整個文化層。

　　換言之，王世貞與王稺登，在吳中文壇上實際是兩個代表了不同文化階層的個體。那麼復古思想對王稺登來說，到底意味著什麼呢？

　　學界一般認為，王稺登對復古文學主張是持反對態度的。其《與方子服論詩書》針對方氏身為吳人卻「於鄉國辭人及當代闡奇發藻之士舉莫當意，而獨於關西李氏之作咨嗟擊節、命為絕倡」的行為而發，言「僕以為李君之詩功崇而業淺」。他肯定李夢陽拯衰救弊的復古功績，卻「惜其調高而意直、才大而情疏、體正而律庸、力有餘而巧不足也。何則？矯枉太過，和平不及，摹倣刻深，陶鎔未暇」，一針見血地指出李夢陽詩的弱點，並直言自己崇尚的對象是徐禎卿，認為「李資弘亮，徐學精深；長才絕力，則徐不逮李；清聲古色，則李不逮徐。……武皇草昧之頃，難少李君；今日全盛之時，當多徐子」〔註111〕。《晉陵集》刻於嘉靖四十三年，其中所收大抵為王稺登嘉靖四十年前後的作品，《與方子服論詩書》收錄於此集，說明乃是他二十五、六歲時

〔註111〕王稺登：《與方子服論詩書》，《晉陵集》卷下，《王百穀集十九種》，四庫禁燬書叢刊，集部第 175 冊。

所作。彼時年輕的百穀已移居吳門，少年意氣使他站在吳中立場上捍衛鄉邦文學尊嚴時表現得十分激進。但事實上即使如此，在此信末尾，他也仍然肯定了詩歌創作應師尚典刑的意義。他言：「足下賤家丘之易而效邯鄲之步，舍熊掌之珍而甘嗜魚之癖，不已謬乎？雖然，匠不爲拙工而廢繩墨，羿不爲拙射而變彀率，三百篇者，詩之繩墨彀率也。今之作者即不能爲三百篇，然古詩必準於建安、黃初，律詩必期於開元、天寶，《詩》云：『尙有典刑。』此之謂也。」可見對於前七子的詩學主張，王穉登並不是完全棄絕。要判斷他是否反對復古，關鍵還是在對「復古」的定義上。如果將此「復古」定義爲模擬剿襲，那麼百穀對其持反對態度毋庸置疑；但若理解爲學習古代的優秀詩歌典範，他則是認同的。

　　中年以後，隨著人生閱歷的進一步增加，王穉登文學思想的內涵與包容度也在不斷加深。此時在創作主張上，他更多地保持著一種淵默自持的態度，而不再像年輕時那樣觀點鮮明、立場激進。在僅有的幾篇詩文集序中，他多是從才華、學識入手，高度揄揚作者，對其作品則甚少評價。而在爲己所作的《廣長庵主生壙志》中，他著重敘述的也是自己的生平、爲人、「在清濁之間」的行藏與高標孤舉的性格，對於詩文主張曾無一語涉及。這與他一貫對自己「名士」而非「詩人」的定位是相一致的。

　　事實上，作爲一位布衣文人，復古對王穉登而言，不過是眾多可供選擇的文學風格之一罷了，並不具有王世貞、皇甫汸等仕宦者所關注的政治、社會含義。詩歌於他更多地是一種技藝，是他藉以構建自我才子、名士形象的手段之一。在《聽查八十彈琵琶》一詩中，他言「古來能事惟貴精，一藝可以垂芳名」〔註112〕，《與唐司馬書》所云「模寫景物、闡揚性靈、雕香刻翠，於今代作者，往往爲侶」，評李夢陽「巧不足」等，都反映了他細加雕琢、力求精巧的詩歌「技藝」觀。故而可以說，王穉登對復古並不贊同，但卻也談不上多麼反對，因爲這本就不是作爲「風雅」領袖的他所關注的重點。這也是爲何復古思想對吳中文化上層影響較深、市民文化層面則沾染甚少的原因所在。

　　由王世貞與王穉登的比較可知，雖然同處某一地域，但士人因各自身份地位與文化介入方式的差異，對其地文壇產生的意義也不會相同。筆者認爲，這也是在研究地域文學與主流思想互動問題時頗值得關注的一點。

〔註112〕王穉登：《聽查八十彈琵琶》，《金昌集》卷一，《王百穀集十九種》，四庫禁燬書叢刊，集部第 175 冊。

第四章　吳中文化傳統與隆慶、萬曆間
王世貞文學觀的轉變

第一節　吳中文化的二次浸染與王世貞文學思想的轉變

　　綜合上兩章的論述可知，在因父難歸鄉後，王世貞依舊堅持著自己原有的詩文復古觀念，努力拉攏同道，希望改變他心目中吳中詩風浮泛靡弱的現狀。但與此同時，吳中文學傳統也對他產生了相當大的影響：心態的轉變使王世貞的詩歌創作目的逐漸由外顯走向內顧，不斷調整作品風格以融入其地士人群體的同時，他也開始以一種新的目光看待之前不屑一顧的吳中詩文，發現了很多以往未曾留意過的復古問題，並試圖在本土文化中尋找解決方案。主流觀念與吳中傳統的碰撞交融使王世貞的文學思想發生了深刻的變化，觀念體系進一步補完的同時，也使得主流詩壇、地方詩壇這兩條原本相對獨立的軌跡逐漸貼近並交織在了一起。

一、王忬之死與王世貞的心態轉變

　　事實上，早在嘉靖三十六年，王世貞對時局就已產生了一種不測之感。是年他由刑部郎官出爲青州兵備副使，此前曾屢有吏部官員推舉其任督學副使，但皆因嚴嵩作梗而不果。這年三月，俺答兵數萬入犯永平、遷安等地，明軍不敵，時任薊遼總督的王忬因而被降兵部右侍郎兼右僉都御史。元美聞之，「憤懣抑塞」。「用違其材」的傷感和對時局的憂慮，使他此時感到了一種

隱隱的不安，在與俞允文的一封信中，他說道：

> 昨者上計吏還，言朝堂內外盡爲煨燼，寇跡所至，河流欲腥。家君僇力矢石，橫拒出塞，幕府上事，翻被鐫削，……東則青兗大俠亡命，骨節盡痒。生非其辰，默與變遘，……外則念玉石俱焚之菑，內則顧巢卵併及之變，坐是竟食而三廢箸、終寢而九起嗟也。靜推陰陽消長之會，臚數史籍盛衰之跡，往往符驗，而僕最不幸，心所不喜，乃復得之：

> 明興，裁抑門第，寒素雜陳，而僕家乃六卿二人，監司守令，紆朱綰青，又不下數人，此一徵也；幼藉尊君之庇，不耕而粢，不蠶而帛，出無步趨，日享再肉，此二徵也；束髮被薦，踰冠登朝，隸司寇者九載而不被一謫，今又猥賜金紫矣，此三徵也；心所欲語，口輒能導，意所欲筆，手輒能副，譽不及閭里，而或鼓舞遐徼，此四徵也。雖使足下爲僕解之，何以解也？……〔註1〕

　　雖然無法清楚地探知這股不安究竟來自何處，但那種山雨欲來的壓抑卻始終縈繞在他的心頭。事實證明，王世貞的預感是準確的。嘉靖三十八年二月，俺答復侵，「把都兒、辛愛數部屯會州，挾朵顏爲嚮導，將西入，聲言東。忬遽引兵東，寇乃以其間由潘家口入，渡灤河而西，大掠遵化、遷安、薊州、玉田，駐內地五日，京師大震。御史王漸、方輅遂劾忬、（總兵官）安及巡撫王輪罪。帝大怒，斥安，貶輪於外，切責忬，令停俸自效。至五月，輅復劾忬失策者三、可罪者四，遂命逮忬及中軍游擊張倫下詔獄。刑部論忬戍邊，帝手批曰：『諸將皆斬，主軍令者顧得附輕典耶？』改論斬。」〔註2〕事聞，王世貞立刻棄官赴京，謀救父親，他的母親和弟弟王世懋之前得到消息，也已先至京城。元美與弟欲上書請以身代，被繫於獄中的王忬所止，曰：「上怒方熾，是沃之膏也，毋速我死！」元美兄弟無法，只能「相與楚服奔走搏顙諸政地，塗炭委頓。以間橐饘，或入而視疾，強顏以進，含辛而出」，甚至不得不「日蒲伏嵩門，涕泣求貸，……囚服踞道旁，遮諸貴人輿，搏顙乞救」〔註3〕。嚴嵩表面上軟語寬慰二人，私下卻唆使黨羽持王忬之獄，不爲解。嘉靖

〔註1〕 王世貞：《與俞仲蔚》其六，《弇州四部稿》卷一百二十七，景印文淵閣四庫全書，第 1281 冊。

〔註2〕 〔清〕張廷玉等撰：《明史》卷二百四《王忬傳》，中華書局 2003 年版。

〔註3〕 參王世貞：《亡弟中順大夫太常寺少卿敬美行狀》，《弇州續稿》卷一百四十，景印文淵閣四庫全書，第 1284 冊，及《明史·王世貞傳》。

三十九年十月，王忬被殺於市，元美兄弟扶櫬南還，悲痛欲絕。十一月底，元美抵家，巨大的痛苦與自責使他此時已形同槁木、幾乎不欲求生。〔註4〕現實的冰冷殘酷，徹底打碎了他之前抱有的政治理想。

關於王忬之死與嚴嵩的關係，史學界已有諸多論述，無須本文贅言。不可否認的是，無論王忬是否在軍事部署上有所失誤，他的被殺，嚴氏都難辭其咎。嚴嵩到底是不是因爲王世貞殯葬楊繼盛、公開與之作對才要置王忬於死地，今日也已無從查考。筆者認爲，雖然元美此舉極大地激怒了嚴嵩，但王忬與徐階的關係、朝中徐、嚴兩派的爭鬥或許佔據了更爲主要的因素。然而無論時人或後人如何評說，在當事人王世貞看來，終究是自己的年少輕狂、過於囂張導致了父親的死於非命。在他後來的人生中，這一事件造成的心理陰影，即使是在隆慶元年父冤昭雪之後也未能完全消除。在此事發生之初、之中、之後，王世貞曾經不止一次痛徹心扉地說過，既是自己種下的禍因，那就應該報在自己的身上，爲什麼要連累自己的父親！痛悔也罷，悲傷也罷，其實哪一個壓力都不如自責來得沉重。從這一點上說，王世貞所經歷的打擊和心理折磨，是明中期乃至整個明朝文學史中最爲沉痛者之一。

也正因此，經過這一事件，王世貞的心理狀態和人生價值觀都發生了極大的轉變。建功立業、成爲古名賢大臣、致君堯舜的理想幾乎完全破滅，父親的死用血淋淋的事實告訴他，在這樣一個時代環境中，實現這種理想的可能性是多麼微乎其微。巨大的悲痛之後，是志氣的消沉與理想的退守：

> 衡門啓初旦，冉冉歲行益。節序人自歡，焉焉同余寂。塊然守一室，惆悵將至夕。天地雖更始，人生無終極。念欲盼樂端，憂懷紛如積。來者日以新，誰能返疇昔？余生愉在野，披覿中有獲。託素毫翰林，千秋垂金石。逢掖足禦寒，豈必盡狐白，興言實起予，偕子矚山澤。（《和仲蔚元日詩》）

> 落日饒遠態，群象來趣人。酌此澗下泉，爽焉各懷新。暗壑穿文流，白石何磷磷。豈不念遠達？行當委時塵。洗耳臥空山，抗志薄青旻。俯仰千古士，思與巢許鄰。（《遊惠山酌泉次唐人韻》其二）

〔註5〕

〔註4〕參鄭利華：《王世貞年譜》嘉靖三十九年條，復旦大學出版社 1993 年版，第132～138 頁。

〔註5〕王世貞：《弇州四部稿》卷十一，景印文淵閣四庫全書，第 1279 冊。

　　元旦爲一年之始，帶給人的感覺本應是萬象更新的歡騰，而此時的王世貞，卻「塊然守一室，惆悵將至夕」，剛欲強作歡顏，憂傷便紛至沓來。雖然還有翰墨可垂千古，但餘生卻只願在野與巢許爲鄰了。這種蕭瑟低沉的情緒，與他之前的高遠志向相比何啻天壤：

> 淮海驚鱗踊，江介衡波流，會稽棲組練，橋李集星斿。鵲興晉陽甲，蜎起牂牁讐。閩嶺無完土，燕秦鮮宿餞。……結髮辭家食，舉宗被恩休，陳列郎署間，剖符東海陬。揣分雖不任，匪職難爲謀，……請用微薄躬，上爲君父酬。七尺終歸盡，寸心誰與投？進虞處堂燕，退愧營巢鳩。投分報公父，裁書謝阿游。方駕騁天衢，執鞭如可求，毋使跼足鳴，重貽伯樂羞。（《諸方警報叢至，用成孤憤，投寄翁、朱二公》）〔註6〕

　　此詩乃元美在青州時所作，眼看東南沿海、晉冀福建等地皆有戰亂，雖然並非自己管轄範圍，但因「結髮辭家食，舉宗被恩沐」，還是一心想要「請用微薄躬，上爲君父酬」，盡自身之力，謀天下太平。這種百死不悔的情懷，與杜甫的「致君堯舜上，再使風俗淳」何其相似，可惜在經歷了家難之後，這種襟抱即使還在，也早已沒了當初的豪情壯氣。

　　相比志氣的消沉，理想的退守則表現得更爲明顯：

> 藍田老翁解種璧，南海太守仍煮石，爭似儂家籬落邊，長貧不乏黃金錢。儂今亦號天隨子，手摘此花和露餌，湘江乍可薦靈均，甘谷何煩遺伯始？爲儂朗誦餐英辭，清波溢齒天風吹。胸中秋色三萬斛，底事商山尋紫芝？（《題餐英卷贈金陵趙生》）

> ……緬懷康莊士，聲勢迫驅逐，紅塵沾襜襦，白汗脂炙轂。所得仲孰多？百年亦良促。寄言斧斤者，吾甘不才木。（《夏日村居有述》）〔註7〕

　　「天隨子」即陸龜蒙，翻開明中後期吳中文士的詩文集，會發現其中很多人都十分崇慕此人。作爲在蘇州歸隱終老的唐代名士，他已成爲了吳地詩人心目中優游隱士的最好象徵。家難之前，王世貞從未將自己比作天隨子，彼時他一心成爲賢臣大夫名垂後世，怎麼會對這種隱士看得上眼？而歸鄉之

〔註6〕王世貞：《弇州四部稿》卷十五，景印文淵閣四庫全書，第1279冊。

〔註7〕分別引自王世貞：《弇州四部稿》卷十九、十五，景印文淵閣四庫全書，第1279冊。

後，他居然「儂今亦號天隨子」。從「上爲君父酬」到「吾甘不才木」，可見此時王世貞的心態，已經由外擴式的進取退爲了帶有避禍心態的自守。

二、「求適」思想的產生與吳中文化的二次浸染

在這種退守心態的影響下，求自愉、自適的觀念在王世貞的思想意識中開始佔有愈來愈大的比重。這一方面來源於其自身，巨大的壓力使他希望能用及時行樂從令人窒息的痛苦自責中暫時脫離出來：

> 放舟信所適，愛此湖中春，春風剪澄暉，流光如盼人。……寓目了無涉，適己中自親。顧彼微陰移，慨然眷芳晨。（《將遊漆塘山汎五里湖作》）

> 牀頭莫問明日米，盤中且辦今夜肉，我笑曹丘非長者，君言王湛眞癡叔，丈夫有錢不解使，老向兒曹作駒犢。（《醉題曹子念壁》）

> 松濤驟鼓豆香發，碧甌錯落眞珠圓。江瑤含醉垂紫纈，鱘鼻吐腴如玉船。人生醉飽差快意，餘者碌碌俱可憐。（《再過曹甥子念飲暢作》）〔註8〕

另一方面則來自於吳中文化對他產生的二次影響。上文曾經提到，在與張獻翼、王穉登等本土文士交往互動的過程中，王世貞接觸到了吳地奢靡縱誕的社會風氣。由於心態的轉變，他雖然心底依舊看不起這種生活方式，卻也不可避免地有所沾染。吳景旭《歷代詩話》曾記載，隆慶年間何良俊過蘇州，隨身攜名妓王賽玉之繡鞋，席間出之以爲酒器，元美當時亦在場，不僅絲毫不爲忤，反而欣然賦詩贈之。〔註9〕事實上，父難服除之後，王世貞時常會組織詩酒文會、邀吳中諸名士來遊自家園池。如離薋園，元美「問寢之暇，輒攜吾仲氏徙倚其間，三四友生參之，濁酒一壺，束書數卷，佐以脯炙，間以諧謔，不自知其晷之易昃也。」其實當時來遊王氏園亭的士人絕不止「三四友生」，元美《離薋園記》云：

> 夫余方柱下、漆園之是師，而敢有所藉於屈氏哉？第諸名大夫士人不以余鄙而時過從，又不以茲園鄙而辱之詩歌，若李于鱗、徐子與、彭孔嘉、皇甫子循輩，爲人者三十而贏，爲古近體者四十而奇，凡兩卷皆滿；錢叔寶、尤子求各爲之圖，而王祿之、周公瑕又

〔註8〕王世貞：《弇州四部稿》卷十一、十九，景印文淵閣四庫全書，第 1279 冊。
〔註9〕參吳景旭《歷代詩話》卷七十「鞋杯」條，景印文淵閣四庫全書，第 1483 冊。

　　各以小篆題額。噫嘻！爲茲園者亦幸矣。〔註10〕

　　除李攀龍、徐中行外，其餘諸人皆爲吳中文士。飲酒遊宴、賞花觀景，
幾無虛日。慵舒自適的氣息，彌漫在離薋園之中，對王世貞產生著潛移默化
的影響。故此時元美的「自適」思想，與吳中文化傳統中縱慾享樂的風氣往
往存有密不可分的聯繫。以《與徐汝南過許給事飲作》一詩爲例，在題目中，
除了敘述詩歌創作的緣由，王氏還特意加上了「許素精事饌，是夕特窮水陸，
暢飲至醉」一語，以紀念這次口腹與精神俱得到極大滿足的宴會，詩云：

　　　　今夕何夕興不孤，錦堂燭煖紅珊瑚。尊中若下誰可擬，眼底高
　　陽何處無。主人自爲孺子榻，下客叨入郇公廚。當門鳥語樹將白，
　　猶自狂吟傾玉壺。〔註11〕

　　許氏家中的水陸珍膾不知究竟精美到何種程度，但由夜中一直暢飲至「當
門鳥語樹將白」，足見王、徐等人的放縱程度。又如《避痾山池，月夜群從中
有攜酒至者，即事作》：

　　　　茲辰負末痾，適與余懶會。客來或不冠，客亦恕余意。圓月從
　　東起，神飆能徐至。尊酒與盤飧，阿平誠知事。語笑豈必佳，往往得
　　眞際。時復鄰笛聲，乘風破遙裔。去者勿復辭，陶公陶然醉。〔註12〕

　　無論「水陸羅八珍」的精饌細膾，還是「客來或不冠，客亦恕余意」的
隨意燕飲，其縱放自適的氛圍都是一致的。「語笑豈必佳，往往得眞際」，當
杯盤狼藉、薰然欲醉之時，彼此的談笑辯論未必有多麼精闢深入，但卻往往
能釋放出自己最眞實的情緒。十里紅妝，酒旗飄揚，身陷其中，有幾人能夠
始終端謹莊嚴、一絲不苟？在繁華富庶的吳中，人們心中那一點放縱自恣、
盡情享樂的狂歡意識，往往是最容易被放大的方面。

三、嘉靖後期王世貞創作傾向的轉變與南北融合理念的初步形成

　　一面是心理狀態的退守求適，一面是吳中文化的二次浸染，內外因的共
同作用使王世貞此時期的創作傾向不可避免地發生了轉變。在此基礎上，他

〔註10〕王世貞：《離薋園記》，《弇州續稿》卷六十，景印文淵閣四庫全書，第 1282
　　　　冊。
〔註11〕王世貞：《與徐汝南過許給事飲作》，《弇州四部稿》卷三十七，景印文淵閣四
　　　　庫全書，第 1279 冊。
〔註12〕王世貞：《避痾山池，月夜群從中有攜酒至者，即事作》，《弇州四部稿》卷十
　　　　二，景印文淵閣四庫全書，第 1279 冊。

注意到了後七子復古主張中存在的一些問題，並開始嘗試從吳中文學傳統中尋找解決的方法與路徑。辭意兼美、融合南北的思想，也就在這樣一個過程中逐漸形成了。

首先，吳中文化的二次浸染使王世貞之前文學觀念中一些被遮蔽的部分開始重新顯露出來，如對蘇軾作品的喜愛以及「俚體」的寫作。

本文第一章曾提到，王世貞少年時對蘇東坡的詩文十分喜愛，但他中第之後與李攀龍共倡復古，便有意地遮蔽了這種傾向。父難歸鄉後，吳中文化的二次影響使他重新拾起了這一愛好。前文述及，吳中崇蘇的風氣十分盛行，本土士人大多對蘇軾作品十分熟悉喜愛；浸染於這種文化氛圍中、且經歷了人生劇變的王世貞，由此對蘇軾也有了更為深入的瞭解，不再完全以時代先後對其加以衡量。因而在他這一時期的作品中，屢屢可見對蘇軾的心摹手追，如：

> 偶誦蘇公詩，龍鍾三十九。身猶一方佐，名滿天下口。伊余射策年，與公頗先後，雖忝大夫列，六載歸南畝。人間失意事，所歷無不有。……今古伯仲名，無出蘇公右，風雲壯接翼，天地老分手。躊躇瘴海間，能無歎不偶？萬事吾敢如，一得頗無負。蓼莪固永廢，棠棣幸終友。去去入吳山，相攜共白首。〔註13〕

此詩詩題極長，為《案頭蘇詩一編，偶展讀之，有云：「龍鍾三十九，勞生已強半，歲暮日斜時，還為昔人歎。」公倅餘杭日作，蓋取白樂天語興感也。此公尚為搖落語，吾輩寧無窮途之慟？因成一章，兼示舍弟。雖然，公兄弟名位穹顯、晚節各天，而吾以早廢棄故，相守田畝間，差為優耳，他固不敢較也》。意謂自己因讀蘇詩而興慨，想到蘇軾三十九歲時為一方太守，尚為搖落之語，緬想自身，更生「窮途之慟」；但幸運的是，蘇氏兄弟晚年天各一方，而自己與弟弟尚能夠「相守田畝間」，庶幾較前者為優。由此詩中「龍鍾三十九」、「六載歸南畝」等句，可知此詩當作於世貞三十九歲、也即嘉靖四十三年前後。雖然人生遭際不同，但相似的痛苦體驗卻使王世貞對蘇軾的詩歌產生了強烈的共鳴，以至於「案頭蘇詩一編，偶展讀之」。將某一本書放置居室案頭，表明主人經常會瀏覽閱讀，可見元美此時期對蘇軾詩文的重視與喜愛。又如《題王晉卿〈煙江疊嶂圖〉蘇子瞻歌後，仍用蘇韻》：

〔註13〕王世貞：《弇州四部稿》卷十五，景印文淵閣四庫全書，第 1279 冊。

> 千濤躍江千疊山，晴煙籠山山吐煙。與君拄笏聊騁望，但見一
> 氣長蒼然。……眉山學士高興發，秀句欲奪春江妍。以茲不愛玉堂
> 美，去買陽羨山中田。此圖此歌有神護，小住人間四百年。……臥
> 遊齋頭一展看，恍若身對湘巫眠。鼎湖髯掛都尉去，學士亦作芙蓉
> 城內儔。鄴陽後身薄自曉，捨我誰結三生緣？嗚呼江煙幻滅在俄頃，
> 萬古不廢王蘇篇。〔註14〕

字裏行間滿溢對蘇詩的喜愛崇慕，在結撰方式上也有意模仿、向其致敬。作為一個詩人，學習前輩作品的風格是對其最大的肯定。由避而不談到崇奉模擬，可見王世貞的創作傾向發生了多麼大的轉變。而「俚體」的寫作更鮮明地反映了他的這一變化，如：

> 梁伯龍，真龍伯，自從釣鰲忤上帝，壓之尚餘三百尺。笑語王
> 先生：長者所苦為杯棬，男兒失意則蓬累，焉能委身眉睫間。……梁
> 伯龍，勿懊惱，歸來從容問若姥：東家傛儒日苦飽，長者不呆真是寶。
> （《梁長子自泰山歸，以百三十韻詩見誇，因成俚歌奉嘲》）〔註15〕

以「俚歌」為名，且詩風如此隨意，這是王世貞此前從未有過的。又如《張伯起作懷賢行，念予與彭孔嘉病，中有「日日禮醫王」語，戲作俚句為答》：

> 今者歲閏愁黃楊，又聞處士星無光，彭翁病消走病痦，張君日
> 日延醫王。醫王耳奪世人口，世人欲殺君獨否。搦來攬鏡忽大笑，
> 髡黔荊剕無不有。朝供一菜粥一甌，束書萬卷從蠧謀。鮑家累句時
> 觸吻，肯共花鳥爭春愁？世人視我贅疣耳，於中近得希夷理，八百
> 年後君自知，斷不相從老彭死。〔註16〕

細看不難發現，此二詩一寫給梁辰魚，一寫給張鳳翼，皆是吳中文人。這說明王世貞之所以寫作這類「俚體」、「俚句」，乃是由於受到了本土詩歌的影響，他樂於通過這種方式進行心神的放鬆。雖然這並不意味著元美此時就完全放棄了之前對於格調的提倡，但至少可以表明，心態的轉變已使他擁有了一些復古之外的文學向度與追求。俚體詩歌的出現，是王世貞受到吳中文化傳統二次浸染、文學思想開始轉變的一個顯著表徵。

〔註14〕 王世貞：《弇州四部稿》卷二十一，景印文淵閣四庫全書，第 1279 冊。
〔註15〕 王世貞：《弇州四部稿》卷二十，景印文淵閣四庫全書，第 1279 冊。
〔註16〕 王世貞：《弇州四部稿》卷二十，景印文淵閣四庫全書，第 1279 冊。

其次，對吳中傳統清暢風格的接受與學習，使王世貞注意到了後七子復古中粗疏刻板的流弊，並試圖通過情思韻致的細化與模擬路徑的擴展對其加以改變。

嘉靖前期王世貞的詩歌創作在體格風調上，往往以雄渾豪宕爲追求，這主要源於其所參加的復古活動，前文已經述及。元美這一時期的詩作，應該說是他一生中成就最高的。雖然剽襲模擬和狂言叫囂的弊病時時出現，但其飛揚蹈厲的氣勢卻是那些無病呻吟的詩歌無論如何也比不上的。不過，也需要承認，過於單一的雄渾風格，有時也令人厭倦。即便是李攀龍的詩，王世貞後來也不得不承認「三首而外，不耐雷同」〔註17〕，何況他人。甚至元美其時的創作也頗有此弊。但他歸吳後，這一弊病卻變得不再那樣顯。由於吳中文化環境的浸染以及與其地士人的交往，在之前較爲單一的雄渾高壯風格中，清脫閒適的因子逐漸被作者引入。如《今年三月朔舍弟山池紅梅未謝、玉蘭盛開，乘興有作》一詩：

> 堂北玉蘭開太早，堂西紅梅落故遲。露盤乍映金狄掌，如意未擊珊瑚枝。流霞廻雪態爭出，月墮風清愁自知。爲報江妃長倚醉，阿環相見莫相疑。（45年作）〔註18〕

從起句的隨意、頸聯的柔婉到尾聯的清曠，全詩處處流蕩著一股自由散逸的氣息，這在元美此前的創作中是很少見的。

王世貞嘉靖後期創作傾向上的這種變化，與其歸吳關係甚大。一方面，由於吳中風物成爲主要的吟詠對象，柔媚清嘉的吳歌風調也隨之融入詩中，成爲詩歌意境營造中不可或缺的一部分。如《橫塘春汎得餘字》：

> 杏臉猶含柳眼初，春江爲帶月爲梳。青油蕩水絲難挽，白苧和煙調未舒。妾住橫塘那用問，君收隔垞欲何如。越來東去無多路，飄瞥風波恨有餘。〔註19〕

這是嘉靖四十三年王世貞與周天球、袁尊尼、張鳳翼等同遊虎丘、靈巖一帶時所作詩歌中的一首。吳中風物本就柔媚清嘉，春江澄澈、新柳鵝黃，描寫這樣的景色，自然要求詩人的筆觸盡可能清麗宛轉，於是便有了這樣一首頗有六朝風調的作品。可見吟詠對象本身的地方性特質對詩人的創作具有

〔註17〕王世貞：《藝苑卮言》卷七，陸潔棟、周明初批註《歷代詩話叢書》本，鳳凰出版社2009年版，第114頁。
〔註18〕王世貞：《弇州四部稿》卷三十八，景印文淵閣四庫全書，第1279冊。
〔註19〕王世貞：《弇州四部稿》卷三十七，景印文淵閣四庫全書，第1279冊。

一定的影響。另一方面，與吳中文士唱和的需要，也是王世貞詩歌傾向發生變化的原因之一。以《春日同彭孔嘉、黃淳父、周公瑕、章道華、劉子威、袁魯望、魏季朗、舍弟 過張伯起、幼于園亭，探韻得梅字》及《虎山橋同魯望、公瑕、子求、道振、子念、舍弟作，得然字》二詩爲例：

> 吳門忻接二難才，況復筵從七子開。句裏池塘今夜草，笛中春雪故園梅。輕陰作潤花偏發，薄暝將寒酒自催。別徑難忘仍易識，野人芒屩頗能來。

> 橋坐天空自爽然，青山面面吐青煙。千花映水霞爭發，雙崦分流月對懸。踞石醉呼光福酒，隔林歌起太湖船。不須指點論王氣，麋鹿蘇臺更可憐。〔註20〕

可知在與吳中文士詩酒倡和時，王世貞往往有意識地將詩歌的用詞、聲調等加以柔化，形成清麗卻不失古雅的風格。

伴隨著這種創作傾向的變化，對以往的復古主張，王世貞也逐漸產生了一些反思。在與吳國倫的一封信中，他說道：

> 《卮言》旁及非類，大要有調停意，然亦有見於大夏（廈）之拉攞，不如椽室完整。足下試觀退心菩薩，寧能勝獨覺小乘哉？〔註21〕

東倒西歪的大廈，還不如結構完整的小屋；小乘若能頓悟，退心菩薩也未必勝過。元美言下之意，與其看那些剽擬割裂、矯揉造作的復古詩，他倒寧可要自然清脫、自成一體的吳中詩歌；在《藝苑卮言》中提及與後七子異趣的作者，也正是存了要彼此調停、取長補短的意思。在稍後的另一封信中，他又云：

> 于鱗集完刻呈覽，足下試繹之。此君雖以文筆尚在人雌黃間，其瀾伏起束，各有深意巨力，未易言也。……其稍有可商者，必欲以古語傳時事，不盡合化工之妙耳。然亦未易言也。〔註22〕

雖言李攀龍之文「瀾伏起束，各有深意巨力」，但也指出其「必欲以古語傳時事」造成的生搬硬套、太過矯揉、「不盡合化工之妙」的缺陷。爲改變這種狀況，元美認爲可以從兩方面加以調整，而這兩方面正是他歸吳之後從吳中文學傳統中抽繹出來的：其一是情感表達的細化，如：

〔註20〕 皆引自王世貞《弇州四部稿》卷三十七，景印文淵閣四庫全書，第 1279 冊。
〔註21〕 王世貞：《與吳明卿》其十三，《弇州四部稿》卷一百二十一，景印文淵閣四庫全書，第 1281 冊。
〔註22〕 王世貞：《與吳明卿》其十五，《弇州四部稿》卷一百二十一，景印文淵閣四庫全書，第 1281 冊。

　　　　自緣衰相現，敢學淨名身。室總無天女，經唯對世親。空花來
　　處失，池草幻餘新。解作門中語，君非第二人。(《臥病同舍弟於小
　　祇園棲止，承淳父以法語見訊，率爾有答》) 〔註23〕

「空花」一聯，既照應了全詩的佛教氛圍，又將自己久病惘然的細微心
緒傳達了出來，婉曲而不露痕跡。又《答仲子見問》、《問仲子歸期》二詩：

　　　　鼠跡空齋廢蓼莪，間行孤影傍湘羅。官同蟻穴功名淺，身比鮫
　　人涕淚多。未死煙霞終自若，不羈天地奈予何？十年厭聽君房語，
　　念爾今拋白玉珂。(《答仲子見問》)

　　　　蕭然襆被出詞垣，時復持螯佐酒罇。爲問淹留滄海楫，可能供
　　奉茂陵園？畏途冠蓋誰終老，清世漁樵也自尊。何限吳山秋後色，
　　好憑雙屐過閶門。(《問仲子歸期》) 〔註24〕

　　詩的主題雖然簡單，前者答弟弟世懋之問訊，後者問其歸期，但詩中流
露的感情卻極爲複雜。一聯多轉，愈轉愈深。孤獨、自傷、思念、期待、同
病相憐、強顏開解，種種情緒混雜在一起，令詩歌頗有一唱三歎之致。既吸
收了吳詩的柔婉韻調，而又不至骨格靡弱，在一定程度上消解了與七子往來
之作中的粗豪叫囂之氣。

　　其二，則是模擬路徑的擴展。

　　清暢風格的引入使王世貞此前詩作中粗豪叫囂的弊病得到了有效的糾
正，或許是意識到了這一點，在風格多元化的同時，他也開始對詩歌的模擬
路徑進行一些開拓。在原本較爲單一的追摹盛唐之外，也出現了一些對其他
時代作品的模仿，如：

　　　　今辰風日佳，言集仲容廬。是時歲功畢，場圃方告舒，新蒭嘈
　　嘈鳴，黃雞啄相趨。羅者懽得鳧，網者懽得魚，野人慕口腹，一飫
　　不願餘。顧見斜陽影，藹藹媚桑榆。群從更樂端，迭起求自踰。但
　　酌令我酣，悠然漸黃虞。奚必青衿子，矩步誦詩書，世有中聖人，
　　捨我其誰與？(《冬日集舍姪一敬所作》) 〔註25〕

　　褪去飛揚蹈厲的氣象，余下的是舒緩、平和的田園場景。這種對渾樸、
野趣的追求，與陶淵明、王績等的詩歌何其相似。雖然表面的悠然之下，所

〔註23〕王世貞：《弇州四部稿》卷二十八，景印文淵閣四庫全書，第 1279 冊。
〔註24〕皆引自王世貞《弇州四部稿》卷三十八，景印文淵閣四庫全書，第 1279 冊。
〔註25〕王世貞：《弇州四部稿》卷十一，景印文淵閣四庫全書，第 1279 冊。

掩藏的是濃重的傷感與失落，在精神本質上與二人不同，但其中的遣詞造句，卻清晰地顯示出了元美對他們詩作的學習。又如：

> 黃姑步頭天如赭，帝遣豐隆策風馬，……門前小港擬黃河，人生咫尺饒風波，安危去矣勿復道，讀君新詩爲傾倒。眞珠錯落瞑光破，老鮫無聲淚潛墮。不爲生犀照夜央，寶藏空寒警深臥。(《和徐荊州覆水歌》)

> 巨靈兩踽拓，混沌七日開，陰崖忽中敞，萬巧紛然來。廓如白玉堂，瑰柱芙蓉楣，天酒滴歷垂，石燕縱橫飛。泫泫含霧華，爍爍銜沙璣，靚深時中賞，曠朗使眾怡。仙掌瞬若招，便嬛勝柔荑，謂我爲王烈，授我赤石脂。靈境難久即，怊悵以徘徊。(《遊善權洞作》)〔註26〕

「帝遣豐隆策風馬」、「老鮫無聲淚潛墮」、「巨靈兩踽拓」之類句子，頗得李賀之奇詭；而「謂我爲王烈，授我赤石脂」，則又有魏晉遊仙詩之風。身爲復古派的領袖，王世貞雖然將盛唐、尤其是李杜作爲模擬的主要對象，但這並不意味著他對其他時代的詩人詩作就毫無瞭解。恰恰相反，他對每種風格的詩歌都有所涉獵。然而在歸吳之前，他的復古身份與奮發心態使他很難與它們產生共鳴，直到父難還鄉，這些風格樣本才眞正轉爲他筆下的心境載體，而吳中地區的文化氛圍則恰成爲了這種轉變的溫床。王世貞在這一時期還曾創作過這樣一首詩：

> 一春文事頗從容，約略鶯花不負儂。酒户消來甘下則，書家老去任偏鋒。齋時自托闍黎鉢，飯罷閒敲窣堵鐘。唯有山僧知此趣，雨前茶綠解相供。(《即事效長慶體》)〔註27〕

此詩名爲《即事效長慶體》，詩風也確實頗有元稹、白居易詩歌那種閒適、隨意的氣息。類似這樣的作品，早年在京城與李攀龍等人遊從時的王世貞是很難寫出的。這並不是說他當時才能不及，而是因爲「長慶體」處於後七子的審美理想之外。元美就算對其感興趣，也無法以一個復古領袖的身份公然拿出這樣一首詩。而吳中地區的風氣則不然。白居易、蘇軾等的詩文不但爲其地士人廣泛追慕，更是早已融入其血脈、成爲了當地文化傳統中的重要部分。處在這樣一個環境當中，王世貞的模擬路徑會發生如此顯著的變化，也

〔註26〕分別引自王世貞《弇州四部稿》卷十九、十二，景印文淵閣四庫全書，第1279冊。

〔註27〕王世貞：《弇州四部稿》卷三十八，景印文淵閣四庫全書，第1279冊。

就不足爲奇了。在他此期的作品中，還有不少雖未明確標出、但也頗有「長慶體」風調的詩歌，如：

> 一暑生百憁，一憁百事簡。偃息衡門下，悠悠夢初轉。亭午鳥倦啼，槐陰自舒卷。時有涼風來，泠然忽稱善。勿謂羲皇人，此意知者鮮。

> 凌晨何所道，匡坐但調息。客至了不關，眠者當分席。圍棋白雲墅，採蓮明月澤，此賞非不領，煩暑將焉適？秋至暑會舒，吾懶終何如？（《暑懶》二首）〔註28〕

閒適的意趣、平和的狀態，由陶淵明、白居易、蘇軾構成的此種詩歌傳統，恰恰貼合了王世貞痛定思痛後的心境。對格調關注的減少、用詞的隨意與口語化，充分顯示了他此時創作傾向的轉變。

在上述觀念轉變的基礎上，王世貞進一步形成了調劑、融合南北方之長的文學思想。在隆慶三年寫給徐中行的一封信中，他說道：

> 僕於詩格氣比舊似少減，文小縱出入，然差有眞得，以告足下：大江而上、自楚蜀以至中原，山川莽蒼渾渾，江左雅秀郁郁，詠歌描寫，須各極其致。吾輩篇什既富，又須窮態極變，光景長新；序論奏箚，亦微異傳誌，務使旨恒達而氣恒貫。時名易襲，身後可念，與足下共勉之。〔註29〕

在吳中文化環境的浸染下，王世貞對其地詩風已不再一味否定。對吳地士人詩文創作理念的瞭解與學習，使他意識到南北兼收、蒼秀並舉才是文學思想進一步發展的必由之路。「詠歌描寫，各極其致」、「窮態極變，光景長新」主張的提出，既是他對自己歸吳之後詩歌創作經驗的總結，也意味著王世貞後期文學思想中「劑」的觀念已開始初步形成。

第二節　隆慶、萬曆初王世貞轉徙各地的仕宦經歷與吳中文學思想的擴散

隆慶元年，王世貞、世懋兄弟北上京城爲父鳴冤。在徐階、張居正等人

〔註28〕王世貞：《弇州四部稿》卷十一，景印文淵閣四庫全書，第 1279 冊。

〔註29〕王世貞：《與徐子與》其十四，《弇州四部稿》卷一百十八，景印文淵閣四庫全書，第 1281 冊。

的幫助下，是年八月，詔復王忬原官，冤情昭雪。次年四月，已經還鄉的王
世貞接到邸報，得知自己被起爲河南按察副使，整飭大名兵備。余曰德等聞
訊皆以詩祝賀，但元美卻不願復出，屢上疏請致仕，然不報。無奈之下，他
只得於七月離家赴任。自此，隆慶、萬曆年間王世貞轉徙各地的仕宦生涯拉
開了序幕。至大名履任兵使四個月後，元美遷浙江左參政；次年又轉山西按
察使。隆慶四年冬，世貞之母去世，還里丁憂。萬曆改元，王世貞被除爲湖
廣按察使，九月改廣西右布政使，十一月，於休沐歸鄉途中得遷爲太僕寺卿
之報，轉年三月至京。其時張居正有意對其加以重用，遂命其以都察院右僉
都御史身份督撫鄖陽（即張氏家鄉一帶）。萬曆三年至四年，世貞均在鄖陽，
勤於政事，政績赫然。但因性格剛直如故，與張居正嫌隙漸生。四年六月，
元美被擢爲南京大理寺卿，然尚未赴任，便連遭言官劾舉，被迫回籍聽用。
其仕宦生涯至此也便告一段落。

　　從河南、浙江、山西到湖廣、京師、鄖陽，奔波顛沛的仕宦經歷使王世
貞的精力大不如前。年輕時的壯志仍在，但心態卻早已改變。這些年中，請
求致仕歸鄉的奏疏他上了不少，卻始終未被允准。奔波的勞苦、公務的繁劇、
居官卻不得其所的抑鬱，都使他心志消沉、不時發出衰頹之歎。事功方面的
追求，在這一過程中被進一步弱化，加之創作時間的大幅減少，導致其詩文
創作水平基本處於停滯狀態。

　　但另一方面，隆慶四年李攀龍去世之後，王世貞成爲名副其實的天下文
壇盟主，本就煊赫的聲名更是被推向了一個前所未有的高度。無論海內海外，
文人名士、衲子羽流皆以得其一言爲重。每至一地，元美都會被當地的文人
士子所包圍，各種投刺的詩文篇章如雪片一般飛來。在這樣的情況下，王世
貞轉徙各地的仕宦經歷，便也成爲了一個傳播自身文學理念、同時吸收刪汰
各地創作思想的重要過程。在這一過程中，後七子復古思想作爲其主要理論
主張，自然廣爲流佈；但嘉靖後期他所受到的吳中文學觀念的影響，卻也在
不知不覺間有所表露。隨著時間的推移、對各地文學創作瞭解的深入，吳中
文學觀念以其獨特的氣質，逐漸成爲王世貞融合各種思想、形成調劑主張的
基礎；並最終與復古觀念一起，構成了其晚年創作理念的核心要素。因而可
以說，隆慶、萬曆初王世貞轉徙各地的仕宦經歷，既是他不斷吸納各地所長、
擴大自身影響的過程，也是吳中文學思想逐漸登上主流文壇的潛在軌跡。以
下筆者即按照時間順序，對此加以分析與說明。

大名任上

隆慶二年四月，王世貞以河南按察副使巡視大名兵備。雖然大名在地理上實際屬北直隸範圍，但因官職所屬，元美此期的交遊對象主要還是河南文人。河南文壇，或者稱中原、中州文壇，自明中期以來就籠罩著頗爲濃厚的復古風氣。這自然與其風土特質有關，但更重要的原因則是前七子文學活動的影響。王世貞《張昭甫詩集序》云：

> 河南於古爲天地中，周之都洛，其文獻皆從徙，當冠被寓宇，而識者乃以爲詩亡。非詩之亡，其道亡也。東漢而都則猶周矣，其詩若小暢，而卒不能媲西京。五季而末，其都則稍徙而南，爲大梁。梁亦中州也，然而未聞有以詩標舉者。蓋數千餘年而李獻吉氏自北地來大梁一倡之，何仲默氏自信陽應之，嗣產大梁者高子業氏羽翼之。已復寥寥其人矣。〔註30〕

作爲前七子後期文學活動的主要基地，河南具有深厚的復古積澱。李夢陽聲名最盛時，大梁幾乎「人人爲古歌詩」，更不用說還有本地士人何景明、高叔嗣的羽翼之效。一時中州之勢，天下無兩。前七子復古運動消歇後，河南文壇漸趨沈寂，但崇古的傳統卻一直延續了下來。王世貞《喻司徒傳》記河南名士喻時，就曾言其「好爲古文辭，源出盤庚、周禮，追琢詰屈」，且云：

> 中州龐厚鬱積，其人才往往博大，任重道遠。著爲文章，深含崛發。乃自古記之矣。〔註31〕

其治學傳統與文學風尚於此可見一斑。綜而言之，河南文壇的總體創作傾向是以崇古思想爲主、較爲質直詰屈，且隨時間推移而隱有加劇之勢。

但隆慶年間王世貞的到來，則在一定程度上減緩了這種趨向，這集中體現在他與魏允中的交往上：魏允中，名懋權，河南南樂人。隆慶二年元美初至河南，在同僚鄒氏推薦下讀其時文，頗奇之，後見其所作古詩文，益加歡賞，遂以代興之意期之。元美《魏仲子集序》云：

> 始世貞隆慶初起爲大名兵使者，而仲子（魏允中）參諸生間。太守言其秀才，召見之，僅踰冠耳，其人瓌茂朗洞人也。叩所爲經

〔註30〕王世貞：《張昭甫詩集序》，《弇州續稿》卷五十二，景印文淵閣四庫全書，第1282冊。

〔註31〕王世貞：《喻司徒傳》，《弇州四部稿》卷八十二，景印文淵閣四庫全書，第1280冊。

生業，尚未曙於體，然而奇思奕奕出人表矣；已奏其詩，多老蒼不經人道語矣。〔註32〕

《魏懋權時義序》亦云：

> 余治魏郡兵，識魏子允中於諸生中。魏子年尚少，所爲文義奇甚，然不能頻就格；而又善詩，先後奏余詩數章，往往有少陵氏風。余異之，贈以五言長韻，致代興意。〔註33〕

兩相對照，可知王世貞對魏允中加以青眼的原因首先在於其時文「奇甚」，也即思致奇古，超出一般經生膚廓熟爛作品之上；其詩則「有少陵氏風」、「多老蒼不經人道語」，很顯然，王世貞此時的文學思想仍是以復古爲本位。這也十分正常。嘉靖三十五年，元美曾以讞獄使者的身份到過大名一帶，並先後與李攀龍、謝榛、盧柟等詩酒相會，甚爲盡興。十二年後故地重遊，無疑勾起了他的一些回憶：

> 八月丙辰吾使魏，戊辰茲夕月仍看。窮愁雪暗侵雙鬢，懶病天催寄一官。屈指舊遊人漸減，拊心歸計路仍難。淇園修竹刊垂盡，擬向何方選釣竿？（《八月抵魏中，恰計舊遊之日滿一紀矣，爲之興歎》）
>
> 昔騎紫騂驑，翩翩遊魏都。……倚醉別盧柟，春草十二枯。……魏節重入手，雪亦侵頭顱。盧柟化爲土，遺骨知在無？……風吹英雄淚，忽與千秋徂。倘遇禰正平，狂鬼晚不孤。（《遺弔盧柟墓》）〔註34〕

此外，元美抵魏前後與徐中行、李攀龍多有書信往來，這也是他此時期復古思想再次活躍的原因之一。不過，此時的王世貞，已不再是那個初入仕途、意氣風發、一味追求格調氣骨的年輕文人了，嘉靖中後期與吳中文士交往受到的影響，開始逐漸體現出來：在與魏允中的交流中，他一方面以一個復古領袖的身份引導其「入格」、「就法」，另一方面，則顯露出對於風致、辭藻等因素的注重，如他在與魏氏的信中所言：

> 詩篇托寄清逸，時時感慨；書語宏放瑰拔，悲憤用壯。
>
> 今脫穎少年目不知典籍，其稍慕爲古文者，則又離時業遠，獨

〔註32〕王世貞：《魏仲子集序》，《弇州續稿》卷五十二，景印文淵閣四庫全書，第1282冊。

〔註33〕王世貞：《魏懋權時義序》，《弇州續稿》卷四十，景印文淵閣四庫全書，第1282冊。

〔註34〕分別引自王世貞：《弇州四部稿》卷三十九、卷十五，景印文淵閣四庫全書，第1279冊。

足下並秀於骨而饒於藻，即皮相者亦終不能再舍也。〔註35〕

此二信前云「僕雖以遷歸乞休沐假，浮沉里社酒人中」，後又言「春日漸永」，可知當作於隆慶三年春未赴浙江任時。信中一面肯定魏氏詩文「時時感慨」、「悲憤用壯」、「秀於骨」，另一面則不著痕跡地提醒他要「託寄清逸」、「宏放瑰拔」、「饒於藻」，努力將「質」與「文」結合起來。與嘉靖中期王世貞的文學主張相比，已經發生了十分明顯的改變。

參政浙江

隆慶二年冬，身在大名的王世貞被遷爲浙江左參政，分管杭州、嘉興、湖州三府，次年四月抵浙。到任之後，他整頓政務、裁撤貪吏；同時捐金糴粟、上疏請恤，以賑濟因水災而難以自存的百姓。偶而閑暇，他也會與當地文士一同登山臨水、遊賞浙中名勝；並且重修岳飛、于謙祠墓，旌其忠烈。杭、嘉、湖三府與吳中地區相距極近，尤其是烏程、歸安等地，與吳縣、長洲僅一湖之隔（即太湖），因而不少浙中文士都與吳中士人有著十分密切的往來。對於他們來說，王世貞的名字並不陌生，只是畢竟由於地域上還有一定距離，而無法眞正與之接觸。但這次則不同，元美任官浙江，使浙中士人能夠親炙其面，這對於他們來說是一個難得的機會。故元美至浙之後，不少士人都主動發來書信欲與之結交，其中有一位頗值得注意，即鹿門先生茅坤。《茅鹿門先生文集・與王鳳洲大參書》云：

> 獨二公遠沂騷人以後之旨而揣摩之，高者入雅頌，次者宗漢魏，下之三謝、顏陸江鮑，無不得其形似。非當刻鏤文章之世，而力返之以土籃壞飲之舊；朱冕藻梲之後，而復挽之以毛衣穴寢之古者乎？譬之逆河而航，亦雄也已。即如五七言近體及長歌、絕句諸什，往往斧藻李杜，鞭撻高岑。其匠心所至，甚且唐人所不能，而二公時時抽逸響、出別調焉。
>
> ……雖然，予湖中於古亦稱故多文獻者，公今且按節擁傳而過焉，天豈無意其間耶？……今且三百年，然則弁之山、苕之水，能無聞公之過而爲之吐奇效靈於其間者乎？
>
> 公蘇人也，於予湖古所稱東西州者。綿駒處於高唐而齊右善

〔註35〕王世貞：《與魏允中》，《弇州四部稿》卷一百二十八，景印文淵閣四庫全書，第1281冊。

歌，屈原行吟澤畔而楚人賦些，倘許侍教，當爲匍匐而伏跡於庭矣。
〔註36〕

　　信中首先極爲熱誠地稱讚了李、王二人的詩文成就，將其功譽爲「逆河而航」，逆今返古，足見其雄；其次言浙中自古盛文，王世貞至此任官，是浙中文壇得以重新振起的天賜良機；最後點出湖州與吳中僅一湖之隔，元美身爲吳人，與之相距甚近，如今駐於此地，必能使浙中文人希風慕響，得到極多的響應與追隨者，而自己若能成爲其中之一，定當全心服膺其說。

　　茅坤乃浙江歸安人，隆慶三年，五十七歲的他正因遭劾罷官而居於鄉里。作爲唐宋派的重要成員，在此前人們的印象中，是不太可能與王世貞有什麼關聯的。但他卻主動寫了這樣一封頗具自薦性質的信。這再一次提醒我們，文學思想發展的實際情況，往往並沒有那樣涇渭分明。雖然並不能僅僅據此便判定茅氏此時已改奉後七子主張，但此信中所透露出的追隨之意，應該說非常明顯。連曾經名噪一時的鹿門先生都有如此舉動，更何況其他聲名不顯的浙中士人。因而茅坤說「綿駒處於高唐而齊右善歌，屈原行吟澤畔而楚人賦些」，認爲王世貞的到來能夠使浙中掀起復古風潮，倒也頗有道理。

　　不過問題在於，元美任官浙中時，復古理念是否是其所持的主要傾向呢？答案似乎不盡然。在隆慶四年寫給文士周俎的一封信裏，元美這樣說道：

　　　　至於山川土俗，出不必異而成不必同，務當於有物有則之一
　　　　語。而曾昨者莅魏，行戌燕趙，其地莽蒼磊塊，故於辭慷慨多節而
　　　　凌屬；尋轉治武林、吳興間，其所遇清嘉而麗柔，故其辭婉而務當
　　　　於致。足下見僕魏詩而怪之，或見僕吳篇而合也。〔註37〕

　　元美認爲自己在杭州、湖州府時，所持的主要是「婉」而「致」的創作理念，與其在魏郡時差異頗大。這是因爲各地山川土俗不同，故詩歌也需要隨之調整，使詩篇的風格與其地的風土特質相符合，也即「務當於有物有則之一語」。由此可知王世貞任官浙中時詩歌創作的主要傾向，已由復古理念轉爲了自娛自適爲主的吳中傳統。從他此時的作品中，也可十分清楚地看出這一點，如：

〔註36〕茅坤：《與王鳳洲大參書》，《茅鹿門先生文集》卷四，續修四庫全書，第1344
　　　　冊。
〔註37〕王世貞：《答周俎》，《弇州四部稿》卷一百二十八，景印文淵閣四庫全書，第
　　　　1281冊。

　　　　從遊指點南高勝，躚屬攀蘿輿不賒。畫裏餘杭人賣酒，鏡中湖
　　曲棹穿花。千巖半出分秋雨，一徑微明逗晚霞。最是夜歸幽絕處，
　　疎林燈火傍漁家。（《遊南高峰》）

　　　　百草沾風蠶月香，雙鳩喚雨麥秋涼。過橋已覺世情少，到寺始
　　知僧日長。拂蘚石留行腳偈，掛瓢泉是洗心方。良公更有茶瓜在，
　　禪悅能容取次嘗。（《山行至虎跑泉庵，次蘇長公石刻韻》）

　　　　老去逢迎損壯懷，祇憑遊目未全乖。黃綿覆壠家家樂，碧玉圍
　　城面面佳。地僻官曹寬禮數，溪清漁網闖生涯。方平自詫餘杭酒，那
　　有青帘插柳街。（《候臺使，自餘杭安溪登陸，抵縣郭，即事》）〔註38〕

　　柔婉清麗的風致背後，是自娛自適的吳中式創作理念。這是王世貞在杭
嘉湖三府爲官時，留給當地文士的主要印象。相對而言，復古的主張則並不
明顯。因而在他任官期間及離去之後，浙中並沒有像茅坤所說那樣，掀起復
古的風潮，反而保持著原本的創作態勢，沒有太過明顯的改變。這也是由於
其地與吳中文壇的緊密聯繫及同構性所致。

按察山西

　　隆慶三年十二月，王世貞由浙江左參政轉爲山西按察使，本擬次年正月
赴任，然途中染疾，暫留調養。期間他曾上疏請辭，不允。四年七月，方至
山西。元美作有《適晉紀行》，記述自己由吳中至太原府這一路上的經歷〔註
39〕。但僅四個月之後，其母郁夫人脾疾忽復發，情況危重。元美得訊，立刻
上疏告歸，未得報即行，然未抵家而母已逝。隆慶五、六年，他遂丁憂於家。

　　由於時間較短且交遊稀少，此次仕晉之行無論對山西文壇還是王世貞自
己都沒有產生什麼明顯的影響。元美後來在《贈兵備副使廣平蔡公遷督山西
學政序》中，曾提到這段經歷，云：

　　　　吳俗訾薄好靡，哇詞麗裝，奇衺工巧……不佞則故嘗從事晉，
　　諸生守其師說，不能如吾吳闛闠詩書，然多樸茂木訥、任重道遠之器。

　　　　不佞嘗承乏晉臬，預試事，得以縱觀晉諸生之文，厪厪守章句，
　　不悖其師說，如西河弟子云爾。其評騭前哲、決策時務，務爲劖切

〔註38〕皆引自王世貞《弇州四部稿》卷四十，景印文淵閣四庫全書，第 1282 冊。
〔註39〕參王世貞：《適晉紀行》，《弇州四部稿》卷七十八，景印文淵閣四庫全書，第
　　　1280 冊。

－151－

中窾，不求華於辭。以故造士之數視它大省恒不相當云。……大江
而南學士大夫樹頤頷、決喉吻，懸錐之指，一揮而竟，側理之紙者
數十，巨經細緯，中宮諧商，以與晉之藝角長而疵短，誠不可同年
而語；即異時施之用，吾未見其盡合也。〔註40〕

　　隆慶四年八月，王世貞曾監山西鄉試，故於其地士子風習有所瞭解。他
認爲山西總體的士風、文風都比較樸訥，在文章辭采上遠遠不及吳中；但在
內容上卻能夠「剴切中窾」、切合時務。因而對於即將赴任山西提學副使的蔡
氏，元美給出的建議是「以晉誨吳、以吳誨晉」，也即將吳中的華美文辭與晉
地的實用主張結合起來，消解前者浮薄虛躁的士風、破除後者沉悶呆板的文
風。這是王世貞對山西士風的大致想法，同時也可以視爲是他對如何改造晉
地文壇的一個大概構想。雖未及實施，但以吳中之「文」、而非復古派的某種
理念調和山西之「質」的思想，已然清晰地透露出了元美此時的文學立場。

湖廣任上

　　萬曆元年二月，丁憂期滿的王世貞被起爲湖廣按察使。聞訊之後，他的
心情有些矛盾，在《楚行意頗不決，聊成一章》詩中，他如是說：

邸吏空驚腰綬新，婆娑仍惜據梧身。文章㛰我終投筆，歲月欺
人轉積薪。舊事懶聽湘水曲，衰顏羞覩武陵春。何如且作祇園主，
經卷茶鐺次第陳。〔註41〕

　　出仕還是閒居，這是時常困擾中年王世貞的一個問題。父親的死於非命
使他對入朝效力抱有抵觸情緒，友人們也紛紛勸其爲保持名節計不要再度出
仕。元美自己也明白這一點，「舊事懶聽湘水曲，衰顏羞睹武陵春」，年歲已
老卻依然奔走各地爲官，他又何嘗不知道這不如品茶讀經來得清閒愉快；但
心中始終存有的用世理想，卻令他很難安於這種生活。何況此時的政局與嘉
靖、隆慶年間已有了很大區別，張居正的一系列舉措使這個已經漸趨衰朽的
王朝居然又煥發了一線生機。出於對江陵的信任與期待，也是爲了那一點尙
未全熄的濟民報君的理想，儘管心中有這樣那樣的矛盾，他終是踏上了宦楚
的路途。萬曆元年六月，王世貞自吳中啓程，一月之後抵達武昌。期間有《江

〔註40〕 王世貞：《贈兵備副使廣平蔡公邊督山西學政序》，《弇州四部稿》卷五十九，
　　　　 景印文淵閣四庫全書，第1280冊。
〔註41〕 王世貞：《楚行意頗不決，聊成一章》，《弇州四部稿》卷四十二，景印文淵閣
　　　　 四庫全書，第1279冊。

行紀事》記述所歷所感〔註42〕。不過楚地他也未能久留，四個月後，王世貞改任廣西右布政使，十一月，於休沐途中又得遷爲太僕寺卿之報，次年便北入京城了。

　　或許是隆慶五、六年的里居生活又一次加深了他對吳中文化傳統的印象，進入萬曆年間後，王世貞的文學思想體現出了更爲明顯的變化。在這一點上，楚地文人首當其衝受到了影響。元美《於大夫集序》云：

　　　　癸酉冬十月，余解楚臬而東，去武昌之十五里，舟焉……忽有
　　　　一葉若滅沒於濤間者，一偉丈夫……以刺自通曰：武陵於某。……
　　　　爲呼酒，語竟夕。所談藝文自先秦、西京、建安、開元升降之格，
　　　　諸子百家之趣，以至二氏虛寂之異同、因果權攝、經伸藥物之粗、
　　　　山川之奇瑰、風俗之羈羜、神鬼幻變之狀、俠客博徒之好、稗官巷
　　　　俚之所紀，蜂起響應而不可窮……蓋三日夜而舟始發。

　　　　……君材甚高、氣甚完，（詩文）雖不帖帖於古，然外足於象
　　　　而内足於意，文不滅質、聲不浮律，以古程之，亦少所不合者。……

〔註43〕

　　從這篇序文中，可以看出王世貞此時文學思想的兩個顯著變化：其一，在重「格」的同時也頗重「趣」，不再單一地強調前者，同時涉獵範圍也更加廣博；其二，不再「帖帖於古」，更關注意象、文質、律調的協調配合，主張在精神本質上與「古」的貼近。這些都隱約顯露出對「正統」復古思想的背離。一種新的、融合了吳中思潮的復古理念正在形成，並且以語言交流及文本傳播的方式率先對楚地文人產生影響。與之相伴隨的，是其審美傾向轉變的進一步明確化，《王少泉集序》云：

　　　　公於詩若文不作貞元而後語，然能脫摹擬、洗蹊徑，以超然於
　　　　法之外，不得以一家目之也。……公早達類（宋）玉、（唐）勒、（杜）
　　　　必簡，然不爲麗辭淫聲以祈主悅；淪落不偶似正則、子美，然無怨
　　　　咨感慨不平之氣以見時左……〔註44〕

〔註42〕參王世貞：《江行紀事》，《弇州四部稿》卷七十八，景印文淵閣四庫全書，第
　　　　1280 冊。
〔註43〕王世貞：《於大夫集序》，《弇州四部稿》卷六十四，景印文淵閣四庫全書，第
　　　　1280 冊。
〔註44〕王世貞：《王少泉集序》，《弇州四部稿》卷六十八，景印文淵閣四庫全書，第
　　　　1280 冊。

《檢齋遺稿序》亦云：

> 公爲詩文咸明婉有致，其於奏疏公檄劇切中事機，雖再遷貶、
> 鄰鬼魅、雜侏僸，無幾微不平之氣，亦不以遷客自高、曠侁於職。

〔註45〕

王少泉即王格，楚之京山人，王世貞宦楚時曾專門去拜訪過他，王格拿出己之別集請其作序，言「不可以當吾世而失子也」，遂有此文；而「檢齋」則是指成、弘間直臣李文祥，元美過其地時，應其孫之請爲其文集撰序。由此二序中「無怨咎感慨不平之氣」、「無幾微不平之氣」等語可知，王世貞此時的審美傾向已從古雅高壯進一步蛻變爲和平閒雅，此外在創作上亦頗爲推崇「超然」、「明婉」。若我們將《弇州四部稿》中的文集序從前至後梳理一遍，就會發現這種傾向自隆慶年間就有所體現，之後則愈加明顯。這充分說明了王世貞審美傾向上的變化，是其心態轉變及受到吳中文化二次浸染的結果。同時這也見證著一種情況的發生：隆慶、萬曆年間，各地士子復古成風，但元美的理念、審美卻已經改變，這種偏差影響到了他對楚地文壇狀況的評判。元美《吳明卿先生集序》云：

> 侍明卿行者王行父氏從旁曰：「子以吾先生楚人也，楚於德、
> 靖間最多才子，若以吾伯父稚欽嚆矢之，而顏廖童張、孫氏父子翼
> 焉，子以爲儔偶？」不佞憮然久之，始應曰：「以子伯父庶幾乎哉！
> 然歟？否耶？前二千年而楚有屈左徒、宋大夫者，其決策辭命妙天
> 下，然佚弗載，所載獨騷賦，固足以新一時之目而垂映乎後世。然
> 其時樸未盡雕，變未盡備，以故不獲自見於五七言古近體及諸序記
> 志傳之屬。而明卿諸結撰稱之，獨於騷賦未有繼也。夫合三子者爲
> 一楚才，以一楚才蔽全楚，則已足，而又何他擬焉？」〔註46〕

王廷陳從子、吳國倫門人王行父向世貞詢問：吳國倫、王廷陳等皆爲楚人，如果將自己的伯父在詩學上的地位比作先導、吳氏作爲正宗、顏廖童張等置於兩翼，是否合宜？這一問話當中，其實是隱含著與有榮焉之意的。沒想到元美沉吟良久之後，卻並沒有認同這一論斷。雖然他並沒有直接予以反駁，而是用疑問的方式表明自己對王廷陳詩文的模糊態度，不過接下來他將

〔註45〕 王世貞：《檢齋遺稿序》，《弇州四部稿》卷六十八，景印文淵閣四庫全書，第
1280 冊。

〔註46〕 王世貞：《吳明卿先生集序》，《弇州續稿》卷四十七，景印文淵閣四庫全書，
第 1282 冊。

吳國倫與屈原、宋玉並舉，認爲合此三人之才便足以「蔽全楚」，何用「他擬」？這態度就很明顯了。言外之意，他並不認爲王廷陳、顏木等人擁有與前三者相提並論的資格。

在這裡有必要簡略地介紹一下王、顏等人。王廷陳，字稚欽，黃岡人，正德十二年進士，選庶吉士，性格狷介，因事被削秩罷官，屛居鄉里二十餘年而卒；顏木，字惟喬，稚欽同科，亦任誕自恣、遭劾免官，二人交誼頗深。就楚地文壇而言，王廷陳、顏木二人都可算得上前輩名宿，尤其是前者，詩歌作品「婉麗多風」，頗爲人所稱。皇甫汸曾爲王氏《夢澤集》作序，中云：

> （王廷陳）丁丑，試春官，俱爲禮經第一，廷對擢高第，選爲庶吉士。與東浙汪子應軫、江子暉、關中馬子汝驥、許子宗魯、任丘廊子灝、大梁林子時、曹子嘉、西蜀余子承勛、楚顏子木暨君並擒藻談天、敷華緯國，得人之盛，彬彬首是科矣。〔註47〕

正德十二年這一科的進士，如上所提到的汪應軫、江暉、許宗魯等人，承前七子餘緒，在文學主張與創作風格上都十分傾向復古。按理說王世貞不應對王廷陳如此忽視，甚至將其排除在楚地文脈之外，其中當另有原因。皇甫汸的《夢澤集序》則提供了這一問題的可能答案：

> 使（君）早年砥行能然，可優游以取卿相，然未能宣耿介、發孤憤、如晚歲所底也。固知書成於去趙，賦就於還邠，人爵榮名，豈有既乎？終不以彼易此矣。

王廷陳少年中第，意氣風發，但性情縱誕，屢忤上官，遭貶外放；後又因遭州民訐奏入獄，雖得放出，卻被削籍免官，自此鄉居。其心中怨憤不平之氣，往往發於詩文，故皇甫汸有此勸慰之言。「詩窮而後工」，孤憤感傷固然能使詩歌曲折要眇、哀婉動人，但此時的王世貞卻恰恰推崇和平閒雅之風，不喜詩中怨恨不平。因而即使王廷陳的文學創作傾向偏於復古，卻仍然無法被元美所認同。

從另一個角度講，這也可以被認爲是吳楚文風差異的一種體現。楚地文學自屈、宋始，便傲岸、狷介、滿含悲歌；而吳人「居長厚，自奉園林、音樂、詩酒」，性格中有與生俱來的優雅、閒適，體現在詩文中，便是清脫流麗的藝術風格。被吳地傳統浸透過的王世貞於序文中隱約透露出的這種態度，對楚地文壇而言，實際上頗具引「吳」入「楚」的意義導向。果然，之後的

〔註47〕皇甫汸：《夢澤集序》，《皇甫司勳集》卷三十六，景印文淵閣四庫全書，第1275冊。

楚地文人開始逐漸向吳文壇靠攏，萬曆中期元美去世之後，其子王士驌甚至推舉楚人李維楨爲盟主，認爲他與元美詩風最爲相近，「楚」受「吳」影響之大，由此可見一斑。

再至京城

王世貞復古主張內涵的複雜化與審美傾向的轉變，在其萬曆年間的文學活動中體現得愈加明顯。萬曆二年三月，已被任命爲太僕寺卿的王世貞到達京城，這是他生命中第三次來到此地。嘉靖三十九年的扶櫬南返、隆慶元年的伏闕鳴冤、今時今日的衣錦榮歸，撫今追昔，他心中百感交集：

> ……我自驚逢今日花，花應不記當年面。莫言花落不如人，人老能如花更春？唯有江頭探花使，祇今還作踏花身。流鶯欲答忽飛去，怳忽如歌舊遊句。但使新豐酒價平，老夫得住聊須住。（《甲戌春暮再入都，憩善果寺，逢杏花作》）〔註48〕

此時的王世貞，早已不復當初少年中第時的意氣風發，但他此時在文壇上的地位，卻也早非昔年可比。在《別汪仲淹序》中，他云：

> 至甲戌，而余入領太僕，則伯玉爲左司馬，……是時余仲敬美副祠部郎，仲淹楚服而遊，吾兩家兄弟益發舒自得也。……既余出鎮襄鄧，而仲淹爲祖至再，不忍別，……仲淹念以李于鱗沒，獨吾與伯玉不廢操觚業，而兩家兄弟爲之左提右挈，以狎主齊盟……〔註49〕

王世貞已然是天下文宗，汪道昆、王世懋、汪道貫與之聚首同遊，對萬曆二年京城文人的影響力可想而知。於是汪道貫十分得意地對當時的文壇狀況做了這樣的概括：元美、伯玉二人並爲盟主，他們的弟弟王世懋、汪道貫在旁襄助，四人接過于鱗的復古主張，繼續引領主流風氣。然而汪氏卻並沒有注意到，此時王世貞的文學主張已然發生了很大變化：正是在這一年，元美正式提出了「劑」的主張，《黃淳父集序》云：

> 士業以操觚，無如吾吳者，而其習沿江左靡靡，或以爲土風清淑而柔嘉，辭亦因之。北地、武功諸君起中原，自屬其格以求合古，而不能盡釋其豪踈之氣。吾吳有徐迪功者，一遇之而交與之劑，亦

〔註48〕 王世貞：《甲戌春暮再入都，憩善果寺，逢杏花作》，《弇州四部稿》卷二十二，景印文淵閣四庫全書，第1279冊。

〔註49〕 王世貞：《別汪仲淹序》，《弇州四部稿》卷五十六，景印文淵閣四庫全書，第1280冊。

　　既彬彬矣，而不幸以早歿。乃淳父能劑矣。夫辭不必盡廢舊而能致
　　新，格不必步趨古而能無下，因遇見象，因意見法，巧不累體，豪
　　不病韻，乃可言劑也。

　　　今吳下之士與中原交相詆，吳習務輕俊，然不能不推淳父之精
　　深；中原好為豪，亦不能以其麤而病淳父之細者，淳父真能劑矣！
〔註50〕

　　關於「劑」的理論內涵與重要意義，前人已有過很多論述，在此無須贅
言。但筆者認為同樣需要留意的，是元美在此提出的「劑」的對象——乃是
中原與吳中。這看似普通，但試想，如果換一位楚地文士（如鍾惺）或金陵
才子（如顧璘），是否也會如此？王世貞身為吳人，始終認為吳中之精緻柔婉
是救治前後七子粗疏之弊的良藥，在日常的詩文中屢屢提及，這就使得人們
下意識地忽視了其他地域的文學特色，變相地將吳中文風提到了與復古主張
同等的地位上，使之正式成為了主流文學思想不可缺少的一部分。可以說，
王世貞的再入京師，是將吳中文學觀念引入主流的一個關鍵點。

督撫鄖陽

　　如若此次王世貞的京城之行的時間能夠再延長一些，或許「劑」的理論
主張及吳中文學風格會引起更多人的關注。但萬曆二年冬，王世貞被任命為
都察院右僉都御史，督撫鄖陽，使這個契機沒能完全發揮出其應有的影響。
一直到萬曆四年夏，元美都在鄖陽任職，遠離文壇中心地區。不過，從另一
方面看，這次鄖楚之行使他此時思想的包容度進一步擴大了。鄖陽位於湖廣
西北，亦屬楚地，不過因靠近川、陝，路途險遠，與武昌、黃州一帶相比，
顯得較為僻塞。王世貞履任之後就察覺到了這一點，為教化士子，他特意挑
選四書中的經典段落，刻成《四書文選》，並在序中言：

　　　是故謂唐以詩試士而詩工，則省試詩自錢起、李肱而外，胡其
　　拙也；謂明以時義試士而不能古，則濟之、應德，其於古文無幾微
　　間也。〔註51〕

〔註50〕王世貞：《黃淳父集序》，《弇州四部稿》卷六十八，景印文淵閣四庫全書，第
　　　　1280冊。由文中「甲戌春二月，余入領太僕，……蓋又三月而淳父歿，其息
　　　　某以其所著集請曰：『先子志也。』……」等語句可知此序當作於萬曆二年。
〔註51〕王世貞：《四書文選序》，《弇州四部稿》卷七十，景印文淵閣四庫全書，第1280
　　　　冊。

在文中，王世貞首先批評了經生不問詞賦、詩人不屑時義的現象，認為士子應當質文兼備；其次言時文非不能古，只是作者才力有限而已；最後指出論、表、策等文體容易寫出古意，而經義則較難，因此他特意選四書之精而梓之，希望郇陽士子們能夠「因法而悟其指」，既能夠取功名，又能夠近古而上之。不過，這篇序文中最值得注意的一點，還是王世貞對於唐順之的肯定。年輕時的元美對唐應德十分不屑，如今卻認為其時文「於古文無幾微間也」，其文學思想包容度的擴大，由此可見一斑。

造成這種包容性擴大的原因，是王世貞心態的進一步轉變。萬曆三年，身在郇陽的元美作《九友齋十歌》，其中云：

> 苦吟頗受天地疑，晚節卻愛無聲詩，丹青不知老將至，何況區區富貴為？（其七）

> 歸去來，一壺美酒抽一編，讀罷一枕牀頭眠。天公未喚債未滿，自吟自寫終殘年。（其九）

> 汝今行年已半百，紅顏欲皺鬢強白。人間治否豈係汝，胡不歸來長踽踽？（其十）〔註52〕

在詩序中，王世貞解釋「九友齋」名的由來，言道：「齋何以名九友也？曰山曰水，齋以外物也；曰古法書，曰古石刻，曰古法籍，曰古名畫，曰二藏經，曰古杯勺，併余詩文而七，則皆齋以內物也。是九物者，其八與余周旋，而一余所撰著，故曰九友也。……秋日山鎮無事，每一及之，不勝薰鑪之感，乃成十歌。所以有十歌者，併余身而十，亦歐陽居士六一意也。」

王世貞早歲專意復古，頗好苦吟，如今半百之年，歷經世事，已將功業富貴看淡了許多。詩文創作於他，更多地成為了自適自娛的過程，而不僅僅是致身不朽的工具。此外，他也將精力分散到了山水、收藏、鑒賞、佛道等諸多方面，顯示出對吳中博雅傳統的進一步靠近。這種追求自適的心態，使得他的詩風也向白居易、蘇軾等更為偏移：

> 紫微花開紫微舍，笑撚金魚紫微下。年同北府荀中郎，官豈江州白司馬？（《贈李使君本寧之陝西分省歌》）

> 髮白況乃寡，齒痛行復落，此事當漸來，委蛻偶先覺。觀電等浮榮，嚼蠟如好爵。馳思佐墳典，策勳播寥廓。其名在千古，真識

〔註52〕王世貞：《九友齋十歌》，《弇州四部稿》卷二十二，景印文淵閣四庫全書，第1279冊。

久冥漠。先民有遺言，及時當行樂。稍往忽已空，未來疇能度？營
爲醇釀腐，精恐佳麗鑿。惝恍出世言，渺茫長生藥……（《偶成齒髮
吟，作長慶體，示伯龍、子念、君載》）

昨歲清明指冀方，今朝寒食滯郿陽。兒曹上塚亦隨俗，客子思
親偏斷腸。四十九年年已去，一百五日日初長。毋論積雨斷新火，
縱得餘光非故鄉。（《清明遇雨》）〔註53〕

在與當地士子的交往中，這種傾向也有所體現：

三月三日日初新，雨雨風風成一春。柳條媚景乍舒盻，桃花勒
寒微放礜。會稽山陰足禊事，長安水邊多麗人。故鄉京國那在眼，
與子且愛樽前身。（《上巳初晴同戚生小亭對酌》）

童冠六七輩，銀管雜瑤笙。一奏鈞天樂，聲聲薄太清。風來時
斷續，雲過復分明。似我仙才淺，猶然病骨輕。（《太和即事四首》
其四）

鈴閣閒堪掃，牙旗靜不驚。一尊聊二子，三月自孤城。柳送青
陽色，江迴白雪聲。絕憐分手恨，翻向會時生。（《留吉甫、達甫伯
仲小飲》）〔註54〕

類似「三月三日日初新，雨雨風風成一春」、「風來時斷續，雲過復分明」、
「一尊聊二子，三月自孤城」等句，語調輕快，明白如話，絲毫沒有復古派
矯揉刻意的弊病，這在王世貞以往的創作中是極難見到的。在包容度進一步
擴大的同時，也反映了吳中文學理念在其思想中所佔比重的不斷增加。

從隆慶元年到萬曆四年，在這近十年的遊宦生涯中，王世貞的文學觀念
不斷擴充、包容。復古領袖的地位使他在當時的文人圈中具有極大的影響力，
不管是在北方的河南、山西、京城，還是在南方的浙江、湖廣、郿陽。但其
創作中體現出來的傾向卻並不都是復古的，屬於吳中文學傳統的重風致、重
修辭、善於體物等意識觀念常常會不自覺地流露出來，更不必說他對蘇軾、
白居易的喜愛與摹仿已近乎不加掩飾。這爲吳中文學思想與其他地域文壇之
間的互動提供了良好的契機，同時也使吳地文學進一步滲入到主流詩文風氣
當中。

〔註53〕分別引自王世貞《弇州四部稿》卷二十二、十五、四十三，景印文淵閣四庫
全書，第1279冊。

〔註54〕分別引自王世貞《弇州四部稿》卷四十三、三十、三十，景印文淵閣四庫全
書，第1279冊。

不過，從某種意義上說，這些都屬於客觀上的效應。就王世貞本人而言，隆慶、萬曆年間，他對復古思想與吳中傳統，所持的究竟是何態度呢？筆者認爲，這需要對此時期他詩文作品中表露出的文學立場進行更深入的分析。

第三節　「吳人氣質」與「盟主身份」：王世貞文學立場的選擇與交叉

對隆、萬年間王世貞的文學批評話語加以仔細辨析，可以發現，其中的立場與視角並不完全一致。例如前文提到的《黃淳父集序》中的那段話：

> 今吳下之士與中原交相詆，吳習務輕俊，然不能不推淳父之精深；中原好爲豪，亦不能以其籠而病淳父之細者，淳父眞能劑矣！

雖然其核心意思是要調劑「各地」文風，但值得注意的是在此元美提出的調劑對象是「吳中」與中原，而非其他地域。作爲文壇盟主，王世貞習慣以一種包容的態度接收各區域的文學理念，主張站在公允的立場上對它們加以折衷；但作爲接受了本地文化傳統的吳人，他卻又私心對那些清脫秀逸的作品有所偏愛，並有意無意地通過批評、創作表露出來。在復古領袖與吳地文人這兩個身份之間，他實際上是有些搖擺的。這對吳中與主流文壇無疑都具有十分重要的影響。

一

在晚年寫給屠隆的一封信中，王世貞曾經這樣評價自己的詩文創作：

> 夫僕之病在好盡意而工引事，盡意而工事，則不能無入出於格，以故詩有墮元白或晚季、近代者，文有墮六朝或唐宋者。僕亦自曉之，偶不能割愛，因而灾木，行當有所刪削也。〔註55〕

詩文「出格」，墮於元白、六朝，元美自己也明白，這與復古派的理想是有所齟齬的，但無奈心有所好，不能割愛。其實這正反映了他此時創作天平向吳中傳統的傾斜。除自述外，王世貞中晚年的文學評論，也帶有不少類似的痕跡，如：

> 承所評騭吾詩文二端之業，大都士龍之好兄，而詞藻豔發，要

〔註55〕王世貞：《與屠長卿》其一，《弇州續稿》卷二百，景印文淵閣四庫全書，第1284冊。

非清河所可幾及。中間持論往往破的，如所謂離觀則邈若無聞，轇
泊則天然一色，字險者韻必妥，韻奇者聲必調，天壤之間，若爲預
設……〔註56〕

　　天然一色、興象湊泊，弟弟對自己詩文作出的評價，令元美十分滿意，
稱之爲「定論」。敬美之言，於格調方面實無太多涉及，重點在「天然」二字，
而這正是吳中文學的核心特質之一。世貞此時之喜好，可見一斑。又如以下
數例：

　　　　示新稿，讀之，雄辭麗字層出，而饒氣概，或中稍有蹊徑者，
　　小訂之即堪入梓。(《徐子與方伯》)

　　　　俟骨格已定，鑒裁不爽，然後取中晚唐佳者及獻吉、于鱗諸公
　　之作，以資材用……足下苦心非他後進比，所患天趣時乏、蹊徑尚
　　存，然宜從容涵泳得之，毋助長也。(《徐孟孺》)

　　　　承謙光下詢以詩文所模楷，畫馬者云：天廄萬匹皆吾師，何必
　　模索曹韓遺跡也。若庀材貴博，則趙宋以前，名下定無虛士，惟效
　　取其神駿、略其玄黃牝牡而已。(《答戶部劉介徵》)

　　　　秦中諸文種種有意有色……唯雜詠一卷，雖佳境層出，而小涉
　　議論，時露蹊徑。遠則唐人之清詣，近則陳、王之自然，要須於此
　　處小加留神耳。(《許孟仲京兆》)〔註57〕

　　此數句體現出王世貞站在「自然」立場上，對「蹊徑尚存」現象的不滿。
又：

　　　　僕比待罪鄰壤，因得竊窺秦風之雄，但於時業稍覺粗曠，又乏
　　師友淵源。公欲取江左清華之氣參之，甚善甚善。(《李本寧參政》)

　　　　秦中諸篇有意有氣有風骨，嵯峨蕭瑟，幸少以脂澤調之，不然
　　恐少年微作王允寧窺也。(《魏司勳懋權》)

　　　　劉長洲致所梓《明七言律選》，覺虹色繚繞，蓋圖窮而七首見
　　矣，何雄麗精切若此……國初諸賢淘汰覺太嚴，如高季迪雖格調小
　　降，其才情足以掩帶一代，或可加益否？(《答穆考功》其六)

〔註56〕王世貞：《寄敬美弟》其三，《弇州續稿》卷一百八十八，景印文淵閣四庫全
　　　　書，第1284冊。
〔註57〕分別引自王世貞《弇州續稿》卷一百九十、一百八十二、一百九十一、一百
　　　　九十六，景印文淵閣四庫全書，第1284冊。

僕嘗謂弘嘉之際，諸公藝業亡不斐然，惟博綜一途，寥寥絕響，僅一楊用修，而詭戻坌出，餘益下風，恐遂成國朝大缺陷……（《答胡元瑞》其十四）〔註58〕

此數句則反映了希望以吳中的「清華之氣」、「脂澤」之潤調劑中原粗獷之風的理念。與此同時，對「才情」、「博綜」等的重視，也是王世貞身上愈加濃烈的吳人氣質的一種體現。在《與顏廷愉》中，他說：

夫文有格有調、有骨有肉，有篇法，有句法，有字法。今觀足下集並集中諸君子語，非北地、濟南、新都弗述，其格古矣，骨樹矣，句字修矣，所少不備，幸相與勉之而已：文之所以為文者三，生氣也，生機也，生趣也。此三者，諸君子不必十全也。無但諸君子，即所稱獻吉諸公亦不必十全也。願足下多讀《戰國策》、《史》《漢》、韓歐諸大家文，意不必過抨王道思、唐應德、歸熙甫，旗鼓在手，即敗軍之將、僨群之馬，皆我役也。至於詩，古體用古韻，近體必用沈韻，下字欲妥，使事欲穩，四聲欲調，情實欲稱。彀率規矩定，而後取機於性靈、取則於盛唐、取材於獻吉、于鱗輩，自不憂落夾矣。〔註59〕

此處所謂「生氣」、「生機」、「生趣」、「性靈」，與後來公安派袁宏道等所倡之「性靈」固然還有所差別，不過也已漸出格調之藩籬、目光更為廣闊、深遠。吳中一地於性靈觀念之滋養，固不僅僅在三袁而已。

二

若元美不顧韻調、下字、用事之類，只沿此思路一徑下去，也許真能使性靈派的出現提前幾十年。但問題在於，王世貞的身份並不僅僅是一個吳人，他更是當時的詩壇盟主、被稱為「當世龍門」的天下文宗。以下語句可以說明他在其時文壇上的巨大影響力：

……而今得曾生以聞於予，又得予以有聞於天下。（《石峰曾翁偕配嚴孺人壽序》）

（今）毋論操觚者生能談漢唐臺閣之雋，頫而趣二李、何、徐

〔註58〕分別引自《弇州續稿》卷一百九十五、二百三、二百七、二百六，景印文淵閣四庫全書，第1284冊。

〔註59〕王世貞：《與顏廷愉》，《弇州續稿》卷一百八十二，景印文淵閣四庫全書，第1284冊。

矣，布衣之豪舉能薄太初、茂秦不爲矣。(《何仁仲詩序》)

當是時，余甚困於贄詩者，如雷同而不可擇，幾令余目逃。(《鄒黃州鷦鷯集序》)

……金華胡元瑞贄其詩來謁，余觀其風格高岊鴻麗，中實愛之。而會彼乞一言之弁，余乃粗究近代名世諸公所以失得者，勉使劑之，非敢有所揚抑也。(而)諸爲元瑞者沾沾，而不爲元瑞者睊睊矣。夫睊睊者之與沾沾皆過，然不能不使余不懲其口。(《馮咸甫詩序》)〔註60〕

如《馮咸甫詩序》中所說，僅僅是一篇爲胡應麟詩集作的序文，就能使江左士人中與之風格相似的沾沾自喜、相左的咬牙暗恨，這是何等的影響力！在這樣的號召力面前，王世貞的一舉一動都牽動著整個主流文壇的走向。爲了保證自己的地位，同時也是爲了延續他與李攀龍等共同建立起來的復古統緒，更多的時候，身爲盟主的王世貞必須站在主流思想——也即復古主張——的立場上，調劑南北文風、融會各地特質，使文壇始終處於復古思想的籠罩之下。這使得他往往不得不放棄自己的吳中思維、轉而以復古派領袖的身份發表評論，如：

自西京以還至於今千餘載，體日益廣而格則日以卑，前者毋以盡其變而後者毋以返其始。嗚呼！古之不得盡變，寧古罪哉？今之不能返始，其又何辭也？(《劉侍御集序》)

余嘗謂詩之所謂格者，若器之有格也；又止也，言物至此而止也。(《眞逸集序》)

昇甫今五十矣，所結撰古文辭諸體悉備……(《大隱園集序》)

定父之詩……樂府、五七言古則務完其氣、而逆探古作者之所自來；近體或澹或壯，要多自胸臆出之，而不染於色澤。(《黃定父詩集序》)

禹乂之於詩，既能程則古昔、不倍格，而庀材取宏、微事取霡，其色聲耦矣，意象協矣。(《汪禹乂詩集序》)

夫余所揚騭俞先生雖後先殊，其大致謂詩五言古能步趨建安、以下迨齊梁，錯而不誖格……(《俞仲蔚先生集序》)

〔註60〕分別引自王世貞《弇州續稿》卷三十八、四十三、五十一、四十五，景印文淵閣四庫全書，第 1282 冊。

足下能抑才以保格、舍象而先意，去色澤而完風骨，大難大難。
所望入思更沈、就琢加細而已。(《答周元孚》其七)

邦相之文氣雄而調古，馳驟開闔，不法而法，乃其持論往往出
人意表，歌辭亦稱是。(《喻邦相杭州諸蕙小序》)

氣色高華，聲調爽俊，而縱橫趺跋，有揮斥八極、凌屬千古意，
僕三十年中所接如足下，眞耳目中無兩。(《答胡元瑞》其七)〔註61〕

無論是對「格」的重視還是於「氣雄調古」、「高華」、「爽俊」詩歌的欣
賞，都反映出王世貞堅定的復古立場。重現古昔詩歌文賦的輝煌，是元美自
少年時起便追求的理想，終其一生，對古文辭的熱愛都未曾改變。無論吳中
傳統對他的影響有多深，復古始終是他最基本的文學主張。

三

但應該承認的是，由於受到吳中文化的浸染，王世貞這種堅定的復古理
念，已不可避免地染上了吳地詩風的色彩。借由文壇盟主的力量，吳中文學
思想在接受七子影響、不斷完善自身的同時，在主流文風中的存在感日益增
強。這甚至引發了不少江左士人的自豪感，如吳瑞穀：

得足下書，累千言，大要以僕與于鱗、伯玉鼎立而三，乃江東
贏其二。又子與、明卿輩為之左提右挈，以睨中原。而中原獨于鱗，
為不競。唯是一二詞家之論亦有之，僕殊愧汗不敢當也……〔註62〕

當然，不是所有士人都有這種想法，但南北方之間一直以來都潛藏著競
爭意識卻也是不爭的事實。李攀龍去世之後，王世貞獨主文壇的狀況無疑使
南人的優越感更加強烈。雖然作為吳人的元美本人並不認同南優於北這一
點，同樣是在這封信中，他就曾說道：

足下所致刻集……盡削去鉛澤藻飾，而出其骨體天質以角世之
浮靡者，即不能得一二少年名聲，吾知其後必傳矣，勉游自愛。于
鱗云：吳下闒闒詩書，超乘而出，是為難耳。此語極有致。即家握
靈蛇、人抱崑山，交賈聲價，以馳四方，其果當於足下心者誰耶？

〔註61〕 分別引自王世貞《弇州續稿》卷四十、四十二、五十、四十一、四十三、四
十四、一百九十一、四十七、二百六，景印文淵閣四庫全書，第 1282、1284
冊。

〔註62〕 王世貞：《答吳瑞穀》，《弇州四部稿》卷一百二十八，景印文淵閣四庫全書，
第 1281 冊。

《答邢知吾》又云：

> 公所示北人難雅語而寡叶聲，自詭差長，大都已得之，誠不願
> 公爲教辟驕志之齊風也。唯寓思稍加研深耳。大小文尤更古雅，冷
> 語散辭，出入東西京，間採《世說》，讀之令人心折。僕所以差能赤
> 幟一方者，政爲能舍吳裝耳。公能不爲北所束，何所不佳？〔註63〕

王世貞認爲自己之所以能夠取得一定的文學成就，其原因就在於能夠捨
棄吳地浮靡的創作風氣，以中原的「骨體天質」自相砥礪；同理，作爲北人
的邢知吾若想超乘而出，也必須擺脫「齊風」「敖辟驕志」的缺點，用南人擅
長的深沉之思加以彌補。超越自身地域的限制、兼綜南北之長，這才是王世
貞心目中最合理的創作方法。

在隆慶末至萬曆初，當復古之風因後七子的倡導而在全國各地達到極盛
之時，王世貞由於受到吳中文學傳統的二次浸染，以及出於對四方投刺「雷
同」的厭煩，曾經有意識地以吳地風格對其進行反撥。那時的他，字裏行間
充滿了對吳風的推揚：

> 余既以病屏廢，然不能盡謝筆墨，而少年噭名者猶日聊蕭之，
> 顧剽襲蠅擾、讒譽蛙沸，幾令人厭而思唾……時宗良方危忌者，邑
> 邑不自得，盡袠其所著各體曰《石蘭館藂》者凡如干卷，謂王先生
> 幸賜一言之評，以爲異日不朽地。余得而盡讀之，大要氣清而調爽、
> 神完而體舒，其用事切而雅、入字峻而穩，運思深而不刻，結法逋
> 而有餘味。即不能盡捨歷下、信陽之筏而登彼岸，要之其發於機而
> 止於成器者，自不可誣也。（《朱宗良國香集序》）

> ……嘉靖間……天下之文盛極矣。自何、李諸公之論定，而詩
> 於古無不漢魏晉宋者，近體無不盛唐者；文無不西京者。漢魏晉宋
> 之下，乃有降而梁陳；盛唐之上有晉，而初唐亦有降而晚唐，詩之
> 變也。西京而下，有靡而六朝、有敲而四家，則文之變也。語不云
> 乎？有物有則。能極其則，正可耳，變亦無不可。張公於古靡所取
> 財（材），於諸公間亦靡所傳麗，而能用其所自發之機於偶觸之境，
> 當於無意有意之間，而得其或離或合之矩……（《蒙溪先生集序》）

> （孟起詩）合者置之錢劉之側，不至矍圃之見汰；降而就景傳

〔註63〕王世貞：《答邢知吾》，《弇州續稿》卷一百九十八，景印文淵閣四庫全書，第
　　　　1284 冊。

事，香山之叟吾故知其把臂入林也。今操觚之士扼擊而談建安、開
元，驟見余之序孟起詩，必大駭，以多可少否。藉令苟狗少年之好
而唯影響之趣，余寧與此，不與彼也。(《王孟起詩序》)

　　自余與歷下生修北地之業，慕好之者靡不鴻舉豹蔚、金石其聲
以自附於古，而才情未裕、景事寡劑，騖於雄奇崢蒼之觀，而略於
澹蕩優柔之致，識者歎焉。(《巨勝園集序》)〔註64〕

　　而隨著年歲漸老、歸寂入道，一意「焚棄筆硯」的王世貞對文壇狀況不
再那樣關心。他此時首要的任務，是尋找到一個才華橫溢而又篤志古學的士
子作為自己的接班人，將復古事業傳承下去。於是，元美文學思想的天平又
一次偏向了復古，在把文壇交給繼任者之前，他要確保學古主張堅實不可動
搖的地位。這位繼任者，王世貞選擇了胡應麟。在此之前，元美曾經屬意於
魏允中，但魏氏在中第入朝之後便將精力投入到了政事之中，對詩文不再執
著。此時出現的胡應麟，則恰好填補了這一空缺。胡氏是浙江蘭溪人，地處
吳、越之間，從地域身份上來說與王氏更為接近，他的才華、《詩藪》中所持
的理論主張，也都十分符合元美的期待。為了使這位接班人能夠更好地傳承
自己的思想，元美在二人往來的信件中屢屢對其加以指導，如：

　　足下謂詩文騷賦雖用本相通，而體裁區別，獨造有之，兼詣則
鮮；又謂精思者陋而簡於辭，博識者濫而滯於筆，篤古則廢今，趨
今則遠古。斯語也，誠學士之鴻裁而藝林之匠斧也……記僕初遊燕
中，僅踰冠，與于鱗輩倡和，時妄意一策名藝苑，不至終作吳地白
眼兒足矣……才騁則禦之以格，格定則通之以變，氣揚則沉之使實，
節促則澹之使和。非謂足下所少而進之，進僕所偶得者而已……

　　足下詩大抵格調高古、音節鴻弇，目中所見，自屠青浦外鮮偶
者。即老將，非十萬卒憑堅城當之，未易支也。唯歌行洶洶，不無
才多之慮，小加裁損，乃愜中耳。

　　辱損致全集，瓌奇雄麗，變幻縱橫，真足推倒一世。僕嚮為足
下作序，僅觀計偕、岩棲二種，中諸體尚未備，故末以西京、建安
相勗。今讀臥遊諸作，古詩、樂府已深入漢人壼奧，平處尚可馳騖
公幹、仲宣，不知曹氏兄弟為何如耳……

〔註64〕分別引自王世貞《弇州續稿》卷五十二、五十二、五十四、五十四，景印文
　　　　淵閣四庫全書，第1282冊。

張幼于來，致足下哭家弟七言律十六章，及寄僕五言律十六
章，高華雄爸，整栗沉深，而用事用意變幻百出、描寫如生，可謂
當代絕倡……僕嘗謂元瑞詩紀律森嚴則岳武穆，多多益善則韓淮
陰……

僕故有《藝苑卮言》，是四十前未定之書，于鱗嘗謂中多俊語，
英雄欺人，意似不滿。僕亦服之，第渠所棄取卻未盡快人意。得足
下《詩藪》，則古今談藝家盡廢矣……

公車之事，當與兒輩共之；不朽大業，則唯足下是寄。〔註65〕

以上種種引導、建議、規勸，都可說是王世貞經過多年沉澱後總結出的
復古思想精髓，他對胡應麟如此傾囊相授，也無非是爲了那一句「不朽大業，
則唯足下是寄」。可以想像，如果沒有「復古領袖」、「文壇盟主」這些標籤的
束縛，王世貞中年後創作風格的轉變，當不止如此而已。胡應麟後來回憶起
當年與世貞、世懋兄弟的交往時，曾云：

庚辰夏，過小祇園長公譚藝，次偶及李于鱗文，長公曰：「余
初年亦步驟其作，後周覽戰國、西京諸家，乃翻然改轍。于鱗初極
不喜，久之，余持論益堅，李遂止，弗復更言。」……兩王公筆札
間推轂濟南不容口，其面論不同乃爾。蓋兩公於李交厚，董狐之評
不無少曲，而其指往往寄寓他文中，初學不盡參其集，未易悟也。

〔註66〕

事實上王世貞晚年在很多爲他人所作的集序中，都透露過對李攀龍主張
的糾正，只不過後學能否體會其「微言大義」，便要看其自身的悟性如何了。
這種委曲表達自我觀點的方法與其史學寫作有異曲同工之妙：在正式場合，
他永遠是復古的堅定支持者；但在私下裏，他卻會偶而站在吳人的立場上，
對復古之弊進行針砭。此種「微言大義」，若不對元美的作品加以全面觀照、
解讀，的確很難意識到，所以胡應麟才會將其特意拈出、指點後學。

在王世貞晚年的著述中，諸如此類的立場變換並不少見。它的文學意義，
首先是促進了吳中風氣成爲主流的進程，使士人對其的接受度大大增強。這

〔註65〕分別引自王世貞《答胡元瑞》一、六、八、十五、十六、二十，《弇州續稿》
卷二百六，景印文淵閣四庫全書第 1284 冊。
〔註66〕胡應麟：《書二王評李于鱗文語》，《少室山房集》卷一百六，景印文淵閣四庫
全書，第 1290 冊。

也使得後來袁宏道等舉起以吳中傳統為基礎的性靈大旗時，會那般一呼百
應；其次，站在吳中立場上對復古的反思、與站在主流立場上對吳中的批評，
這兩者相結合，也增強了吳地與主流文壇間的交流與互動。

　　但胡應麟最終並沒能成為文壇盟主，王世貞去世之後不久，公安派便風
靡吳中；其復古派正統繼承者的位置，也被吳國倫、李維楨等所取代。事實
上，胡氏繼承的只是王氏思想的衣缽，而非吳中文學的脈絡。萬曆後期，吳
地文壇的重心逐漸由太倉轉移到嘉定，主流思想觀念也開始發生進一步變
化。為何會出現這種轉移？王世貞在其中發揮了什麼樣的作用？這些問題則
是本文第五章所要探討的內容了。

第五章　崇仙入道與心態回歸：吳中文化環境與王世貞晚年文學思想

第一節　崇仙入道與王世貞晚年心態

　　對王世貞晚年的思想狀況，學界大多以其隨曇陽子、也即王錫爵之女王燾貞修道為關鍵點進行論述。事實上，在萬曆七年隨曇陽子學道之前，王世貞就已經產生了退身保戒的念頭。從梁有譽的病歸羅浮到黃姬水的尋藥，友人們對長生久視的熱衷使他對道教從來就不陌生〔註1〕。不過他真正開始對此產生興趣，還是在遭遇父難返回吳中之後。巨大的人生轉折與後來屢起屢躓的仕宦經歷，使他在心態日趨消忄的同時，逐漸受到了吳中自由信仰空氣的浸染。隆慶三年，任官浙江的王世貞結識了寓居其地的徐獻忠。徐氏號長谷，華亭人，嘉靖四年舉人，曾任奉化知縣，後棄官歸，居於吳興〔註2〕。元美《送徐長谷詩後》云：

　　　　余以己巳閏六月過長谷先生飯，是時先生甚健，進肉餌，兩頰

〔註1〕如王世貞《歌行長短三首贈梁公實謝病歸》其三即云：「汝謀結室羅浮頂，下飲仙人葛洪井。桂樹宛宛山日深，松花濛濛白雲冷。」又《八哀篇・黃山人姬水》云：「淳父負奇癖，形骸更土木。……霏霏吐屑金，宛宛成葉玉。」可知梁、黃二人俱有求道之事。

〔註2〕參王世貞《文林郎知奉化縣事貞憲徐先生墓誌銘》，《弇州四部稿》卷八十九，景印文淵閣四庫全書，第1280冊。

紅膩。出一紙授余，曰：此羅仙翁書也。……其辭亦多養生家指，

且云有異夢，蓄之十年，……而史少卿際來迎煉藥於玉陽山房，當

以七月初赴。……〔註3〕

是年七月，徐獻忠赴玉陽山房，然僅半月許便去世了。王世貞初聞徐氏所述「羅仙翁」事時「甚異之」，「後遇董尚書、吳參政、唐比部，皆好談養生者，云俱得羅書，書大抵如前指。」不過他查考成化間羅姓登第者，卻並無此人，且羅氏仙翁若果真存在，那麼「百三十八年，胡寥寥至於今而始著也」？可見元美對此事是存有疑問的。但他後面言及自己對此事的感慨，卻說：

羅事不足深論。獨歎生世之無憑，如釋氏所謂一剎那間者。而

余與先生得之晚而失之易，爲可悲耳。

徐獻忠也好，「羅仙翁」也罷，其實都並非王世貞關注的重點，他於此中感受到最深切的情緒，乃是「生世之無憑」。理想的消解、人生道路選擇的兩難、自我價值實現的迷茫，時間使他的心境從父親被殺時的巨大痛楚中平復起來，卻又在定位的迷失裏逐漸走向消沉。這或許才是他後來轉入佛道的真正原因。相比成就功業、立言不朽，心境修養的提高顯然更利於自我愉適而易得實效。類似「羅仙翁」故事的異教崇拜，也正是由於切中了當時士人的這種心理缺失才能產生一定的影響。

徐獻忠煉藥尋仙的故事爲王世貞後來的求道生涯打下了一個伏筆。此後，宗教意識在他思想中占的比重愈來愈大。隆慶五年，世貞、世懋兄弟築室以居月潭和尚，與之遊處甚密。據其《塔銘》記載，月潭和尚在太倉觀音庵圓寂時，「緇素會送及觀者盈萬人，咸合掌咨歎」〔註4〕，可知這種全民性的狂熱到了何種地步。這種暗含個性解放意識的宗教崇拜在萬曆初曇陽子事件中達到了高潮。曇陽子名王燾貞，乃王錫爵之女，其道法所自據王世貞《曇陽大師傳》所云主要有二：「曰觀世音，教主也；曰金母，司仙籍者也」，「師承」有三：「蘇元君，上師也」、「朱眞君，本師也」、「偶霶㜩，導師也」〔註5〕。

〔註3〕 王世貞：《送徐長谷詩後》，《弇州四部稿》卷一百二十九，景印文淵閣四庫全書，第 1281 冊。

〔註4〕 王世貞：《月潭和尚塔銘》，《弇州續稿》卷一百十，景印文淵閣四庫全書，第 1283 冊。

〔註5〕 王世貞：《曇陽大師傳》，《弇州續稿》卷七十八，景印文淵閣四庫全書，第 1283 冊。下文凡引自《傳》者出處皆同此，不再注出。

「金母」也即西王母。將釋教的菩薩、梵語與道家的傳說混爲一體，反映了曇陽教濃烈的三教合一性質，從《傳》起首「至道之精，無形無名，……流遙派疎，世名三之，……超一函三，惟我大師」之語也可見出這一點。

關於曇陽子是如何示靈示現、使王世貞拜服進而皈於其門下的，筆者認爲可以用以下幾個階段來概括：一，通過王錫爵向其佈道。《曇陽大師傳》云：

> 明年正月，爲己卯間，（曇陽子）日燕居深坐，若有憂者。學士（王錫爵）怪，問之，師曰：「兒神乍一出而惝恍夢境，數驚數喜，豈其陰神耶？夫陰神者鬼趣也，余希上乘而性命之不俱徹，如負吾師何？」是時不佞世貞屏跡小祇園，竊聞師之槪而心慕之。適學士見訪，語次，不佞歎曰：「此天人關也。……」

但通過王錫爵將所見所感告訴王世貞，畢竟還只是間接影響，於是階段之二便是以「神力」傳語。《傳》云：

> 其又二日，（曇陽子）間語學士曰：「可之王某（即指王世貞）所而詰之，前三日鬥戟有所獲否？」……學士以語世貞，亡獲也，……又一日而西關之候人以片紙來，其題蹟云：曇陽子列仙到驗。
>
> ……明日，世貞甫蓐食，一嫗齎甌水絲縧踵門請謁，曰：「五鼓之廟所，而若有皂衣人手二物，謂『與我貽王中丞，必面之，不者且禍汝。』語畢，忽不見。」
>
> ……其又五日，漏盡一更，孺子來致黃冠，下有髮紛，承之，曰：「昏時之飛雲橋憩，而有褐色衣媼以屬我，曰『若可西叩王中丞第而授之』。」……世貞復之學士所，裁啓以謝，而亡何師有報言，滿一紙，汲引慰借，出之苦海迷途而婉導之。自是往復皆繇學士，不假神力矣。

傳紙於守門者，以「仙人」身份命老嫗、孺子送來絲縧、黃冠等物，其實都是曇陽子示現「神力」的手段，以此令元美主動來拜謁自己。之後的第三階段，則是上帛誓、示「神跡」：

> 而是時師要世貞上誓帛，則上誓帛，其文在師所。眞君見而語師曰：「新弟子可憐也，爲日使之一見可乎？」乃以孟夏之二日呼世貞偕學士見。見狀及灑法水俱如前，獨眞君右卻，邇門隙作洪語曰：「不要悔、不要悔。」蓋群眞別而門啓，世貞入叩首庭中，……語畢出。蓋世貞始獲謁師。

在經歷了一系列神跡、神啓之後，元美似乎已對曇陽子完全信服，尊其
爲上眞仙師，並與王錫爵建道觀以居之：

> 時世貞與學士謀買地城之西南隅，少僻而野，有水竹之屬，築
> 數椽以奉上眞，而茅齋翼之，冀他日得謝喧以老。而師許之，曰：
> 吾蜕而龕歸於是。因署其榜曰曇陽恬憺觀。恬憺者，師所繇成道指
> 也。

元美晚年有很大一部分時間是在這座恬憺觀中度過的，一方面是由於其
地冷僻清幽，有助修習，另一方面也是爲了躲避絡繹不絕的請謁求文者。道
觀建成以後，曇陽子的聲名在當地愈加顯揚，《傳》云其乘舟出行，「他舟焚
香問訊者不絕」，在徐氏墓前行祭禮時，「觀者且百千人，不可屛」。這種集體
狂熱的狀況終於在其坐化時達到高潮，九月初，曇陽子即自言將於重九日化
去，召見世貞等稱弟子者，發八條戒規，後又見「諸薦紳先生、四民緇黃以
下至娟孺可萬餘人，明日復倍之」。其化去當天，「命女僮傳語：『吾曇鸞菩薩
化身也，以欲有所度引故轉世耳。』……遂復暝」，「時柵以外三方可十萬人，
拜者、跪者、哭而呼師者、稱佛號者不可勝記」。可見其盛況。

從《曇陽大師傳》及其他相關記述來看，王世貞對曇陽子的崇信是相當
眞誠的，並不像當時一些譏詆者所云是在作僞張大。曇陽子所示種種「神跡」
是否眞實，其實並無太大查考的必要，欲研究此事在王世貞晚年文學思想中
的意義，關注的重點還應放在其教義的內在指向性上。《曇陽大師傳》中曾記
載諸「上仙」以心魔試曇陽子之事，云：

> 嘗夢之曠野，則有婦粧而偶坐，手簿書，其標曰《相思》，師
> 念此非邪也耶？叱使去。忽復一狡童見凌，輔且屬，師極力擠之坎。
> 俄而介者來，露刃譁曰：「奈何傷吾兒？從吾婚則生，不者立斷汝頸。」
> 師即引頸受，刃欲下而眞君至，大笑，遂蘇。
>
> 一夕，少年衣冠者前通刺曰：「余徐生也。念夫人以我故過自
> 苦，特來相慰咰。」師正色對曰：「吾自守吾志耳，寧爲情守？嘻！
> 而它鬼耶？則速滅；果徐子耶？歸而待我異日之魄於墓！」少年乃
> 愧謝去。

以上二夢，前者意在「無欲」而後者意在「無情」，這是曇陽子意圖告訴
信眾的關鍵兩點。她雖是因徐氏去世而守節，但卻是「自守吾志」，而非「爲
情守」。筆者認爲，這與湯顯祖借《牡丹亭》中杜麗娘形象傳達出來的主張是

差異甚大的。其整體教義取向與心學亦截然不同。曇陽子亦講「心」，但她由「心」引出的卻是佛學的教義：

　　　　心可調矣，我相、人相俱忘之矣。……習事以鍊性，不聞亂性
　　　也。夫靜自女習之，亦女識之。心攝境則真空也，為境攝則頑空也。

又云：

　　　　學士嘗從容求道，師曰：「但於十二時檢點身心中過而已。」
　　　學士漫應曰：「覺未有過在。」師笑曰：「此一念即過也。」學士大
　　　愧服。……手一札示之，大略謂如來三十二相皆從無相得，無相莊
　　　嚴，皆由無心作，心靜神凝，自然之理，……所論衣鉢，雖即心見
　　　道，尚未見性成真。

　　無情無欲，無相無心，曇陽子的理論以「澹」為宗，恬澹無為、調和眾理，是其教義中最具鮮明特色的兩點，而這兩點對王世貞晚年的文學思想都具有相當大的影響：

　　首先是創作風格上對「澹」的趨向。曇陽子曾對元美言：「吾道無他奇，澹然而已。嚮語若固靈根、去嗜好、薄滋味、寡言語，久而行之，即不得，毋厭倦。」又貽書王世懋云：「道包天地、離有無，不出澹之一字，……吾行之後，為官求道，俱不可著一分濃豔氣。」〔註6〕作為曇陽教義的核心，「澹」不僅是獲道的必由之路，更是為人處世的軌範。以此為準則，王世貞後期的詩文創作也一力向清遠淡泊、無「濃豔氣」的傾向發展，如：

　　　　縱減塵中累，猶殘物外名。從人稱下壽，而我愛無生。僧報鐘
　　　時飯，船餘網後羹。陶觴與何肉，雖有不關情。（《誕辰次日解齋自
　　　嘲》）

　　　　社中諸儁摠能文，況復柴桑有隱君。十載空林成獨往，一宵清
　　　晤又離群。拈來小草誰偏愧？賦得文無也愛聞。稍喜吳門如練色，
　　　不妨猶掛秣陵雲。（《同年韓令君、百穀、齊之諸賢邀餞幼于館，分
　　　韻得雲字》）〔註7〕

　　與這種澹泊簡遠風格相應的，是寫作時的率意自恣：

　　　　匡牀眠坐儘優游，興至三杯過即休。小出便支邛竹杖，輕寒旋

〔註6〕亦出自《曇陽大師傳》。
〔註7〕分別引自王世貞《弇州續稿》卷十三、十八，景印文淵閣四庫全書，第 1282
　　　冊。

進木棉裘。爭春桃李差嫌富，滴雨空階不起愁。較得近來詩句拙，肯容心力費雕搜。(《偶成》其一)

此時定笑玉生癖，土室僵臥如袁公。有足卻依兀者坐，得句總讓釘鉸工。(《幼于欲……抵四明觀日出，……謂余作一歌壯其行，拈筆得數語。蓋余入靜來不復措意於工拙矣》) 〔註8〕

因歸心入道導致的價值觀重心轉移，使王世貞此時的文學功能觀也進一步向自適、自娛發展：

奇人縱可敵揚雄，才鬼那能勝葛洪。仙字囓完還作蠹，古文雕盡僅名蟲。迂謀欲寄千秋後，夙業都收一寸中。最好祖龍真解事，談天非馬頓成空。

春來約略保殘身，第一先教筆硯塵。不出幸逃歌鳳句，空言羞博愛龍人。冰絃斷盡琴心顯，蘚匣埋深劍氣真。會得維摩法門意，孤峰何處不嶙峋。〔註9〕

無論平實通脫的詩歌風格還是「不復措意工拙」的自適觀念，都反映了對「澹然」、「無心」的仙道思想的貼近，與其前期在功業理念指引下高揚蹈厲的高古、悲壯傾向截然不同。此為崇仙入道對王世貞晚年文學思想的影響之一。

其二則是曇陽教義中調和、「中庸」思維特點對元美「劑」主張的作用。上文曾提到，「劑」的主張被王世貞於萬曆二年在《黃淳父集序》中正式提出，其主要內容是希望將吳中與中原的文風加以調和，以達到「巧不累體，豪不病韻」的境界；之後又因轉宦各地的經歷而逐漸發展成較普泛意義上的南北相「劑」。但在接受曇陽子思想影響之後，這種「劑」的觀念則又發生了一些變化。《曇陽大師傳》中云：「(王錫爵) 剛腸嫉惡，每自恨不能藏汙垢，如食在口，必吐之；師 (曇陽子) 委曲而劑其偏，不調不止。」又記其言曰：「道自和光入者乃真門也，自無欲速修者乃真路也，自不妄語始者乃真芽也，貢高以求異名、躐分以示異證，沉五欲海而托菩薩行，彼哉？彼哉？」宣揚的實際都是和光同塵、無欲保身的觀念，具有相當鮮明的持中色彩。尤其是對儒釋道三教傳說及哲學體系的融合，更體現出這一點，《傳》云：

〔註8〕分別引自《弇州續稿》卷十七、十，景印文淵閣四庫全書，第 1282 冊。

〔註9〕王世貞：《將斷文字緣，作此》二首，《弇州續稿》卷十七，景印文淵閣四庫全書，第 1282 冊。

　　一夕夢眞君口授一編，曰《法照悟圓靈寶眞經》，覺而能臆之，
且書之，以語學士，曰：「是道經也，而禪語。」

　　師又言見金母（西王母）謁大士（觀世音菩薩）甚恭，大士爲
起，延坐接膝，語笑欵欵。……云：金母亦十地菩薩化也。或以爲
文殊。

　　一日戲謂弟衡：「若欲我禪者化乎？將道人化乎？」衡不能對。
則又曰：「而知二氏之化而不知而儒者化。夫乘理而來，乘理而去，
則三化一也。」

　　師所教人習《金剛》、《心經》、《黃庭》、《內景》、《道德》、《陰
符》，以爲身心要。

這對王世貞有很深的影響，在《傳》之末尾，他寫道：「禪者言性而不及
命，玄者言命而不及性，儒者言有而不及無，至於末季若讐矣。……若乃謦
欬帝眞，跆籍塵滓，光顯博大，精微要眇，悟性至命，並行不悖……舍我師
奚適哉？」而他晚年對「劑」的闡釋，如：

　　能酌於深淺濃淡之間，高不至浮，庳不至弱，稍加以沉思，則
可揖讓高岑而蹈藉錢劉矣。……子姑爲我見元瑞，使彼不惜格降而
博求其變，子程格而務深沉其思，又何古人之不可作？（《馮咸甫詩
序》）

　　諸前我而作者，涵洪併纖、與亭毒並，吾故推獻吉，然不能諱
其淬；絕塵行空、卿雲爛分，吾故推昌穀，然不能諱其輕；鳴鸞珮
瓊、萬象咳唾，吾故推仲默，然不能諱其屝；……融而超之，于鱗
庶幾哉，然猶時時見孤詣焉。（《胡元瑞綠蘿館詩集序》）

　　子之詩質文劑矣，情實諧矣，抑揚頓挫足矣。（《潘景升詩稿序》）

　　聲響而不調則不和，格尊而亡情實則不稱。就天下之所爭趨
者，亟讀之若可言，徐而覈之，未盡是也。先生與文待詔氏之調和
矣，其情實諧矣，又安可以浮響虛格輕爲之加而遂廢之？（《湯迪功
詩草序》）〔註10〕

也同樣顯示出這種重視調劑、融合的特點。「深淺濃淡」、格與變、質與
文、聲與情，調和衡平的觀念已從原本的風格論涵義滲透到了其文學思想的

整體。應該說，這是入曇陽教門之後王世貞詩文理念中另一較爲重要的轉變，而曇陽教本身是吳中淫祀風氣的產物，因而元美晚年的思想變化，說到底還是中年歸吳後受到其地人文傳統浸染的後續結果。

第二節　王世貞晚年文學思想的非自洽性與晚明嘉定文壇的崛起

入曇陽教門、守恬澹教義，「崇仙入道」之後王世貞的詩文創作呈現出越來越明顯的求適自愉、樸質隨意傾向，但另一方面，他又難以完全捨棄堅持了這麼多年的復古格調理念。兩種意識觀念碰撞到一起，使其晚年文學理論中逐漸出現了一些無法自洽的現象，表面的和諧圓融之下，隱藏著不少難以調和的矛盾與齟齬。

一、王世貞晚年文學思想的非自洽性

1、「恬澹」與格調

王世貞《朱在明詩選序》云：

> 在明材甚高、氣甚暢，其發而爲詩，語甚秀、調甚逸，風之泠泠有餘響焉。大要以自當一時之適，不盡程古人，然試以協諸古，亡弗協也。〔註11〕

此文後有「余隱矣」之語，又前之《刻陳生注陰符、道德經敘》中云「余自家徙入觀之三日」，可知爲元美徙居恬澹觀之後所作。文中雖言朱在明「材高、氣暢」，但論其詩風時，卻用「秀逸」二字加以概括，並云「大要以當一時之適，不盡程古人」。這與王世貞前期「格高調古」、壯闊雄渾的詩學追求相比已發生了很大的改變。自從跟隨曇陽子學道之後，他的文學主張與風格取向愈來愈偏於自適、悠然、恬澹：

> 定父之詩……近體或澹或壯，要多自胸臆出之，而<u>不染於色澤</u>。(《黃定父詩集序》)

> 邦憲之於詩，雖不專爲高岑，亦時時入錢劉，然<u>意清而調和，遠於拘苦、粗豪之二端</u>。(《朱邦憲集序》)

〔註11〕王世貞：《朱在明詩選序》，《弇州續稿》卷四十四，景印文淵閣四庫全書，第1282冊。

（詩）類多調暢和適，與吾之性情會，……文尤不規規於古，
然本之蓄而裁之識，剴切詳到，悠然出於天則者。（《王參政集序》）

（詩）精而求之，有建安、開元在，雖然，反之心而已。（《何
仁仲集序》）

先生之所治詩，外觸於境而內發於情，不見題役，不被格窘，
意至而舒，意盡而止，吾不知於變之窮否何如，其能發而入於自然
固饒也。……千八百年中，陳正字以沖淡劑之，次則眉山伯仲，儼
若平林之迤邐、煙雲之霏靉，與平湖之汪洋淡沲，舍險而就夷，去
雕飾而存質氣，以視相如、子雲，吾不知所先後也。（《白坪高先生
詩集序》）〔註12〕

「不染於色澤」、「意清而調和」、「調暢和適」、「悠然出於天則」、「去雕
飾而存質氣」，這些評論話語鮮明地反映出王世貞此時崇「適」尚「澹」的文
學思想。但是，在與這些序文幾乎作於同時的另外一些文章中，卻又顯示出
另一種觀念主張，如：

余嘗謂詩之所謂格者，若器之有格也，又止也，言物至此而止
也。（《真逸集序》）

余讀之（世周詩），蓋彬彬乎具體矣。……古選既不落節，時
時獨詣；歌行尤自奇逸，的然青蓮隆準；七言律絕瀟灑超著，將無
五字小隳長城？然當其得意，亦錢劉之造也。（《王世周詩集序》）

夫雪樵子生江左，顧盡能脫其靡靡冶柔之習而能務完其氣。
（《葉雪樵詩集序》）

七言歌辭翩翩自肆，或深或淺，不名一家。獨近體為小贏，而
絕句時自會心。文主東京語，間入晉宋，旨不必雋而骨在，緯不必
麗而質勝，……（《俞仲蔚先生集序》）〔註13〕

接受曇陽子「恬澹」思想影響之後的王世貞愈來愈欣賞沖淡自然、不加
雕飾的作品，但自少年時期便樹立起來的復古格調觀念以及文壇盟主的地位
又使他對體氣雄壯、刻意求古的詩文充滿欣賞。兩相牽扯之下，其理論表述

〔註12〕分別引自王世貞《弇州續稿》卷四十一（前三篇）、四十三（後兩篇），景印
文淵閣四庫全書，第 1282 冊。

〔註13〕分別引自王世貞《弇州續稿》卷四十二、四十三、四十四、四十四，景印文
淵閣四庫全書，第 1282 冊。

就出現了類似上面的難以自洽的現象。有的時候，這種牽強生硬的感覺甚至會在一篇中體現出來，如《華孟達集序》：

> （華孟達）曰：「……遠而左馬莊屈、建安李杜，吾師之；近而北地、濟南，吾儀之。……」余益異之，乃爲竟其詩若文，詩體出入中古，躡長慶而攀永嘉，清楚沖夷，有悠然自賞之味。〔註14〕

在此文中，王世貞認同華氏師習「左馬莊屈、建安李杜」、宗尙李夢陽、李于鱗的主張，但在創作上，他欣賞華孟達的卻是「清楚沖夷」、「悠然自賞」。這種作品狀況與理念表述的不對應，其實正反映了王世貞此時自身詩學觀念中的一些裂痕與不圓滿之處。

2、「出之自才，止之自格」

王世貞晚年由於受到「恬澹」影響造成的文學思想的非自洽性，還體現在一些理論話語中，如：

> 先生所爲詩若五七言古體，雖不爲繁富，亦不孜孜求工於效顰抵掌之似。大較氣完而辭暢，出之自才，止之自格。人不得以大曆而後名之。……〔註15〕

何謂「自才」、「自格」？在這篇序文中，元美並未對此加以解釋。而他在《水竹居詩集序》中所說的一句話或可與此相互印證：「衝口之所發，天下之至規萃焉。」〔註16〕「至規」、「至法」與「衝口之所發」，實際上代表著兩種詩學觀念，前者體現了格調派的規範意識，而後者講求的卻是隨意、自然。由此可知王世貞所言之「出之自才，止之自格」，是指既有所師法典刑，卻又能夠不露蹊徑、不顯模擬痕跡的詩文表現方式，換言之，也即在復古的基礎上形成自己的創作風格。

王世貞的這一表述看似十分完美：既保證了對格調的要求，又泯去刻鏤雕削的痕跡，在恬澹的基礎上達至自然，正符合了他入道之後對文學作品兩種矛盾的喜好趣尙。但若仔細琢磨，便會發現在表面的完滿之下，這一表述實際存在著一些無法自洽的地方：首先，何謂「自格」？如何將古代詩歌典

〔註14〕 王世貞：《華孟達集序》，《弇州續稿》卷四十三，景印文淵閣四庫全書，第1282冊。

〔註15〕 王世貞：《方鴻臚〈息機堂詩集〉序》，《弇州續稿》卷四十五，景印文淵閣四庫全書，第1282冊。

〔註16〕 王世貞：《水竹居詩集序》，《弇州續稿》卷四十四，景印文淵閣四庫全書，第1282冊。

範的特徵融入自己的創作實踐當中、使之成為「自格」？其次，怎樣才能限制才思的過度放縱，使其保持在「自格」的範圍內？在格調規定性存在的前提下運用才思，相當於戴著鐐銬跳舞，並非不能成形，卻很難真正達到神與境會、物我兩忘的藝術最高境界，反而容易顧此失彼、失去靈魂。因而「出之自才，止之自格」看似是將格調與自然結合在了一起，但實際上卻沒有將它們加以有機融合。基本意義的含混使「格調」失去了它本身具有的規定性含義，復古意識的始終存在又令作者很難真正做到「衝口而發」。淘洗之極，歸於自然，這是多麼高的難度，就連王世貞自己也很難完全做到，遑論他人。故與其認為這是他晚年文學觀念逐漸向性靈思想靠攏的「進步」，倒不如說這是對兩種觀念的勉強牽合，反而失去了原本鮮明的理論特色與作品風格。既厭倦千篇一律的割裂拼綴，卻又不願放棄對格調的要求，造成的結果便只能是觀念表述的難以真正自洽。

　　王世貞晚年文學思想中類似的矛盾與無法自圓其說之處還有不少，它實際上反映了文化思潮轉型時期特殊的理論樣態。正是由於它們的存在，才為後來吳中文壇的進一步發展提供了機會。隨著王世貞的息心歸寂，吳中其他區域文壇逐漸開始崛起，其中最值得注意的，便是嘉定。

二、王世貞與嘉定文壇

　　王世貞與嘉定文人的交往始於徐學謨。《弇州續稿·集虛齋書義序》云：

> 異時大宗伯河南沈公言：諸生少年之為公車業者日習為怪誕以
> 相高，而不得聖賢立言之旨，宜一切通行裁正，以成、弘間為鵠。……
> 當是時，天下之士有應有不應。……嘉定則吳之下邑也，前沈公而為
> 大宗伯者，其邑之徐公。徐公博曉經術，攻古文辭，而間出其餘以治
> 制科業；又少時嘗與瞿公相下上，以故嘉定之應之為尤速。〔註17〕

　　徐學謨為嘉定本土士人，嘉靖二十九年進士，歷任禮部郎中、湖廣布政使等，仕終禮部尚書。徐氏登第之後，與同鄉王世貞之間屢有詩文酬贈、書信往來。萬曆初王錫爵、王世貞因曇陽子之事被臺諫論劾甚迫時，還曾請徐氏在其中為之斡旋。不過二人在文學觀念上存有一定分歧：元美為復古派領袖，主張格調；而徐學謨前期追隨後七子，後來卻因受到歸有光思想的影響

〔註17〕王世貞：《集虛齋書義序》，《弇州續稿》卷五十五，景印文淵閣四庫全書，第
　　　　1282 冊。

而反對剽擬。但無論如何，徐學謨的仕宦身份使王世貞始終將其視爲嘉定文壇的代表，何況徐氏本身也確如引文中所言「博曉經術，攻古文辭」。此外，上引文中還言及嘉定的時文寫作以通達曉暢、求「聖賢立言之旨」爲根本，與其他地區「爲怪誕以相高」的風氣截然不同。元美認爲，這正是因爲其地文人們受到了徐學謨的影響：

> 今進士李先芳、鄉進士金兆登、冑子徐兆曦、張其廉、諸生婁
> 孟堅等十一人，皆其邑之良而遊於徐公之門、及爲其子婿者也。

事實上，嘉定士人之所以在時文寫作方面有此種傾向，主要是由於歸有光中年移居安亭講學，對其地的文學風氣產生了極大的導向作用，而非常年在外爲官、直至萬曆初才歸鄉園居的徐學謨所致。不過徐氏與王世貞之間的關係確實使不少嘉定士子得到了接觸這位「天下文宗」的機會，如殷都。殷氏字無美，嘉定本地人，萬曆元年中舉，十一年中進士，歷夷陵知州、兵部郎中等，後罷歸。王世貞在寫給徐學謨的一封信中曾說：「殷無美豪飲劇談，故自足賞；徐茂才者奇士，久困轅下，非公焉能使之驤首長鳴也。」〔註18〕可知殷都和「徐茂才」很有可能都是通過徐學謨才得以結識元美的。殷都對元美及其文學主張都非常服膺，自稱王門「高第弟子」。《弇州續稿·與殷無美》云：

> 以足下才，寧復終老公車？然數受造物侮，倉皇不能不實欣戚
> 其間，……次且久之，而足下之誨已先我矣。中間見飾過情，僕何
> 能爲德於足下？足下名故高於僕，非若東野、少游之有藉於昌黎、
> 眉山也。〔註19〕

由此信中話語可推知殷都在拜謁文中對王世貞推崇備至，將自己比作未遇時的孟郊、秦觀，而奉元美爲當世韓愈、蘇軾，其景慕之情可見一斑。元美則對尚未中進士的殷都加以安慰鼓勵，體現出一貫的禮賢下士、接引後進之風。隨著交往的進一步深入，二人在詩文方面也開始相互切磋，如：

> 前見足下耳熱，沾沾得窺斫輪妙用。第謂出語必不經人道，則
> 又與學士計之，此本目前物，恐搜山網海、翻爲罔象所笑。惟幸錄

〔註18〕 王世貞：《徐嘉定》，《弇州續稿》卷二百四，景印文淵閣四庫全書，第 1284 冊。

〔註19〕 王世貞：《與殷無美》其二，《弇州續稿》卷二百四，景印文淵閣四庫全書，第 1284 冊。

示一二以解我疑。……新刻《左氏》頗精，並有漿脯筍蒩少許將意。
《蘇長公外紀》能爲我小料理否？足下一目數行，不過假兩夕力，
結奎壁天上緣，亦是佳。新補博士弟子遂無一相識者，令人憒悶憒
悶。〔註20〕

此信前半段對殷都在詩文寫作方面加以指點：殷氏言寫詩當新奇、「出語
必不經人道」，頗有杜甫「語不驚人死不休」的意味；而王世貞在與王錫爵商
議之下，認爲詩歌乃觸景生情、興感而作，若是非要「搜山網海」、一力求新
求怪，恐怕會偏離詩之「自然」本義。後面，元美又提到希望殷都能夠幫忙
校勘《蘇長公外紀》，因「新補博士弟子」中無相識後輩。這兩段話表明此時
殷都與王世貞之間的來往已十分密切，元美不但對殷氏的詩學思想進行指
導，還將一些著作交給他做後期工作。這種潛移默化間的浸潤影響，對殷氏
乃至嘉定文壇整體來說都是意義深遠的。

在殷都之後，與王世貞有所交往的嘉定文人還有唐時升、婁堅等。萬曆
十六年王世貞出任南京兵部右侍郎之後，曾聘唐氏爲幕賓，與之「講析疑義，
往往會心」（王錫爵語）〔註21〕；婁堅則在弱冠之歲（萬曆元年前後）就已經
拜謁過王世貞，萬曆四年又與其子王士騏來往甚密，甚至後來還曾在王家做
過一段時間的塾師〔註22〕。唐、婁二人對元美都極爲推崇，唐氏《祭大司寇
王弇州先生文》云：

於皇我公，邁古先登。龍驤虎變，霧鬱雲蒸。無所不有，孰得
而稱？四部之文，播於八荒。上軼屈宋，下蹴班揚。蘇李渾成，顏
謝潔芳。或如曹劉，遒壯縱橫。及爲律詩，并包李唐……〔註23〕

並說自己「童稚之歲，知誦公文。河漢無極，望洋徒勤」，可見他對王世
貞文學主張的熟知程度及崇拜之情；而婁堅在元美去世後與唐時升、程嘉燧
等合寫的《合祭王大司寇文》則曰：「公之文章，行於天下。擬漢及秦，鼓吹

〔註20〕 王世貞：《與殷無美》其三，《弇州續稿》卷二百四，景印文淵閣四庫全書，
　　　　第 1284 冊。
〔註21〕 王錫爵：《三易集序》，載唐時升《三易集》卷首，四庫禁燬書叢刊，集部第
　　　　178 冊。
〔註22〕 參婁堅：《祭王稽勳同伯文》、《弇州公手札後題》，《學古緒言》卷十四、二十
　　　　四，景印文淵閣四庫全書，第 1295 冊。
〔註23〕 唐時升：《祭大司寇王弇州先生文》，《三易集》卷十三，四庫禁燬書叢刊，集
　　　　部第 178 冊。

騷雅。四部煌煌，世多習者。……某等辱在門牆，或故或新，不鄙而棄，於誼則均。」〔註24〕亦充分顯示出當時嘉定文人所受到的王世貞的深刻影響。

三、萬曆後期嘉定文壇的崛起及其文學思想史意義

若論及對萬曆後期嘉定文壇主流風氣的描述與評價，首要的參考文獻便是錢謙益的《列朝詩集小傳》。錢氏在「松圓詩老程嘉燧」、「李先輩流芳」等條目中曾反覆稱說，在後七子復古剽襲之風盛行之時，嘉定文人承歸有光衣鉢，不為王世貞所同化、最終發展出了一條自己的詩學道路。

這種說法有一定合理性，但同樣存在極大的片面性與蒙蔽效用。正如黃仁生在《嘉定派的醞釀過程考論》一文中指出，對以唐時升、婁堅、程嘉燧、李流芳為代表的晚明嘉定文人而言，「前輩『宿儒』中真正在文學上有重要影響的人物，主要是徐學謨和殷都，而歸門弟子充其量只能在經學上傳承師說，但錢謙益僅刻意渲染後者的影響，而對於徐、殷的文學成就與影響卻絕口不提」，「這種對於歷史上實際產生過重要影響的人物和事件有意淡化乃至抹殺，正是錢謙益歪曲歷史時慣用的狡黠手法之一」〔註25〕。

事實上，在嘉定文人的思想觀念中，王世貞與歸有光都曾發生過相當深刻的影響。由上文可知，王世貞晚年文學思想中有不少矛盾與無法自洽之處，而這些矛盾與疏漏則正好為接受了其影響的嘉定士人們提供了繼續思考、完善的路徑。例如程嘉燧，他同樣非常重視格調，尤其是聲律的和諧優美對詩歌抒情本質的作用，在這點上，他明顯受到了鄉賢前輩王世貞的影響；但與之相對的是，程氏十分反感對古詩文的辭句模擬。他認為在詩文創作的過程中，最重要的始終是性情而非格調。這又與歸有光的文章觀一脈相承。換言之，程嘉燧是在用震川的某些觀點對弇州進行補偏救弊，在比較、融合、調劑二者主張的基礎上尋找最合乎文學創作過程的指導經驗。這種更為溫和、平衡的主張，隨著新的文壇盟主錢謙益的出現，逐漸取代了王世貞在吳中文壇上的統治地位。〔註26〕

〔註24〕婁堅：《合祭王大司寇文》，《學古緒言》卷十三，景印文淵閣四庫全書，第1295冊。

〔註25〕黃仁生：《嘉定派的醞釀過程考論》，黃霖主編《歸有光與嘉定四先生研究》，上海古籍出版社2007年版，第137頁。

〔註26〕有關這一問題的研究，可參見本書附錄所收筆者《論晚明布衣詩人程嘉燧的人格心態與詩學思想》一文。

第三節 晚明吳中文壇盟主代興背景下的弇州「晚年定論」

　　既已弄清了錢謙益與王世貞之間的思想傳承關係，錢氏後來提出的弇州「晚年定論」便有了進行重新探討的必要。《列朝詩集小傳》云：

> （王世貞）操文章之柄，登壇設壇，近古未有，迄今五十年。弇州四部之集，盛行海內，毀譽叢集，彈射四起。輕薄為文者，無不以王、李為口實。而元美晚年之定論，則未有能推明之者也：元美之才，實高於于鱗，其神明意氣皆足以絕世。少年盛氣，為于鱗輩撈籠推輓，門戶既立，聲價復重，譬之登峻坂、騎危牆，雖欲自下，勢不能也。迨乎晚年，閱世日深，讀書漸細，虛氣銷歇，浮華解駁，於是乎泚然汗下、蓬然夢覺，而自悔其不可以復改矣。〔註27〕

　　錢謙益為何特意提出弇州晚年「自悔」、為王世貞翻案正名？從他對元美及後七子一貫的對立態度來看，此舉甚難理解。有學者認為，「錢氏強調王世貞晚年之『悔』，除因其本人降清晚年『自悔』而推己度人外，錢氏不喜七子派，可王世貞作為桑梓先輩，錢氏幼年又頗好其詩文，因此，頗有幾分維護鄉黨之意」〔註28〕。但問題在於，上節已述，為突出「嘉定四先生」破除復古流弊的功績，錢謙益竭力消除元美對其地的影響痕跡，甚至不惜連徐學謨、殷都的作用都略而不提，這樣的他，又怎麼會僅僅因「鄉黨之誼」便為元美翻案呢？其中應另有因由。筆者認為，牧齋之所以會如此做，乃是為了借王世貞的文壇向心力為己用；而提出元美「晚年定論」的說法，則是希望將士人們的注意力由太倉引向嘉定，進而延伸至身處常熟、卻承繼了嘉定文統的自己，從而重新樹立起吳中文壇的傳承脈絡。

一

　　誠如錢謙益所云，王世貞在明中後期文壇上的影響力無與倫比，「登壇設壇，近古未有，迄今五十年。弇州四部之集，盛行海內」。即使在他去世後，這種狀況一度也未曾改變。牧齋《列朝詩集小傳》「冒秀才愈昌」條云：

〔註27〕錢謙益：《列朝詩集小傳》丁集上「王尚書世貞」條，上海古籍出版社 2008
　　　　年版，第 436～437 頁。

〔註28〕參魏宏遠：《王世貞晚年文學思想轉變「三說」平議》，《浙江社會科學》2008
　　　　年第 4 期，第 90～91 頁。

愈昌字伯麚，如皋人。……作詩敏捷，千言不草，矯尾厲角，
舌辯如懸河，所至士大夫皆畏而禮之。伯麚遊王元美、吳明卿之門，
二公憐其才，每爲白其冤狀。而伯麚稱詩，奉二公爲祖禰，迄（今）
不少變。萬曆末年，抨擊七子者日眾，伯麚恪守師說，抗詞枝柱，
憤楚人之訾謷，至欲以身死之，此可以一笑也。〔註29〕

因曾受知於王世貞、吳國倫，冒愈昌終身奉其文學主張爲圭臬，面對萬
曆末年公安派、竟陵派興起後抨擊七子者日眾的狀況，他竭力反駁，甚至「欲
以身死之」，可見其對復古思想的服膺。當然，像冒氏這樣激進的崇拜者畢竟
是少數，不過很多曾受到元美賞識、指點的文士在創作及理論中始終秉持著
復古主張卻也是事實。諸如胡應麟、李維楨等七子派的後學擁蠆自不必提，
一些聲名不甚顯的詩人也同樣對元美念念不忘，如：

長孺少見知於李于鱗、王元美，賦才奇譎，搜抉奇字僻句，務
不經人弋獲，以爲絕出。（《列朝詩集小傳》丁集下「虞稽勳淳熙」
條）

稼鐙字翁晉，孝豐人，僉都御史峻伯之子。……峻伯與王元美
爲同舍郎，元美詩未有名，峻伯進之於社；而汪伯玉則峻伯所舉士
也。翁晉弱冠稱詩，爲二公所推許，長而掉鞅詞壇，勃窣苦心，自
漢魏以及三唐，無不含咀採擷。然而遊弇州、太函之門，風聲氣韻，
多所熏染，求其超乘而上，則未能也。（同上「吳通判稼鐙」條）

羨長嘗以長律一百五十韻投贈王元美，元美爲之傾倒。……才
氣蠭湧，晚亦知厭薄其窠臼，而聲調時時闌出，不能自禁。（同上「俞
山人安期」條）

景升少而稱詩，才敏而詞贍，從其鄉汪司馬結白榆社，又師事
王弇州。其稱詩弇州、太函也。久之，交袁中郎兄弟，上下其議論，
其論詩又公安也。……然景升既傾心公安，其詩故服習汪、王，終
不能有所解駁，中郎徒以論合，懂而收之耳。（同上「潘太學之恒」
條）〔註30〕

〔註29〕 錢謙益：《列朝詩集小傳》丁集下「冒秀才愈昌」條，上海古籍出版社 2008
年版，第 632 頁。

〔註30〕 錢謙益：《列朝詩集小傳》，上海古籍出版社 2008 年版，第 620、626、630、
631 頁。

以上四人，虞淳熙、吳稼澄一直崇奉元美，即使在他去世後詩文主張也未發生改變；俞安期、潘之恒後來觀點變化，轉投公安旗下，然創作習慣已然形成，難以擺脫。無論哪種情況，都說明王世貞及其復古思想的勢力直到萬曆後期也依然強大。士人們或服習其議論，或剿襲其作品，甚至「毀譽翁集，彈射四起」、「輕薄為文者，無不以王、李為口實」，這種駁斥蜂起的狀況，其實也恰好從反面證明了元美文壇影響力的深遠。

在這種情況下，錢謙益提出「弇州晚年定論」，顯然是極為引人注目的。在引發文人們好奇心的同時，成功地使視線與目光匯集到了自己身上。既然王世貞在文壇上的向心力還未散去，那便恰好可以拿來作為他推出自我文學主張的助力。此外，這種由後繼者站到臺前、揭示出一個大家都不曾知曉的事件的行為，也頗含有傳承與代興之意。但事實上，若元美真的有明確的「晚年定論」一類的東西，他為何不告訴一直作為繼承者培養的胡應麟、反而由錢謙益指出呢？因而應該說，王世貞晚年確有一定的自悔之意，但所謂「晚年定論」，則不過是牧齋特意提煉出來以借其影響力為己用的說法罷了。

二

那麼錢謙益設定下的「弇州晚年定論」，其背後含義又是什麼呢？這需要結合牧齋文集中對王世貞晚年文學思想的其他述論進行探考。牧齋既云：

> （元美）少年盛氣，為于鱗輩撈籠推輓，門戶既立，聲價復重，譬之登峻坂、騎危牆，雖欲自下，勢不能也。迨乎晚年，閱世日深，讀書漸細，虛氣銷歇，浮華解駁，於是乎洴然汗下、蘧然夢覺，而自悔其不可以復改矣。

那麼在他看來，弇州所「悔」的究竟是什麼？錢氏在《小傳》中引王世貞《書李西涯樂府後》、《歸太僕像贊》等資料，認為主要有以下幾點：

> 論樂府，則亟稱李西涯為天地間一種文字，而深譏模倣斷爛之失矣；論詩則深服陳公甫，論文則極推宋金華；而贊歸太僕之畫像，且曰「余豈異趣，久而自傷」矣；其論《藝苑卮言》，則曰：「作《卮言》時，年未四十，與于鱗輩是古非今，此長彼短，未為定論。行世已久，不能復秘，惟有隨事改正，勿誤後人。」元美之虛心克己、不自掩護如是。

這裡主要涉及了王世貞晚年所作的四篇跋文，分別為《書李西涯古樂府

後》、《書陳白沙集後》、《書宋景濂集後》及《歸太僕像贊》。但元美對這四人的推舉，卻並非如錢謙益所暗示的，是文學主張上的改弦易轍。以下一一進行辨析〔註31〕。

首先是李東陽。王世貞《讀書後·書李西涯古樂府後》云：

> 吾向者妄謂樂府發自性情，規沿風雅，大篇貴樸，天然渾成；小語雖巧，勿離本色。以故於李賓之擬古樂府，病其太涉論議，過爾抑剪，以爲十不得一。自今觀之，<u>亦何可少</u>。夫其奇旨創造、名語迭出，<u>縱不可被之管絃，自是天地間一種文字。</u>若使字字求諧於房中、鐃吹之調，取其聲語斷爛者而模仿之，以爲樂府在是，毋亦西子之顰、邯鄲之步而已。〔註32〕

細讀此段文字，會發現這只能算是元美對自己早年批評話語的一種撥正。當時他站在樂府詩應「天然渾成」、「勿離本色」的立場上，認爲西涯之作「太涉論議」，遂痛加刊削、「十不得一」；但如今再度觀之，卻發現其亦有自我特色，「奇旨創造、名語迭出」，雖不能如安室房中樂、鐃吹曲辭一般能夠歌唱，卻也自成一體、足以名家。可見元美這一段話的本意，並非將李東陽樂府奉爲典範，只是認爲其可作爲一種「別體」加以賞讀而已。但牧齋卻刻意省略了「縱不可被之管絃」及至關重要的「亦」、「自」二字，只言王世貞「亟稱李西涯爲天地間一種文字」，這便頗有斷章取義之嫌了；更何況此處的「模仿斷爛之失」乃單指樂府，而元美也並未「深」譏之。錢謙益的話容易給人一種錯覺，即認爲王世貞拋棄了後七子復古模擬的觀念，轉而一味推崇李東陽，而這顯然並非元美本意。

對陳獻章的描述同樣如此。王世貞《讀書後·書陳白沙集後》云：

> 陳公甫先生詩不入法，文不入體，又皆不入題，而其妙處有超乎法與體與題之外者。予少年學爲古文辭，殊不能相契，晚節始自會心。偶然讀之，或倦而躍然以醒，不飲而陶然以甘，不自知其所以然也。
>
> 若邵堯夫，非不有會心處，而沓拖跋跋、種種可厭。譬之剝荔枝、薦江瑤以佐蒲萄之酒，而餒魚敗肉、梟羹蛙炙雜然而前進，將

〔註31〕王世貞晚年對歸有光的態度變化上文已有專門論述，此處不贅。
〔註32〕王世貞：《書李西涯古樂府後》，《讀書後》卷四，景印文淵閣四庫全書，第1285冊。

掩鼻抶喉、嘔噦之不暇，而暇辨其味乎？然公甫乃極推重莊孔暘，
又堯夫下也。而公甫亦自沾沾，則不能盡出無意，以此小讓陶先生。
〔註33〕

元美言陳獻章「妙處在法、體、題之外」，說明此「會心處」乃是詩歌透
露出來的玄言名理、而非文學方面。下面他對邵堯夫的評述也證明了這一點：
他說邵氏「非不有會心處」，但言辭不精、學理不透，精言與陳詞並進、玄理
與濫調俱下，令人讀之生厭，即使有所感悟，也不暇「辨其味」了。由元美
對邵堯夫的評價，便可明白他所言陳白沙的「妙處」，實在於能用精言傳玄理，
與疊陽教義有所契合，而非錢氏所云「『論詩』則深服陳公甫」。

論詩如此，牧齋言元美「論文則極推宋金華」之語，其中有多大水分也
就可想而知了。弇州《讀書後》中的《書宋景濂集後》共有兩篇，其一曰：

　　……偶檢宋學士洪武以後集，十二年中得文千四百篇，永明神
僧也固毋論已。學士握文柄，特自耳順而逾從心，縱遊刃斫輪、不
礙方寸，亦寧無毫髮累？而優然自如。吾三載來，五更起焚誦，不
過佛道經數卷；應酬文字不盡卻，然亦不能學士五之一。而日來心
氣損耗成疾，爲子弟所苦禁，亦自種種。覺之，乃知吳門白馬之喻
誠非妄也。因題數語於學士集後，不勝貧子之歎。〔註34〕

可知王世貞最初跋宋濂集，乃是因爲佩服其精力充沛、文思溢發，六七
十歲時依然能大量寫作文章、優然自如，而自己年齡與之相若，每天的閱讀
量與寫作篇幅卻都遠遠不及。中間並未涉及文學問題。之後他作《書宋景濂
集後二》，方談到其文章風格，云：

　　宋文憲以宿儒佐英主，司禮樂制作之柄，其高文大冊遍海
內，……而臺閣以易奪之；久而至弘、德間，縉紳以古奪之；至嘉靖，
不盡程古、亦不盡爲易者復奪之。蓋至於今而不復有能舉文憲名矣，
何論著作。雖然，亦安可竟廢文憲也。文憲於書無所不讀，於文體裁
無所不曉，顧其概，以典實易宏麗、以詳明易道簡，發之而欲意之必
罄，言之而欲人之必曉，以故不能預執後人之權而時時見奪。

〔註33〕　王世貞：《書陳白沙集後》，《讀書後》卷四，景印文淵閣四庫全書，第 1285
冊。

〔註34〕　王世貞：《書宋景濂集後一》，《讀書後》卷四，景印文淵閣四庫全書，第 1285
冊。

> 夫使後人率偏師而與之角，孫主簿之三千騎，足敵羸卒數萬；
> 若各悉其國之賦甲而競於大麓，所謂五戰而秦不勝三、趙再勝者，
> 邯鄲岌岌乎。我故思用其人也。〔註35〕

在元美看來，宋濂之文體裁完備、典實詳明，即使經歷了由臺閣體、前七子、唐宋派文學活動之後早已「過時」，卻依然獨有優長、不可廢置；但另一方面，他也存在很明顯的缺點，即「發之而欲意之必罄，言之而欲人之必曉，以故不能預執後人之權而時時見奪」，正是由於這一問題，元美才會思「用其人」而非「學其文」。這與他「用宋」的主張是相一致的。如果「用宋」說明他對宋詩的評價並未真正提高，那麼「極推宋金華」之語，顯然也只是牧齋的故意曲解罷了。

通過以上討論，可知王世貞對李東陽、陳獻章、宋濂等人詩文作品的肯定，確實有一部分建立在因早年訾毀太過而產生的悔愧感之上，有補偏救弊之意；另一方面，則是由於其文學思想包容度的提升：心態的轉變與吳中思潮的浸染使他對越來越多的創作風格開始抱有接受、欣賞的態度。但這並不意味著他的整體觀念改變了，王世貞文學主張的核心，自始至終都是復古。在《讀書後‧書李于鱗集後》中，他寫道：

> 昔在西省東署時，於于鱗詩無所不見，而所見文獨贈予兩序及顏神城碑之類，不能十餘首。當時心服其能稱說古昔，以牛耳歸之，眾已有葵丘之議；而最後集刻行，則叛者群起，然往往以詰屈聱牙攻之，則過矣。于鱗之病，在氣有窒而辭有蔓，或借長語而演之，使不可了；或以古語而傳新事，使不可識；又或心所不許而漫應之，不能伏匿其辭，至於寂寥而不可諷味。此三者誠有之。若乃志傳之類，其合作處真周鼎商彝，尺牘之所輸寫，奇辭澹言，縱橫溢來而莫能御，恐非北地、信陽所辦也。徐子言之惡于鱗，著之書，吾既不伏，亦不暇辨，為志數語於後。〔註36〕

可見元美晚年並未如牧齋所認為或他希望讀者所認為的那樣，「少年盛氣，為于鱗輩捬籠推輓，門戶既立，聲價復重，……雖欲自下，勢不能也。迨乎晚年，……洊然汗下、蓬然夢覺，而自悔其不可以復改矣。」對自己年

〔註35〕王世貞：《書宋景濂集後二》，《讀書後》卷四，景印文淵閣四庫全書，第1285冊。

〔註36〕王世貞：《書李于鱗集後》，《讀書後》卷四，景印文淵閣四庫全書，第1285冊。

輕時自視太高、訾毀太甚的後悔，在王世貞誠有之，但對復古理念，他則從
未悔棄過。他對李東陽、陳獻章、宋濂等的評述，雖然是讚語，卻也都有所
保留，錢謙益所云「亟稱」、「深服」、「極推」等語，實乃有意誇大。他這樣
做，實際上是在爲自己的詩文主張張本。牧齋《書李文正公手書〈東祀錄略〉
卷後》云：

> 國初之文，以金華、烏傷爲宗，詩以青丘、青田爲宗。永樂以
> 還，少衰靡矣，至西涯而一振。西涯之文，有倫有脊，不失臺閣之
> 體。詩則原本少陵、隨州、香山以迨宋之眉山、元之道園，兼綜而
> 互出之。弘、正之作者，未能或之先也。……西涯之詩，有少陵，
> 有隨州，有香山，有眉山、道園，要其自爲西涯者，宛然在也。卷
> 中之詩，雖非其至者，人或狎而易之。不知以端揆大臣，銜君命祀
> 闕里，紀行之篇什，和平爾雅，冠裳珮玉，其體要故當如此。狎而
> 易之者，祗見其不知類而已矣。〔註37〕

可知眞正「亟稱」李東陽、推其爲「天地間一種文字」的並非王世貞，
而是錢謙益。在錢氏看來，西涯之文「有倫有脊，不失臺閣之體」，詩則「有
少陵，有隨州，有香山，有眉山、道園，要其自爲西涯者，宛然在也」。值得
注意的是，此段話中還體現出了他對宋濂的肯定，認爲「國初之文，以金華、
烏傷爲宗」。萬曆、天啓年間，士人大都沉浸於復古思想或性靈主張當中，喜
愛李東陽之詩、宋濂之文的實屬罕見，那麼自少「熟爛弇山、空同之書」的
錢謙益，又是從何處得來的這種觀念呢？

在《題〈懷麓堂詩鈔〉》中，牧齋解答了這一問題，他云：

> 弘、正間，北地李獻吉臨摹老杜，爲槎牙兀傲之詞，以訾謷前
> 人。西涯在館閣，負盛名，遂爲其所掩蓋。孟陽生百五十年之後，搜
> 剔西涯詩集，洗刷其眉目，發揮其意匠，於是西涯之詩，復開生面。……
> 近代詩病，其證凡三變：沿宋、元之窠臼，排章儷句，支綴蹈襲，此
> 弱病也；剽唐、《選》之餘瀋，生吞活剝，叫號驤突，此狂病也；搜
> 郊、島之旁門，蠅聲蚓竅，晦昧結帽，此鬼病也。救弱病者，必之乎
> 狂；救狂病者，必之乎鬼。傳染日深，膏肓之病日甚。孟陽於惡疾沉
> 痼之後，出西涯之詩以療之，曰：「此引年之藥物，亦攻毒之箴砭也。」

〔註37〕錢謙益：《書李文正公手書〈東祀錄略〉卷後》，《牧齋初學集》卷八十三，上
海古籍出版社1985年版，第1759頁。

其用心良亦苦矣。孟陽論詩，在近代直是開闢手。〔註38〕

可知錢謙益對李東陽的瞭解與欽慕，直接來自於論詩「在近代直是開闢手」的「孟陽」。此「孟陽」即程嘉燧，字孟陽，號松圓，晚明嘉定人，與唐時升、婁堅、李流芳並稱「嘉定四先生」。牧齋與程氏為好友，對其極為推崇，甚至名其為「松圓詩老」、將之奉為自己詩學上的老師。筆者《論晚明布衣詩人程嘉燧的人格心態與詩學思想》〔註39〕認為，萬曆後期，錢謙益希望以一種轉益多師、兼收並蓄的詩學主張來壓倒竟陵、主盟文壇，而程嘉燧所主張的創作途徑、審美追求恰好為他提供了可資借鑒的元素。程氏的一系列詩學思想對牧齋產生了深刻的影響，對李東陽的推崇正是其中重要的一點。在為程氏作傳時，他列舉元好問、高啓、袁凱、李東陽等詩人，充分突出其詩學思想轉益多師、唐宋兼宗的性質，並指出自己的詩歌主張正是以程氏為典範的。這就將高啓、李東陽、程嘉燧與自己的詩學主張成功地融為一體，成為自明初至明中期再至明末的一條連貫的「卓然詩家正沠」的主線，藉以宣揚自我的詩學思想並確立詩壇盟主的正統地位。

而錢謙益對陳獻章的崇習，同樣與程嘉燧有著密不可分的聯繫。孟陽論詩，頗重性情，而陳獻章在這一點上正與其相符，錢氏《小傳》「陳檢討獻章」條云：「先生嘗曰：『論詩當論性情，論性情先論風韻，無風韻則無詩矣。』又曰：『學古人詩，先理會古人性情是如何。有此性情，方有此聲口。』」〔註40〕特意對此進行了強調。

作為歸氏後學，「嘉定四先生」在思想血脈上與震川一脈相承。錢謙益在數篇文章中曾反覆提及這一論斷，《初學集·嘉定四君集序》云：

> 熙甫既沒，其高第弟子多在嘉定，猶能守其師說，講誦於荒江寂寞之濱。四君生於其鄉，熟聞其師友緒論，相與服習而討論之。如唐與婁，蓋嘗及司寇之門而親炙其聲華矣，其問學之指歸，則確乎不可拔，有如宋人之辦香於南豐者。熙甫之流風遺書，久而彌著，則四君之力，不可誣也。〔註41〕

〔註38〕錢謙益：《題〈懷麓堂詩鈔〉》，《牧齋初學集》卷八十三，上海古籍出版社 1985 年版，第 1758 頁。

〔註39〕見本書附錄。

〔註40〕錢謙益：《列朝詩集小傳》丙集「陳檢討獻章」條，上海古籍出版社 2008 年版，第 265 頁。

〔註41〕錢謙益：《嘉定四君集序》，《牧齋初學集》卷三十二，上海古籍出版社 1985 年版，第 921 頁。

這也就不難理解爲什麼錢謙益在提出「弇州晚年定論」時，會重點論述元美對歸有光的悔悟之情。無論是對震川文學思想的認同，還是對李東陽、陳獻章、宋濂的喜好，錢氏著力描述、渲染甚至是虛構這些王世貞晚年的「定論」，都是爲了將文壇的風向由元美、由歸有光引導到「嘉定四先生」並進而延伸至自己身上，爲自己主盟文壇打下基礎。而元美本人是不是眞的發生了這些轉變、轉變的程度有多深，實際並不在他的考慮範圍內。

三

由以上論述可知，錢謙益之所以提出「弇州晚年定論」，其目的並不是爲元美翻案，而是欲通過對王世貞文學思想脈絡的重新描畫，將其文壇向心力收爲己用。或者說，是試圖將太倉、崑山、嘉定等地區的文脈整合到同一觀念系統中，並隱晦地指出自己正是這一體系的繼承者。因而對「弇州晚年定論」本身內涵的分析固然重要，但同樣應注意的，則是這一命題對晚明吳中文壇發展產生的意義。

本文第三章第一節曾言及，相對於蘇州郡城、太倉、崑山等地，錢謙益所屬的常熟在嘉靖、隆慶乃至萬曆前期的吳中文壇上，存在感是較爲薄弱的。既沒有王世貞、歸有光等重量級文學家的出現，在整體文化水平上也顯然不及郡城。直到天啟、崇禎年間牧齋的出現，才改變了這一切。對全國而言，這只不過是文壇中心由太倉轉移到了鄰近的常熟而已，但對於吳中，它卻在某種程度上意味著自身文化傳統的重構。常熟與太倉、郡城代表的文學符號意義是不同的，這顯而易見。無論是與後者在姻屬關係上的親近，還是萬曆年間對前者思想的景慕崇習，似乎都未使它完全被同化。即使是崑山與嘉定，與後來常熟文壇形成的詩文主張實際上都存有相當大的差距。錢謙益的主張與「傳統」的吳中文學傳統之間，似乎是有一定斷裂的。雖然他試圖通過對郡城文脈的追述被除王世貞帶來的外部影響，但這並不意味著他本人對淺白華侈的風格就是喜愛的——在這方面，公安派的三袁顯然比他要熱衷得多。吳中地區的傳統文學思想被人爲改變了。或者更準確地說，自西晉時期流傳至明代、在唐寅、沈周、文徵明等人甚至三袁手中某些特質被發揚光大的吳中傳統，被改變了。而清初政治空氣的高壓，則使這種傳統得以維持千年而不散的核心——自由風氣幾乎完全喪失。後來的吳中，再也沒能恢復弘、正年間那種滿溢著生命力的文化盛景。

　　很難評估錢謙益的旗幟另起對吳中文學傳統究竟具有多大的影響，在文學與政治命題的宏大背景下，這個問題顯得過於微小而模糊。但作爲明末清初在江南士人圈中具有重要意義的個體之一，弄清錢氏與吳中文學之間的關係，或許能爲某些傳統題目的研究提供一些新的角度與意義。如若對本書的主題繼續進行探討，筆者認爲，這當是可供延伸的路徑之一。

餘論：地域層級概念中的王世貞研究

　　左東嶺師在《影響中國近古文學觀念的三大要素——兼論地域文學研究的理念與方法》一文中指出：「從地域研究的角度，如果要進行差異性的研究，就必須有層級的分類概念與比較研究的視野。從南北文化的比較層面，可以將吳中歸之於江南的地域中；從強調吳中地域色彩的層面，可以將吳中與江浙分爲不同的類別；從強調吳中的內部差異的層面，又可以分爲更爲具體的州縣；如果再從更小的層面加以區分，還可以劃歸爲家族。於是，吳中的地域研究根據不同的目的便可分爲江南、吳中、屬縣和家族四個層級。作爲地域文化與文學的研究者，他必須清楚自己是在哪個層面所進行的論述，要達到何種目的，然後才能有的放矢地進行有針對性的研究。」[註1] 就本文而言，筆者所進行的一系列論述更多地集中於後三個層級，也即吳中、屬縣和家族。王世貞作爲論文的核心論述對象，以往我們更多地將他置於一個整體性的「明中後期文壇」概念中加以考察，得出的自然是一位晚年有所自我調整、但依然十分整全的復古派領袖的形象；而一旦將其置於地域視角下進行研究，就會發現其間隱藏著許多值得進一步探討的問題——

　　當我們將王世貞置於「吳中」層級時，會發現他作爲「後七子」的領袖、復古思想的代言人，其文學思想卻既與「後七子」中其他成員有所差異，又與當時吳中文壇格格不入；置於「屬縣」層級時，會發現他作爲太倉州的文士，其觀念與郡城、崑山、常熟等區域又有不同；更進一步，將他置於「家族」層級時，會發現家族觀念對其文學思想的形成具有關鍵性意義，而他回

〔註1〕 左東嶺師：《影響中國近古文學觀念的三大要素——兼論地域文學研究的理念與方法》，《文藝研究》2015 年第 6 期，第 55 頁。

歸吳中後，其他文化家族又因觀念與傳統對其主張有所拒斥。吳中、屬縣、家族，「越是向具體的地域傾斜，就越是關注地域的個性差異，而且往往是在相互比較中完成的」。比較視野下的地域層級之間的差異性，是本文寫作的緣起，也是文章的主要內容之一。

　　而本文所關注的另一個核心問題，則是王世貞與吳中文士交往過程中所體現出來的、吳中文壇與主流文壇之間的互動性。當前地域文學研究中，往往就區域論區域，對其文學思想與主流文壇之間的聯繫則關注較少。但通過寫作筆者認為，若某一地區與主流文學思潮沒有互動或互動很少的話，其學術價值一般來說都較低。以吳中為例，若非經由徐禎卿、王世貞、袁宏道等人對主流文壇發生影響、並進而成為晚明的流行思潮的話，它是很難引起足夠的重視的。試想，若吳中沒有徐、王這些同時活躍於地方和主流文壇的作者，而僅僅是一些山人、布衣們自給自足的活動區域，我們今天是否還有探究、考察它的意義？這表明在地域文學研究中，找到其與主流文學思潮的溝通者、並進而挖掘出二者間的影響交互過程，是十分重要的。

　　由此引申出的一個值得思考的問題，是地域文壇、主流文壇間發展軌跡的同步性。地方與主流，二者在文學理論及創作上的發展是否基本一致？軌跡是否重合？有無偏差或異調存在？在各種可能出現的狀況中，其實最可注意的是地方、主流文壇在發展基本同步情況下軌跡的偏差。這種偏差由哪些因素導致？地域文化、家族傳統在其中又佔有多大的比重？主流思潮在地域文壇中具體以哪些方式呈現？按此路徑追索下去，筆者相信，能夠挖掘出更多有價值的東西。

　　無論地域分層還是地域互動，地域之間的差異只有在比較視野中才能見出，因差異而產生互動、並進而構成了某一區域文化的整體特性。因而，明確地域層級概念、將地域研究推向細化，應是當前地域文學研究中的重中之重。然而由於筆者理論素養尚十分淺薄，論文尚無法完全做到這一點，故還待大方之家加以指點、繼續探究。

參考文獻

一、古籍

史部

1. 《明史》，（清）張廷玉等撰，中華書局 1974 年版。
2. 《明實錄》，（明）姚廣孝等纂修，國家圖書館藏江蘇國學圖書館抄本影印本。
3. 《天一閣藏明代方志選刊續編》，（明）張寅等撰，上海書店 1990 年版。
4. 《列朝詩集小傳》，（清）錢謙益撰，上海古籍出版社 2008 年版。

集部

1. 《弇州山人四部稿》，（明）王世貞著，景印文淵閣四庫全書，臺灣商務印書館 2008 年版。
2. 《弇州續稿》，（明）王世貞著，景印文淵閣四庫全書本。
3. 《弇州讀書後》，（明）王世貞著，景印文淵閣四庫全書本。
4. 《陽羨諸遊稿》，（明）王世貞著，南京圖書館藏明刻本。
5. 《伏闕稿》，（明）王世貞著，南京圖書館藏明刻本。
6. 《戊辰三郡稿》，（明）王世貞著，南京圖書館藏明刻本。
7. 《入楚稿》，（明）王世貞著，南京圖書館藏明刻本。
8. 《奉常集》，（明）王世懋著，國家圖書館藏明刻本。
9. 《滄溟集》，（明）李攀龍著，景印文淵閣四庫全書本。
10. 《白雪樓詩集》，（明）李攀龍著，續修四庫全書，上海古籍出版社 2002 年版。
11. 《東岱山房詩錄》，（明）李先芳著，四庫全書存目叢書，齊魯書社 1995 年版。

12. 《天目山齋歲編》，（明）吳維岳著，四庫全書存目叢書本。

13. 《謝榛全集》，（明）謝榛著，齊魯書社 2000 年版。

14. 《甔甀洞稿》，（明）吳國倫著，續修四庫全書本。

15. 《蘭汀存稿》，（明）梁有譽著，續修四庫全書本。

16. 《徐中行集》，（明）徐中行著，浙江古籍出版社 2012 年版。

17. 《宗子相集》，（明）宗臣著，景印文淵閣四庫全書本。

18. 《章玄峰先生詩集》，（明）章美中著，國家圖書館藏明萬曆刻本。

19. 《太函集》，（明）汪道昆著，續修四庫全書本。

20. 《屠隆集》，（明）屠隆撰，浙江古籍出版社 2012 年版。

21. 《湯顯祖集》，（明）湯顯祖撰，中華書局 1962 年版。

22. 《甫田集》，（明）文徵明著，景印文淵閣四庫全書本。

23. 《文氏五家集》，（明）文洪、文徵明、文彭、文嘉、文肇祉撰，景印文淵閣四庫全書本。

24. 《唐伯虎全集》，（明）唐寅著，廣益書局本。

25. 《懷星堂集》，（明）祝允明著，景印文淵閣四庫全書本。

26. 《迪功集》，（明）徐禎卿著，景印文淵閣四庫全書本。

27. 《五嶽山人集》，（明）黃省曾著，四庫全書存目叢書本。

28. 《黃淳父先生集》，（明）黃姬水著，四庫全書存目叢書本。

29. 《隆池山樵詩集》，（明）彭年著，四庫全書存目叢書本。

30. 《皇甫少玄集》，（明）皇甫涍撰，景印文淵閣四庫全書本。

31. 《皇甫司勳集》，（明）皇甫汸著，景印文淵閣四庫全書本。

32. 《處實堂集》，（明）張鳳翼著，續修四庫全書本。

33. 《紈綺集》，（明）張獻翼著，四庫全書存目叢書本。

34. 《劉子威集》，（明）劉鳳著，四庫全書存目叢書本。

35. 《袁魯望集》，（明）袁尊尼著，四庫全書存目叢書本。

36. 《王百穀集十九種》，（明）王穉登著，四庫禁燬書叢刊，北京出版社 2000 年版。

37. 《伐檀齋集》，（明）張元凱撰，景印文淵閣四庫全書本。

38. 《湖上集》，（明）徐師曾撰，續修四庫全書本。

39. 《松韻堂集》，（明）孫七政撰，四庫全書存目叢書本。

40. 《仲蔚先生集》，（明）俞允文撰，續修四庫全書本。

41. 《梁辰魚集》，（明）梁辰魚撰，上海古籍出版社 2010 年版。

42. 《蛣蜣集》，（明）鄭若庸撰，四庫全書存目叢書本。

43. 《環溪集》、《沈鳳峰集》，（明）沈愷撰，四庫全書存目叢書本。

44. 《崇蘭館集》，（明）莫如忠撰，四庫全書存目叢書本。

45. 《石秀齋集》，（明）莫是龍撰，四庫全書存目叢書本。

46. 《何翰林集》，（明）何良俊撰，四庫全書存目叢書本。

47. 《陳眉公集》，（明）陳繼儒撰，續修四庫全書本。

48. 《朱邦憲集》，（明）朱察卿撰，四庫全書存目叢書本。

49. 《華禮部集》，（明）華叔陽撰，四庫全書存目叢書本。

50. 《涇皋藏稿》，（明）顧憲成撰，景印文淵閣四庫全書本。

51. 《始青閣稿》，（明）鄒迪光撰，四庫禁燬書叢刊本。

52. 《王文肅公全集》，（明）王錫爵撰，四庫全書存目叢書本。

53. 《震川集》，（明）歸有光撰，景印文淵閣四庫全書本。

54. 《歸有園稿》，（明）徐學謨撰，四庫全書存目叢書本。

55. 《徐氏海隅集》，（明）徐學謨撰，四庫全書存目叢書本。

56. 《三易集》，（明）唐時升撰，四庫禁燬書叢刊本。

57. 《吳歈小草》，（明）婁堅撰，四庫禁燬書叢刊本。

58. 《學古緒言》，（明）婁堅撰，景印文淵閣四庫全書本。

59. 《松圓浪淘集》，（明）程嘉燧撰，續修四庫全書本。

60. 《松圓偈庵集》，（明）程嘉燧撰，續修四庫全書本。

61. 《檀園集》，（明）李流芳撰，景印文淵閣四庫全書本。

62. 《白蘇齋類集》，（明）袁宗道撰，上海古籍出版社1989年版。

63. 《袁宏道集箋校》，（明）袁宏道撰，上海古籍出版社2008年版。

64. 《珂雪齋集》，（明）袁中道撰，上海古籍出版社1989年版。

65. 《牧齋初學集》，（明）錢謙益撰，上海古籍出版社1985年版。

66. 《牧齋有學集》，（明）錢謙益撰，上海古籍出版社1996年版。

67. 《姑蘇名賢小記》，（明）文震孟撰，續修四庫全書本。

68. 《姑蘇名賢續記》，（明）文秉撰，《叢書集成續編》本。

69. 《姑蘇新刻彤管遺編》，（明）酈琥撰，四庫未收書輯刊，北京出版社2000年版。

70. 《吳都文粹續集》，（明）錢穀撰，景印文淵閣四庫全書本。

71. 《吳中人物志》，（明）張昶撰，續修四庫全書本。

72. 《吳門表隱》，（清）顧震濤撰，江蘇古籍出版社1999年版。

73. 《吳郡二科志》，（明）閻秀卿撰，四庫全書存目叢書本。

74. 《夷門廣牘》，（明）周履靖輯，商務印書館1940年版。

75. 《上海圖書館藏明代尺牘》，（明）顧恒等，上海科學技術文獻出版社 2002 年版。

二、著作

1. 《明史講義》，孟森著，時代文藝出版社 2009 年版。

2. 《明代社會生活史》，陳寶良著，中國社會科學出版社 2004 年版。

3. 《中國文學批評通史·明代卷》，王運熙、顧易生主編，上海古籍出版社 1996 年版。

4. 《明代文學批評史》，袁振宇、劉明今著，上海古籍出版社 1991 年版。

5. 《明代文學思想史》，羅宗強著，中華書局 2013 年版。

6. 《中國詩歌通史·明代卷》，左東嶺著，人民文學出版社 2012 年版。

7. 《明代後期士人心態研究》，羅宗強著，南開大學出版社 2006 年版。

8. 《王學與中晚明士人心態》，左東嶺著，人民文學出版社 2000 年版。

9. 《李贄與晚明文學思想》，左東嶺著，人民文學出版社 2010 年版。

10. 《晚明曲家年譜》，徐朔方著，浙江古籍出版社 1993 年版。

11. 《王世貞年譜》，鄭利華著，復旦大學出版社 1993 年版。

12. 《王世貞文選》，陳書錄等選注，蘇州大學出版社 2001 年版。

13. 《王世貞研究》，鄭利華著，學林出版社 2002 年版。

14. 《王世貞文學研究》，酈波著，中華書局 2011 年版。

15. 《崇古理念的淡退——王世貞與十六世紀文學思想》，孫學堂著，天津古籍出版社 2004 年版。

16. 《王弇州的生平與著述》，姜公韜著，精華印書館出版。

17. 《明永樂至嘉靖初詩文觀研究》，黃卓越著，北京師範大學出版社 2001 年版。

18. 《明中後期文學思想研究》，黃卓越著，北京大學出版社 2005 年版。

19. 《明代文學復古運動研究》，廖可斌著，商務印書館 2008 年版。

20. 《明清江蘇文人年表》，張慧劍著，人民文學出版社 2008 年版。

三、論文

（一）碩博論文

1. 《明中晚期吳中文學之衍義》，李祥耀，江西師範大學碩士學位論文，2004 年 5 月。

2. 《明代松江府作家研究》，秦鳳，上海師範大學碩士學位論文，2006 年 5 月。

3. 《王世貞晚年文學思想研究》，魏宏遠，復旦大學博士學位論文，2008年4月。

4. 《明代王世貞功名觀研究》，羅燕，蘇州大學碩士學位論文，2008年4月。

5. 《王世貞的鑒藏活動與山水畫史知識的形成》，馬明辰，中央美術學院碩士學位論文，2008年5月。

6. 《明代駢儷派形成與王世貞關係研究》，張亞玲，河北師範大學碩士學位論文，2009年7月。

7. 《明代崑山、太倉作家研究》，周曉燕，上海師範大學碩士學位論文，2011年4月。

8. 《長洲文氏家族文學研究》，楊昇，蘇州大學博士學位論文，2011年5月。

（二）期刊論文

1. 《明代隆慶、萬曆間文風的轉變》，饒龍隼，《文學評論》1996年第1期，133～143頁。

2. 《明代中葉吳中文人集團及其文化特徵》，鄭利華，《上海大學學報（社會科學版）》1997年第2期，99～103頁。

3. 《歸有光與明中期吳中經世之學》，王培華，《蘇州大學學報（哲學社會科學版）》2001年第1期，93～96頁。

4. 《王世貞前期的文學思想》，孫學堂，《聊城師範學院學報（哲學社會科學版）》2001年第2期，114～119頁。

5. 《王世貞史學理論探析》，鮑永軍，《杭州師範學院學報（人文社會科學版）》2001年第4期，93～96頁。

6. 《黃省曾、黃姬水父子與七子派詩論比較——吳中文士於明中葉復古思潮融合與變異的一個側面》，鄭利華，《中國文學研究（輯刊）》第九輯，97～120頁。

7. 《王世貞與性靈文學思想》，孫學堂，《蘇州大學學報（哲學社會科學版）》2002年第4期，50～53頁。

8. 《弘治、嘉靖年間吳中士風的一個側面》，羅宗強，《中國文化研究》2002年第4期，17～34頁。

9. 《略論王世貞「晚年之定論」》，李迥，《保定師範專科學校學報》2003年第1期，18～20頁。

10. 《明代中期文壇的「四變而六朝」——以黃省曾與李夢陽文學觀念之異同為中心》，李清宇，《北方論叢》2004年第2期，19～23頁。

11. 《明代文學思潮轉型期徐渭與王世貞之比較：兼論吳越文化，朝野文學

之異同影響》，陳書錄，《南京師範大學文學院學報》2005 年第 1 期，119
～127 頁。

12. 《論明中葉吳中詩畫同體的發展及影響》，程日同，《蘇州大學學報（哲
    學社會科學版）》2006 年第 2 期，96～101 頁。

13. 《論明代吳中文人政治觀念的變化及其歷史意義》，李雙華，《理論月刊》
    2006 年第 5 期，65～67 頁。

14. 《吳中派與七子派——略論明中葉吳中詩派的文學史意義》，李雙華，《學
    術論壇》2006 年第 7 期，147～150 頁。

15. 《吳國倫年壽及王世貞卒年辨正》，魏宏遠，《蘭州學刊》2006 年第 9 期，
    56～58 頁。

16. 《太倉兩王氏詩人與晚明清初的詩壇流風》，姚蓉，《上海大學學報（社
    會科學版）》2006 年第 5 期，69～73 頁。

17. 《從「文必秦漢」到「文盛於吳」：論王世貞的文章學觀念與實踐》，酈
    波、丁曉昌，《蘇州大學學報（哲學社會科學版）》2007 年第 4 期，53
    ～58 頁。

18. 《論王世貞明詩文流變觀》，魏宏遠，《蘭州學刊》2008 年第 1 期，184
    ～186 頁。

19. 《王世貞晚年「自悔」論》，魏宏遠，《中國文學研究》2008 年第 1 期，
    82～86 頁。

20. 《王世貞〈弇州山人續稿附〉發覆》，魏宏遠，《文獻》2008 年第 2 期，
    132～137 頁。

21. 《王世貞南北文學異同論與文學批評調和論》，朴均雨，《文學前沿》2008
    年第 2 期，261～279 頁。

22. 《王世貞晚年文學思想轉變「三說」平議》，魏宏遠，《浙江社會科學》
    2008 年第 4 期，88～94 頁。

23. 《審美趣味的嬗變與唐寅集的編選》，鄧曉東，《南京師大學報（社會科
    學版）》2009 年第 1 期，138～142 頁。

24. 《論吳中生活對王世貞書法思想的影響》，熊沛軍，《肇慶學院學報》2009
    年第 1 期，48～52 頁。

25. 《時勢與治史——讀〈王世貞史學研究〉有感》，張艦戈，《求實》2009
    年第 2 期，101～102 頁。

26. 《明代嘉、隆年間松江士人文化特徵》，翟勇，《邯鄲學院學報》2009 年
    第 1 期，58～62 頁。

27. 《王世貞與俞允文交遊研究》，楊開飛，《樂山師範學院學報》2009 年第
    6 期，91～95 頁。

28. 《論王世貞與嚴嵩的關係》，魏宏遠，《湖南第一師範學報》2009 年第 6

期，119～122 頁。

29. 《明代吳中文學的發展軌跡》，李祥耀，《社會科學戰線》2009 年第 7 期，161～163 頁。

30. 《論明中期吳中的「古文辭」運動》，李祥耀，《江南大學學報（人文社會科學版）》2009 年第 1 期，129～132 頁。

31. 《論王世貞折衷調劑的審美觀念》，鄭靜芳，《北京化工大學學報（社會科學版）》2010 年第 2 期，44～49 頁。

32. 《歸有光與王世貞關係考述》，李雅蘭，《瀋陽大學學報》2010 年第 2 期，91～94 頁。

33. 《明代吳中「皇甫四傑」生平家世考論》，查清華、汪惠民，《文學遺產》2011 年第 3 期，113～122 頁。

34. 《江南地域傳統對明代詩文的滲透——以吳中「皇甫四傑」爲對象》，汪惠民，《江南大學學報（人文社會科學版）》2011 年第 2 期，110～115 頁。

35. 《史家眼光與流派意識——明代詩史視野中的〈迪功集〉批評》，余來明，《文藝研究》2011 年第 4 期，37～42 頁。

36. 《「吳中體」釋論》，李聖華，《求是學刊》2011 年第 3 期，101～106 頁。

37. 《晚明閩派對王世貞復古思想接受探微》，李玉寶，《集美大學學報（哲學社會科學版）》2012 年第 1 期，73～78 頁。

38. 《王穉登入詩社考略》，龍賽州、黎國韜，《文化遺產》2012 年第 3 期，30～36 頁。

39. 《明代吳中詩人皇甫汸研究》，孟婕，《廈門廣播電視大學學報》2012 年第 4 期，38～44 頁。

附錄：論晚明布衣詩人程嘉燧的人格心態與詩學思想——從錢謙益對程嘉燧的推崇談起[註1]

提要：程嘉燧是晚明一位小有名氣的布衣詩人，曾受到明末清初詩壇盟主錢謙益的極力推崇。但他爲什麼會被錢氏如此推崇，至今還少有人研究。本文從這一問題出發，通過對程嘉燧詩學思想的探討，指出錢謙益推崇程嘉燧的原因，就在於程嘉燧唐宋兼宗、集于大成的詩學思想，正好契合了錢謙益的詩歌理想與實際需要。而基於這一點形成的他們共同的詩學主張，對後世產生了極爲深遠的影響。

〔關鍵詞〕　程嘉燧；詩學思想；錢謙益；推崇原因

　　程嘉燧（1565～1643）是晚明一位小有名氣的布衣詩人，曾被譽爲「晚明布衣詩人之冠」，其詩歌作品在當時享有很高的聲譽。清初詩壇盟主王士禛嘗評其詩云：「程七言近體學劉文房、韓君平，清辭麗句，神韻獨絕；七言絕句出入於夢得、牧之、義山之間，不名一家，時詣妙境。歌行刻畫東坡，如桓元子，似劉越石，無所不憾。」〔註2〕可見程氏的詩歌水平，在晚明的詩壇上，應該算是比較突出的。但受其布衣身份及生活範圍所限，在萬曆時期的詩壇上，他並未引起太多的注意，其影響與知名度，也遠遠不及同時期的袁宏道、鍾惺等人，應該說尚處於一種默默無聞的狀態。但就是這樣一位並不

〔註1〕本文發表於《中國詩歌研究》第九輯，社會科學文獻出版社，2013 年 9 月。
〔註2〕王士禛：《帶經堂詩話》卷六，人民文學出版社 1998 年版，第 157 頁。

怎麼著名的布衣詩人，卻令當時的文壇翹楚、新科探花錢謙益推崇備至，欽敬非常。錢氏嘗云「孟陽詩律是吾師」〔註3〕，公開地將程嘉燧尊爲自己的老師。在崇禎二年罷官里居期間，他還於自己所住的拂水山莊建耦耕堂，招程氏來居，二人自此「晨夕遊處，修鹿門、南村之樂，後先十年」〔註4〕。這究竟是因爲什麼？一向心高氣傲的錢謙益，爲何會對程嘉燧這樣一位布衣詩人如此尊崇？是單純的阿私所好？還是飽含詩學史意義的事件？筆者認爲，其中的原因，值得仔細探尋。

一

程嘉燧，字孟陽，號松圓，徽州休寧人。因其父是商人，很早即遷居嘉定，故程氏祖籍雖爲徽州，但實際上卻一直在嘉定居住生活，並與唐時升、婁堅、李流芳並稱「嘉定四先生」。程氏的人生經歷比較簡單，他少年時志於科舉，參加郡試，未中，遂棄去，轉而學習擊劍，「又不成，乃折節讀書，刻意爲歌詩，三十而詩大就」〔註5〕。此後他的人生，便主要是在吟詩作畫中度過的。而其經濟來源，則主要來自於爲人主館的報酬以及朋友的接濟。崇禎十六年（1643年），程嘉燧卒於其故里新安長翰山之松圓山居，終其一生，都沒有科舉入仕，而以布衣終老。

在當時大多數人的心目中，程嘉燧的形象是一位性格疏淡、風流放曠的山人。事實也的確如此。在程氏的人格特徵當中，最顯著的一點，即是對自我適意的追求。在給李流芳的一封信中，他曾經這樣寫道：

> 男兒墮地，行藏苦樂，要皆前定。然觸目時事如此，衣食粗給，養親課兒，與賢從諸故人杯酒情話，但能胸中度世，便翛然可自老矣。〔註6〕

可見程嘉燧並不是不瞭解當時的社會狀況，但他對此無能爲力。因而他只希望能夠「衣食粗給」「養親課兒」，閒時與朋友故人飲酒暢談，也便滿足了。這裡面或許有一絲無奈，有一絲憂慮，但更多的，則是對於自我適意的

〔註3〕錢謙益：《姚叔祥過明發堂共論近代詞人戲作絕句十六首》其一，《牧齋初學集》卷十七，上海古籍出版社1985年版，第601頁。
〔註4〕錢謙益：《列朝詩集小傳》丁集下，上海古籍出版社1983年版，第577頁。
〔註5〕錢謙益：《列朝詩集小傳》丁集下，上海古籍出版社1983年版，第576頁。
〔註6〕程嘉燧：《與長衡兄》，《松圓偈庵集》卷下，續修四庫全書第1385冊，第795頁。

珍視與渴求。對他來說，人生中最重要的不是建功立業、不是科舉成名，而是自我的適意與自由。這是從其詩文中的很多地方都能看出來的。

程氏為人親切、平易，好諧謔。李流芳的《檀園集》曾經記載了他們之間發生的一個有趣的小故事：

> 孟陽乞余畫石，因買英石數十頭，為余潤筆，以余有石癖也。
> 燈下潑墨，題一詩云：「不費一錢買，割此三十峰。何如海嶽叟，袖裏出玲瓏。」孟陽笑曰：「以真易假，余真折閱矣。」舍侄緇仲從旁解之曰：「且未可判價，須俟五百年後人。」知言哉。〔註7〕

究竟是真石價值更高，還是畫石更加珍貴呢？這還真是很難衡量，大概就像李緇仲所說的那樣，要等到五百年後才能知道了。話說到這裡，大概三人會同時一笑吧。從這個小故事當中，可以看出程李二人親密的友誼和充滿意趣的生活，而程嘉燧那喜玩笑、好諧謔的個性，亦從中可見一斑。

此外，和大部分山人名士一樣，程嘉燧也是一位頗為風雅之人。李流芳曾說「精舍輕舟，晴窗淨几，看孟陽吟詩作畫，此吾生平第一快事」〔註8〕。錢謙益在《列朝詩集小傳》中描述自己這位好友的性格特徵，也說：

> 善畫山水，兼工寫生，酒闌歌罷，興酣落筆，尺蹏便面，筆墨飛動。或貽書致幣，鄭重請乞，摩挲瑟縮，經歲不能就一紙。嗜古書畫器物，一當意輒解衣傾橐。或以賤售，有相慕者則持之益堅。有子驕稚，不事生產，經營拮据，以供其求，左絃右壺，緣手散去。孟陽顧益喜，以為好事好客稱其家兒，坐是益重困。〔註9〕

灑脫、自由、求樂、嗜古、好事好客，可見作為一個生活在晚明時期的布衣詩人，程嘉燧的性格當中，早已深深地打上了新時代的烙印。

但這並不代表他就完全沉迷於享樂之中，作為一個傳統的中國士人，程嘉燧實際上也還保持著對於自我人生價值一定程度上的期待。上文曾經提到，程嘉燧「少學制科不成，去學擊劍，又不成，乃折節讀書，刻意為歌詩，三十而詩大就」。這種頻繁的選擇與更換可以說明，在對人生道路的選擇上，他並沒有僅僅依憑自己的興趣，他希望憑藉某種技藝立身揚名，甚至流傳後

〔註7〕李流芳：《題怪石卷》，《檀園集》卷十一，文淵閣四庫全書第 1295 冊，第 398 頁。

〔註8〕錢謙益：《列朝詩集小傳》丁集下，上海古籍出版社 1983 年版，第 582 頁。

〔註9〕錢謙益：《列朝詩集小傳》丁集下，上海古籍出版社 1983 年版，第 576 頁。

世而使生命不朽。無論是作爲一個山人，還是作爲一個傳統的中國文人，這種願望都是可以理解的。對於名的渴望貫穿了程嘉燧的一生。雖然在詩文當中，他很少會將這種心態表現出來（這也是十分正常的），但從一些他不經意間寫下的文字中，還是能夠看到這種心態的流露。譬如說他會不無得意地將別人誇讚他詩作的言論記錄下來，收在自己的詩集中：

> 此詩雖少作，曾爲徐宗伯所賞譽。三十年餘，廣陵亦銷鑠無復昔時，存此志慨。（《揚州津橋春夜寓目懷古十二韻》詩後注）〔註10〕

> 宗伯公卜築草堂，招丘丈居之，獨賞此詩。（《題丘子成先生呂墅草堂》詩題下注）〔註11〕

可見程嘉燧從詩書畫等藝術活動當中得到的快樂，不僅僅是由於自適，它同時也來源於自身價值獲得認可的一種滿足。從這一點上可以看出，程嘉燧對於名還是有一定的嚮往與渴求的。

二

一方面追求自適，另一方面又渴望成名，種種矛盾糾結的心理交織在一起，形成的是程嘉燧複雜多變的心態特點，那麼，詩歌對他來說，究竟意味著什麼呢？

程嘉燧《李長蘅檀園近詩序》中云：

> 余與長蘅皆好以詩畫自娛，長蘅虛己泛愛，才力敏給，往往不自貴重。余呰呰力篤志，類於矜愼，而中不能無意於名。……因每與長蘅兄弟及正叔輩相對竊歎，以爲吾儕雖不逮古人，亦非有諷切美刺，宜傳於時。顧其緣情擬物，曠時日而役心神，亦以多矣。及今略不相示，使生同時、居同里、所爲同聲同好之人，邈若異域，徒令後人有不同時之歎，不其惜歟？〔註12〕

從這段話中，可以很清楚地看出程嘉燧對於詩歌的態度。一方面，在他看來，詩歌首先是一種娛樂消閒的工具。正如他在《浪淘集自序》中所說的：

〔註10〕 程嘉燧：《揚州津橋春夜寓目懷古十二韻》，《松圓浪淘集》卷一，續修四庫全書第1385冊，第601頁。

〔註11〕 程嘉燧：《題丘子成先生呂墅草堂》，《松圓浪淘集》卷二，續修四庫全書第1385冊，第612頁。

〔註12〕 程嘉燧：《李長蘅檀園近詩序》，《松圓偈庵集》卷上，續修四庫全書第1385冊，第734頁。

「余弱冠好唐人詩，學之三十年，輒緣手散去，友人或勸之存其本，余弗遑也。
然酒間值所知，口吟手揮，即灑灑不能休。」〔註13〕程嘉燧認為，詩歌是基於
詩人抒發內在情感的需要而產生的，當酒酣耳熱之時，情感鬱結於中，無法抑
制，故而發之為詩。在創作的過程中，詩人能夠體會到在其他任何地方都無法
體驗到的精神上的滿足與快樂，所以他才會「好以詩畫自娛」「弱冠好唐人詩，
學之三十年」而不輟。錢謙益《列朝詩集小傳》「松圓詩老程嘉燧」條亦云：

> 其為詩主於陶冶性情，耗磨塊壘，每遇知己，口吟手揮，纏纏
> 不少休。若應酬牽率、骫骳說眾之作，則薄而不為。〔註14〕

可見在程嘉燧看來，詩歌創作作為一種藝術活動，其首要的意義就在於
吟詠性情、耗磨塊壘，從中得到美的享受與體驗。這一點，與他追求自我適
意的人生觀也是一致的。

但另一方面，程嘉燧對詩歌又抱有很高的期許。「余與長蘅皆好以詩畫自
娛，長蘅虛己泛愛，才力敏給，往往不自貴重。余皆力篤志，類於矜慎，而
中不能無意於名。」在程嘉燧看來，他與李流芳不同，李流芳將詩歌完全當
作一種消遣、一種娛樂，作為自己藝術化人生的一部分，用以打發時間、獲
得快樂；而他雖然也以作詩自娛，但他還將詩歌視為一種事業、一種追求，
希望在這項活動中獲得一定的名聲。正因為有這種心理，所以他希望將詩歌
刊刻、保存下來，使「生同時、居同里、同聲同好之人」以及後人都可以讀
到。可見對自己的詩歌，程嘉燧實際上有著非常高的期許。他希望借詩歌揚
名、以詩歌立身、實現自己的人生價值。此外，作為一位山人，清麗優美、
結構精巧的詩歌，也是他體現自我文化品位、擴大交際範圍的重要方式。所
以，對程嘉燧來說，詩歌既是娛樂消閒的工具，又是高雅的追求、心靈的寄
託與交際的手段。這種獨特的詩歌觀念，造就了他與眾不同的詩學思想。概
而言之，主要有以下三個方面：

其一，性情與格調並重的創作主張。錢謙益在《列朝詩集小傳》中描述
程嘉燧的詩學主張時說：「孟陽之學詩也，以為學古人之詩，不當但學其詩，
知古人之為人，而後其詩可得而學也。」〔註15〕從這段話中可以知道，程嘉

〔註13〕程嘉燧：《浪淘集自序》，《松圓浪淘集》卷首，續修四庫全書本。

〔註14〕錢謙益：《列朝詩集小傳》丁集下「松圓詩老程嘉燧」條，上海古籍出版社1983
　　　　年版，第576頁。

〔註15〕錢謙益：《列朝詩集小傳》丁集下「松圓詩老程嘉燧」條，上海古籍出版社1983
　　　　年版，第576頁。

燧的詩學主張，有兩個最主要的內容：主張學習古人；這種學習又不同於復古派的規規模擬，而是要先「知古人之為人」，而後才可以學其詩。「知古人之所以為詩，然後取古人之清詞麗句，涵泳吟諷，深思而自得之。久之於意言音節之間，往往若與其人遇者，而後可以言詩。」〔註16〕若只學其詩而不知其人，則難免落入七子派摹擬聲調的窠臼；而只表達性情卻對古詩傳統不加遵循，則又不免流於淺俗率易。在程嘉燧看來，學習格調與表達性情一樣重要，二者不可偏廢。這種觀點在程氏對其他詩人詩作的評價中表現得尤為明顯，如：

　　（宋比玉）當興酣耳熱，落筆如風雨，至數千言不能休。〔註17〕

　　君（徐孺穀）方年少氣盛，材藻溢發，琅然鶴鳴子和、塤吹篪應，矢口搖筆，往往得於酣嬉淋漓之間，固足豪已。〔註18〕

　　《感時》十首可謂詩史，追配杜老，典重邁元、白矣。〔註19〕

　　靜居五言古詩，學杜、學韋，各有神理，非苟然者。樂府歌行，材力馳騁，音節諧暢，不襲宋元格調。……七言律詩，清圓渾脫，不事雕繢，全是唐音，頡頏高、楊，未知前後。〔註20〕

　　在前一組評論中，程嘉燧表達的主要是對情感充沛、發自肺腑的詩歌的肯定，與他「陶冶性情，耗磨塊壘」的詩歌功能觀相吻合；而在後一組評價中，他則強調了對古詩的體格與「神理」的學習。可見在對詩歌的欣賞、評判中，性情與格調同樣是他關注的重點。他讚賞那些思致活潑、飽含感情的詩作，也喜歡那些法度謹嚴、格高調逸的作品，但他最推崇的，還是那種既具有真情實感，又能夠音節諧暢、清麗優美的詩歌。

　　值得注意的是，作為一個專業詩人，程嘉燧對於格調的強調固然與他所接觸到的詩論傳統有關，但更重要的原因則是他對詩歌的看重。詩歌是程嘉

〔註16〕錢謙益：《列朝詩集小傳》丁集下「松圓詩老程嘉燧」條，上海古籍出版社1983年版，第576頁。

〔註17〕程嘉燧：《李宋倡和詩序》，《松圓偈庵集》卷上，續修四庫全書第1385冊，第742頁。

〔註18〕程嘉燧：《徐孺穀繡虎軒遺稿序》，《耦耕堂集》文卷上，續修四庫全書第1386冊，第48頁。

〔註19〕錢謙益：《列朝詩集》甲集前編第二「劉誠意基」《感時述事》詩下注，中華書局2007年版，第148頁。

〔註20〕錢謙益：《列朝詩集小傳》甲集，上海古籍出版社1983年版，第77頁。

燧體現自我文化品味與生命價值的方式，從這個層面上講，他自然會十分重視格調。但詩歌對於他而言，首先是表達自我、愉悅自我的工具，因而在創作過程中，他首先強調的是性情的表達與抒發。在表達性情的基礎上，兼重格調。這也是他與七子派最大的不同之處。

其二，「健而富、率而工」的審美追求。程嘉燧以陶冶性情及實現自我為主的詩歌觀念，造就了他與眾不同的創作主張，即以性情為主，同時又不忽視格調。與此相應，在審美風格方面，他所追求的也主要是一種兼容、調和式的藝術效果。用他自己的話來說，就是要「健而富，率而工」。程嘉燧《唐叔達詠物詩序》云：

> 及歸，見君（唐時升）容髮郁然，時閉門止酒，東城南陌，足跡罕至，蓋貿貿然一野人矣。雖相對竟日，而傴仰靜嘿，蕭然萬物無以攖其慮。至於偶然遊戲之作，一何其健而富、率而工也。詩皆放筆而成，語不加點，故風神跌宕，思致飆湧，勢不可禦。乃其體物多變，用事無跡，窈眇浩汗，雖苦吟腐毫之士，終其世有不逮此。詎非雄峻奇崛之氣，老無所用，而偶溢為詼奇，譬之金玉之伏藏、蛟龍之深潛，而山海光怪，靈氣時一洩露，有不可測者歟？〔註21〕

在這篇序文中，程嘉燧誇讚了唐時升的詠物詩，並將其特點概括為「健而富、率而工」六字。所謂「健而富」主要指的是精神上的雄健和語勢的充沛，即其前文所云的「又成和韻落花三十篇，凡經數押而語益豪」之類。重點在於「率而工」一語。對於這三字，程嘉燧在後面作出了解釋：「詩皆放筆而成，語不加點，故風神跌宕，思致飆湧，勢不可禦。乃其體物多變，用事無跡，窈眇浩汗，雖苦吟腐毫之士，終其世有不逮此。」「率」主要指唐時升詩「皆放筆而成，語不加點」，顯得十分率意、疏放；但在這率意、疏放之中，他卻又能做到「體物多變，用事無跡」，使詩歌清婉細麗、率而能工。「率」與「工」，這兩個看似矛盾的方面，在唐時升的詩作中，卻能有機地結合在一起，這的確是一種十分獨特的藝術風格。而程嘉燧最推崇的，也正是這樣一種創作風格。他對唐時升詩的這些評價，充分體現了他自己的詩學追求。

其三，模擬古人同時保持自我的創作途徑。程嘉燧十分重視對古人的學習與模仿，將其作為詩歌創作的首要途徑。婁堅在《書孟陽所刻詩後》中敘

〔註21〕 程嘉燧：《唐叔達詠物詩序》，《松圓偈庵集》卷上，續修四庫全書第 1385 冊，第 738 頁。

述程氏的學詩經歷，云：

> 孟陽少喜爲詩，於古人之遺編，無所不窺，而尤愛少陵之作，其在于今，嘗稱李獻吉雖規規摹擬，而才氣實非餘人所及也。甫冠，即棄去經生之學，而一意讀古詩文，久之豁然，上自漢魏、下逮北宋諸作者，靡不窮其所詣；至蘇長公，往往或效其體，或次其韻，若將與之並騖者。比壯且衰，其爲七言近體，以清切深穩爲主，蓋得之劉隨州爲多。〔註22〕

而唐時升在《程孟陽詩序》中也曾經說道：

> 余與孟陽少同志尚，惡俗儒之陳言，而好氾濫百家之書，然未嘗有意爲詩也。見古人清詞麗句，諷詠自娛，久之，則於意言音節之間，往往若與其人遇者。後數年，各有詩數百篇矣。〔註23〕

從婁、唐二人的記述中可以看出，程嘉燧從學詩之初，就十分重視學習古人、模仿古人，而且這種傾向一直到中年、晚年也沒有改變。就程氏本人來說，雖然他沒有十分明確的關於師法古人的論述，但從他的一些零散的評論話語中，依然能夠很清楚地看出這一點：

> 而君顧惛惛退然，若無意於其間。蓋所爲五言古近體諸詩，皆清閒妙麗，已能根蒂於古之作者。（《李翰林遺稿序》）〔註24〕

> 緇仲科舉場屋之文，攻於弱齡，出其緒餘，已足以誇衒有司，屈伏儕偶。況於其詩文之奇崛雄快，進而未已，灼然可以追古人而俟來者。（《李母沈夫人壽序》）〔註25〕

> 君家子盧，少負逸才，風氣道上，猶皆師尚典刑，詞有根蒂。（《程茂桓詩序》）〔註26〕

「已能根蒂於古之作者」「灼然可以追古人」「師尚典刑，詞有根蒂」，這些評語的運用，顯示了程嘉燧對於師法古人的重視。因爲他自己所秉持的是

〔註22〕婁堅：《書孟陽所刻詩後》，載程嘉燧《松圓浪淘集》卷首，續修四庫全書第1385冊，第587頁。

〔註23〕唐時升：《程孟陽詩序》，載程嘉燧《松圓浪淘集》卷首，續修四庫全書第1385冊，第589頁。

〔註24〕程嘉燧：《李翰林遺稿序》，《松圓偈庵集》卷上，續修四庫全書第1385冊，第734頁。

〔註25〕程嘉燧：《李母沈夫人壽序》，《松圓偈庵集》卷上，續修四庫全書第1385冊，第739頁。

〔註26〕程嘉燧：《程茂桓詩序》，《耦耕堂集》文卷上，續修四庫全書第1386冊，第49頁。

這樣一種觀念，故而在評論其他詩人的詩作時，才會將之也作爲一個很重要的標準。此外，這三篇文章分別作於萬曆三十六年、天啓年間以及居於拂水期間，中間跨越了一個很長的時間段，從中也可看出師法古人的主張確實貫穿了程嘉燧的一生。

但程嘉燧所主張的師法古人並不同於七子派的規規摹擬。他所說的師法，是要在保持自我的前提下對其加以學習。錢謙益在《列朝詩集小傳》中描述程氏的詩歌創作時說：「其詩以唐人爲宗，熟精李、杜二家，深悟剽賊比擬之繆。七言今體約而之隨州，七言古詩放而之眉山，此其大略也。」〔註27〕在學習古人這個問題上，程嘉燧並不主張只學一家，他提倡廣泛地取法歷代不同的詩人。這種師法對象上的寬泛，應該與程氏所受到的王世貞的影響有關。因爲晚年的王世貞爲了補救擬古帶來的弊端，就曾經提出過要學習除李、杜之外的其他詩人。但與王世貞不同的是，在學習古人的過程中，程嘉燧最重視的，是自我性情的持守。他曾經說過：「杜之雄渾逸宕，當令獨立千古，善學者正不當求肖於皮毛。至其神情所注，反或去之遠也。」〔註28〕同時，他還批評李夢陽的《石將軍戰場歌》云：「全倚句字掙挫，安有機神開合，浪得大名，蔓傳訛種。」〔註29〕可見程嘉燧對字句剿襲、剽竊比擬十分反感，他認爲眞正應當關注的，是如何在學習古人的同時，保持自己的性情、精神的問題。他批評李夢陽的詩只知學杜而失去了自己的面目，空具皮相而沒有眞情實感，終究算不得好詩。又如他對楊基樂府詩與張羽樂府詩的比較：「眉庵樂府，尚多套數語，不若靜居材力深渾，有自得處。」〔註30〕將有無「自得處」作爲評價詩歌優劣的主要因素。楊基的樂府詩就因爲「多套數語」而少「自得處」，而被程嘉燧認爲不如張羽。這裡的「自得處」，其實也就是強調詩人在模仿古人的同時，也要保持自己的面目，有自己獨到的精神、興會，使詩歌眞正成爲表達自我的工具，而非空有古人詞句的土偶衣冠。

〔註27〕 錢謙益：《列朝詩集小傳》丁集下「松圓詩老程嘉燧」條，上海古籍出版社 1983 年版，第 576 頁。

〔註28〕 婁堅：《書孟陽所刻詩後》，載程嘉燧《松圓浪淘集》卷首，續修四庫全書第 1385 冊，第 587 頁。

〔註29〕 錢謙益：《列朝詩集》丙集「李副使夢陽」《石將軍戰場歌》詩後注，中華書局 2007 年版。

〔註30〕 錢謙益：《列朝詩集小傳》甲集「張司丞羽」條，上海古籍出版社 1983 年版，第 76 頁。

三

之所以對程嘉燧的詩學思想作出以上探究，是由於筆者認爲，錢謙益之所以推崇程嘉燧，其根源正在於此。否則作爲一個文壇翹楚、新科探花，他實在沒什麼理由對這樣一個布衣詩人如此推崇。但問題在於，究竟是程嘉燧詩學思想中的哪一點吸引了錢謙益，才使得他對程氏如此佩服？換句話說，程嘉燧的詩學思想究竟具有一種什麼特質，使得他在當時眾多的詩人中脫穎而出，爲錢謙益所看重呢？

在上文的第二部分當中，筆者已經對程嘉燧的詩學思想作出了大致的分析和概括，將其分爲三個方面。仔細尋繹這三個方面的內容，可以發現，程嘉燧的詩學思想，首先是以性靈詩學的觀念爲主導的。比如，他將表達性情作爲詩歌最主要的內容，推崇自由揮灑、率然而成的詩歌風格，強調要保持自己獨特的詩學面目，等等，都體現出一種很明顯的性靈詩學的特徵。但僅有這一點還不足以構成其詩學思想的全部。程嘉燧還將一些他認爲有價值的、應該吸取的復古派的詩學觀念也融入到自己的詩學體系當中。比如，在創作主張上，他雖然以性情爲主，但同時又兼重格調；在審美追求上，他欣賞自由灑脫、率然而成，卻又要求其中含有「工」的藝術特徵；在創作方法上，他提出要在保持自我的基礎上模擬古人，等等。「格調」、「工」、模擬古人，這些又很明顯來自於復古派的詩學觀念。程嘉燧將它們擷取出來，加以提煉、整合，與性靈詩學的主張相結合，便形成了自己獨特的詩學思想體系。它兼具了復古與性靈兩種詩學觀念的特徵，呈現出一種兼容並包的詩學特色。而這一點也恰恰成爲了錢謙益注意到他的最主要的原因。

萬曆四十五年，錢謙益負痾拂水山居〔註31〕，正處於十分孤獨的狀態。另一方面，在庚戌會試中，錢謙益取得探花，文名已爲天下人所共知，但此時在詩壇上引領風氣的卻不是他，而是他的同年鍾惺。這令錢謙益感到很不服氣。也正是在此時，他開始思考如何以一種新的文學思想超越竟陵派、樹立自己文壇盟主的地位。恰在此時，程嘉燧來到了他的面前。萬曆末年，錢謙益將自己以前所寫的詩文幾乎全部付之一炬，轉而開始了對新的詩學道路的尋找。在《復遵王書》中，他說道：

> 僕少壯失學，熟爛空同、弇山之書，中年奉教孟陽諸老，始知

〔註31〕錢謙益：《耦耕堂記》，《牧齋初學集》卷四十五，上海古籍出版社1985年版，第1137頁。

改轍易向。孟陽論詩，自初、盛唐及錢、劉、元、白諸家，無不析骨刻髓，尚未能及六朝以上，晚始放而之劍川、遺山。余之津涉，實與之相上下。〔註32〕

從《初學集》第一卷僅存的幾首前期詩作中可以看出，在遇到程嘉燧之前，錢謙益的詩歌誠如他自己所說，主要學習李夢陽、王世貞，規摹唐代詩人，尤其是杜甫的詩作；而在與程嘉燧交往之後，他的詩風發生了極大的轉變，頻頻徵引蘇軾、范成大等人的詩句，以至於最後能夠達到「以杜、韓為宗，而出入於香山、樊川、松陵，以迨東坡、放翁、遺山諸家，才氣橫放，無所不有」〔註33〕的境界。可見在錢謙益詩歌思想轉變的過程中，程嘉燧起到了至關重要的作用。這種作用所體現出來的主要形態，便是一種唐宋兼宗、師古而不為古所限的詩學主張。在後來對本朝詩人高啓及李東陽的評述中，錢謙益充分表達了他的這種觀念意識：

> 季迪之詩，緣情隨事，因物賦形，橫縱百出，開合變化。其體制雅醇，則冠裳委蛇，佩玉而長裾也。其思致清遠，則秋空素鶴，迴翔欲下，而輕雲霽月之連娟也。其文采縟麗，如春花翹英、蜀錦新濯。〔註34〕

> （李東陽詩）原本少陵、隨州、香山，以迨宋之眉山、元之道園，兼綜而互出之，弘、正之作者，未能或之先也。……西涯之詩，有少陵，有隨州，有香山，有眉山、道園，要其自為西涯者，宛然在也。〔註35〕

錢謙益對高啓與李東陽詩的推崇有相通之處。首先，高、李二人都善於模仿、轉益多師。其次，他們對古人的學習都不是單純的泥古，而是在自得的基礎上進行的模仿。從高啓和李東陽身上，可以看到錢氏此時文學理想的大致模型，即以集大成的詩學觀念為主導，追求唐宋兼宗、師古而不為古所限的詩歌創作方式。所以錢謙益極力推崇程嘉燧的詩學主張，在他的描述中，

〔註32〕錢謙益：《復遵王書》，《牧齋有學集》卷三十九，上海古籍出版社 1996 年版，第 1359 頁。

〔註33〕瞿式耜：《牧齋先生初學集目錄後序》，載錢謙益《牧齋初學集》卷首，上海古籍出版社 1985 年版。

〔註34〕錢謙益：《列朝詩集小傳》甲集，上海古籍出版社 1983 年版，第 75 頁。此雖為錢氏徵引謝徽之語，但亦表明了其觀點。

〔註35〕錢謙益：《書李文正公手書東祀錄略卷後》，《牧齋初學集》卷八十三，上海古籍出版社 1985 年版，第 1759 頁。

程嘉燧詩學思想的主要特徵，就是轉益多師與反對剽擬：

> 其詩以唐人爲宗，熟精李杜二家，深悟剽賊比擬之繆。七言今
> 體約而之隨州，七言古詩放而之眉山，此其大略也。晚年學益進、
> 識益高，盡覽《中州》、遺山、道園及國朝青丘、海叟、西涯之詩，
> 老眼無花，炤見古人心髓。於汗青漫漶、丹粉凋殘之後，爲之抉擿
> 其所緣來，發明其所以合轍古人，而迥別於近代之俗學者。〔註36〕

在竟陵派風靡文壇的時候，錢謙益希望以一種轉益多師、兼收並蓄的詩學主張來壓倒竟陵、雄霸詩壇，但他不能直接推舉自己，所以程嘉燧就成了他宣揚這種詩學思想最好的標榜與模範。對剛剛從七子派復古弊端中擺脫出來的錢謙益來說，程嘉燧所主張的創作途徑、審美追求等，恰好爲他提供了可資借鑒的元素。在錢謙益的眼中，程嘉燧儼然成了繼高啓、李東陽之後又一個集大成的完美範例。所以他在小傳中，列舉元好問、高啓、袁凱、李東陽等詩人，充分突出程氏詩學思想轉益多師、唐宋兼宗的性質，並指出自己的詩歌主張正是以程氏爲典範的。這就將高啓、李東陽、程嘉燧與自己的詩學主張成功地融爲一體，成爲自明初至明中期再至明末的一條連貫的「卓然詩家正派」的主線，藉以宣揚自我的詩學思想並確立詩壇盟主的正統地位。錢謙益的推崇對程嘉燧詩學思想的傳播起到了極大的推動作用，以至於當時的詩人「咸相與歆歔愾歎，恨當吾世不得一見孟陽，又恨不得盡見孟陽之詩」〔註37〕。詩人們對程嘉燧的尊崇、學習，實際也就意味著對錢謙益的服膺與認可，因爲在錢謙益營造出的話語系統中，二者是一般無二的。程嘉燧是他的老師，他的詩學思想與程氏的一脈相承。推崇程氏也就等於宣揚自己。事實上，從詩歌創作主張與審美傾向上來說，程嘉燧與高啓、李東陽的詩學思想並不完全一致，除了在轉益多師這一點上相通之外，其他有些方面甚至可以說是背道而馳。但對於錢謙益來說，這就已經夠了。借推崇程嘉燧，錢謙益成功地宣揚了自己的詩學主張，登上了詩壇盟主的寶座。萬曆末年，程嘉燧、錢謙益所提出的學宋詩、學陸游的思想令當時的詩人們耳目一新，在詩壇上引發了極其熱烈的反響。天啓、崇禎年間，陸游詩風行一時，幾乎形成

〔註36〕 錢謙益:《列朝詩集小傳》丁集下「松圓詩老程嘉燧」條，上海古籍出版社 1983
　　　　 年版，第 577 頁。

〔註37〕 錢謙益:《耦耕堂集敘》，載程嘉燧《耦耕堂集》卷首，續修四庫全書第 1386
　　　　 冊，第 1 頁。

了家置一編的局面。由七子派的「不讀唐以後詩」至宗宋詩、學陸游，程嘉燧與錢謙益一起，促成了晚明詩壇主流詩風的重要轉變。

　　綜上所述，錢謙益對程嘉燧的推崇，其主要原因在於程嘉燧復古與性靈並重的詩學思想，正好符合他當時排擊竟陵詩派、成為文壇盟主的需要。程嘉燧敏銳地發現了復古派的弊端，破除了單純擬古的觀念，提出在保持自我性情的基礎上學習古人，深刻地啓發了錢謙益，使他以詩壇盟主的身份在廓清晚明詩學道路的過程中發揮了巨大的作用。後人因此而尊崇錢謙益，而錢謙益卻將此功歸之於程嘉燧。可見在錢謙益的心目中，眞正爲晚明詩學開闢了新的歷史道路的人是程嘉燧。故而他特將其尊爲「松圓詩老」，對其獻上無比的榮光，其著眼點也正在於此。因而在筆者看來，錢謙益對程嘉燧的推崇，更多地還是出於錢氏對其詩史貢獻的考量，而非輕率膚淺的黨同伐異、阿私其朋。

　　錢謙益與程嘉燧之間的遇合與交往對詩壇產生的影響是深遠的，這實際意味著，明代詩學在經歷了崇唐抑宋的漫長過程之後，終於走上了唐宋兼宗的道路。然而這種兼宗的主張卻並未能延續太長時間。明末清初之際，一味崇宋的風氣大爲流行，招致了後來批評家無數的詬病。隨之而來的則是貫穿了整個清代的唐宋詩之爭。其間提出了無數新的理論主張，亦產生了無數新的詩學問題。若要解決這些問題，筆者認爲，就應追溯到它們的源頭，即程錢二人當年的詩學交往及他們所提出主張的具體情況。而限於自身閱讀範圍與理論水平的不足，對這些問題筆者所探究的還遠遠不夠，期望大方之家共同探討，加以指正。

後記一

　　本篇論文完成之時，我正處於四處摸索、尋求工作的狀態中，空幻美麗的理想被現實打擊得奄奄一息，說不失望、不痛苦，是不可能的。到此方覺當年碩士入學時老師們所言「板凳須坐十年冷」其實並不可怕，可怕的是連坐這個冷板凳的機會都沒有。但即便如此，我仍不願放棄學術這條道路，只是方式或許應該稍作調整了。

　　吳中自古為人文淵藪，對「王世貞與吳中」這個題目的探究，令我閱讀、體驗到了不少吳中士人的人生。他們的喜怒哀樂、猶疑掙扎、失落感慨、無可奈何，夜分展卷，歷歷目前，梳理、考察之餘，有時亦不免與之共發途窮之歎。歷史不是泛黃的書頁，平靜的字符下面，隱藏的是一顆顆跳動的文心；對它們的研究與解讀，是對每一個歌哭的靈魂發自心底的尊重與致敬。從這個意義上說，我想，學術其實滲透在研究者生命的每一個角落。於是釋然：不管何處工作、工作為何，只要自己不放棄，又怎麼會與文心分離、與學術分離？端看自己有沒有那個毅力罷了。今日我將此寫入後記，希望五年十年甚至更久之後再次讀到時，能夠說一句：幸而不負初心。

　　回想六年前碩士研究生入學時的情景，我感到現在自己的心態似乎更為平和穩定。這一切我想都應歸功於我的導師左東嶺教授的教導。老師在治學方法和治學精神方面對我們的教益無需多言，能夠跟隨老師讀書，是我此生最大的幸事，沒有之一。但我感到老師在人生觀和處世心態上對我們的引導，實際上是更加不可多得的一筆財富。老師的明睿豁達，依我的水平，可能此生也無法達到，只能不斷提升自己的學識修養，以求不負老師的教導了。

　　此外，我還要鄭重感謝馬自力、趙敏俐、吳相洲、劉尊舉、雍繁星諸位

老師的批評指教，以及韓經太、詹福瑞、黨聖元等先生對於本篇論文的評閱與意見建議，這些都令我獲益良多。在此一併致以誠摯的謝意。

今年已是我在首師大學習的第十一年了，本科四年、碩士三年、博士四年，即將告別母校，心中其實也有萬般不捨。感謝我本科的班主任姚志紅老師，是您母親一般無微不至的關心和照顧，才使我一路走到今天；感謝牛亞君老師、方銳老師、梁娟師姐、李穎師姐，以及這十一年中所有教過我的首師大文學院的老師們，感念在心、思緒千萬，臨到此刻，反不知如何表達。惟有繼續努力、謹記教誨，方是對母校和您們最好的報答！

2015 年 4 月

後記二　寫在論文即將出版之際

　　時光荏苒，不覺已是 2019 年，距博士畢業，已有四載。回思往事，感慨頗多。這四年中，我經歷了很多事情。象牙塔中生活了十年，忽然被扔到社會的洪流裏，險些被打懵。洪流過後，痛定思痛，才明白自己爲人處世的不成熟。所幸各位師友不以爲怪，更施以援手，使我在因工作原因暫離學術研究兩年之後，得以重新振作，回到學術中來。無波無折，何以謂之人生。過往四年中的一切於我而言都是寶貴的財富，我將帶著它們重新踏上學術研究的道路。

　　2018 年底，有幸得到花木蘭文化出版社襄助，願出版我的博士論文。高興之餘，這半年來，我便將大部分精力投注在論文的修改上面。不過，在論文即將出版之際，卻又遇到一件令我頗爲震訝且不解之事。今年年初，本著瞭解學術動態、對自己的論文進行更進一步修訂補充的目的，我在中國知網上搜索與「王世貞」、「吳中文壇」相關的研究論文，忽見有一篇題爲《王世貞與吳中文壇之離合》，且發表刊物級別頗高。十分激動，覺自己之研究方向終於得到了主流學界的關注，連忙下載打開，準備學習。卻不成想，初看之後，大驚失色，因其整個論文，簡直堪稱予此篇博士論文重要觀點的一個概括濃縮。再讀之後，則發現其所使用的論證材料、論證的思路、語言，與我的論文也是如出一轍。

　　且震愕、且驚詫、且不解，發現此事後的一周中，我幾乎無法再繼續進行任何與論文修訂有關的工作。此事已成爲一個令我食不下嚥的陰影。或有問之，何不將此事公之於眾、或聯繫其所發表的刊物？答曰：因證據不足。目前判定依據，惟有機械的文字重複率。然人文學科之論文，只要換一個表

述，便可完全避免重複。思前慮後，只得作罷。但借用吾友之一言，此事博雅君子，人所共鑒——「王世貞與吳中文壇」，這是我在博士論文中所提出的具有獨創性的研究論題。此前的研究者，未有將其作爲研究題目明確提出者。更遑論其中的地域層級研究方法、歷時性研究思路，皆是文學思想史研究之特色。作者先生，何以您的文章與我的觀點材料如此相似？而將應有的學術史梳理直接略過、在通篇文章的注釋及參考文獻中對我的論文一字不提，又不知出於何種考慮？

又或曰：此事或許只是巧合，如何證明這位作者先生看到了你的博士論文？答曰：絕非巧合，若是關於此點，則證據充足。我於 2015 年博士畢業，論文文本、答辯記錄，學校院系、圖書館均有存檔。2017 年 2 月，我的博士論文被中國知網「中國博士學位論文全文數據庫」收錄，有收錄證書可查。自此，在中國知網上，學者可查到、下載我的博士論文的全文。自 2017 年至今，已有四篇其他高校的學位論文在其敘述或參考文獻中引用了我的文章，即是明證。而這位作者先生的文章，發表於 2018 年第四期，也即 2018 年 7 月。距離我的博士論文被收錄，足足過去了一年有餘。莫非此事如此之巧，在瞭解前人研究成果的時候，這位作者先生竟直接略過了與其論題密切相關的一部博士論文？

事實如此，本無需多言。孰先孰後，孰是孰非，一目了然，博雅君子，必所明鑒。在此將此事寫出，只是爲了維護我的博士論文的清白和原創性罷了。

自 2017 年夏天重回高校以及學術道路之後，我的研究興趣，已逐漸轉至清代詩文。於王世貞及吳中文壇研究，確實進展不多。此書出版，亦希海內方家批評指正，不吝賜教，謹於此一併致謝。

2019 年 3 月